Marika Gallman est née en 1983, en Suisse. Collectionneuse acharnée de Post-it et de personnalités multiples, elle rate de peu une carrière de scénariste à Hollywood en écrivant à seulement 12 ans le scénario d'un *Indiana Jones 4* qui ne sera pas retenu, faute de frigo dans l'intrigue. Elle se console devant ses séries préférées, dont elle rejoue les scènes cultes chaque nuit à voix haute dans son sommeil, quand elle ne se relève pas en douce pour regarder des films d'horreur. Attirée par les ambiances sombres et les hommes aux dents pointues, elle se lance dans l'écriture de son premier roman, *Rage de dents*, en 2009.

www.milady.fr

Marika Gallman

Rage de dents

Maeve Regan – 1

Milady

Milady est un label des éditions Bragelonne

© Bragelonne 2012

ISBN : 978-2-8112-0785-4

Bragelonne – Milady
60-62, rue d'Hauteville – 75010 Paris

E-mail : info@milady.fr
Site Internet : www.milady.fr

*Pour Julie,
Lo/*

Remerciements

Il y a un an, j'aurais été heureuse qu'une dizaine de personnes lisent mon roman. Pour la petite fille qui rêvait d'écrire des livres quand elle serait grande, cette année écoulée a tout du conte de fées.

Je tiens donc à remercier mes marraines. D'abord la « dentue », pour m'avoir ouvert son cercueil pendant quelque temps et pour avoir transformé ma citrouille en carrosse : les filles, vous êtes en or, ne changez jamais. Ensuite ma marraine barbue pour m'avoir offert la robe de bal dont toute petite fille rêve, même Maeve. Merci également à tous les lutins qui l'ont recoiffée et maquillée dans l'ombre : vous êtes une équipe extra.

Merci à tous les amis qui m'ont entourée dans l'aventure. Vous êtes trop nombreux pour que je n'oublie personne, je ne me risquerai donc pas à citer de noms. Mais merci, merci, merci et merci. Sans vous, je n'aurais pas autant profité ni apprécié tout ce qui s'est passé, et j'aurais probablement tout envoyé valser il y a longtemps.

Et bien sûr, cela vaut aussi pour tous les lecteurs de la première heure. Vos encouragements et votre gentillesse m'ont touchée plus que tout.

Laetitia, merci pour ton amitié et ton soutien dès le début. Merci d'avoir été là quand j'en avais besoin, et lorsque je ne le méritais pas. Ta présence signifie plus pour moi que je ne saurai jamais l'exprimer.

Finalement, Julie. Toujours. J'aurais envie de dire bis repetita, mais c'est nul d'avoir de belles choses à dire à quelqu'un et de ne pas le faire juste parce qu'il le sait. Julie, tu es mon roc, mon nord, mon étincelle dans la nuit. Tu as cru en moi avant qu'on devienne amies, et avec tant de fougue que, quelque part, tu l'as fait à ma place jusqu'à ce que j'y parvienne. C'est grâce à toi si aujourd'hui je souris quand on me fait un compliment. De tout mon cœur, merci.

Chapitre premier

Je vais définitivement avoir besoin d'un verre.
C'était la première chose qui m'était passée par la tête en entrant dans cette boîte de nuit, quelque vingt minutes plus tôt, et c'était ma seule pensée maintenant que j'avais vu Elliot et Mademoiselle Parfaite pénétrer dans la salle.

Dieu bénisse l'alcool.

Après avoir tracé mon chemin jusqu'au bar, demandé au serveur prépubère de me donner ce qu'il avait de plus fort et l'avoir englouti d'un trait, je me sentais mieux. Je lui posai le double de l'argent sur le comptoir en lui faisant signe de me remettre la même chose. Ça avait un goût ignoble, et je n'avais aucune idée de ce que c'était, mais ça avait l'effet escompté. Je sais, je sais. L'alcool ne résout pas les problèmes, mais il aide à les diluer.

Une minute plus tard, j'avais fini mon deuxième verre. Je me penchai par-dessus le bar pour dire au gamin que j'en voulais un autre. Trop occupé à servir le flux de nouveaux clients qui étaient entrés dans le club au cours des cinq dernières minutes, il ne semblait pas me voir. D'accord, je suis petite, mais quand même, il aurait pu faire un effort. Je n'avais pas que ça à foutre.

Il devait être minuit et demi, et le peuple commençait à arriver. L'atmosphère n'allait pas tarder à être irrespirable. Dieu que je détestais les boîtes de nuit. Être collés les uns aux autres, transpirant à s'en déshydrater sur un fond de «boom boom» répétitif et assourdissant, génial. Ma définition de la soirée parfaite…

Bon, mon barman jouait toujours les inaccessibles. Soit je montais sur le comptoir et déchirais accidentellement mon top, soit je me fendais de mon sourire le plus charmant. N'étant vraiment pas d'humeur à rire, j'envisageais sérieusement la première option lorsqu'une tête se pencha vers moi.

—Qu'est-ce que tu prends?

Je jaugeai le type qui m'avait posé la question. Assez grand, brun auburn avec quelques taches de rousseur çà et là qui lui donnaient un air chaleureux, soulignant des yeux d'un bleu foncé. Son visage était agréable, et, l'un dans l'autre, il était plutôt séduisant. Bon point, je ne finirais sûrement pas la nuit seule. Tout compte fait, c'est lui qui aurait mon sourire le plus charmant. Et qui sait, peut-être qu'en fin de soirée, j'arracherais quand même mon top.

—La même chose que toi, roucoulai-je.

Se penchant par-dessus le comptoir après m'avoir adressé un sourire ravageur, il fit signe au serveur qui accourut aussitôt. *Toi, tu viens de perdre tes pourboires* ad vitam aeternam, pensai-je.

Mon nouvel ami commanda quelque chose dont je ne compris pas le nom à travers le vacarme musical. Quand le barman revint, il tenait deux verres à shot et une bouteille étrange contenant une liqueur orange. Je ne me souvenais pas d'avoir jamais vu quelque chose de cette couleur. Il aspergea cérémonieusement les verres en renversant sur le comptoir presque autant de liquide qu'il venait de servir et s'en alla rapidement après avoir encaissé l'argent de mon généreux donateur sans même un sourire. Je me demandais si ce dernier lui avait laissé un pourboire.

—À notre rencontre, fit-il en me tendant un verre.

Je me saisis de l'étrange breuvage et attendis qu'il prenne le sien pour trinquer.

— Michael, me dit-il.

— Maeve, répondis-je de ma voix la plus suave.

Et hop, cul sec.

Je manquai de m'étouffer en avalant le tord-boyaux qu'il m'avait si gentiment offert.

— Bordel de merde ! C'est quoi ce truc ? m'exclamai-je aussitôt après avoir reposé – ou plutôt envoyé valser – mon verre sur le comptoir.

Il m'adressa un grand sourire alors qu'il me regardait reprendre mon souffle.

— Spécialité de la maison. Ils appellent ça le Soleil. Même couleur, même température.

OK, je voyais le tableau. Et j'avais en effet l'impression d'avoir été brûlée vive de l'intérieur.

— Eh bien, Michael, je te remercie de m'avoir cautérisé l'œsophage.

— Tout le plaisir était pour moi, dit-il avec le même sourire dévastateur que tout à l'heure.

C'est alors que j'aperçus une masse de cheveux fauve fendre la foule et se rapprocher dangereusement de moi. Quelques secondes plus tard, un visage blanc saupoudré de taches de rousseur me regardait avec l'air résolu d'un soldat en mission suicide. Je soupirai. Je préférais nettement les taches de Michael.

— Je dois filer, marmonnai-je en réalisant que Brianne était désespérément près de nous.

— Tu t'en vas ? demanda-t-il avec une petite moue déçue qui me donna encore moins envie de partir.

— J'ai bien peur que le devoir m'appelle, dis-je à contrecœur. Mais on se revoit après.

Bien que je n'aie pas monté la voix, mon affirmation n'en restait pas moins une question discrète. Pour toute réponse, il me sourit, ce que je décidai de prendre pour un oui.

Je fis quelques pas en direction de Brianne. Elle me fixait de ses grands yeux noisette, en faisant une moue réprobatrice, et, Dieu sait comment, elle avait déjà réussi à croiser les bras. À vrai dire, je l'imaginais assez bien avoir traversé toute la boîte de nuit les bras croisés, dans l'éventualité de tomber sur moi à tout moment.

— Mais où étais-tu passée ? me sermonna-t-elle. Ça fait dix minutes que je te cherche partout ! Elliot est arrivé avec Tara, et Albert, le type que je veux te présenter, il est aussi là. Il a demandé après toi.

Je la regardai d'un air incrédule.

— Albert. Tu te fous de moi ?

Elle m'observa comme si elle ne comprenait pas. Et elle ne comprenait sûrement pas. Brianne était adorable, en tous points. Sauf un. Elle voulait absolument me caser, et tous les mecs qu'elle me trouvait avaient le même profil. Ils étaient gentils, voire trop gentils, mous, un peu lents, et surtout, ils étaient tous affublés de noms stupides. Le dernier en date s'appelait Brice.

— Non, rien, finis-je par marmonner.

— Bien, dit-elle fermement.

Vu la manière dont je lui avais répondu, les dents totalement serrées, je me demandais comment elle avait réussi à m'entendre par-dessus le vacarme assourdissant que le DJ prenait pour de la musique.

Elle me saisit énergiquement par la main et m'entraîna de l'autre côté de la salle, bravant la foule comme personne. Il aurait fallu être fou pour vouloir rester sur son passage, et tout le monde se tirait instinctivement. Je la laissai me guider, résolue à purger ma peine.

Nous arrivâmes dans le coin opposé à l'endroit où j'avais rencontré le beau Michael. Deux silhouettes enlacées dansaient lentement sur le rythme frénétique de la musique, comme si elles n'appartenaient pas à ce lieu. Un grand blond avec un sourire ravageur, vêtu d'une simple chemise qui lui conférait une classe d'enfer malgré le jean délavé qui allait avec, et une grande blonde, dans une robe noire sophistiquée qui moulait son corps de mannequin à la perfection. Je plissai involontairement les yeux en la voyant. Mademoiselle Parfaite.

— Hé les amoureux, leur lança Brianne.

Ils sortirent de leur transe et nous adressèrent un sourire synchronisé. Le couple parfait.

Je me raidis un peu plus. Elle était tout bonnement magnifique. Sa tenue n'avait en fait rien de spécial si on y regardait de plus près. C'était une simple robe, un vulgaire morceau de tissu, mais sur elle, ça devenait sophistiqué. Tout ce qu'elle faisait, pensait, portait était toujours parfait.

Tara, ses longs cheveux blonds ondulés, ses yeux d'un bleu aquatique, les petites fossettes qu'elle avait quand elle souriait. Tara, l'étudiante en droit qui frôlait l'excellence, était issue d'une bonne famille, était constamment gentille, dévouée, avait le cœur sur la main, et s'occupait d'œuvres de charité alors qu'elle avait déjà un emploi du temps surchargé entre ses cours à l'université, ses leçons de violon, de chinois, de yoga, et de Dieu sait quoi d'autre. La femme parfaite, qui sortait avec mon meilleur ami. Je la détestais plus que jamais.

Elle s'approcha de moi et me fit la bise. Je n'aurais pas pu être plus raide. Malgré tout, un automatisme de politesse venu de nulle part me força à lui rendre ses salutations.

—Maeve, me dit-elle. Tu es charmante ce soir.

Mon poing se serra. J'étais vêtue de mon bleu de travail habituel, soit jean et top noir. Je n'avais rien changé. Peut-être que l'alcool me donnait bonne mine, qui sait. L'espoir fait vivre.

Je pestai intérieurement. Je ne pouvais même pas mal prendre sa remarque. Car bien sûr, elle n'était pas hypocrite. Non, Mademoiselle Parfaite ne connaît pas l'hypocrisie. Enfin, probablement que sa carrière dans les œuvres de charité finissait par déborder dans la sphère privée. Quoi qu'il en soit, je ravalai l'accès de rage pure qui m'avait assaillie à ses mots pour la remercier du compliment.

Elliot s'approcha pour me saluer à son tour. Mon cœur se serra lorsque sa bouche frôla ma joue. Sa lèvre supérieure, charnue et légèrement ourlée, m'avait toujours fait fondre. J'espérais que personne ne m'avait vue loucher sur elle une fois de plus. Je lui rendis son baiser, tout en me retenant de remettre machinalement en place la mèche de cheveux qui cachait ses yeux vert clair.

—Je t'ai trouvé une robe pour le gala. Tu vas être renversante ! s'exclama Tara, qui n'avait rien remarqué du moment de gêne qui avait précédé.

Et merde.

Je revins aussitôt à la réalité. J'avais totalement oublié son gala de charité où j'avais accepté – après que Brianne eut insisté pendant deux semaines, nuit et jour – de servir d'hôtesse. Je suis du genre jean et baskets. Me retrouver en robe de soirée, dans un hôtel de luxe, à demander à des hommes riches fumant le cigare d'investir des fonds pour construire des écoles dans le tiers-monde ce n'était… comment dire… pas trop mon truc. Pas que je trouve que la cause ne soit pas noble, mais j'aurais nettement préféré faire ça en baskets.

—Super! mentis-je. Je me réjouis de la voir.

Une minute que j'étais en sa présence et c'était déjà trop. Elle ne faisait vraiment pas ressortir les meilleurs aspects de ma personnalité. Je sais que ce n'était pas sa faute, car elle m'appréciait sincèrement, mais rien à faire. Dès que je l'apercevais, j'avais envie de lui foutre mon poing dans la gueule. Et il commençait sérieusement à me démanger.

Un grand faux sourire Colgate plus tard, je m'entendis demander à Brianne :

—Alors, il est où cet Albert?

Je vis Elliot ricaner, et lui lançai un regard noir. Il leva les bras en signe d'impuissance, sans pour autant se départir de son sourire si charmant.

Lorsque nous partîmes à la recherche d'Albert, je me consolai en me disant qu'il ne pouvait qu'être mieux que la vision du couple parfait. Ce n'est qu'après que Brianne m'eut encore traînée à l'autre bout de la salle que je me rendis compte que j'étais passée de Charybde en Scylla.

Albert se tenait dans un coin étonnamment vide vu l'heure avancée. Il se démenait, seul, sur la musique. Et il était… exactement comme Brice.

Je m'immobilisai aussitôt, et Brianne dut me tirer sur les deux derniers mètres.

—Bordel de merde, Brianne, tu te fous de moi?

—Arrête de toujours jurer comme ça, Maeve, c'est vraiment pas élégant.

—Élégant mon cul. C'est ton Albert qu'est pas élégant, maugréai-je.

Elle me fusilla du regard. Mais lorsqu'elle vit que celui que je lui renvoyais n'était pas moins assassin, elle se recomposa un visage charmant, puis se tourna vers le fameux Albert.

— Maeve, voici Albert. Albert, c'est Maeve, dont je t'ai tellement parlé. Sur ce, excusez-moi, je dois aller aux toilettes.

Et aussi vite que ça, elle m'avait larguée avec cet inconnu sautillant. Merci Brianne. Sincèrement, merci.

— Salut Maeva, me dit-il, un peu gêné, en arrêtant de gigoter pour le coup.

— Maeve, corrigeai-je machinalement, habituée à l'erreur.

Bon. Albert n'avait pas l'air méchant. Mais c'était sûrement une grande partie du problème.

Tout comme Elliot, il était vêtu d'une simple chemise blanche, par-dessus un pantalon noir. Je n'aurais pas été étonnée d'apprendre que c'était celui du smoking qu'il portait à l'enterrement de son grand-père. En tout cas, à la différence d'Elliot, sur lui l'accoutrement semblait ridicule. Il était fluet – presque autant que moi, c'est dire – et avait un visage poupin, à cela près qu'il avait les joues creusées, presque rachitiques, et qu'elles étaient parsemées d'années d'ingratitude, l'acné ayant laissé autant de petites cicatrices rougeâtres qu'il y avait de gens bourrés dans la boîte. Ses cheveux bruns, coupés court, étaient arrangés en pics sur le sommet, et des amas de gel étaient visibles. La coiffure jurait avec l'air d'informaticien échappé d'un sous-sol que lui conféraient ses lunettes. Brianne s'était vraiment surpassée, sur ce coup-là.

— Brianne m'a beaucoup parlé de toi, cria-t-il pour couvrir la musique.

Tu m'étonnes, je suis sûre que tu sais tout, pensai-je. *De mon heure de naissance à la couleur de mes sous-vêtements.*

— Ah, me contentai-je de répondre.

Je n'avais pas signé pour être sympathique non plus. Brianne avait résilié le contrat de bonne conduite lorsque son envie pressante l'avait envoyée aux toilettes plus vite que l'éclair. J'espérais qu'elle était en train de s'y laver la langue avec du savon.

Mentalement, je me donnai cinq minutes à endurer ce supplice avant de retourner la salle à la recherche de Michael, en espérant qu'il n'aurait pas déjà trouvé une autre compagne pour la nuit.

— Tu bois quoi ? me demanda-t-il.
— Un Soleil, répondis-je.

J'en aurais sûrement bien besoin, même si je n'avais que cinq minutes à tirer.

Il se dirigea vers le bar où j'avais pris place en début de soirée, et, avec une satisfaction plutôt morbide, je me rendis compte qu'il éprouvait autant de difficulté que moi à se faire remarquer par le serveur.

Il revint cinq minutes plus tard, et me tendit un verre contenant l'étrange liquide orange. Il avait pris la même chose. *Pauvre oisillon*, pensai-je.

Il me présenta son verre pour trinquer, et juste après avoir descendu mon shot, je me demandais si les cinq minutes devaient commencer maintenant, ou avant, lorsqu'il était parti. Bon, un peu de gentillesse, il venait de me payer à boire. Cinq minutes à partir de maintenant.

Il se mit à grimacer de manière horrible, son verre à moitié vidé à la main. Il n'avait de toute évidence pas l'habitude des shots, ni de l'alcool fort. Je ne pus dissimuler un sourire en le voyant relever son verre pour se forcer à avaler l'autre moitié de son Soleil, et j'étais sûre qu'il mourait d'envie de se pincer le nez pour le faire.

— Ce truc est immonde, lâcha-t-il avec une grimace.
— Moi j'aime bien.

C'était vrai. La brûlure que m'avait procurée le premier que j'avais bu n'était pas revenue, et je ne sentais que la douce chaleur de ce breuvage divin. Un point de plus pour mon taux d'alcoolémie.

—Alors, Brianne m'a dit que tu étais en dernière année de Lettres ?

Qu'est-ce que tu veux que je te dise, tu sais déjà tout de moi, grand chef.

—Oui.

Silence.

—Et ça te plaît ?

Non, non, je déteste. C'est pour ça que j'ai choisi ça et pas médecine.

—Oui.

Silence.

—C'est assez peu courant Maeve, comme prénom. Tes parents n'aimaient pas les noms qui se finissent en « a » ?

C'est bon, j'ai l'habitude qu'on m'appelle Maeva.

—Non. Je pense qu'ils préféraient surtout les prénoms morbides.

—Pourquoi ?

—Ça veut dire poison, toxique, lui répondis-je avec le sourire le plus psychopathe de mon répertoire.

J'aurais pu pousser le bouchon et lui raconter que, de toute manière, mes géniteurs avaient juste eu le temps de me choisir un prénom avant de mourir dans un accident de voiture en me ramenant de l'hôpital. Mais à quoi bon enfoncer encore plus un clou qui tient déjà bien la potence ?

Il me regardait, une drôle d'expression peinte sur le visage, ne sachant pas trop comment réagir face à mon attitude. Je lui simplifiai la tâche en le gratifiant d'un rire gras et porcin. Ça semblait fonctionner. Il me dévisageait vraiment bizarrement maintenant. Allez mon grand, courage ! Les cinq minutes sont presque écoulées.

Sur la piste de danse, le troupeau se démenait au rythme des basses. J'aperçus Michael, dans un coin vers le bar, en train de parler avec un autre type. Parfait, ça me ferait une bonne porte de sortie.

Alors que je reluquais Michael et ses taches de rousseur charmantes, mon attention fut attirée par une forme qui regardait fixement dans ma direction. Un homme, très grand, les cheveux bruns. De là où j'étais, je n'arrivais pas à discerner ses yeux, mais je pouvais sentir son regard posé sur moi. Remarquant que je l'avais vu, il disparut dans la foule de la piste de danse. Les lumières des projecteurs me donnèrent juste le temps de me rendre compte qu'il était tout simplement magnifique, mais pas celui de le voir en détail.

— … vent ici ?

Hein ?

Je me retournai vers Albert, qui n'avait visiblement pas arrêté de me parler pendant que mon esprit divaguait. Bon, les cinq minutes devaient bien être finies là, j'avais purgé ma peine. C'était le moment de placer mon excuse bien trouvée, Michael, un ami de longue date, que je me devais d'aller saluer. Je m'apprêtais à le dire à Albert lorsque je vis Brianne être tirée vers la sortie par un homme dont je ne pouvais discerner le visage. Elle s'était dégoté un type rapidement celle-là. Enfin, ce n'est pas moi qui pourrais la blâmer.

Cependant, quelque chose me dérangeait. Brianne n'avait pas l'air d'être contente, ni vraiment consentante. Un coup de spot bien placé sur l'heureux couple me permit de me rendre compte que celui qui la tenait par le bras n'était autre que Marc, son ex. Marc, le violent fils de pute qui l'avait frappée pendant des mois. Mon sang ne fit qu'un tour.

—Excuse-moi, lançai-je à Albert alors que je n'étais déjà plus là.

Finalement, pas d'excuse bidon.

Je pressai le pas pour rejoindre le couloir qui menait aux vestiaires puis à la sortie. Une fois arrivée, je découvris Brianne acculée contre le mur, Marc l'écrasant de tout son poids, lui parlant à l'oreille. Elle tournait la tête, et elle ne semblait pas du tout rassurée. Ce crétin devait certainement puer l'alcool.

—Hé du con, lâche-la, lançai-je alors que je ralentissais le pas.

Il se retourna vers moi avec un petit sourire niais.

—Évidemment, tu es là. Tu es toujours là où il ne faut pas, me dit-il sur un ton agressif. Maintenant, disparais avant de fourrer de nouveau ton nez dans des affaires qui ne te regardent pas.

Je le jaugeai de haut en bas, pour bien lui faire comprendre qu'il ne me faisait pas peur.

—Je t'avais promis de te péter la gueule à l'époque si je te voyais lui tourner autour à nouveau, grognai-je en m'approchant un peu plus.

Il relâcha son emprise sur Brianne et me fit face. Nous étions maintenant presque collés. La situation aurait pu être comique – lui, géant, moi, haute comme trois pommes – si nous n'avions pas tous les deux envie d'en foutre une à l'autre. La tension était palpable.

—Maeve, ne te mêle pas de ça, me supplia Brianne.

Je l'ignorai. La rage que m'inspirait ce type était indescriptible, et je la sentais me démanger dans tous les membres. Pendant des mois, il avait battu Brianne, qui était trop effrayée pour dire quoi que ce soit. Un jour, j'avais insisté sur l'origine d'une ecchymose qu'elle avait mal dissimulée, et elle avait fini par craquer. Elle avait trouvé la force de le quitter, épaulée par Elliot et moi, mais les premiers temps n'avaient pas été faciles. Il la harcelait sans arrêt. Et visiblement il continuait.

— Qu'est-ce qu'un petit truc comme toi pourrait me faire?

Il me scrutait, le regard aussi hargneux que le mien était dur. Ce n'était pas très difficile de voir ce que Brianne lui avait trouvé. C'était un très bel homme, passablement grand, des cheveux noirs, les yeux vert clair, la mâchoire carrée, le teint hâlé, musclé, et sportif de haut niveau. Il aurait eu tout pour lui si ça n'avait pas été un violent connard patenté.

Je continuais à soutenir son regard sans flancher. Je mourais d'envie de lui en coller une, mais il fallait être réaliste. Il mesurait plus d'une tête de plus que moi, et ses bras faisaient le double d'une de mes cuisses. Mais surtout, je ne frappais jamais la première.

Il fit un pas en arrière, et son rictus s'élargit lorsqu'il me lança un simple «Allez, dégage petite» en me poussant nonchalamment l'épaule. Ça me suffit comme ouverture des hostilités et je lui balançai mon plus beau coup du droit avant qu'il ait le temps de se rendre compte de ce qui s'était passé. Il y eut un bruit sourd quand son nez craqua sous mon poing. Quelques années d'expérience m'avaient appris qu'il n'y avait pas besoin d'être grand pour viser le nez. L'attaque par le bas est tout aussi efficace et douloureuse.

Brianne émit ce qui ressembla à un faible cri et partit en courant en direction de la salle, sans doute pour aller chercher les renforts. Les quelques personnes qui traînaient dans le couloir s'étaient arrêtées, bouches ouvertes, pour regarder le spectacle.

Marc se tenait le nez, jurant, du sang lui coulant sur le visage. Il releva des yeux pleins de rage sur moi.

— Je vais te tuer, espèce de petite pute! lâcha-t-il.

Charmant.

— T'as plus l'habitude de donner des coups aux femmes que d'en recevoir, hein, le narguai-je.

Quitte à le mettre en colère, autant y aller franchement.

Il se redressa complètement. Il avait l'air tellement hors de lui que, pour la première fois, je me demandai si mon tempérament un peu trop sanguin ne me vaudrait pas quelques jours à l'hôpital. Ou à la morgue.

Je regardai autour de moi. Le couloir s'était vidé, ou plutôt, il s'était réorganisé dans un coin. Bon Dieu, où était la sécu quand on en avait besoin ? Ce n'était pas de la part d'un des bourrés qui se pressaient contre les murs que j'allais recevoir de l'aide. Marc était trop imposant, même pour un homme de taille normale.

Il se tenait face à moi, prêt à charger, et je remarquai que la hargne le faisait trembler. C'était sûrement le seul avantage que j'avais sur lui. Si je pouvais exploiter sa colère le temps que les secours arrivent, je verrais peut-être le soleil se lever dans quelques heures.

— Qu'est-ce qu'il y a, Marc ? Me dis pas que tu hésites à frapper une femme ? Ce serait une première !

J'avais essayé de sonner aussi dure et méprisante que possible. La vérité, c'était que je commençais à avoir sacrément la pétoche. Si Elliot ou un type de la sécurité ne venait pas rapidement, je ne donnais pas cher de ma peau. Mais ma stratégie avait l'air de fonctionner. Pour l'instant. La colère ne laisse pas beaucoup de place à la réflexion – j'étais bien placée pour le savoir – et Marc me chargea comme un taureau. Un grand pas sur le côté et il passa tout droit. Il s'arrêta et se retourna brusquement. Je le regardai bien en face en secouant la tête.

— Pathétique, dis-je.

C'en fut assez pour qu'il attaque à nouveau. Pas très intelligent, le bovin, pensai-je en faisant un pas sur le côté opposé pour l'éviter. Bon Dieu, combien de temps devrais-je encore danser la corrida avant que l'aide n'arrive ?

— Je vais te briser les bras, petite pute. Os par os. Et après je vais passer la nuit avec Brianne, et à elle, je vais lui briser les pattes arrière.

— T'es vraiment un poète, Marc.

— Ensuite, je lui flanquerai la correction qu'elle mérite pour ce qu'elle m'a fait.

Sa voix n'aurait pas eu besoin d'être aussi cruelle pour produire le même effet. Ses yeux avaient pris une légère teinte rougeâtre, donnant des accents de folie à un regard qui n'en avait nul besoin.

— Si tu touches encore à un seul de ses cheveux, je te jure que je te tuerai, lâchai-je, perdant mon calme.

Visiblement, il avait également compris que je m'énervais facilement. Je lui fondis dessus de toutes mes forces, visant le ventre. Mais, sans effet de surprise, mon coup n'était pas vraiment phénoménal. Au lieu de provoquer ses hurlements, celui-ci le fit rire. Avant que je ne m'en rende compte, il avait saisi le bras qui l'avait atteint.

— Tu tapes comme une fille, dit-il dédaigneusement.

Et là, je sus qu'il était sur le point de me frapper et que personne ne me viendrait en aide. Il me tenait si fortement que je n'aurais pu aller nulle part de toute manière. Il ne me restait qu'une fraction de seconde pour me préparer à l'inéluctable, ou...

Il se mit à hurler. Maeve 1 – Marc 0. Pincer le nez cassé d'une grosse brute faisait de l'effet. C'est qui maintenant la fille, du con ?

C'est à ce moment que je l'aperçus. Dans la lumière du couloir, je compris précisément pourquoi j'avais trouvé cet inconnu aussi beau tout à l'heure, alors que je n'avais pas vu la moitié de son visage. Il était grand, encore plus que Marc, et ses cheveux châtain sombre un peu trop longs rebiquaient aux extrémités comme s'ils avaient voulu boucler, mais avaient été trop fainéants pour le faire. Et ses yeux… Ils étaient indescriptibles. Brun fauve, presque translucides. Envoûtants. Son visage à la mâchoire carrée était inexpressif, et il ne montra pas le moindre signe de surprise quand je reçus un coup de poing en plein visage. Il continua simplement à m'observer, comme s'il attendait de voir comment j'allais réagir.

J'aurais bien continué à le regarder moi aussi, mais la violence du coup, et surtout la douleur qu'il avait provoquée, m'avait ramenée à la réalité en un rien de temps. C'était comme si un bulldozer venait de me passer sur la tête et qu'un marteau-piqueur s'occupait du reste du boulot. Pour un peu, j'aurais pu voir de petits oiseaux jaunes voler devant moi en piaillant sans être surprise. Putain de bordel de merde de connard. Je l'avais presque oublié, Marc. Mais maintenant, il était tout ce que j'avais à l'esprit.

Il n'avait pas lâché mon bras, ce qui m'avait épargné la chute, et je pouvais lire dans ses yeux que le coup qu'il m'avait donné n'était que l'échauffement.

La colère me chauffa le ventre comme une fournaise. Je le regardai fixement, du sang troublant ma vision du côté gauche, et lui servis mon plus beau sourire. Puis, sans demander mon reste, en une fraction de seconde, je lui serrai le paquet tellement fort que je sentis quelque chose craquer – son jean ou ses bijoux de famille, peu m'importait. Alors qu'il se tordait de douleur, il lâcha mon bras, et, sans diminuer la pression que ma main gauche exerçait sur son entrejambe, le forçant à se baisser, je levai le coude si près de mon visage qu'il cacha ma bouche.

— Heureusement pour toi que je tape comme une fille, dis-je placidement.

Puis je le frappai de toutes mes forces à la mâchoire. Il s'écroula au sol après que son crâne fut allé heurter le mur de plein fouet. Je relevai la tête, les yeux animés d'une colère froide et les lèvres déformées, pour découvrir que mon inconnu avait disparu. À sa place se tenaient Elliot, Brianne et Mademoiselle Parfaite, chacun avec le menton traînant par terre.

Elliot fut le premier à revenir à lui. Il s'approcha rapidement de moi en jurant.

— Nom de Dieu, Maeve! Mais à quoi tu pensais? Tu es complètement folle! T'as perdu l'esprit?

Je reculai face à la colère mêlée de peur d'Elliot et me retrouvai dos au mur. Étonnant de voir qu'un Marc ne m'effrayait pas, mais que je tremblais devant les reproches de mon meilleur ami.

— Il aurait pu te tuer!

Il ponctua son accès de rage d'un coup sonore de paume contre la cloison, juste à côté de ma tête, qui me fit revenir à la réalité. Et à cet instant, je pris conscience de ce qui aurait pu se passer, si un pic d'adrénaline n'avait pas décuplé mes forces.

— C'est lui qui m'a cherchée, lâchai-je, peu sûre de moi.

Mais face au regard noir d'Elliot, je me rendis compte qu'il valait mieux que, pour une fois, je la ferme.

Une heure plus tard, j'étais chez moi, couchée tranquillement dans mon lit, comme si rien ne s'était passé. Rien, à part que ma tempe gauche me jouait un concerto en La Mentable.

Elliot m'avait ramenée chez moi après être allé parler à la sécurité, qui était bien sûr arrivée juste après les faits.

Marc avait été conduit à l'hôpital, au cas où il aurait une commotion. Il serait interdit dans la boîte de nuit, moi pas. Bon point, les sourires charmants fonctionnaient même avec un visage amoché. Pas que j'aie envie d'y remettre les pieds, mais c'était toujours flatteur.

Dans la voiture, Elliot n'avait pour ainsi dire pas parlé, si ce n'était pour me faire des reproches. Il avait insisté pour me ramener jusque dans mon appartement, nettoyer la blessure qui avait déjà été désinfectée par une serveuse du club, et me poser à nouveau de la glace par-dessus. Après ça, et quelques autres commentaires sur mon fichu caractère qui me mettait toujours dans des situations de plus en plus dangereuses, il était sorti en claquant la porte et en me disant qu'on se verrait le lendemain pour aller chez Walter. Deux secondes et demie plus tard, il était réapparu et avait simplement lancé :

— Bon anniversaire.

Puis il avait refermé, calmement cette fois, et il était parti pour de bon.

Belle manière de fêter mes vingt et un ans… Rentrer seule, avec un coquard et une gueule de bois.

Chapitre 2

Je me réveillai en sursaut.
Il faisait toujours nuit noire, et un coup d'œil à mon horloge à affichage numérique m'indiqua qu'il était 4 h 23. J'avais dormi à peine une heure. Génial. Et j'avais encore fait un de ces rêves bizarres. Les événements de la veille avaient dû me marquer plus que mon ego n'était prêt à le reconnaître. J'étais en nage, et aussi détendue qu'un garde de Buckingham Palace.

En poussant un gros soupir, je me laissai retomber sur mon oreiller. Une douleur à la tempe gauche me rappela que, si je ne m'étais pas battue dans mes rêves, je l'avais fait dans la réalité, le soir précédent. Ce fichu Marc. Ce n'était pas une pensée très élégante, mais j'espérais sincèrement qu'il avait une commotion, et tout aussi sincèrement que ce n'était pas la couture de son jean qui avait craqué.

Il fallait que j'essaie de me rendormir. Survivre à une journée en famille si j'avais un coquard, des cernes et une sale humeur ne serait pas aisé. Sans compter que, connaissant Elliot et ses faux airs de grand frère, il allait me sermonner et tenter de me donner une leçon, et qu'il ne serait pas là pour me soutenir moralement face aux questions de Walter, estimant – peut-être à juste titre – que ça me servirait d'exemple pour ne pas avoir envie de recommencer.

Après de longues minutes, je dus bien me rendre à l'évidence. Impossible de dormir. Mon tour de garde n'était pas fini. Mon corps était raidi et mon esprit vagabondait plus vite que mon cerveau n'arrivait à suivre à cette heure indue. Je repensais à Marc, évidemment, mais en toile de fond, je ne pouvais chasser les images des rues d'une ville que je ne reconnaissais pas, et qui n'existait probablement pas, dont je rêvais depuis quelques jours déjà.

Ce qui était vraiment excitant dans ces rêves, c'est qu'il ne s'y produisait rien. Rien du tout. Je me baladais dans des ruelles presque désertes, évitant les quelques passants qui venaient s'y aventurer. Je savais que je pourchassais quelque chose, mais j'ignorais quoi, et, de toute évidence, je ne le trouvais pas. Mais je continuais à chercher, toutes les nuits, à la même heure, aux alentours des 4 heures.

Cette fois pourtant, je l'avais enfin repéré. Et je l'avais pris en filature. Un homme, très grand et très mince, qui se faufilait dans les rues sombres aussi discrètement que je le faisais. Je ne voyais pas son visage. Tout ce que j'apercevais de lui était que, dans l'obscurité, ses cheveux étaient noirs comme le jais. Mais c'était lui, je le savais. Je ne peux pas dire qu'il s'était passé grand-chose de plus. J'avais fini par me réveiller, comme toutes les nuits, après quelques minutes seulement, comme si rester dans ce corps représentait un effort trop important. Et rien de plus. Je me demandais ce qu'un thérapeute en aurait pensé. Je me souvenais d'avoir entendu un étudiant de psycho raconter que, dans les rêves, on est tous les protagonistes à la fois, même s'il s'agissait de quelqu'un que l'on connaît, que cela symbolise une partie de nous qu'on reconnaît dans cette personne. Peut-être étais-je en train de me chercher, tout simplement, et qu'après les événements avec Marc, j'avais commencé à trouver quelque chose. Qui dit que la violence ne résout rien ?

Je chassai cette pensée d'un soupir las et abandonnai l'idée de me rendormir de suite. Je me levai et me dirigeai d'un pas traînant vers la salle de bains. J'allumai et me postai devant le lavabo pour m'asperger la figure d'eau. Le contact du liquide glacé me ramena définitivement à la réalité. Plus d'allées sombres, mais mon visage tuméfié dans le miroir, qui jurait avec la banalité de ma salle de bains. Celle d'une fille normale, qui ne prend pas spécialement soin d'elle, mais qui ne se bat pas le vendredi soir. Pas de crème de jour, ni d'attirail de maquillage. Juste un simple mascara esseulé traînant sur le lavabo, comme oublié de Dieu et des hommes, et en guise d'unique décoration, un canard en plastique rose qu'Elliot m'avait offert après l'avoir gagné dans une fête foraine, et qui détonnait carrément avec les carreaux ocre.

Je détaillai mon reflet. De longs cheveux presque noirs et ondulés retombaient en masses informes sur mes épaules, mes sourcils fins étaient figés en une expression fatiguée qui aurait fait fureur à une réunion des insomniaques anonymes – « Bonjour, je m'appelle Maeve, et je suis insomniaque », « Bonjour Maeve » –, ma bouche était tirée et mes lèvres, pourtant assez pleines, apparaissaient comme deux traits indécis sous la lumière blafarde. Mes yeux verts aqueux semblaient plus transparents que jamais, et mon visage, qui respirait la joie de vivre nocturne, était ponctué d'un énorme coquard, pourpre. *Bien joué Regan*, pensai-je. Heureusement que je portais bien le violet.

Je décidai que le spectacle était assez pitoyable pour me donner envie d'aller le cacher sous mes couvertures et éteignis avant de retourner dans un lit déjà refroidi. Un sacré boulot de maquillage m'attendait le lendemain pour me donner l'air vivant, œil au beurre noir mis à part.

Une fois allongée, j'étais tiraillée entre l'intérêt grandissant que je portais à mon plafond, et le savon qu'Elliot me passerait dans quelques heures. Ce n'est pas Mademoiselle Parfaite qui aurait voulu démonter la gueule de quelqu'un. Non, elle, elle aurait parlementé, calmement, posément, et même s'il était impossible de faire naître une pensée rationnelle dans l'esprit de Marc, elle, elle y serait parvenue. Mademoiselle Parfaite réussissait tout ce qu'elle entreprenait. Je la détestais.

Dans la voiture, Elliot était silencieux. Il m'avait saluée, froidement, jouant son rôle à la perfection, et avait démarré à la seconde où j'avais pris place. Depuis, plus rien. Je n'aimais pas ça. S'il voulait me sermonner, qu'il le fasse directement et qu'on passe à autre chose. Je détestais sa manie de toujours remettre à plus tard, parce que ça lui donnait toutes les armes nécessaires pour tout maîtriser. J'étais du genre à foncer droit dans le tas, et me poser des questions après. C'était plus facile. Et je savais que c'était précisément ce qu'il me reprocherait.

J'avais quand même fini par me rendormir la veille, et j'avais eu une bonne nuit de sommeil, décalée, mais qui avait eu le mérite d'exister. En me levant, la corvée maquillage s'était révélée moins pénible que prévu. Par un miracle céleste, mon œil poché avait totalement dégonflé, et le violet était encore plus clair. Il n'avait pas été trop difficile de le cacher sous une couche du fond de teint que j'avais comme par enchantement retrouvé dans un tiroir et qui attendait paisiblement le jugement dernier en compagnie d'un vernis à ongles rouge. J'avais dû lui faire peur, à lui aussi. Ça aurait dû suffire à égayer ma journée, mais le mutisme d'Elliot m'énervait de plus en plus, à mesure que les kilomètres défilaient.

—Et sinon, ça va?

Un grand silence ponctua ma question. Elliot n'avait visiblement pas le moins du monde envie de me répondre.

—Bien dormi ?

Non que connaître les détails de sa nuit avec Mademoiselle Parfaite m'intéresse, au contraire, mais je savais qu'en continuant à lui poser des questions superficielles, je finirais par lui faire perdre son calme. Aucune raison qu'il ait le monopole là-dessus.

—Les cours, ça se passe bien ?

Il gardait les yeux fixés sur la route, comme si je n'existais pas.

—Content de revoir ta mère ?

—Écoute, Maeve, ferme-la.

La sécheresse de son ton me surprit. Énervé ou pas, il ne s'était jamais montré aussi cassant avec moi. Au moins, il avait réagi. Je laissai quelques secondes s'écouler avant de reprendre.

—Elliot, je sais très bien que tu vas me faire la morale, je sais très bien que tes arguments seront fondés, alors finissons-en, ce silence est lourd, je veux passer à autre chose.

Il planta sur les freins tout en rabattant la voiture sur la droite. Je me retournai instinctivement pour voir si aucun véhicule ne nous suivait et qu'aucun risque d'accident ne nous pendait au nez. Heureusement, rien à l'horizon. Je me tournai lentement vers Elliot, qui avait toujours le regard fixé devant lui, les doigts tellement serrés sur le volant que ses jointures en étaient devenues blanches. Sur sa main droite, l'auriculaire qu'il s'était cassé à mon dixième anniversaire affichait encore un angle légèrement étrange, s'appuyant bizarrement sur son annulaire. J'étais on ne peut plus mal à l'aise. Le plus effrayant n'était pas qu'il ait freiné comme un fou au milieu de nulle part, même si ça ne lui ressemblait pas. Le plus effrayant, c'était qu'il n'avait toujours pas dit un mot, et ça ne présageait rien de bon. Mon savon serait plus corsé que j'avais imaginé.

Il tourna finalement un regard furieusement froid vers moi. Ses yeux verts avaient viré menthe à l'eau, et la lèvre supérieure était crispée, ce qui la faisait ressortir encore plus. Je l'aurais trouvé incroyablement beau, si je n'avais pas eu peur de ce qui allait suivre.

— Tu sais ce que c'est, ton problème ?

Il marqua une pause rhétorique, et j'attendis patiemment ma sentence.

— C'est que tu ne changeras jamais. Tu n'apprends pas de tes erreurs, tu reproduis les mêmes, et les mêmes, à l'infini. Et pour le moment tu es chanceuse, mais ça ne se passera pas toujours comme ça. Qu'est-ce qui peut bien te prendre de vouloir te battre avec un type qui fait deux fois ta taille et quatre fois ton poids ? Des tendances suicidaires ?

— Je te signale que c'est moi qui l'ai mis au tapis.

OK, ce n'était pas le truc le plus intelligent à dire, mais pour ma défense, c'était sorti tout seul.

Il leva les yeux au ciel, l'air exaspéré.

— Mais tu n'écoutes rien de ce que je dis ? Tu ne seras pas toujours aussi chanceuse, un jour tu vas perdre à ton propre jeu, et vu que tes conneries ne font qu'escalader en force, tu vas finir par te faire tuer, bon Dieu. Ça sera quoi ta prochaine lubie, courir contre les voitures pour voir qui a la tête la plus dure ?

Une mèche de cheveux lui couvrait partiellement les yeux, comme si elle voulait reprendre ses droits. Mais cette fois-ci, je n'avais pas du tout envie de la discipliner.

Je ne répondis rien sur le moment. Et pour cause, il avait totalement raison, et je savais très bien de quoi il parlait. J'avais toujours été une tête brûlée, et toujours eu énormément de peine à contrôler mes accès de colère. Mais si Marc n'avait pas été le premier avec qui je m'étais battue, c'était le premier qui était aussi fort, et surtout aussi dangereux. Hier, peut-être pour la première fois de ma vie, j'avais eu peur. Mais comment expliquer à Elliot qu'au-delà de l'aspect négatif que ça impliquait, c'était un des plus beaux sentiments que j'avais jamais ressentis ? Il ne comprendrait pas, et il utiliserait sûrement cet argument pour appuyer ses dires, voire me faire interner.

— Ça dépend si on parle d'une Volvo ou d'un pick-up.

Il secoua la tête, l'air presque dégoûté.

— Faut toujours que tu joues à la plus fine. Ben continue. Mais le jour où tu te retrouveras au tapis, à l'hôpital ou six pieds sous terre, faire la maligne ne te sera d'aucune aide.

Ma bouche se pinça face à l'amertume de sa voix. Même si je m'y étais préparée mentalement, la leçon de morale ne me plaisait pas du tout. Sûrement parce qu'il avait raison, mais bon.

— Écoute Elliot, je suis assez grande pour savoir ce que je fais. Hier j'ai un peu perdu pied, mais il retenait Brianne contre un mur, et après il m'a dit qu'il allait lui filer la correction qu'elle méritait pour ce qu'elle lui avait fait. Tu lui en aurais aussi collé une.

Il parut pensif pendant un moment. Lorsqu'il reprit la parole, ce fut plus calmement.

— Je l'aurais peut-être fait, mais la différence, c'est que mes bras font la taille de tes cuisses, que j'ai une tête de plus que toi, et que je ne suis pas une fille.

Je le regardai, l'air mi-incrédule, mi-amusé.

— Et parce que je suis une femme, ça change tout ? Depuis quand tu tournes sous Macho XP toi ?

Il sourit. Tombe bien, je souriais également.

— Tu sais très bien ce que je veux dire. Si je lui en avais collé une, ça n'aurait pas été une habitude.

Il sonda ma réaction. Non mon grand, tu ne verras rien. Je suis aussi innocente que l'agneau qui vient de naître. J'aurais bien commencé à siffloter, les yeux au ciel, mais ça aurait paru encore plus suspect.

— Thomas Mills en maternelle. Charles Brett en première année, Phil… je-sais-plus-quoi la même année, Jon en deuxième. Je continue, ou tu vois le tableau ?

Tu peux y aller, je ne compte pas te donner raison, pensai-je.

— David Jones, les frères Moore, tous les trois, en même temps.

C'est bon, je voyais le tableau.

— Et le petit, là, avec les lunettes, qui était tout le temps en train de jouer à des jeux de rôle, c'était quoi son nom à lui ?

Je ne répondis pas, les lèvres serrées.

— Celui qui t'avait traitée de hobbit.

— Antoine Forbes, grognai-je.

Et là, j'éclatai de rire. Antoine Forbes ! J'essayais de retenir des larmes qui forçaient leur passage, mais ça devenait difficile. Antoine Forbes, on devait avoir onze ans. Je crois qu'il avait un faible pour moi et une drôle de manière de le montrer, car il me donnait toujours des surnoms étranges. Le jour où il m'avait traitée de hobbit à cause de ma petite taille, je lui avais prouvé que de nous deux, il était le seul à posséder des pieds poilus – façon de parler – et j'avais eu la présence d'esprit de le faire devant témoin. Après ça, il ne m'avait plus jamais appelée par des noms bizarres. Il ne m'avait plus jamais adressé la parole, à vrai dire.

— Pauvre gars, fit Elliot, pensif. Tout ça pour dire que tu as de sérieux antécédents, et que tu devrais trouver un moyen de sortir ta rage. Et pas en tapant sur des types comme Marc. Fais quelque chose, je sais pas, de la boxe, du kick-boxing, du yoga.

— Je me mets au violon aussi, comme Mademoiselle Parfaite ?

Son visage se ferma en un instant, et il me lança un regard noir. Il détestait que je l'appelle comme ça.

— Maeve, je suis sérieux. Je suis peut-être en colère, mais c'est parce que je me fais du souci pour toi. Une si jolie frimousse ne devrait pas se retrouver avec des marques comme ça.

Oh oh. Tout en disant ça, il avait porté sa main là où l'hématome était camouflé sous une couche de fond de teint. Je détournai aussitôt la tête. Ça me rappelait de mauvaises choses. Des choses dont je n'avais aucune envie de me souvenir.

Je regardais par la fenêtre côté passager quand je lui répondis finalement :

— Promis, je trouverai un autre moyen. Mais si tu veux pas que j'aie de bleus, conseiller de la boxe ou du kick-boxing n'est peut-être pas judicieux.

J'avais parlé doucement, en évitant son regard. Je voyais cependant du coin de l'œil qu'il avait reposé sa main sur le volant. Je n'étais pas la seule à être mal à l'aise. Je détestais ces moments pesants avec Elliot.

— On ferait mieux de se remettre en route, dit-il au bout d'un moment. Ils vont nous attendre.

Et sur ces mots, il redémarra.

La porte s'ouvrit avant même que nous ayons pu monter les trois marches du perron.

— Joyeux anniversaire !

J'eus à peine le temps d'entendre la phrase avant d'être happée dans des bras de fer. Je n'avais pas pu voir le visage de la personne qui m'avait attrapée au vol tant l'action s'était déroulée rapidement. Non que je puisse avoir le moindre doute sur son identité, Walter ne se montrant jamais vraiment affectueux.

— Ne l'étouffe quand même pas, maman, dit Elliot en passant à côté de nous pour entrer dans la maison, comme si de rien n'était.

Après avoir rendu tant bien que mal les salutations, du bout des pieds, à moitié soulevée que j'étais, je fus libérée et je pus rejoindre le sol en toute sécurité. Serena Dunn me regardait avec un énorme sourire. Ses cheveux blonds coupés au carré étaient un peu ébouriffés, et ses grands yeux vert clair pétillaient de joie. C'était vraiment une belle femme. Elliot avait de qui tenir.

— Tu m'as tellement manqué ! s'écria-t-elle en me regardant d'un air attendri, la tête légèrement penchée sur le côté.

Oui, bon, on s'est vues la semaine dernière, hein. À peine ai-je eu le temps de me faire cette réflexion que son sourire se figea.

— Maeve Anabelle Regan, qu'est-ce que c'est que cette chose sur ton visage !

Vu le ton qu'elle avait utilisé, cela n'avait rien d'une question. Je cherchais une réponse appropriée lorsque Elliot réapparut sur le pas de la porte.

— Maeve se prend pour Mike Tyson. Au fait, moi aussi je t'aime, maman, dit-il en déposant un baiser sur sa joue.

Puis il disparut à nouveau dans la maison.

Serena continuait à me scruter avec un air réprobateur tout maternel, et je ne trouvai que mon sourire le plus charmant pour lui répondre. Arracher mon top, avec elle, ça ne fonctionnerait pas. J'avais des années d'entraînement, pourtant. Mes parents étant morts lorsque j'étais tout bébé, j'étais venue habiter avec mon grand-père. Serena, jeune veuve qui élevait seule ses deux fils après le décès prématuré d'un mari militaire, vivait dans la maison d'à côté, et elle m'avait accueillie comme la fille qu'elle n'avait pas eu le temps d'avoir. Elle s'était chargée de tout l'aspect maternel qui faisait cruellement défaut à Walter, et nous étions devenus une grande famille. Assez spéciale et bizarrement assortie, mais très soudée.

—C'est ton anniversaire, donc on dira que c'est un jour de trêve, mais toi et moi, il faudra que nous ayons une discussion, ma grande, fit-elle en m'attirant à l'intérieur, un bras autour de mes épaules.

Il fallait voir les choses du bon côté. D'abord, Walter n'avait pas entendu la conversation et ne remarquerait peut-être pas les traces sous le fond de teint. Et ensuite, Serena était sûrement l'unique personne au monde à m'appeler « ma grande ».

Elle me relâcha une fois dans le hall. Visiblement, j'étais en liberté conditionnelle. Elle disparut en direction du salon et me laissa seule. J'ôtai ma veste en détaillant avec affection la maison dans laquelle j'avais grandi. Dire que j'avais eu tant de hâte à la quitter pour rejoindre la ville et son université. Cela me paraissait toujours aussi étrange lorsque je revenais. C'était ça, mon chez-moi, l'endroit où je me sentais bien.

Le vaste hall était le cœur des lieux et avait été le théâtre de nombreuses joutes avec Elliot. Çà et là, des photos de nous enfants en donnaient un témoignage muet. De l'entrée, on pouvait aller dans le salon, juste en face de la porte, où se trouvait l'énorme table à manger, celle-là même contre laquelle je m'étais cassé une dent de lait en voulait attraper un frisbee qu'Elliot m'avait lancé un jour pluvieux lorsque nous avions six ans. Sur la gauche, un grand escalier dans lequel nous étions tombés un nombre incalculable de fois menait à l'étage supérieur où se situaient les chambres à coucher.

— On était bien différents à l'époque.

Je me retournai pour découvrir Elliot dans mon dos, en train de regarder une photo de nous, souriants à s'en déformer le visage. Il nous manquait à tous les deux les dents de devant. On formait une sacrée équipe.

Il partit sans attendre de réponse de ma part, et je restai quelques instants les yeux fixés sur le cliché. Il avait raison. Nous étions très différents, maintenant.

Je suspendis ma veste au porte-manteau et me dirigeai à l'odorat, à droite du salon, et trouvai Walter. Il était dans la cuisine, en train de parfaire le repas. C'était un vrai cordon-bleu. Je n'avais jamais mal mangé en sa compagnie.

Il se retourna en m'entendant. Son visage me sourit calmement, laissant découvrir des fossettes qui avaient résisté à l'âge. À près de quatre-vingts ans, mon grand-père était ce que l'on pouvait encore appeler un bel homme. Il faisait d'ailleurs fureur auprès de la gent féminine du troisième âge, et même souvent du deuxième. Il avait un sourire franc, souligné par la blancheur immaculée de ses cheveux toujours en bataille, comme les miens. Ses yeux d'un bleu glacier étaient pourtant toujours chaleureux, et eux aussi riaient la plupart du temps. C'était l'une des rares personnes que j'aie jamais vues sourire du regard.

— Bonjour princesse, dit-il alors que je déposais un baiser sur sa joue.

— Bonjour Walter.

Pas de «joyeux anniversaire» avec Walter. On était bien loin de ce genre de considérations. Pas très affectueux, ni démonstratifs, on était fonctionnels. Pour ça on se ressemblait énormément. Il n'était pas très loquace, était assez secret, et ça ne m'avait jamais posé problème. Je pense que j'aurais préféré devenir sourde plutôt que d'entendre parler de ses différentes conquêtes du club de bridge.

Après ce petit échange, il se remit à couper finement une échalote comme si je n'étais jamais arrivée. Parfois, il vivait vraiment dans un monde à part. Toujours distrait, ou absent, je n'aurais su dire. Pourtant il ne manquait jamais aucun détail et n'oubliait jamais rien, et j'aurais dû m'en souvenir alors que je ressortais de la cuisine, rassurée qu'il n'ait pas remarqué mon œil.

—Maeve, as-tu de la peine à contenir des accès de colère dernièrement? demanda-t-il calmement, sans même relever les yeux vers moi.

La question me prit un peu au dépourvu. Bien sûr, j'avais envie de nier, du tac au tac. Mais je détestais mentir à Walter. Il le sentait toujours. Et dans la mesure où il avait, encore une fois, visé juste, je ne voyais pas trop comment répondre à ça. Parfois, la meilleure réplique à l'attaque, c'est l'esquive.

—De quoi veux-tu parler, Walter?

J'essayais constamment de soigner mon verbe quand je discutais avec Walter, sûrement par mimétisme. Il s'exprimait toujours bien, et j'avais comme deux registres de langage interchangeables. Il n'appréciait pas les rares fois où des gros mots m'échappaient en sa présence, alors je faisais un effort. Il n'avait pas besoin de savoir que je me rattrapais amplement dès qu'il avait le dos tourné.

—Tu sais très bien de quoi je parle, répondit-il, cette fois-ci en me regardant droit dans les yeux.

Il affichait un sourire tranquille et amusé. Amusé, pas énervé. C'était pire.

—Du fait que tu te prennes pour Mike Tyson.

Il avait recommencé à couper une échalote, comme si de rien n'était. Et oups. Il avait entendu la remarque d'Elliot.

—Pas plus que d'habitude, dis-je.

Ce qui, sans être la vérité la plus fondamentale, n'en était pas assez éloigné pour s'appeler un mensonge. J'avais toujours eu de la peine à catalyser ma colère. Ces derniers temps, j'étais juste constamment à fleur de peau. Et en y réfléchissant bien, ça remontait à l'arrivée de Mademoiselle Parfaite dans ma vie, enfin dans celle d'Elliot.

—Hmm.

Quand il soupirait comme ça, ce n'était généralement pas bon signe. Walter n'était pas du type à crier. Je ne l'avais jamais vu énervé de ma vie, à vrai dire. Mais il était effrayant dans son genre, même s'il m'était impossible de définir exactement pourquoi. Walter voyait à travers les gens, ou plutôt, il en était capable, et ça pendait comme une menace silencieuse sur son visage. Et je n'étais pas la seule à préférer corriger instantanément le tir plutôt que de me sentir mise à nu par le glacier qui lui tenait lieu de regard. S'il savait sourire avec les yeux, il savait également s'en servir comme d'une arme de torture. On ne le surnommait pas Walterminator pour rien. Silencieux, et terriblement efficace.

Il fit glisser les échalotes dans le plat de salade dont il se saisit. Puis, arrivé à ma hauteur, il me dit, tout aussi calmement :

—Il faudra qu'on en parle. Pas aujourd'hui, ne t'inquiète pas. Mais on y viendra.

Puis le glacier fondit et ses yeux me sourirent pendant qu'il approchait sa bouche de mon oreille.

—Mais ne t'en fais pas, même avec des ecchymoses, tu restes la plus belle, et tu seras toujours ma princesse.

Puis, chose étrange et inhabituelle, il déposa un baiser sur mon front avant de se diriger vers le hall.

—À table!

Walter n'était pas uniquement bon en cuisine. C'était un vrai détecteur à mensonges, et quelque part, l'idée de devoir parler de ma passion grandissante pour la boxe avec Walter au lieu de Serena, qui hurlerait pourtant tout du long, était nettement moins rassurante.

Là, je suis mal, pensai-je en marchant, d'un pas traînant, vers la salle à manger.

Chapitre 3

Finalement, j'avais survécu à mon déjeuner d'anniversaire. Ni Walter ni Serena ne m'étaient tombés dessus après le dessert pour me faire part de leurs considérations sur mes activités parascolaires. Quant à Elliot, il n'avait plus fait de remarque sur mes facultés à boxer plus vite que mon ombre.

Le repas s'était passé dans la convivialité, Serena parlant la plupart du temps. Puis était venu le moment tant détesté des cadeaux. D'aussi loin que je me souvienne, je n'avais jamais aimé recevoir quoi que ce soit. Walter l'avait rapidement compris, et il ne me donnait jamais rien. En échange, disait-il, je pouvais demander dès que j'avais besoin de quelque chose. Mais Serena était une véritable maman gâteau et elle tenait toujours à m'offrir quelque chose. Anniversaire ou pas. J'étais en possession d'un nombre incalculable de vêtements, bijoux et accessoires que je ne mettais jamais… Je suis vraiment du genre jean et top noir, du lundi au dimanche, de huit heures à minuit, mais Serena n'avait jamais voulu s'en rendre compte. Ses deux fils, Elliot et son frère aîné, Julian, ne portant pas vraiment de rose, c'est sur moi qu'elle se vengeait. Et j'acceptais cette punition de bon cœur. Elle était la seule figure maternelle que j'aie jamais eue, et je l'aimais profondément. Enfiler une robe trois fois par an était un prix que je voulais bien payer en contrepartie.

Cette année, elle m'avait donc offert une très belle robe noire, les sous-vêtements et chaussures assortis, et toute une gamme de maquillage anthracite. Bon, elle avait fini par comprendre que le rose n'était pas ma couleur, mais, les années précédentes, elle avait continué à tester les tons voisins. C'est grâce à elle que j'avais appris que le violet m'allait bien au teint.

Elle semblait avoir finalement jeté l'éponge. Et je l'en remerciais. Peut-être que j'essaierais enfin de porter un de ses cadeaux. Elliot, quant à lui, m'avait offert un très joli cahier de dessin. Il savait que j'aimais gribouiller à mes heures perdues – goût que je tenais de Julian, qui était un artiste accompli – et j'avais été très touchée de son présent, bien que j'aie détesté le recevoir, n'ayant aucune idée de comment le remercier.

Nous étions repartis de chez Walter depuis une demi-heure. Il fallait en moyenne une heure pour couvrir le trajet. Nous étions silencieux tous les deux, Elliot les yeux sur la route, moi fixant résolument du regard un point invisible qui se trouvait quelque part entre la fenêtre à ma gauche et l'infini. Je me sentais encore assez mal à l'aise vis-à-vis de lui et je n'avais pas du tout envie de penser à ça.

Je fus néanmoins tirée de ma rêverie forcée par la sonnerie du téléphone d'Elliot qui annonçait un nouveau message. Sous mon regard réprobateur, il se saisit de l'engin et lut. Je déteste les gens qui consultent leur portable au volant. Ça me file toujours des idées de scénario catastrophe.

Il fit la moue.

—Bon, me dit-il. Brianne ne va pas sortir, les événements de la veille l'ont retournée. Tara nous rejoint dans une heure.

Il marqua une pause tandis que je me renfrognais à la pensée que Brianne avait averti Elliot plutôt que moi, et ce alors qu'elle était ma meilleure amie et qu'il s'agissait de mon anniversaire. Ça n'augurait rien de bon.

— Tu veux quand même y aller ?

Traduction : veux-tu passer la soirée à tenir la chandelle, ou est-ce que ça t'emmerde ?

— Oui, répondis-je sans y mettre d'émotion.

C'est mon anniversaire, hors de question que je rentre seule, mon grand. Et hors de question que Mademoiselle Parfaite y change quelque chose.

— Dans une heure ? demandai-je en regardant le tableau d'affichage où l'heure se démarquait en vert. Il faut juste qu'on fasse un crochet chez moi avant.

Je me sentais… *différente* lorsque nous entrâmes dans le bar chic, branché et bondé qu'affectionnaient tant les jeunes de notre âge. J'avais déjà eu de la peine à tolérer l'expression d'Elliot quand il m'avait vue jaillir de la salle de bains. Alors tous ces inconnus me reluquant de haut en bas comme si j'étais un bout de chair, ça finirait vite par me sortir par les oreilles. Ce n'était peut-être pas une bonne idée, au final.

Il faut vraiment que je me calme, pensai-je. Mais je n'y parvins pas vraiment. Mike Tyson ne porte pas de robe. Enfin bon, je ne voulais pas rentrer seule, et accoutrée comme ça, il y aurait deux paquets à déballer.

On se trouva rapidement une table, après que j'ai royalement ignoré deux types qui proposaient de m'offrir un verre. Dans un coin, parfait. Près du bar, vraiment parfait. Un grand serveur rouquin ne tarda pas à venir prendre nos commandes. Il semblait marcher comme une asperge désarticulée, et quand il avait parlé, j'avais été surprise d'entendre une voix grave, m'attendant plutôt à celle d'un fausset. Pensant à regret qu'ils ne servaient certainement pas de Soleil ici, je demandai un rhum coca alors qu'Elliot optait pour une bière irlandaise. Le grand rouquin revint quelques minutes plus tard avec les boissons, minutes durant lesquelles ni Elliot ni moi n'avions dit un mot, et que j'avais occupées à détailler la décoration orangée de l'établissement tandis qu'Elliot cherchait une tache invisible sur ses chaussures.

Il semblait avoir de la peine à me regarder en face, et ça commençait gentiment à me fatiguer. OK, c'est quoi, la robe, le maquillage ? Son habitude de ne jamais prendre sur lui m'énervait au plus haut point. Moi aussi, j'étais mal à l'aise. Mais moi je portais une robe, j'avais une excuse. Il n'avait qu'à faire la part des choses, ou aller se changer.

— C'est sympa ici, finit-il par lâcher au bout d'un moment, comme s'il avait entendu mes pensées.

J'acquiesçai et continuai à siroter mon rhum. Parfaite n'allait plus trop tarder. Et dès qu'elle arriverait, je pourrais tranquillement partir en chasse en oubliant mes préoccupations. Des gens allaient et venaient par la porte d'entrée, la plupart pour fumer, et je me retournai plusieurs fois en vain en espérant l'apercevoir. Lorsque j'eus aspiré la dernière goutte de mon cocktail, je pris mon mal en patience. Le retard n'étant pas une qualité, elle finirait forcément par se montrer.

J'avais les yeux amoureusement fixés sur mon pied quand quelqu'un arriva à notre table. Je relevai la tête d'un bond, pensant que ma salvatrice était enfin là, mais ce n'était que notre ami rouquin, avec un autre rhum coca.

— De la part de ce monsieur au bar, dit-il en posant délicatement le verre devant moi.

Elliot fit les gros yeux alors que je tournais la tête pour regarder dans la direction que m'indiquait le serveur. Le visage qu'il me montra ne m'était pas totalement étranger.

C'était l'imbécile qui m'avait observée sans intervenir pendant que je m'en ramassais une hier soir. Je ne fus qu'à moitié contente de le voir.

Mais force était de constater qu'il était vraiment beau comme un dieu, avec ses cheveux bruns indisciplinés, sa barbe naissante, et le petit sourire à fossettes qu'il m'adressait. Vraiment beau, mais tout aussi con. Un verre pour remplacer l'aide que tu aurais pu me donner hier ? Imbécile. Heureusement, mon lit n'avait jamais eu l'intelligence pour critère, et séduisant comme il était, je savais que ce type le ferait craquer, et ce dans tous les sens du terme.

Je levai mon verre à son attention, avec un sourire que je voulais malicieux. Il fit de même, et nous bûmes de concert. Je remarquai alors qu'Elliot braquait sur moi des yeux réprobateurs.

— Une autre de tes conquêtes ?

Bordel. On aurait dit une femme trompée qui prenait son mari en flag. Fais-t'en pousser une paire, mon grand.

Bon, je n'allais bien sûr pas lui dire ça comme ça, une vingtaine d'années d'amitié m'en empêchant, mais quand même. Il n'avait aucun droit de me parler comme ça. Pas lui. Pas pour ça.

Je me contentai de lui envoyer un regard noir.

— Déjà, ce ne sont pas du tout tes affaires. Mais non, ajoutai-je amèrement après une courte pause.

Ma rage s'exprimait froidement. Je détestais ces sous-entendus. Il n'avait pas à juger la façon dont je me comportais, surtout après la manière dont lui avait agi envers moi. Me faire une crise de jalousie alors qu'on poireautait pour attendre sa copine, c'était dépasser les limites. Et je ne comptais pas laisser passer ça aussi facilement.

Je me levai et me penchai par-dessus la table pour parler plus près de son oreille, tout à fait consciente de lui offrir une vue imprenable sur mon décolleté.

— Mais repose-moi la question demain. La réponse aura changé.

Et sur ce, j'attrapai mon verre et me dirigeai vers mon nouvel ami dont le sourire s'élargissait à mesure que la distance nous séparant se réduisait.

Arrivée devant lui, j'avais déjà complètement oublié Elliot, charmée que j'étais par le sourire qui m'avait accueillie. C'était peut-être un enfoiré, mais je n'en avais jamais rencontré d'aussi séduisant. De près, ses yeux étaient encore plus magnétiques, et le charisme qu'il dégageait était à couper au couteau.

— Ça ne va pas trop énerver ton copain que tu le laisses en plan ? me demanda-t-il.

Quelle voix, suave, presque un chuchotement, mais assurée, et taquine. Il avait une trace d'accent que je n'avais pas réussi à identifier.

J'aurais pu lui préciser que ce n'était pas mon copain, mais à quoi bon donner des informations qui ne sont pas nécessaires ?

— Si ça te dérange, pourquoi tu offres des verres à des filles qui sont accompagnées ?

Bingo.

Il hésita quelques instants, puis, se fendant de la version masculine de mon plus beau sourire, il dit :

— T'es pas du genre à répondre aux questions, hein ?

À mon tour, je marquai une courte pause. Sa version du sourire charmant gardait des accents mystérieux, et ses pupilles semblaient briller d'un désir qui, je l'espérais, m'était destiné.

— Et toi plutôt du genre à prêcher le faux pour savoir le vrai ?

Je savais qu'il était conscient que je n'étais pas avec Elliot. N'importe qui l'aurait vu.

Son rictus devint presque carnassier.

Il m'était difficile de mettre des mots sur l'aspect de sa personnalité qui le rendait si attirant, sûrement car je n'arrivais pas même à saisir cette singularité. Ses yeux étaient magnétiques, captivants, et leur couleur semblait onduler en vagues imperceptibles à l'œil humain. Ils étaient fixes et mouvants à la fois, mais impossible d'en comprendre le mécanisme, comme il était impossible de vouloir arrêter de les contempler pour tenter de le comprendre. Ses épais et longs cils noirs les soulignaient d'une manière qui rendait l'ensemble implacable. Et même sans prendre ses yeux en ligne de compte, il émanait de tout son corps une énergie aussi invisible que palpable. Le soir précédent, dans la boîte de nuit, je n'avais pas vu ses yeux, mais j'avais senti son regard sur moi avant même de l'apercevoir. Il brûlait. Et j'avais envie qu'il me consume. Totalement.

Je revins à la réalité en le voyant porter le verre à ses lèvres. S'il m'avait répondu, je n'avais rien entendu. Mais si, comme il me semblait, ce type et moi étions bien sur la même longueur d'onde, il n'avait pas réagi à la question. Je ne l'aurais pas fait. J'aurais aussi pu me sentir coupable de le reluquer de haut en bas comme j'étais en train de le faire, mais comme il avait fait pareil, je supposais que c'était considéré comme de la courtoisie mondaine.

Et il donnait l'impression d'avoir autant apprécié le détail que moi.

— Dis-moi ce qu'une petite fille comme toi vient faire ici à une heure aussi tardive, feula-t-il. Tu devrais être au lit depuis longtemps.

Ce type et moi parlions le même langage. C'était peut-être l'homme parfait.

De ma démarche la plus féline, je m'approchai de son oreille. Du bout des pieds, j'arrivais juste à l'atteindre, penché qu'il était sur le bar.

Il n'avait pas posé de question, je ne poserais pas de question.

— J'ai peur du noir. Il faut que quelqu'un me mette au lit et reste avec moi jusqu'à ce que je m'endorme, murmurai-je sensuellement.

Comme je n'ajoutai rien, mais n'avais pas non plus bougé, il tourna la tête vers la mienne, son nez venant prendre appui sur le mien. Sa respiration caressait ma lèvre supérieure, qui ne se trouvait qu'à une distance infime de la sienne. Et Dieu qu'il sentait bon, et qu'il était grand. Encore plus que Marc. Je n'avais jamais eu l'impression d'être aussi petite de ma vie, et cela ne m'avait jamais autant plu, ni autant excitée.

Tout en restant collée à lui, je me remis sur mes pieds, ce qui, malgré les talons, me fit me sentir minuscule. Il me dominait de toute sa hauteur, et gardait fixés sur moi des yeux prédateurs. Il commença à jouer avec une mèche de mes cheveux, sans me quitter du regard. Lorsqu'il la lâcha, ce fut pour descendre, très lentement, sa main sur mon bras nu, me laissant la chair de poule au passage. Ce contact me rendait folle. J'avais l'impression de recevoir une série de décharges d'électricité statique et j'étais trop fascinée pour m'en inquiéter. Arrivé au bas de mon avant-bras, il se saisit de ma main, et sans ajouter un mot, m'enjoignit de le suivre. Je n'eus aucune peine à lui obéir. Et lorsque nous passâmes à côté d'Elliot et de Mademoiselle Parfaite – qui était enfin arrivée –, je fus heureuse de découvrir le regard noir que mon ami me lança. Tara, elle, me regardait, bouche bée, avec ses grands yeux de biche devant les phares d'un camion. Je ne savais pas si c'était la robe ou le bel inconnu qui la surprenait à ce point, mais l'effet était jouissif. Je lui adressai un clin d'œil au passage, mais n'obtins aucune réaction, son visage restant figé dans cette expression stupéfaite. Je ne pus cependant en profiter plus longtemps, mon inconnu m'entraînant à l'extérieur d'un pas décidé.

Une fois traversé le groupe de fumeurs postés devant le bar, et après avoir fait quelques mètres, nous bifurquâmes pour arriver dans une petite impasse sombre entre deux bâtiments. Après s'y être enfoncé de façon à être totalement dans l'ombre, il s'arrêta. Il se retourna pour me faire face, et me poussa lentement contre le mur, pas après pas, et je me laissai docilement mener. À nouveau, il me dominait totalement de par sa taille et sa carrure, et ce n'était pas pour me déplaire. À chaque pas que je faisais en arrière, je sentais des frissons me remonter l'échine. Jusqu'à ce que je sois à sa merci.

Pressée contre toute la force de son désir, je le laissai prendre les rênes. D'une main, il releva mon menton pour me forcer à le regarder droit dans les yeux, tandis que l'autre descendait lentement le long de mon flanc droit. L'effet produit me rendait folle. J'étais comme tétanisée par une overdose de désir, et pendant une fraction de seconde, je me demandai ce que j'étais en train de faire. Oui, j'étais du genre à ramener des types chez moi le soir même, mais je ne passais pas aux choses sérieuses aussi vite, pas après cinq minutes. Ce mec et moi n'avions pas échangé plus de quelques phrases, je ne connaissais pas son nom, son âge, je ne savais rien de lui. Et je ne comprenais pas ce qui m'arrivait. Je savais juste que je le désirais comme je n'avais jamais désiré personne, et j'avais l'impression que j'allais mourir si nous ne passions pas à l'acte rapidement.

Comme s'il avait pu lire dans mes pensées, il lâcha mon menton pour plaquer ses mains sur le bas de mes cuisses et remonter jusqu'à mes hanches, entraînant ma robe par la même occasion. Il continua à me regarder dans les yeux pendant tout ce temps, sans ciller, pendant qu'il me soulevait. Instinctivement, j'enroulai mes jambes autour de sa taille, une de mes chaussures à talons tombant pendant le processus. Tout en reculant légèrement, ses paumes passèrent de mes hanches à mes fesses, dont il se saisit pleinement. L'excitation provoquée par ses mains inquisitrices et par le désir palpable à son entrejambe, contre lequel j'étais totalement plaquée, me fit franchir la dernière barrière qu'il laissait entre nous. Ma bouche se précipita contre la sienne pour s'emparer de ses lèvres, plus prête à dévorer qu'à embrasser, tandis que mes mains capturaient son visage, de peur qu'il ne s'échappe. Ses lèvres étaient sucrées, et leur goût était divin.

Il me rendit un baiser si fougueux que j'eus de la peine à reprendre mon souffle. Submergée par le désir, j'enfonçai mes ongles dans son cou et le griffai jusqu'au sang, ce qui ne sembla que l'exciter davantage. Il me plaqua à nouveau contre le mur tellement fort que mes côtes auraient pu casser sous le choc. Mais bien loin de me couper dans mon élan, la douleur ne fit que m'émoustiller encore plus. Œil pour œil…

Je mordis sa lèvre inférieure, possédée par un désir violent. Il recula sa tête de quelques centimètres, mettant fin au baiser, et sa main droite s'aventura sur mon décolleté pendant que sa bouche m'adressait un sourire lubrique. Sa main trouva rapidement un téton qui était venu à sa rencontre, incapable lui aussi d'attendre plus longtemps.

Il commença à le titiller à travers le tissu fin et je dus me retenir pour ne pas me mettre à hurler comme une chatte en chaleur. Il le pinça fermement entre deux doigts tout en faisant claquer simultanément ses dents, ce qui me ramena à la réalité. Ou plutôt la réalité de son regard brûlant. Sa bouche s'empara de la mienne tandis que sa main saisissait mon sein pour le caresser. Dent pour dent…

Il me mordit la lèvre à son tour. Un goût de fer emplit ma bouche. Ce salaud m'avait mordue au sang et cela m'excitait encore plus, si c'était humainement possible. J'enfouis ma tête dans sa nuque, près de là où je l'avais griffé, découvrant une peau immaculée. J'avais dû rêver. J'y déposai un baiser, et alors que je m'apprêtais à croquer, je le sentis se raidir.

La seconde d'après, je touchais violemment le sol, sans avoir eu le temps de comprendre quoi que ce soit. Ma jambe droite avait atterri sur ma chaussure tombée quelques instants plus tôt, et le talon me rentrait juste sous la fesse, me faisant un mal de chien. Je pestai en l'ôtant de mon séant.

À côté de moi, mon grand inconnu était en train de s'étouffer. Bien loin de m'en émouvoir, je me redressai et remis ma chaussure. Puis j'allai à contrecœur lui taper fraternellement dans le dos, assez fort tout de même pour y déloger tout objet qui aurait pu s'y bloquer. Totalement penché, il cracha sur le sol. Charmant. Il se releva peu après, blanc comme la mort, semblant sur le point de vomir à tout moment. Il avait totalement cassé le moment. C'était définitivement l'anniversaire le plus pourri de ces vingt dernières années.

—Bon, salut, dis-je en commençant à m'éloigner.
—Attends !

Je m'arrêtai et me retournai, à temps pour le voir courir vers le mur et vomir ses tripes. *Joyeux anniversaire, joyeux anniversaire...* Fort heureusement, il faisait trop sombre dans cette allée pour que je puisse apprécier le résultat. Mais je l'avais entendu et ça me suffisait. Quel connard !

Quand on ne tient pas l'alcool, on ne boit pas, joli cœur. Maintenant, je vais finir ma nuit surexcitée et seule, avec des relents de vomi comme unique compagnie. Mentalement, je le remerciai de ne pas m'avoir gerbé dessus. Ou dedans. Yerk.

Je me remis en route.

— Attends ! supplia-t-il encore.

Si tu crois que je vais me tourner pour que tu aies le plaisir que je te regarde pendant que tu vomis à nouveau, tu te fourres le doigt dans l'œil, mon grand, pensai-je. Je ne m'arrêtai pas.

— Je peux t'appeler ?

La question me surprit tellement que je me retournai, sourcils haut perchés, peignant mon incrédulité. Il plaisantait, il devait être en train de plaisanter. Mais il avait l'air tout à fait sérieux. Totalement malade, et tout à fait sérieux.

— Ouais, si tu veux, dis-je en tournant les talons.

— Je n'ai pas ton numéro.

Mes pieds marquèrent une pause hésitante. Très beau mâle, ensorcelant, sûrement bien membré vu la bosse qui déformait encore son pantalon quelques minutes plus tôt, contre le type qui m'a regardée me prendre un pain, puis m'a presque vomi dessus après m'avoir embrassée et touchée un peu partout.

— Il est dans l'annuaire, dis-je.

Et je le plantai là. Arrivée au bout de la ruelle, j'hésitai un moment, puis décidai de retourner droit à la maison. Hors de question de laisser Elliot savoir que j'étais rentrée seule.

Les rues étaient aussi désertes que la nuit était noire. Je n'avais pas croisé âme qui vive durant les dix dernières minutes. Le froid mordait mes bras nus, mais d'une certaine manière, cela ne me dérangeait pas, car il me tenait éveillée et à l'affût de tout bruit. Je n'étais pas suivie, et j'arrivais bientôt à destination.

Bifurquant dans une rue transversale, je trouvai ce que je cherchais. Il était là, seul, et attendait. Il me tournait le dos et ne m'entendit pas m'approcher. Plus vite que le vent, je fonçai sur lui et lui brisai la nuque. Il ne méritait pas une mort digne.

Je le laissai retomber au sol comme un pantin désarticulé, objet inutile qu'il était.

Quand on promet quelque chose, on tient sa parole. Je m'étais déjà montrée très clémente. J'aurais pu le faire souffrir, des heures durant. Mais j'avais perdu bien assez de temps à le retrouver.

Je me baissai et le fouillai. En regardant dans son portefeuille, je dénichai ce que je cherchais. Et je trouvai cela si facile que je me mis à rire, seule, dans la fraîcheur de la nuit, le son vibrant sur les murs environnants et m'entourant comme mille hommes.

Puis je me réveillai en hurlant.

Chapitre 4

Cela faisait bientôt deux semaines que je n'avais pas eu une vraie nuit de sommeil.

J'étais allongée sur mon lit, en pyjama, un pied autour de mon duvet et l'autre ramené en tailleur, un œil distrait fixé sur la télévision et l'esprit à des années-lumière.

Le rêve que j'avais fait une dizaine de jours plus tôt, celui où j'avais brisé la nuque d'un inconnu, n'avait été que le premier d'une longue série. Toutes les nuits maintenant je repartais en chasse. Je savais que j'étais à la recherche de quelque chose, mais j'ignorais quoi. Ces rêves étaient grisants et effrayants à la fois.

La traque m'amusait follement. J'aimais par-dessus tout le sentiment de supériorité que j'avais au moment où je trouvais ce que je cherchais, mais ce que j'en faisais me terrorisait. Briser la nuque de quelqu'un était peut-être la chose la plus douce que j'aie faite aux gens que je croisais lors de mon sommeil, et je commençais à avoir de sérieux doutes sur l'intégrité de ma santé mentale.

Le rêve le plus éprouvant était survenu la nuit précédente. De fil en aiguille, j'avais réussi à remonter la piste d'un gros poisson, et le traitement que je lui avais réservé me glaçait le sang rien qu'à y repenser.

L'homme était plutôt âgé. Enfin, il devait avoir dans les soixante ans à vue de nez. Il avait une bonne bedaine, et ses cheveux grisonnants étaient bien coiffés de chaque côté de son crâne dégarni. Il avait de petits yeux noirs qui respiraient le défi, et un nez aquilin que je m'étais fait un plaisir de broyer en préambule.

J'avais travaillé sur lui durant ce qu'il m'avait semblé être des heures, essayant de briser chacune de ses résistances. Ce vieux fou était coriace, mais j'étais patiente. Je l'avais attaché au mur de sa cave à l'aide de chaînes, et je m'amusais à lui provoquer des douleurs à l'en faire s'évanouir pour le réveiller à coup d'eau glacée. Je trouvais ça terriblement agréable. Je savais que je finirais par le tuer, même si je lui promettais le contraire. Il détenait des informations, et j'étais quelque part très contente qu'il ne veuille pas les cracher. Cela me donnait tout loisir de continuer à lui infliger le petit traitement que j'affectionnais tant.

J'avais d'ailleurs rêvé de lui plus d'une nuit. J'en étais à la quatrième consécutive quand les choses s'étaient gâtées. Parce qu'au bout de quatre séances, j'avais commencé à en avoir marre qu'il me résiste, et j'avais fini par le tuer. J'avais saisi une longue lame, et je l'avais égorgé, sans autre sentiment qu'une plénitude incroyable. Je l'avais regardé se vider de son sang, et ensuite, je lui avais arraché le cœur. Il avait été si facile de le faire. Il m'avait suffi d'ouvrir sa cage thoracique à l'aide de mon couteau, trancher les artères, et j'avais pu faire le reste à mains nues sans difficulté. L'organe était magnifique, écarlate, battant encore faiblement dans ma main. Une fois brûlé, c'en fut terminé. J'étais partie en le laissant pendu au mur, les pieds baignant dans une mare de son propre sang.

Ce qui m'inquiétait le plus, tout de même, ce n'était pas tant que je massacre des gens durant mon sommeil. J'avais tué plusieurs personnes dans mes rêves ces derniers temps, et toujours pensé que c'était lié à la rage que je n'arrivais pas à extérioriser dans ma vie éveillée. Mais ce rêve m'avait plus que retournée. Chaque fois que j'avais enfoncé une lame dans une partie molle de son corps, chaque fois que j'avais brisé un de ses os, arraché un de ses ongles avant de le lui faire avaler… Chaque fois, j'avais ressenti un sentiment de joie indescriptible. L'escalade de violence ne me dérangeait pas. Ce qui me dérangeait, c'était à quel point *j'aimais* ça.

D'accord, il s'agissait de rêves – qui devenaient de plus en plus longs –, mais quelque chose devait vraiment clocher chez moi pour ne penser qu'à ça. J'en voulais à tout un tas de gens, oui, j'éprouvais de la peine à contenir ma colère, mais de là à rêver toutes les nuits que je me vengeais sur des inconnus, il y avait un pas que je n'avais pas vraiment envie de me laisser franchir.

J'essayais donc de dormir le moins possible, sans grand succès. Je finissais toujours par verser à un moment ou un autre, même si c'était pour une petite heure, et je me défoulais en brisant des doigts. Comme j'avais remarqué que ces rêves arrivaient aux alentours de 4 heures, j'avais réglé un maximum de réveils avant cette heure-ci. Cela avait marché deux jours d'affilée, pour que finalement, mon cerveau saisisse le truc et me fasse faire ces cauchemars n'importe quand.

Je n'avais pas mis les pieds en cours depuis une semaine. Un matin, à la cafétéria, je m'étais éveillée en sursaut, hurlant quelque chose que je n'avais pas compris. J'avais vu des dizaines de regards fixés sur moi, dont celui d'Elliot, et après ça, j'avais évité. Autant l'université que lui.

Je me levai et me dirigeai vers la cuisine. Il faisait nuit, et je me gardai d'allumer. Mes yeux commençaient à être très sensibles à la lumière, entre le manque de sommeil et l'habitude que j'avais prise ces deux dernières semaines d'essayer de dormir le jour et de faire un marathon télé le reste du temps. L'horloge du four m'indiqua qu'il était

20 h 43. Début de soirée, super. La nuit allait être longue. J'ouvris une armoire et détaillai mes réserves. Beaucoup de pâtes, deux bouteilles de vin rouge, une de tequila, et une de gin. Vin hors de question. Le gin était dégueulasse. Je me saisis de la tequila et retournai en traînant les pieds jusqu'à mon lit.

Je zappai jusqu'à tomber sur la chaîne des cartoons. C'était sûrement ce qu'il y aurait de moins atroce à regarder. J'ouvris la bouteille et m'en enfilai une rasade. Le carillon de la porte retentit. Je fixai l'entrée de mon appartement d'un œil mauvais, décidai de ne pas réagir, et repris une gorgée de tequila.

On sonna à nouveau. Puis encore. Et comme cela ne fonctionnait pas, on se mit à frapper énergiquement. C'était Elliot, ou Brianne. Ils avaient déjà tenté de passer quelques fois ces derniers jours. Je n'avais jamais ouvert la porte. À quoi bon ? Elliot me ferait la morale. Et Brianne pareil, sauf que vu qu'elle n'allait pas bien du tout depuis l'épisode avec Marc, elle essaierait, et commencerait à pleurer parce qu'elle n'arriverait pas à m'aider à retrouver la raison. Je pris encore une goulée et refermai la bouteille.

La sonnette continuait à m'agacer les tympans, entrecoupée de coups à la porte. Qui ce que soit, il avait décidé de me faire chier. Je me laissai tomber sur le dos, saisis mon oreiller et le plaquai sur ma tête. Les bruits me parvenaient de manière plus feutrée, mais c'était toujours aussi énervant. Pendant une fraction de seconde, j'envisageai de me lever et d'arracher les ongles de la personne derrière la porte, de les lui faire avaler, et ensuite de lui casser les dix doigts un à un. Ça serait un rêve.

— Maeve, c'est Tara, ouvre-moi, je sais que tu es là.

Malgré l'oreiller, je l'avais entendue distinctement. Oui, j'adorerais te faire avaler tes ongles. Je te filerais même un peu de laxatif, pour aider le tout à descendre.

Comme si elle avait parfaitement saisi ce que je pensais, elle arrêta de marteler ma porte et d'emmerder ma sonnette.

— Je vois la lumière sous la porte, dit-elle calmement. Je ne bougerai pas jusqu'à ce que tu ouvres.

Maudite télévision. Maudit vieil immeuble. Je poussai un long soupir, puis envoyai valser mon oreiller. Elle avait parlé fermement, et j'étais sûre qu'elle était parfaitement sérieuse. Foutue conne. Je me levai.

En prenant mon temps, et surtout, en jurant intérieurement, je me dirigeai vers l'entrée. Je déverrouillai et, lâchant un dernier soupir, j'appuyai sur la poignée, pour découvrir une Tara aussi impeccable de la tête aux pieds qu'à l'accoutumée. Ses longs cheveux blonds étaient attachés d'une manière qui semblait négligée, mais dont l'effet était sans défaut. Une mèche retombait devant son visage au teint clair, et ses yeux bleus, loin d'être réprobateurs, étaient fixés sur moi. Elle avait toujours ce fichu regard de biche. Je n'étais pas violente envers les animaux, mais elle, j'en aurais volontiers fait du civet.

Elle portait un simple pantalon noir, droit, un chemisier ocre dont les deux boutons du haut étaient ouverts sur un pendentif en or représentant une fée. *Je vais vomir*, pensai-je. Et c'était avant d'avoir vu que sur son bras gauche, elle tenait un paquet semblant venir du pressing, et que son autre main brandissait un sac de restauration rapide.

— Je t'ai amené à manger, dit-elle.

Je m'écartai de la porte, lui faisant implicitement comprendre qu'elle pouvait entrer.

— Ça sent le fauve ici, dit-elle d'un ton neutre en passant devant moi.

Ouais, et sauf erreur, un fauve, ça dévorerait une biche, pensai-je.

Elle se dirigea vers ce qui me servait de zone salon après avoir allumé la lumière, ce qui me provoqua une migraine instantanée. Elle mit le sac du pressing sur mon unique fauteuil et jugea l'état de ma table basse. Elle fit la moue et déposa également la nourriture qu'elle m'avait amenée sur le siège. Puis elle lança un regard circulaire, comme pour apprécier l'étendue des dégâts. Et, en même temps qu'elle, je me rendis compte à quel point ça n'allait pas.

La pièce ressemblait à une zone de combat, après que plusieurs bombes atomiques y eurent explosé. Les bords de mon lit étaient jonchés de détritus en tout genre, vaisselle sale, bouteilles vides, mouchoirs usagés et j'en passe. Il ne me semblait pas avoir bu autant. Des habits d'une propreté douteuse étaient disposés de manière aléatoire, sans raison logique, un slip reposant négligemment sur mon téléviseur. Mes étagères n'avaient plus un livre droit, résultantes des nuits durant lesquelles j'essayais en vain de me tenir éveillée en relisant mes classiques. Il y en avait d'ailleurs qui traînaient, çà et là, ayant décidé de jouer les morts après que je les ai jetés de rage à travers la pièce. En réalisant l'état des lieux, j'étais sûre qu'elle disait vrai en parlant d'odeur de fauve, même si je ne pouvais personnellement pas la sentir. Je me demandais ce que Mademoiselle Parfaite pouvait bien penser de cette scène d'apocalypse. Chez elle tout devait être tellement parfaitement en ordre. Et ce parfum, il n'incommode pas trop votre nez, Altesse ?

Je regrettai aussitôt mes pensées. Oui, elle m'avait dit que ça sentait le fauve, mais elle ne l'avait pas fait sur un ton de reproche. C'était une constatation. Mais même si ma raison me dictait qu'il n'était pas correct de lui en vouloir, mes tripes me hurlaient qu'elles détestaient sa présence, son odeur, son image si rangée au milieu de ce foutoir. C'était mon foutoir, et elle n'avait rien à faire dedans. À moins qu'elle compte me le prendre, aussi ?

Sans un mot, elle se dirigea à la cuisine, dont je l'entendis ouvrir la fenêtre. Ensuite elle se mit à fouiller. Dire que je me fichais de ce qu'elle était en train de faire aurait été léger. Je retournai vers mon lit pour ramasser la bouteille de tequila dont je m'envoyai quelques gorgées. Je grimaçai. Si le gin a un goût dégueulasse, la tequila est vraiment immonde. Mais c'est plus fort.

Tara sortit de la cuisine avec ce que j'identifiai comme des sacs-poubelle. Elle m'en tendit un que je n'attrapai pas et qui tomba sur le sol, gracieusement.

— T'es venue chez moi pour faire le ménage ? demandai-je, sans sympathie aucune.

J'avais comme l'impression que, d'une minute à l'autre, elle allait parfumer les coins de mon appartement au Chanel n° 5 pour marquer son territoire.

Elle me dévisagea.

— On ne t'a pas vue depuis dix jours, tu ne réponds pas aux appels, tu fais la morte, personne ne sait ce qui se passe. Elliot se fait un sang d'encre, sans parler de Brianne. Il est temps que tu refasses surface, Maeve. Je ne suis pas venue pour faire le ménage, mais pour te faire revenir à la réalité. Et la réalité c'est que tu ne peux pas vivre comme ça. Alors rangeons.

Elle s'était de nouveau exprimée d'un ton calme, non hostile. Je rêvais plus que jamais de l'arranger à ma manière. Elle s'était déjà penchée vers ma table basse pour y ramasser les déchets. Je la regardai faire, et pris une autre rasade. J'allais en avoir besoin.

— Et lâche cette bouteille, me pria-t-elle sans même poser les yeux sur moi.

— Arrête de me parler comme si tu étais ma mère, lançai-je d'un ton farouche.

Elle se tourna pour me considérer, et le plus simplement du monde, comme si elle avait discuté de la couleur de mes rideaux, elle dit :

— Si tu n'agissais pas comme une gamine capricieuse, je n'aurais pas besoin de le faire.

La colère me fit écarquiller les yeux. De quel droit osait-elle ?

— Désolée si ma vie ne correspond pas à tes standards, princesse. Mais si tu n'es pas d'accord avec la manière dont je vis, je suggère que tu t'en ailles et que tu me foutes la paix. Je ne suis pas une de tes putains d'œuvres de charité, et si quelqu'un peut encore me sauver, ce n'est sûrement pas toi et ton petit cul parfait.

Elle me scruta un moment, restant très calme, comme si elle attendait de voir si j'avais quelque chose à ajouter.

— Maeve, je sais très bien que tu ne m'aimes pas. Tu ne m'as jamais appréciée, et je n'ai aucun problème avec ça. Moi je t'apprécie, et même si tu t'en moques, c'est le cas. Et plus que tout, j'aime Elliot, et il se fait vraiment du souci. Tu ne réponds pas aux personnes que tu aimes, mais tu m'as ouvert la porte, donc je pense que mon petit cul parfait te sera plus utile que cette bouteille de tequila. Maintenant, dit-elle après une courte pause, voudrais-tu s'il te plaît la poser et m'aider à ranger ? Je n'ai pas spécialement envie de le faire seule, mais je peux.

Sur ces mots, elle se retourna vers la table pour continuer ce qu'elle avait commencé.

Putain de merde, je la haïssais. Pour la première fois de ma vie, j'étais à court d'insultes pour décrire à quel point je la méprisais. Je demeurai immobile quelques instants, la regardant ranger mon bordel, bouche bée, petite fille modèle en train de jeter un plat surgelé d'où dépassaient quelques pâtes dans un état de pourriture si avancé qu'elles auraient pu courir de leur propre chef jusqu'à la poubelle. Et je ne trouvai vraiment rien à dire.

Alors je fis la seule chose qui me restait à faire. Je posai ma bouteille sur le fauteuil, ramassai le sac-poubelle, et me mis à l'aider. Après tout, plus vite ce serait fait, plus vite elle s'en irait.

Trois quarts d'heure plus tard, mon appartement paraissait à nouveau normal. Comme pour m'énerver un peu plus, Tara m'avait proposé de venir m'aider le lendemain pour faire le ménage, si je le désirais. J'avais – gentiment – refusé. À moins qu'elle ne me propose de s'enduire le corps de Javel et de se frotter sur le sol, il n'y avait pas vraiment de chance que j'accepte son offre.

Nous étions assises dans mon coin salon. Elle avait pris place dans le fauteuil, et j'étais posée par terre, en train de manger un hamburger froid. De sa part, je ne sais pas pourquoi, je me serais attendue à un plat préparé maison. Et ça m'énervait qu'elle ait pensé que je préférerais du fast-food, et qu'elle m'en ait apporté. Tout chez elle m'irritait, gentillesse incluse.

La télé dispensait un bruit de fond salvateur. Je n'aurais pas supporté de me retrouver dans un silence absolu avec elle dans la même pièce. Il y a des limites à la torture. Me briser moi-même les doigts un à un m'aurait semblé une alternative envisageable.

Je reposai la serviette avec laquelle je venais de m'essuyer les coins de la bouche et murmurai un vague merci. Ou plutôt grognai. Il était hors de question que je sois officiellement reconnaissante de quoi que ce soit qu'elle ait pu faire. À peine avais-je déposé la serviette que mon téléphone portable, qui trônait sur une table basse maintenant totalement rangée, se mit à sonner. Une petite tête blanche avec un sourire crispé et des yeux perçants s'afficha. Mon grand-père m'avait laissé un nombre incalculable de messages ces derniers jours, et je n'en avais écouté aucun. Serena avait aussi essayé de me joindre plusieurs fois, mais elle n'avait pas eu plus de succès. J'avais quand même fini par envoyer un texto prétextant une grippe soudaine et fulgurante, ainsi qu'extrêmement contagieuse, pour éviter de la voir débarquer.

Je soupirai tout en refusant l'appel, et me levai pour aller mettre à la poubelle les restes de mon souper. Hors de question que je laisse traîner ça, ou Mademoiselle Parfaite pourrait menacer de squatter jusqu'à ce que j'aie une saine hygiène de vie.

Lorsque je revins dans la pièce principale, Tara avait éteint la télé et me regardait avec un air que je jugeai préoccupé. Je repris ma place d'origine.

— Pourquoi tu agis comme ça ?

Pour toute réponse, je me ressaisis de la bouteille de tequila et bus au goulot. Tara leva les yeux au ciel.

— Pourquoi je fais quoi ?

— Tu ne donnes de nouvelles à aucune des personnes qui tiennent à toi, tu les laisses s'inquiéter. C'est très égoïste, tu sais ?

Je n'avais pas pensé à ça sous cet angle-là, mais oui, ça l'était. Et ça ne me dérangeait pas. Elliot s'était comporté comme un con, et je n'avais aucune envie de le voir. Il me faisait bien trop de crises de jalousie tout en me promenant sous le nez sa parfaite petite amie. Brianne m'agaçait avec ses manies de vouloir à tout prix me caser, parce qu'elle ne le faisait pas pour moi, elle le faisait pour se changer les idées, et ne pas devoir regarder en face le fait qu'elle ratait totalement sa vie amoureuse en choisissant des types à problèmes. Je me rendais compte que ce genre de pensée était très dure, mais il fallait se rendre à l'évidence. Je pensais tout ça. Et je ne m'en sentais pas coupable. Après tout, ce n'était peut-être pas étonnant que je fasse ces rêves où je découpais des inconnus. J'avais envie d'égorger Elliot, et de briser le cou de Brianne. Je n'étais pas heureuse de ma vie telle quelle, car je la partageais avec des gens qui n'étaient pas heureux, et ça me retombait dessus depuis assez longtemps. Et, preuve ultime que j'avais touché le fond, j'avais permis à la personne que je détestais le plus au monde de me voir au moment où je l'atteignais, et je l'avais laissée nettoyer mes merdes.

Je lui tendis la tequila, qu'elle refusa poliment.

— Et toi, pourquoi tu ne fais jamais rien qui sorte du cadre de la petite fille sage? demandai-je. Bois avec moi, et je répondrai à tes questions.

Elle hésita quelques instants puis se regarda saisir la bouteille, presque incrédule, et plaça ses lèvres autour du goulot. Elle faisait la grimace avant d'avoir pris la moindre gorgée. Je me mis à rire dès qu'elle eut avalé quelques gouttes, manquant de s'étouffer. Puis elle leva vers moi des yeux de biche apeurée. Je levai les bras devant moi en signe de défense, sans arrêter de pouffer pour autant.

— Excuse-moi! Je ne me moque pas, dis-je. Mais c'est tellement drôle!

Et je recommençai à rire. Il fallait lui reconnaître une chose, elle ne le prenait pas mal. J'aurais déjà frappé toute personne ayant simplement souri si les situations avaient été inversées. Je me levai prestement et revins quelques secondes plus tard avec le gin.

— Tiens, essaie plutôt ça. C'est moins fort.

Je ne lui dis pas ce que j'avais pensé sur le moment, à savoir que le gin était une boisson pour filles. Je n'avais rien pour le diluer, c'était une assez grande punition en soi.

Elle ouvrit la bouteille et but de longues gorgées sous mes yeux éberlués. Puis elle la reposa devant elle, émettant un son qui ressemblait fortement à un « yuck ». Elle s'était descendu un tiers du contenu d'un trait !

— Est-ce que c'est assez pour que tu répondes ? dit-elle d'une voix qu'elle tentait de maîtriser, le dégoût se peignant sur son visage.

— Eh bien, lâchai-je, pleine d'admiration pour elle pour la première fois.

Puis je me tus pendant un moment. Une partie de moi n'avait aucune envie de parler avec elle, la même partie qui la haïssait inconditionnellement. Mais l'autre me dictait que cette fille était venue voir quelqu'un qu'elle savait la détester, avait rangé chez elle, et descendu d'un coup un tiers d'un liquide ignoble juste pour satisfaire ses attentes. Je poussai un soupir si résolu qu'il fit s'envoler une mèche de mes cheveux.

— J'ai du mal ces temps-ci, admis-je. Du mal à contrôler mes accès de colère, et oui, j'évite Elliot et Brianne. Je suis fatiguée qu'ils essaient de me materner et qu'ils jugent le moindre de mes actes.

— Mais tu m'as laissée entrer.

Ce n'était pas une question, et je ne comptais pas répondre. Sauf qu'elle avait repris la bouteille de gin et entrepris de la vider un peu plus. Enfoirée, va…

— Écoute je vais pas te mentir. Non, je t'aime pas, et je n'ai aucune raison. J'y peux rien.

Elle eut un petit sourire triste, et je sentis la culpabilité gratter à la surface de la haine que je nourrissais à son égard.

— Tu sais, me dit-elle, tu penses que je suis bête, et Elliot aussi à un certain niveau... Mais je sais. Ce n'est pas parce que vous n'avez jamais rien dit que je ne sais pas.

Je méditai ce qu'elle venait de dire. Bien sûr qu'elle était bête. Et bien sûr que ça ne l'avait pas empêchée de se rendre compte de quelque chose. Cette imbécile. Je la maudis silencieusement.

Je ne répondis rien. Ses iris étaient troubles, fixés sur la demi-bouteille de gin qui se tenait devant elle.

— Mais je l'aime. Assez pour fermer les yeux.

Je sentis un urgent besoin de me justifier. Qu'est-ce qu'elle croyait ? Qu'Elliot et moi avions une aventure dans son dos ?

— Tara, il n'y a rien entre Elliot et moi ! C'est comme un frère, ajoutai-je rapidement, la voix étonnamment assurée malgré le pieux mensonge que je venais de prononcer.

Un frère qui me fait des crises de jalousie dès que j'approche un mec.

— Merci Maeve, dit-elle avec un petit sourire triste.

Elle reprit la bouteille et s'en envoya encore une rincée. Je voyais bien qu'elle n'y croyait pas plus que moi. Pourtant je n'avais pas menti, techniquement. Il n'y avait rien actuellement.

— Tara, c'est bon, arrête ! la pressai-je. Je voulais t'emmerder, tu n'es pas obligée de continuer.

Je culpabilisais. Je détestais une fille qui avait toutes les raisons du monde de me détester, et moi, je n'avais aucun motif valable. Et pire, elle, elle ne me détestait pas. Une gamine capricieuse, elle avait dit ?

— Tu as assez bu pour essayer la robe que je t'ai trouvée pour le gala ? me demanda-t-elle après avoir reposé sa bouteille.

Elle me sourit, et, chose incroyable, je lui rendis son sourire.

Tara était restée jusqu'à très tard. Lorsqu'elle était partie, mon réveil affichait plus de 3 heures du matin. J'avais essayé la tenue pour lui faire plaisir, après avoir pris une douche rapide. Elle avait vraiment un goût irréprochable. La robe était magnifique, et m'allait comme un gant. D'un bleu saphir qui brillait sur ma peau claire, cintrée sous les seins et moulant mon corps à la perfection. Même moi, j'avais aimé me regarder dedans. C'est dire.

Nous avions fini nos bouteilles respectives, et, somme toute, passé une soirée entre filles. Elle m'avait questionnée sur le bel inconnu avec qui elle m'avait vue m'éclipser la dernière fois que l'on s'était croisées, et à mon grand étonnement, je lui avais raconté l'épisode vomito.

Lorsqu'elle était partie, je la détestais de m'avoir fait la détester un peu moins – on ne se refait pas. Elle m'avait fait jurer que je répondrais si elle m'appelait, et elle m'avait promis en échange qu'elle ne parlerait pas de notre soirée à Elliot ou Brianne.

Le lendemain matin en me réveillant, j'avais un mal de crâne à rendre dingue. Je ne me souvenais pas d'avoir fait de cauchemar. Bon point. Par contre, je n'arrivais pas à ouvrir les yeux. Moins bon.

Il devait être tôt. Je sentais le soleil me balayer le visage, et j'avais la furieuse envie d'aller fermer les stores pour dormir un moment de plus. Après avoir pesé le pour et le contre, je pris mon courage à deux mains et entrouvris les paupières. Pour découvrir que je n'étais pas seule.

Deux grands yeux bleus et froids me fixaient.

Chapitre 5

Deux yeux glacés m'observaient.
—Sacrebleu! Tu m'as fait une peur d'enfer! m'écriai-je.

Sacrebleu. Oui, bon, OK. Il faudrait peut-être que je renouvelle mon stock de gros mots passe-partout. Saperlipopette, ça pouvait être intéressant à placer dans une conversation.

Walter me fit un de ses sourires apaisants. Il était assis sur le lit, à côté de moi, et un trousseau de clés était posé entre nous. Bien sûr, il avait les clés. Je me reprochai intérieurement de ne pas avoir répondu à ses appels. Il ne se serait pas retrouvé chez moi comme par magie si je l'avais fait.

—Je suis désolée de ne pas t'avoir donné de nouvelles. Je ne me sentais pas très bien, dis-je simplement.

J'espérais qu'il mordrait à l'hameçon. Après tout, j'avais sûrement une assez sale mine, avec ma gueule de bois et mes cernes, pour paraître malade.

Il me regardait toujours avec son sourire tranquille.
—Il faut que nous parlions, princesse.

Oh, oh. Je n'aimais pas le son de cette phrase.

Je me redressai dans le lit, m'appuyant contre le mur, les idées soudain nettement plus claires. Il y avait quelque chose dans le ton qu'il avait utilisé. Quelque chose qui me déplaisait au plus haut point. Je n'allais pas avoir droit à des réprimandes, ou autres. Il y avait quelque chose de grave.

Il prit une grande inspiration, puis expira l'air, lentement, avant de parler.

— Maeve, je ne suis pas venu te voir avant, car j'ai dû m'occuper de beaucoup de choses ces deux dernières semaines. Mais j'ai toujours eu un œil sur toi.

Il marqua une autre pause, comme s'il cherchait ses mots. Ça ne lui ressemblait pas. Il ne cherchait jamais ses mots. Il ne parlait jamais s'il n'avait pas quelque chose à dire. Quelque chose clochait, il se forçait. Et surtout, je n'aimais pas ça. Il avait toujours eu un œil sur moi ? Comment ? Il avait fait installer des caméras de surveillance à mon insu ? Je regardai machinalement mon mobilier, comme si j'allais du coup apercevoir quelque chose qui m'aurait échappé pendant des mois.

— Je dois m'absenter pour une durée indéterminée. Des… choses se sont produites qui requièrent toute mon attention.

J'aurais souhaité qu'il soit moins énigmatique, mais ce n'était visiblement pas dans ses plans.

— Je ne comprends rien à ce que tu veux me dire, Walter.

J'avais essayé de ne pas laisser la panique transparaître dans ma voix, mais je savais que j'avais échoué. Il détourna les yeux et contempla l'horizon à travers ma fenêtre. Après un temps qui me sembla une éternité, il reprit la parole, sans me regarder.

— J'ai bien peur de ne pas avoir été très honnête envers toi, princesse. Je me suis toujours rassuré en me disant que c'était pour ta protection.

Il laissa sa phrase en suspens, et mon cœur se mit à battre considérablement… moins vite. Le stress n'est pas supposé provoquer l'effet inverse ? Pourtant il battait bien plus lentement, pendant que tout un tas de pensées plus atroces les unes que les autres me traversaient l'esprit. Il s'apprêtait à m'avouer qu'il avait un cancer – ou une quelconque maladie incurable – et qu'il allait mourir dans le mois qui venait. Je le détestais d'avoir l'air aussi serein, comme à son habitude. Mes yeux s'emplirent de larmes alors que j'attendais qu'il continue.

— J'ai toutes les raisons de croire qu'un très bon ami à moi est décédé il y a peu de temps, dit-il finalement.

Hein ? Ce n'était pas vraiment ce que j'avais imaginé. Mon cœur reprit un peu d'entrain, comprenant que mon grand-père n'était pas à l'article de la mort, et que si les nouvelles n'étaient pas à proprement parler joyeuses, elles étaient meilleures que ce que j'avais craint. Enfin, c'est en tout cas ce que j'ai pensé sur le moment.

— Je suis désolée, répondis-je simplement.

Et je saisis sa main, que je serrai dans la mienne. Il sourit, mais je vis bien que le cœur n'y était pas. Quoi qu'il soit venu me dire, j'étais sûre qu'il ne l'avait pas encore fait, et cette idée était terrifiante. Je le connaissais assez pour savoir que, malgré son air abattu, la mort seule de son ami n'aurait pas suffi à le faire se déplacer pour m'annoncer la nouvelle en face. Ce n'était pas comme si c'était un parent proche. Il y avait quelque chose d'autre.

— Princesse, ce que tu dois comprendre, c'est que Karl était une des rares personnes au monde à pouvoir me joindre.

— Hein ?

Cette fois-ci, j'avais parlé à haute voix. Je savais comment le joindre, Elliot aussi, Serena, toutes les femelles du club de bridge également – et elles ne s'en privaient pas ! Pendant un moment, je me demandai si Walter n'était pas malade en fin de compte, Alzheimer, ou un de ses cousins. Je ne comprenais rien à ce qu'il me disait, et il ne faisait aucun effort pour m'y aider. Un ami qui meurt, une durite qui pète, et mon grand-père qui se transforme en légume. Je m'en voulus de ne plus assez être à la maison pour savoir comment il était au quotidien. Il avait peut-être besoin de soins, et j'étais égoïstement en train de vivre ma vie ailleurs, le laissant s'enfoncer à petit feu dans la folie.

—Walter, je suis sincèrement désolée pour Karl. Vraiment. Mais je ne comprends pas ce que tu essaies de me dire, et je n'aime pas ça.

Ses yeux se glacèrent.

—Tout porte à croire qu'il a été assassiné.

Autour de moi, les murs commencèrent à se mouvoir étrangement, s'éloignant, puis se rapprochant, dans une sorte de danse macabre. J'avais peur de savoir ce qu'il allait m'apprendre après.

—Je dois m'en assurer en personne, m'annonça-t-il finalement, très calme.

—Walter, si ton ami a été assassiné, je suggère que tu n'y ailles pas, cela pourrait être dangereux, dis-je alors qu'une partie de moi pensait toujours à se renseigner auprès de son médecin traitant.

—Maeve, ce qu'il faut que tu comprennes, c'est que nous vivons cachés depuis vingt et un ans.

—Putain de bordel de merde Walter, tu te fous de moi?

S'il fut choqué par mes propos, il ne le montra pas. Au temps pour moi. La prochaine fois, je ne m'ennuierai pas avec des sacrebleu, saperlipopette ou des fichtre. Mais diantre! Vingt et un ans, c'était mon âge. Et surtout, le moment où mes parents étaient morts. Une pensée atroce me traversa l'esprit.

—Walter, mes parents…?

— Je suis désolé, princesse, je sais que j'aurais dû t'en parler.

Un accident de voiture. Un accident de voiture ! Je n'ai connu ni père, ni mère, et j'ai toujours cru qu'ils avaient péri dans un putain d'accident de voiture, pas assassinés.

Cette fois, c'est lui qui pressa mes doigts. Je le regardai, mes yeux hésitants entre larmes de tristesse et de rage. Mais la rage avait encore le dessus. La main que Walter ne tenait pas serrait frénétiquement la housse de mon duvet.

— Je veux la vérité, articulai-je difficilement, tentant de contenir la colère et de l'empêcher de faire trembler ma voix. Je veux savoir de qui on se cache, et pourquoi.

J'avais tourné la tête pour qu'il ne se rende pas compte que, malgré mon ton assuré, tout s'écroulait autour de moi.

— Et je te la dirai, une fois que je serai revenu. Mais jusque-là, moins tu en sauras, mieux tu te porteras.

J'avais envie de lui en mettre une, à lui aussi. Et c'était atroce. Jamais de ma vie je n'avais été en colère contre Walter. Jamais. Mais de quel droit venait-il me raconter des choses comme ça si c'était pour, au final, rester mystérieux, et me laisser dans un flou nettement plus douloureux que celui dans lequel j'étais avant ? Il aurait très bien pu se barrer et ne rien me dire avant son retour. Ou ne jamais le faire. J'avais vraiment des envies de meurtre. Et j'étais réveillée.

Un bruit de craquement me sortit de ma rêverie. Baissant la tête, je me rendis compte que j'avais déchiré la housse tellement je l'avais malmenée. Je jurai. Mieux valait la housse que Walter, mais merde. Je retirai la main qui tenait celle de mon grand-père et rabattis mes genoux contre moi, les entourant de mes bras. Je ne voulais plus qu'il me touche. Il m'avait menti. Pendant vingt et un ans.

— Je sais que tu m'en veux, princesse. Et je l'accepte.

Tu l'acceptes ? Super, ça me fait une belle jambe.

—Mais il fallait que je t'en fasse part, car ta vie pourrait aussi être menacée.

Mais super, t'en as d'autres comme ça ? Je sais pas, ma mère était une stripteaseuse qui arrondissait ses fins de mois avec la prostitution ?

—Et pourquoi tu me mets au courant avant de partir ? Qu'est-ce que ça aurait changé que tu attendes d'être de retour pour m'en parler, et me raconter directement toute l'histoire ?

Et c'est là que je vis dans les yeux de mon grand-père quelque chose que je n'y avais encore jamais vu. Il me fallut un moment pour l'identifier, mais il n'y avait aucun doute possible. C'était de la peur.

—Mon Dieu, Walter, ne me dis pas que tu crains de ne pas revenir ?

Il ne répondit rien.

—Et si tu ne reviens pas, comment je fais, moi ?

—Je reviendrai, m'assura-t-il avec un léger sourire en coin.

Walterminator.

Je soupirai bruyamment. Jamais je n'avais réellement songé que mon grand-père puisse disparaître un jour. Il paraissait intouchable. Et pourtant, en ce moment, il semblait avoir peur pour sa peau. Moi aussi, j'avais peur. Sans compter qu'il emporterait ses secrets dans la tombe. Et malgré cela, je savais que ça ne servirait à rien de le cuisiner ou de le supplier de ne pas partir. C'était le genre d'homme qui ne change pas d'avis.

—Je me suis arrangé pour qu'une personne de confiance te surveille pendant mon absence.

Ah ben tiens, super.

— Tu ne remarqueras pas sa présence, et je souhaiterais que tu continues à vivre comme si de rien n'était.

Et comment tu veux que je fasse ça ? Merde.

Il m'adressa un petit sourire rassurant.

— J'aimerais également que tu portes ceci.

Il sortit de sa poche un pendentif en argent, représentant un dragon qui gardait un minuscule joyau, et me le tendit. Bleu nuit, la pierre précieuse brillait étrangement fort malgré sa taille réduite. *T'as vraiment des goûts de chiottes, Walter*, pensai-je.

— C'est un vieux bijou de famille. Ta mère le portait avant toi, sa mère avant elle, et ainsi de suite. On dit qu'il a des propriétés protectrices.

Ben voyons. Non mais vraiment, vraiment. Un collier ? Pour me protéger ? Je savais que Walter avait toujours raffolé des grigris, mais là ce n'était vraiment pas le moment, parce que ça ressemblait nettement plus à une passation d'héritage, et ça ne faisait qu'augmenter mon stress.

Il me regardait à nouveau avec un sourire sans expression. L'aspect général semblait tout de même dire « Je suis désolé ». Oui ben moi aussi, j'étais désolée. Mais j'avais juste envie qu'il parte, et qu'il me laisse tranquille. Qu'il disparaisse. Et, sur le moment, je souhaitai même ne plus jamais le revoir.

— Tu m'en veux, ajouta-t-il. Je le mérite. Mais il faut que tu comprennes que je n'ai jamais fait cela contre toi, mais pour toi. Tout ce que j'ai toujours fait, c'était pour te protéger. Et lorsque tes parents sont morts, je me suis débrouillé pour qu'ils croient que tu étais partie avec eux. Ils ne cherchent que moi, et je dois faire en sorte d'être sûr que tu ne cours aucun danger avant de revenir. Tu as ma parole qu'à ce moment, je te raconterai toute la vérité, toute ton histoire.

Comme si le fait de savoir qu'ils ne voulaient tuer que lui, ou qu'il m'avait menti uniquement pour me protéger, allait me rassurer.

Il se leva. Je ne bougeai pas. Je ne lui avais toujours pas dit un mot. Je n'avais aucune envie de le faire.

— Je pars maintenant. Ne change rien à tes habitudes, mais sois prudente. Et n'en parle à personne. Je reviendrai bientôt. Je te le promets.

Sur ces paroles, il disparut, refermant la porte à clé derrière lui. J'eus furieusement envie de me lever et de balancer toutes mes affaires aux quatre coins de la pièce. J'avais envie de hurler, de frapper n'importe qui, n'importe quoi. Alors que je tentais de contenir ma rage, le pendentif dans ma main me brûla. À travers les larmes que je retenais encore, je remarquai que j'avais tellement serré le poing que mes ongles s'étaient enfoncés dans ma paume. Je saignais, et le contact du médaillon avec la blessure me piquait. Je ferais certainement mieux de désinfecter. Enfin, si j'en avais quelque chose à foutre.

Je jetai le pendentif à travers la pièce et, pour la première fois depuis des années, je me mis à pleurer.

— Joli collier.

Je me tournai pour voir qui m'avait parlé. Un type, de mon âge environ, blond, les yeux bleus, l'air d'un surfeur australien. Trop petit. Et rien de spécial.

— Merci, dis-je, retournant la tête vers le bar.

Trois jours s'étaient écoulés depuis la visite de Walter, et j'étais tout aussi énervée qu'à la minute où il était parti. J'avais cependant décidé de suivre ses conseils, et de vivre normalement. Ou presque.

Il arrive des moments dans ma vie où je suis tellement en pétard que je fais des choses pas très intelligentes. Marc était un exemple, et ce que j'étais déterminée à faire en était un autre. Je ne chercherais pas les ennuis, non. Je comptais juste me mettre en première ligne pour être sûre de ne pas les manquer s'ils survenaient.

J'étais sortie tous les soirs, rentrée seule chaque fois, comme une brave fille. Et j'allais continuer. Pas forcément à rentrer seule, mais à sortir. Je n'avais pas revu Elliot, Brianne, ou Tara. Cette dernière m'avait envoyé un message pour s'assurer que j'allais bien, et je lui avais même répondu.

Et j'avais entrepris ma chasse solitaire.

Après avoir pleuré toutes les larmes de mon corps quand Walter était parti, la rage me brûlant les yeux, j'avais réfléchi. J'avais d'abord pensé que j'étais complètement folle, puis finalement que je n'en avais royalement rien à foutre. Si j'étais réellement en danger, comme Walter avait semblé le craindre, et que les assassins de mes parents me trouvaient, je n'aurais pas besoin de les chercher. Et je me fichais éperdument que ma vie puisse être mise en jeu dans le procédé. J'avais de la protection que je ne remarquerais pas, avait dit Walter. Eh bien, si je les menais à moi, ça ne serait pas plus mal. De toute manière, c'était lui qu'ils voulaient. Au pire, ils m'utiliseraient comme monnaie d'échange si je me faisais prendre. Et puis ce n'était pas comme si je les cherchais. Non, je me mettais juste à disposition, bien en vue. Et à mon avantage.

Si je m'étais arrêtée deux secondes pour réfléchir de manière sensée, j'aurais réalisé que cette attitude était des plus stupides. Mais c'était tout le problème quand la colère me saisissait comme ça : je n'avais aucune envie d'être rationnelle. Je voulais broyer le monde entre mes doigts, ne surtout pas être raisonnable, et faire des conneries. Et je comptais bien en faire. Sur le moment, je comptais même les regretter avec un plaisir fou.

Je portais une autre robe noire, achetée pour l'occasion. Elle moulait chaque partie de mon corps de manière presque outrageuse, et le décolleté était nettement plus plongeant que celui de la robe que Serena m'avait offerte. J'avais des bas noirs, les chaussures qu'elle m'avait données, et mes yeux étaient également maquillés dans des tons sombres. Féline, m'étais-je dit en sortant de chez moi deux heures plus tôt. J'avais attaché mes cheveux de manière que des mèches rebelles retombent dans mon cou, et l'effet était réussi. Bien loin de ce que j'appelais mon bleu de travail. La chenille s'était transformée en papillon vénéneux. Je me sentais telle une panthère noire, douce comme du velours et mortellement prédatrice. Et j'aimais ça.

— Tu viens souvent ici ?

Je regardai l'ersatz de surfeur d'un air ennuyé. Pourquoi les mecs devaient toujours être aussi cons, et avoir si peu d'imagination ? Allez, dégage bébé, maman ourse attend du plus gros gibier.

— Oui.

Ce qui n'était pas foncièrement faux. C'était la boîte de nuit où j'avais eu ma petite altercation avec Marc, et j'y étais retournée les deux soirs précédents. Il me fallait mes habitudes, si je voulais être facilement trouvable. Trouvable par qui, je n'en avais aucune idée, mais j'avais le sentiment que je le saurais le moment venu. En tout cas, ce n'était pas par ce blondinet fade et lourd.

— Je peux t'offrir un verre ?

Mon Dieu, il n'arrêterait donc jamais ? Dé-gage.

— Non.

Je me retournai encore une fois vers le barman, avant de hurler malgré moi sur l'imitation de surfeur.

— Tu es la plus belle femme que j'aie vue ici, et de loin, continua celui-ci.

Je fis volte-face, prête à exploser, à lui ordonner de me laisser tranquille, de manière imagée et colorée, lorsqu'un type en noir arriva à mon côté.

— Ce jeune homme vous ennuie ?

Je remarquai qu'il portait une oreillette. Eh bien, il y avait quand même des types de la sécu dans cette boîte, finalement. Le petit blond devint tout pâle, bredouilla deux mots et disparut.

— Merci, dis-je à l'intention du vigile.

Il sourit d'une façon que je ne sus interpréter. Je le détaillai. Très grand, crâne rasé et des bras dans lesquels il n'aurait pas pu ranger plus de muscles. C'était le stéréotype même de l'agent de sécurité. Il avait cependant un air très doux, et ses yeux bleu clair étaient amicaux.

— Je n'aurais pas voulu que tu m'envoies celui-ci au tapis aussi, dit-il, finalement amusé. Tu l'as pas raté, l'autre. Jim.

Il tendit vers moi ce qui tenait plus d'une patte d'ours que d'une main.

— Maeve, répondis-je en la serrant comme je pus.

— Eh bien Maeve, sacré bout de femme. Je dois retourner faire ma ronde, mais si tu cherches un jour du travail, fais-moi signe.

Il me fit un clin d'œil et s'en alla. Alors ça ! Je n'aurais jamais pensé qu'on m'offrirait un job parce que j'avais refait le portrait à un imbécile. Être exclue oui, mais ça, pas trop. Il était hors de question que j'accepte, mais l'attention avait au moins le mérite de m'arracher un sourire.

Après plusieurs verres et rien de concluant, je me décidai à rentrer chez moi. Un petit tour par le vestiaire pour récupérer ma veste et j'étais sur le départ. La soirée était fraîche malgré la saison. Il avait plu le jour d'avant et la température avait chuté.

Sur le chemin, je me retournai plusieurs fois. J'avais l'étrange impression d'être suivie, impression que j'avais eue non-stop depuis ma conversation avec Walter. Il y avait sûrement une grande part de paranoïa là-dedans, bien que mon grand-père m'ait dit qu'il s'était arrangé pour que je sois protégée. Cependant ce soir-là, je sentais quelque chose. L'odeur était indescriptible. Ça sentait… la poussière. L'idée me parut saugrenue, la poussière n'ayant pas d'odeur. Pourtant, ça sentait vraiment la poussière.

Mon cœur manqua un battement lorsque j'entendis un bruit derrière moi. Je me retournai vivement mais ne vis rien. La rue était déserte. Passant devant un grand magasin, je profitai du recoin à l'arrière d'une vitrine pour me cacher. Et j'attendis. Une minute… Deux minutes… Puis je l'aperçus, et mon cœur se mit à ralentir. À nouveau. Ce qui redoubla ma peur. Ce n'était vraiment pas le moment de faire un arrêt cardiaque.

Il était énorme, et c'était peu de le dire. Il faisait largement plus de deux mètres. Sa peau était sombre, ses cheveux noirs, lisses et longs, attachés en queue-de-cheval. Vêtu d'un jean – qui devait faire ma taille – et d'un marcel tendu à l'extrême, il avançait d'un pas lourd, semblant humer l'air.

Je sentais les battements de mon cœur ralentir à mesure que mon angoisse grandissait. Elle bourdonnait à mes oreilles, et lorsque j'ôtai discrètement mes chaussures à talons, je n'entendais plus aucun battement. Je ne sentais plus rien. Je venais de mourir de peur, au sens propre.

Le géant passa sous un lampadaire et j'émis un hoquet de surprise en découvrant son visage. On aurait dit un guerrier indien, à la différence près que ce n'étaient pas des peintures de guerre qui ornaient ses joues, mais des cicatrices. L'une était très épaisse et faisait toute la longueur de son visage, séparant son sourcil noir en deux portions égales au-dessus d'un œil qui semblait éteint.

J'eus l'impression qu'il m'avait entendue sur-le-champ, car il avait fait volte-face à peine le hoquet passé mes lèvres. J'arrêtai de respirer. S'il se retournait à nouveau, j'aurais une fraction de seconde pour partir aussi vite que possible dans la direction opposée en espérant rencontrer des gens. Et finalement, la chance se présenta. Mr T se tourna et fit deux pas en avant. Je n'attendis pas une autre occasion.

Je m'élançai en direction de la boîte de nuit, retraçant tout le chemin que je venais de faire en sens inverse. Je cavalais à m'en brûler les poumons, et mon cœur m'accompagnait dans la course. Lui qui avait été si silencieux quelques secondes auparavant faisait un boucan d'enfer. Une fois arrivée devant la discothèque, je m'arrêtai en face de la porte pour reprendre mon souffle. Mes yeux s'agitaient au rythme des battements, et chaque bouffée d'air me faisait souffrir. Lorsque je fis mine d'entrer, le videur me bloqua.

— Si tu crois que tu vas passer sans chaussures, petite…
— Je suis venue voir Jim, dis-je.

Et malgré la douleur que cela me provoqua, je lui fis mon sourire le plus charmant.

Chapitre 6

Cet endroit ne m'avait définitivement pas manqué.
La cafétéria de l'université se remplissait peu à peu, et je lançais ponctuellement un regard noir, çà et là, aux personnes qui me dévisageaient. La dernière fois que je m'étais trouvée ici, j'avais légèrement hurlé en me réveillant, et il y avait eu des spectateurs. Je n'avais pas perdu de temps à noter le nom des témoins, mais les quelques coups d'œil que je recevais de temps à autre me rappelaient qu'il y avait quand même pas mal de monde dans cette foutue cafét' au moment du crime.

En face de moi, Elliot était plongé dans un livre, alors que Tara mangeait une salade de crudités – quoi d'autre ? – en me regardant de temps en temps, d'un air ennuyeusement gentil. J'étais persuadée qu'elle vérifiait que je mange bien tous mes légumes. Brianne, assise à côté de moi, avalait avec difficulté un plat de pâtes. À sa décharge, il ne semblait pas excellent.

J'avais été peinée en revoyant mon amie. Ses traits étaient tirés – elle ne devait pas dormir beaucoup non plus – et ses sourires avaient des accents fades. Elle qui respirait toujours la joie de vivre, l'hyperactivité heureuse, paraissait totalement éteinte, effacée. Les événements avec Marc l'avaient remise dans l'état léthargique dont nous avions eu un mal fou à la sortir quelques mois plus tôt. Et ça ne laissait rien présager de bon. Je ne l'avais pas vue depuis deux semaines, et je craignais bien qu'elle n'ait été ainsi tout du long. Je me sentais coupable d'avoir disparu au moment où elle avait le plus eu besoin de moi.

Cependant, je n'arrivais pas à connecter avec elle, ni à en avoir envie. Toutes ces histoires me semblaient à des années-lumière maintenant, et je me sentais étrangère à cet univers. L'université, les petits amis violents, la jalousie, tout ça rebondissait sur moi, ne me touchant pas. Je n'arrivais pas à me sentir du même monde que mes amis, et quelque chose en moi s'en fichait éperdument.

J'avais grandement hésité à revenir en cours. Finalement, je m'étais décidée. Les cours me manquaient, et nous étions lundi. Je n'avais rien de concret à faire jusqu'à jeudi. Je pouvais bien sûr sortir le soir, mais les bars fermaient vers minuit en début de semaine. Si je voulais donner l'impression d'être une créature d'habitudes, il faudrait que j'aille en cours la semaine, et dans ma boîte de nuit les week-ends.

Il faut dire aussi qu'avoir vu l'espèce de géant patibulaire m'avait fichu un coup. D'accord, j'avais de la force, j'avais mis Marc au tapis, mais là… Marc, c'était du pipi de chat, à côté du truc qui m'avait suivie. J'étais partie en courant, comme une petite fille apeurée. Et je refusais que ça se reproduise. Il était hors de question que je recroise le bazooka humain sans être armée jusqu'aux dents. Je n'avais aucune idée de comment je ferais ça, mais j'avais quelques jours pour trouver une réponse. Et je trouverais un moyen, j'en étais sûre. Il n'y aurait pas toujours des Jim pour me ramener tranquillement chez moi.

Il s'était comporté en gentleman jusqu'au bout des doigts. Étonné d'abord de me revoir, jusqu'à ce que je lui serve une histoire juste assez farfelue pour être crédible, et il avait accepté de me raccompagner une fois que la boîte serait fermée. Il m'avait déposée devant chez moi, avait vérifié que je rentrais dans l'immeuble sans me faire sauter dessus, et était reparti. Et il n'avait rien essayé. Du tout. Un vrai gentleman.

Deux jours s'étaient écoulés depuis, et je n'avais eu aucune nouvelle. Ni de lui, ni de Walter, ni du géant. Si ça ne me dérangeait pas trop de ne pas en avoir du dernier, Walter en revanche me donnait du souci. Une partie de moi me répétait sans cesse que je n'aurais plus jamais l'occasion de le voir, et que si lui aussi était tombé sur le colosse, il n'aurait eu aucune chance. Je l'imaginais mal partir en courant comme je l'avais fait. Il n'avait pas de canne, mais tout de même. Pourtant, une autre partie, plus petite, me murmurait qu'il était encore en vie et allait bien.

— Tu as passé un bon week-end, Maeve ? me demanda soudain Tara.

Oui, je me suis fait pourchasser par un géant défiguré, et j'ai eu tellement peur que j'ai failli me pisser dessus. Et perdre un poumon par la même occasion.

— Rien d'extraordinaire, répondis-je. Et toi ?

Elle émit un petit son qui signifiait que le sien ne s'était pas trop mal passé, mais je n'avais pas envie d'y penser. Ce qu'elle avait pu faire avec Elliot me répugnait assez pour ne pas vouloir de détail de quelque sorte que ce soit.

Le silence regagna la table.

Elliot n'avait pas une seule fois posé les yeux sur moi. Personne n'avait fait d'allusion à mon absence, et personne ne m'avait dévisagée au point que j'aie l'impression que Tara aurait pu raconter ce qu'elle avait fait pour moi. Enfin personne, c'était Brianne, et Miss Parfaite. Elliot, lui, gardait les yeux fixés sur un bouquin, et lorsque l'heure du déjeuner toucha à sa fin, il remit ledit bouquin dans son sac et s'en alla sans un mot. Tara me regarda avec un petit sourire d'excuse et partit également après nous avoir saluées.

— Il a eu une commotion cérébrale.

Brianne avait parlé sans émotion aucune, sans lever les yeux vers moi. J'avais oublié jusqu'à sa présence.

Je ne commentai pas. Honnêtement, je ne voyais pas quoi dire.

— Tu as entendu ?
— Oui, répondis-je.

Elle voulait quoi, que je lui présente mes excuses peut-être ?

Elle jouait frénétiquement avec sa fourchette, ses cheveux roux lui cachant en partie le visage qu'elle avait baissé, dans une coiffure qui aurait dû être ultra à la mode si seulement elle avait encore eu le goût de se coiffer.

— Le nez cassé.

Elle faisait de petits tas de pâtes, ne me regardant pas, et le rouge de la sauce tomate me rappela le sang de Marc lorsque son nez avait craqué.

— Et deux dents.

Elle me stressait en agissant comme ça. Malgré la fragilité qui s'échappait d'elle, on aurait dit une tueuse psychopathe qui faisait son discours d'introduction avant de passer au découpage d'un innocent. Sauf qu'elle n'avait rien d'une psychopathe, ni moi d'une innocente.

J'hésitai un moment avant de répondre, mais ça me brûlait la langue, et il fallait que ça sorte. Je fis de mon mieux pour parler de manière aussi neutre qu'elle.

— J'espère que ça lui apprendra.

La fourchette se figea sur une pâte. Une fraction de seconde plus tard, Brianne l'avait lâchée, faisant jaillir un troupeau de pâtes hors de l'assiette, qui atterrit sur la table et sur son pantalon. Elle s'était retournée vers moi et me regardait d'un air qui avait de la peine à se décider entre tristesse et colère.

—C'est quoi ton fichu problème, Maeve ? Pourquoi tu fais ça ? Pourquoi ?

C'était de la colère. Ses yeux noisette avaient viré au noir, et des larmes en débordaient. Je restai muette, mais elle me pressait du regard. Ça me semblait évident pourtant. Pourquoi avait-elle besoin que je le dise ?

—Brianne, il est dangereux. Il t'a frappée pendant des mois, il a eu ce qu'il méritait, c'est tout.

Une larme se précipita au bas de sa joue pour venir s'éteindre contre le feu de ses cheveux. Alors qu'elle se mordait la lèvre inférieure, ses grands yeux me regardaient froidement, et semblaient me crier que je ne comprenais rien.

—Il m'aime, finit-elle par dire. Il a des problèmes, je sais. Mais il travaille dessus, et l'important c'est qu'il m'aime. Et tu n'as aucun droit d'agir comme tu le fais.

Je passai lentement une main sur mon visage, comme pour me libérer les yeux du masque que j'aurais pu être en train de porter et qui m'aurait caché une telle évidence. Mais même après ça, je ne comprenais pas comment elle pouvait être aussi stupide et refuser de voir les choses en face. L'amour rend peut-être aveugle, mais le désespoir a le même effet qu'une lobotomie.

—Il ne va pas arrêter de te frapper, juste comme ça, par magie. C'est pas un putain de film hollywoodien, c'est pas avec ce genre de raclure que tu vas avoir un happy end. Et plus vite tu t'en rendras compte, moins tu te ramasseras des coups que tu penses mériter, par amour.

J'avais réussi à rester calme.

—Tu es jalouse.

Ça sonnait comme une évidence dans sa petite bouche pincée.

—Pardon ?

—Tu es jalouse parce que moi j'ai trouvé quelqu'un que j'aime, et qui m'aime, et que toi tu n'as personne, et qu'avec le caractère de merde que tu as, tu sais que tu finiras toute seule.

Dépasser les bornes n'avait visiblement aucune signification pour elle.

—Écoute, si tu veux te faire frapper pendant des années, et que tu es assez aveugle pour ne pas voir que les gens autour de toi essaient de t'aider, c'est ton affaire. Tu es assez grande pour faire ce que tu veux. Je ne vais pas me prendre la tête avec toi à ce sujet, j'ai des problèmes plus importants à régler de mon côté.

Et sur ces mots, je me levai. Brianne resta assise, les bras croisés contre sa poitrine, ses yeux embrumés dans le vide. Malgré notre conversation, c'était comme si je n'avais jamais vraiment été là.

—Tu sais, c'est ça ton problème. C'est toujours à propos de toi. Toujours à propos de Maeve. Même ce qui ne te regarde pas. Le monde ne tourne pas autour de toi.

Je partis sans en attendre plus. Ce n'était pas Brianne. Ça ne pouvait pas être elle. Marc faisait sortir en elle des aspects qui n'existaient pas en temps normal. Bien sûr, elle avait toujours eu un fichu caractère elle aussi, c'était une des raisons qui m'avaient fait l'aimer dès le départ. Mais la personne à qui je venais de parler, ce n'était pas elle. Impossible. C'était une plaisanterie. Une vulgaire copie physique qu'on avait bourrée avec de la merde. Et cette merde avait un nom. Je rêvais plus que jamais de détruire Marc jusqu'à la dernière cellule de son corps.

Je montai les escaliers qui me séparaient de l'étage principal quatre à quatre et me dirigeai vers les toilettes les plus proches. Je voulais me jeter de l'eau sur le visage jusqu'à ce que j'aie les idées claires. Ou que je me noie. Ça m'était un peu égal.

Mais évidemment, pourquoi les choses auraient-elles été aussi simples ? Elliot se trouvait sur le passage. J'étais bien trop énervée pour pouvoir gérer la manière dont il me regarda. Parce que oui, il posa enfin les yeux sur moi. Des yeux pleins de dégoût et de hargne.

Je ralentis le pas pour me poster pile devant lui, en l'apostrophant du bout du doigt, que je tapai violemment sur son torse.

— Tu n'as aucun droit de me regarder comme ça.

Ma voix avait des accents enragés, et je n'en avais rien à faire. Sur le moment, j'aurais pu casser tout ce qui était humainement cassable autour de moi. Mon sang bouillait dans mes veines et je me consumais intérieurement. L'épisode avec Brianne m'avait fait totalement sortir de mes gonds, et qu'Elliot ose me dévisager comme ça ne faisait que jeter de l'huile sur le feu qui brûlait l'orphelinat.

En face de moi, il restait calme, et dédaigneux. Il observa mon doigt sur son torse en montant un sourcil, faisant la moue.

— Te regarder comment ?
— Comme t'es en train de le faire là, comme si j'étais une merde, comme si tu n'avais que du mépris pour moi, comme si on n'avait pas grandi ensemble et que je n'étais pas ton amie, mais une étrangère pour qui tu n'éprouves que du dégoût.

Calmement, il se saisit de mon doigt, qu'il ôta de son torse avec précaution. Puis il le laissa retomber.

— Je le ferais volontiers, mais en ce moment, je n'ai que du mépris pour toi.

Le ton posé qu'il utilisait me rendait encore plus folle de rage. Comment osait-il ? Comment pouvait-il me trahir comme ça ? Brianne était déjà largement suffisante.

— Pourquoi ? hurlai-je, me foutant royalement que tout le couloir profite de notre dispute.

Surpris par la force de ma question, il fut assez déstabilisé pour que sa propre réponse perde son calme.

— Mais regarde-toi ! Tu frappes sur tout ce qui bouge. Et tu sautes tout ce qui bouge !

« Connard » fut ma seule réponse.

— Tu ne te respectes même pas, alors comment tu veux que moi, je te respecte ?

Il avait dit ça d'un ton tellement dégoûté que même moi, j'eus envie de vomir.

— Tu es un enfoiré, Elliot Dunn, un putain d'enfoiré. Et tu es en train de mettre fin à plus d'une vingtaine d'années d'amitié.

Il sembla se recomposer avant de répondre. La colère déformait ses traits, et je remarquai que ses poings étaient serrés. Autour de nous, dans le couloir grisâtre, les gens continuaient à aller et venir, évitant soigneusement de croiser nos regards.

— Soit. Ça te laissera plus de temps pour sortir sauter des inconnus.

Ma bouche s'ouvrit sous le coup. L'amertume qui transparaissait dans sa phrase m'avait fait l'effet d'un coup de poing. Je fis un pas en avant, le poussant aux épaules, violemment. Je n'avais pas de mot pour lui répondre. Je le haïssais tellement que j'aurais pu lui arracher la langue pour ce qu'il venait de dire.

— Tu vas faire quoi, tu veux me taper aussi ? demanda-t-il, cette fois clairement en colère.

J'eus envie de le baffer, mais ça aurait été lui donner raison. Je refrénai ma pulsion et fis un pas en arrière.

— Qu'est-ce que ça peut bien te foutre que je saute n'importe qui ? Tu n'es pas mon père, tu n'es pas mon frère, c'est absolument pas tes affaires.

Il fit un pas dans ma direction, de manière à être presque collé à moi. Il était si près que j'avais de la peine à le regarder dans les yeux, et la proximité me dérangeait.

— Tu sautes n'importe qui, sauf moi.

Il avait parlé doucement. Son ton n'était pas moins amer, mais il avait eu la décence de ne pas hurler ça à travers le couloir. Je secouai la tête, et, ne répondant rien, je le dépassai pour me diriger vers les toilettes. La conversation était finie. Bien plus que la conversation, en fait. Avant de pénétrer dans les toilettes, je l'entendis frapper contre le panneau d'affichage, qui émit un bruit sourd. J'espérai qu'il s'était fait mal. Très mal.

En entrant, j'eus le plaisir de remarquer que l'endroit était désert. Heureusement, car j'aurais pu cogner sur le premier inconnu venu, tant ma rage était forte. Je me mis à arpenter la pièce de long en large, en jurant dans ma barbe. J'en avais assez. Officiellement marre.

D'abord Brianne, le punching-ball humain. Ce qu'elle m'avait dit m'avait déjà bien assez énervée. Je l'avais protégée, et elle m'en voulait. J'aurais pu essayer de me mettre à sa place, de comprendre que l'amour a ses raisons que la raison ignore et tout le blabla, mais la connerie dont elle faisait preuve m'estomaquait. Je ne savais pas ce qu'elle avait fumé, mais j'aurais bien pris la même chose. Mais je suppose que, n'ayant jamais été amoureuse moi-même, je ne pouvais pas comprendre ce qu'elle ressentait. Je n'avais pas assez de cœur pour tomber amoureuse, évidemment.

Ce qui me ramenait à Elliot et ses crises de jalousie de merde. C'était ça, alors ? Je sautais tout le monde, mais pas lui. Il semblait très facilement sortir de l'équation le fait qu'il était casé, et avec une fille qui était tellement géniale sur tous les points qu'elle aurait fait rougir d'envie Mère Teresa. L'ironie de la situation me frappa à cet instant. Mes deux meilleurs amis étaient aux abonnés absents, prêts à être internés, et la seule personne qui m'appréciait encore était celle que je détestais le plus. Au final, Mademoiselle Parfaite était peut-être bien ma dernière amie sur terre. Alléluia.

Et il restait Walter. Walter et ses mensonges, Walter et sa disparition, Walter qui m'abandonnait quand je devais encaisser le fait que mes parents n'étaient pas morts accidentellement, mais avaient été assassinés, et que mes jours pourraient être en danger. Et il avait fait bien attention à me laisser seule, pour accuser le coup.

Je les détestais tous les trois. Je les maudissais de pourrir ma vie de la sorte. Je n'avais jamais rien demandé de tout ça. Je n'avais pas supplié Walter de me dire une vérité que j'ignorais, ni Elliot de tomber amoureux de moi – ou quoi que ce soit, je n'en avais rien à faire – à vrai dire. Quant à Brianne, je ne voulais même pas y penser. J'avais envie de me barrer de cette vie de merde, de les laisser en plan, de tout recommencer à zéro dans un lieu où je ne connaîtrais personne. Je les haïssais tellement en ce moment que l'idée de demander au géant scarifié de m'adopter me traversa même l'esprit. Je pourrais faire des trucs de méchants, avec de vrais méchants, devenir une vraie enflure, et mériter tout ce qui m'arrivait.

Je m'arrêtai au niveau du sèche-mains automatique. Il était inutile de lutter plus longtemps. Je mis un premier coup dans la machine. La douleur que me renvoya l'attaque avait quelque chose d'apaisant, comme si elle faisait taire pendant une fraction de seconde la souffrance morale que j'éprouvais. Motivée par le répit momentané que cela m'avait procuré, je continuai à marteler le bout de métal impuissant jusqu'à ce qu'il se dévisse du mur et tombe, tout bosselé, droit dans la poubelle trop petite qui trônait au-dessous. J'y mis ensuite un coup de pied et l'envoyai rebondir sous les lavabos.

Et c'est là que je me vis dans l'image que me renvoyait le miroir depuis tout à l'heure. Mes traits étaient déformés par la colère. Je ne me ressemblais plus. Je n'avais plus rien d'humain. Et je me détestai. Je détestais ce que j'étais, tout ce que je n'arrivais pas à contrôler en moi, toute cette hargne constante, toute ma vie, et le fait que je n'avais absolument aucune influence dessus.

Je donnai un coup de poing à mon reflet. Puis un autre. Et un autre. Je ne m'arrêtai que lorsque je vis le sang sur mes mains. Et cette vision était magnifique.

Chapitre 7

*L*es boîtes de nuit, c'était définitivement pas mon truc. Samedi soir, clients alcoolisés, musique à tue-tête, et tympans à fleur de peau, je prenais mon mal en patience. Je ne savais toujours pas exactement ce que j'attendais, mais j'étais préparée. Ma cuisse était munie d'une très belle lame, dissimulée par une jolie robe noire qui me descendait à mi-cuisse, et retenue par un de ces holsters, comme dans les films. Par contre, ce qu'on ne dit pas dans les films, c'est à quel point c'est inconfortable, vraiment. J'avais aussi un spray au poivre dans mon sac, juste au cas où.

Mais au cas où quoi, grande question. J'avais fait chou blanc le jeudi et le vendredi, et je commençais à désespérer. Et plus le temps passait, plus je pensais que j'avais dû imaginer le géant patibulaire, qu'il n'existait pas vraiment. Je n'en avais pas revu la moindre trace depuis ma course effrénée, une semaine plus tôt. Et même si je n'avais pas rêvé, il n'était sûrement pas à mes trousses. « Ils croient que tu es morte », avait dit mon grand-père. Alors pourquoi me chercheraient-ils ? Tout ça me décevait, et je commençais à déprimer sérieusement. Il ne se passait rien qui sorte de l'ordinaire, et j'allais finir par devoir me résoudre à jeter l'éponge. Rien ni personne ne me menaçait, si ce n'était mon sale caractère, et même ma colère s'estompait, comme si elle s'ennuyait, elle aussi.

Quoi qu'il en soit, Jim avait été assez galant pour me ramener les deux soirs précédents, et il me le proposerait sûrement aujourd'hui à nouveau. Ce n'est pas comme si j'allais rentrer accompagnée de toute manière. Jim et moi étions devenus amis très rapidement. Il n'avait rien du cliché de la brute épaisse. C'était au contraire un homme raffiné qui avait beaucoup de conversation et pour qui la violence était la dernière alternative, même s'il adorait me charrier sur le fait qu'un petit truc comme moi pouvait faire beaucoup de dégâts. Et surtout, il n'essayait pas de me draguer, ce qui était rafraîchissant.

Je trompai l'ennui en commandant un autre Soleil, qui fut éclipsé avant même de toucher le bar. L'alcool était à peu près tout ce qu'il me restait, en dehors des discussions que j'avais avec Jim lorsqu'il me ramenait. Mon grand-père, et unique famille, était Dieu sait où, en vie ou pas, mes meilleurs amis de l'histoire ancienne, et aucun des mecs qui m'avaient approchée ce soir-là ne m'avait plu le moins du monde. Peut-être que je devenais trop sélective.

En parlant de mes meilleurs amis, je les avais vus entrer dans la salle un peu plus tôt dans la soirée. Elliot et Tara, et Brianne accompagnée de Marc. Seule Brianne m'avait aperçue, et elle m'avait lancé un tel regard que j'aurais préféré qu'elle ne m'ait pas remarquée. Comme pour me défier, elle avait resserré son corps contre celui de Marc. Grand bien lui fasse. Je n'allais pas rentrer dans ce genre de jeu morbide.

— J'espérais bien te revoir un jour.

Je me tournai pour découvrir un sourire carnassier. Vomito. Génial, il ne manquait plus que lui. Je retournai la tête vers le bar pour faire signe au barman. Il faisait nettement plus attention à moi depuis que je portais des robes. Il s'approcha.

—La même chose que mademoiselle a commandé, dit l'inconnu. Deux fois.

Mais pour qui il se prenait, lui ? Je ne l'avais pas autorisé à me payer un verre, ni à venir me pomper l'air. D'ailleurs, il ne devrait pas boire de Soleil. C'était très fort, et je me souvenais parfaitement qu'il ne tenait pas l'alcool.

Le barman disparut un peu plus loin et je le vis se saisir d'une bouteille au contenu orangé. Le grand sac à vomi s'appuya contre le bar d'une manière nonchalante, me regardant, le même sourire figé sur ses lèvres.

—On se connaît ? finis-je par demander d'une voix qui se voulait à la limite extrême du dédain, un sourcil en l'air. Ah, oui, tu es le type qui a essayé de me vomir dessus il y a quelques semaines.

Son sourire s'élargit encore plus. Il était bien loin d'avoir l'air honteux. Il affichait même un air tellement macho que la honte ne devait pas figurer dans sa panoplie de faciès.

—Je suis désolé, princesse, j'aurais préféré que tu n'assistes pas à ça. J'ai été victime comme qui dirait d'une légère... intoxication alimentaire.

Je tiltai. Seul mon grand-père m'appelait princesse, et me faire apostropher de la sorte par un mec qui me draguait et m'avait mis sa langue dans la bouche donnait un petit côté incestueux à l'histoire qui me retourna le ventre.

Le barman coupa court aux pensées répugnantes qui germaient dans mon esprit en déposant deux shots de Soleil devant nous. Le grand brun lui tendit un billet, puis se saisit des verres et m'en offrit un. Après avoir trinqué, nous bûmes nos shots de concert avant de les taper sur le bar. Je scrutai une réaction chez lui, sans succès. Aucun des mecs qui m'avaient payé des Soleils ces derniers temps n'avait gardé un visage neutre après avoir bu. Ils avaient tous grimacé, et souvent lâché un ou deux jurons. Mais pas lui. Il devait être habitué à l'alcool fort. À petites doses.

Il m'adressa à nouveau un sourire si vorace qu'il me chatouilla le bas-ventre, et je réalisai qu'il était toujours aussi beau. Ma démotivation des jours précédents avait vraiment dû me rendre sélective pour que j'arrive à occulter ce qui sautait pourtant aux yeux.

Il était sur le point de parler. *S'il me demande si je viens souvent ici, je le décapite*, pensai-je. Mais il n'en fit rien, à mon plus grand soulagement.

— Tu me rappelles quelqu'un que j'ai connu il y a longtemps, me dit-il.

— C'est quoi ça, lâchai-je sur un ton toujours aussi hostile, la nouvelle version de « on s'est pas déjà vus quelque part ? »

Son sourire fut si charmant que les chatouilles reprirent de plus belle.

— T'as pas la langue dans ta poche, mais tu dois bien être une des plus belles femmes que j'aie jamais vues, et tu as bon goût en ce qui concerne l'alcool.

Je le toisai d'un air désintéressé. Pas que je le sois – car il était encore plus éblouissant que dans mes souvenirs, et sa peau claire, qui semblait sans défaut, me donnait une furieuse envie d'y mordre à pleines dents –, mais il n'avait pas besoin de le savoir. Pas aussi facilement.

Il s'approcha un peu de moi et murmura, presque dans le creux de mon cou :

— Mais je suis sûr que je trouverai un moyen de dompter ta langue.

Cette fois-ci, ce n'étaient pas des chatouilles que j'avais dans le ventre, mais d'énormes gargouillis de famine. Quant aux pensées salaces qui me traversaient l'esprit, elles n'avaient plus rien d'incestueux ou de dégoûtant.

Ce type avait le chic pour me mettre dans un état pas possible en moins de temps qu'il ne fallait pour le dire. Épisode du vomi ou pas, j'avais envie de lui sauter dessus en plein milieu de la boîte, et de lui hurler de me prendre sur le bar, sur-le-champ. Une sorte d'énergie émanait de lui, comme par vagues, et chacune semblait m'attirer un peu plus à lui, inéluctablement. Il n'avait pas bougé d'un millimètre, et pourtant j'avais l'impression d'être plus collée à lui que jamais.

—Comment tu t'appelles ? demandai-je.

Je sentis que sa main avait trouvé mon genou, et, comme la première fois, je fus électrisée par le contact. Il me faudrait un seau d'eau pour m'empêcher de me jeter sur lui. Je ne comprenais vraiment pas ce qui m'arrivait. C'était mon style de sauter sur des semi-inconnus, mais pas aussi vite. Ce type avait vraiment un truc, et être incapable de mettre le doigt dessus me rendait totalement dingue.

—Est-ce que les noms ont vraiment de l'importance ? susurra-t-il à mon oreille, en l'effleurant du bout des lèvres.

J'allais devenir folle. Il n'avait pas bougé, frôlant toujours mon oreille, sa bouche ne quittant pas sa position, la mordillant de temps à autre du bout des lèvres, comme par un accident délicieux.

—Comment tu t'appelles ? répétai-je à grand-peine.

—Lukas, murmura-t-il.

Et le ton avec lequel il l'avait prononcé promettait autant de plaisirs que je pourrais en vouloir, si je décidais d'être sage.

—Et toi ?

Je me levai d'un bon. J'avais vu une silhouette au fond de la salle, énorme masse informe qui dépassait de l'essaim de danseurs alcoolisés. J'étais sortie de ma transe aussitôt. Il fallait que j'aille vérifier.

— Les noms n'ont pas vraiment d'importance, lui lançai-je avec un sourire espiègle, en disparaissant dans la foule.

Je le retrouverais en fin de soirée, si c'était possible. Et sinon, il m'avait bien fait un faux plan au pire moment. Chacun son tour.

Je courus jusqu'au coin où il me semblait avoir vu mon énorme ami, mais plus rien ne dépassait. Pas très loin de moi, Brianne dansait avec Marc, et les mains de ce dernier étaient fermement posées sur le bas de ses hanches, de manière toute-puissante. *C'est qui le bout de viande maintenant*, pensai-je.

Comme s'il m'avait entendue, il leva la tête et planta son regard niais dans le mien. Brianne me tournait le dos et ne m'avait pas remarquée. Elle ne le vit donc pas non plus passer lentement son pouce sur sa gorge dans un signe très reconnaissable de langage universel. Je vais te faire la peau, venait-il de me dire. Je haussai les épaules, bras écartés, comme pour l'inviter à venir m'embrasser. Il dégaina le regard le plus noir de son répertoire. C'était ridicule. Une autre fois, semblaient me dire ses yeux. Volontiers, lui répondirent les miens.

Faisant fi de Marc, je me mis à tourner, et tourner encore, jusqu'à finalement retourner toute la boîte, sans succès. Je me faisais arrêter çà et là par des types éméchés, puant l'alcool à plein nez, qui avaient tous envie qu'on devienne copains comme cochons. Je les ignorai tous en continuant à chercher. Je n'avais pourtant pas pu halluciner, il devait bien être quelque part.

Mais je fis chou blanc pendant l'heure que dura ma recherche. Je laissai tomber l'affaire après être allée demander aux videurs s'ils n'avaient pas vu un colosse du type Geronimo entrer ou sortir. Devant leurs « non » amusés, j'étais retournée à l'intérieur, les épaules ballantes. Je commençais à en avoir marre. Mais vraiment marre. Je me décidai à faire un dernier tour de salle puis à rentrer. Seule. Le pire qui pouvait m'arriver, c'était que je me fasse suivre par le géant vert. Enfin, toujours dans l'optique où il existait. De toute façon l'air frais me remettrait les idées au clair. Ou au noir.

Quelques minutes plus tard, je me dirigeais vers la sortie de la piste de danse lorsque je tombai nez à nez avec Elliot. Génial.

Il me regarda froidement. Il était seul, Mademoiselle Parfaite étant invisible à la ronde. Avec le bruit assourdissant de la musique, il pourrait me hurler dessus comme ça lui chantait. Et s'il le faisait, j'étais bien décidée à lui en coller une, cette fois. Après tout, j'avais mes habitudes dans la boîte.

— Maeve, me dit-il d'un ton assorti à son expression.
— Elliot, imitai-je.

Puis silence. Entre nous, parce que le DJ, lui, n'avait malheureusement pas arrêté.

Les traits d'Elliot durcirent encore, et, presque instantanément, je sentis qu'on me saisissait à la taille, de manière ferme et conquérante. Je n'eus pas besoin de me retourner pour savoir de qui il s'agissait. Des picotements me parcouraient l'échine, et l'odeur qui se dégageait de lui me rappela cette nuit, dans la ruelle, avant que les choses ne tournent court.

Lukas déposa un baiser dans ma nuque, et mon ventre cria famine à nouveau. Je me collai un peu plus à lui aussitôt, avant de me rendre compte qu'Elliot était toujours là à nous observer. Je me raidis. Cette fois, ce fut lui qui secoua la tête et nous dépassa. Puis il disparut.

— Qu'est-ce que tu crois que tu fais ? demandai-je, faussement énervée.

Lukas continua à embrasser ma nuque un moment avant de répondre. Chacun de ses baisers semblait me plonger un peu plus dans un état dissocié, où tout ce qui m'entourait devenait plus trouble, alors que chaque sensation se faisait plus forte. Encore une fois, il se mit à me mordre du bout des lèvres, et je lâchai de petits râles de plaisir malgré moi.

— Le but c'est bien de le rendre jaloux, non ? dit-il en me dévorant l'oreille. C'était déjà ça la dernière fois, Maeve.

Il avait accentué mon prénom, pour bien me faire comprendre qu'il l'avait entendu lorsque Elliot s'était adressé à moi. Jamais mon propre nom ne m'avait paru aussi excitant.

— Ça ne me dérange pas que tu m'utilises. Je te laisserai même le faire toute la nuit.

En prononçant ces mots, une de ses mains remonta jusque sous mes seins, l'autre restant enroulée sur le bas de mon ventre, et il m'attira encore plus contre lui. Il se mit à onduler du bassin dans un mouvement qui devait ressembler à de la danse pour les gens qui auraient pu le voir. Mais le but était plus probablement de me faire sentir à quel point il pensait ce qu'il avait dit, mes fesses rebondissant contre un désir qui – cette fois-ci, j'en étais certaine – m'était destiné. Ce type me rendait folle, et il le savait… Ce qui me rendait encore plus folle.

Il me retourna et me colla à lui de manière que nos deux corps s'épousent parfaitement. On aurait presque dit qu'ils avaient été conçus pour, malgré la différence de taille saisissante.

Il attrapa une de mes mains qu'il déposa autour de sa nuque, tandis que l'autre allait se poster – de son propre chef – sur ses fesses. Le geste sembla lui plaire, et ses deux mains se retrouvèrent sur les miennes, avant même que je n'aie eu le temps d'apprécier la fermeté de son postérieur. Puis nous nous mîmes à onduler ensemble, pas au rythme de la musique, mais à un rythme qui nous appartenait. La fièvre montait de manière exponentielle à mesure que les secondes, puis les minutes s'écoulaient. Nous ne nous étions même pas embrassés, trop occupés à jouer au chat et à la souris, sans vraiment savoir lequel des deux était le chat.

Lorsque la tension devint insupportable, je décidai de prendre les devants.

— Si tu promets de ne pas vomir, je te laisse me border.

Il me sourit, de ce sourire vorace qui m'avait déjà tellement excitée auparavant, et pour toute réponse, il colla ses lèvres aux miennes. Ce fut un baiser long, profond, une autre promesse de toutes les choses qu'il allait me faire en rentrant. Lorsqu'il quitta mon visage, j'étais à bout de souffle. Il me prit par la main et m'entraîna d'un pas ferme et décidé vers la sortie. Il héla un taxi à peine nous fûmes à l'extérieur.

Il regarda derrière nous et eut l'air contrarié pendant une fraction de seconde. Je ne me retournai pas, n'ayant aucune envie de voir qu'Elliot avait suivi le mouvement et qu'il lançait un de ses autres regards désapprobateurs. Je montai dans le véhicule, criai mon adresse au chauffeur, et sautai sur Lukas qui m'y avait rejointe.

Le trajet du retour fut une vraie torture. Je n'avais aucune envie de grimper sur lui dans le taxi, ne souhaitant pas que le chauffeur se rince l'œil, et d'un autre côté, il m'était impossible de me retenir. Je défis un à un les boutons de sa chemise, pendant que, tout en m'embrassant, il me renversait sur la banquette et que ses mains faisaient lentement remonter ma robe. Je découvris un torse puissant, parfait et imberbe, et me mis à saliver comme un enfant devant une boutique de bonbons. J'avais terriblement envie de dévorer cette peau sucrée. C'est ce que je m'apprêtais à faire, lorsque je remarquai son air surpris.

Imbécile, pensai-je aussitôt. Tu te balades avec un couteau sous ta robe, bien sûr qu'il doit croire que tu es une folle furieuse maintenant.

— Fais pas attention, dis-je en l'attirant vers mes lèvres. C'est pas pour toi. Ça, par contre…

Et je l'embrassai à nouveau, passant une jambe autour de son bassin, collant ainsi mon intimité au plus près de la sienne. L'argument sembla le convaincre et il se détendit illico. Heureusement pas de partout.

La voiture s'arrêta, et nous nous relevâmes prestement, moi remettant ma robe en place pendant que lui s'occupait, fort galamment, de régler la course.

En sortant du taxi, je remarquai avec intérêt qu'il n'avait pas reboutonné sa chemise, et que ses pectoraux étaient encore plus saisissants à la lumière artificielle des lampadaires. Ils formaient un dessin parfait, et j'en salivai à nouveau. Finalement, ma soirée n'allait pas être un fiasco.

Nous montâmes l'escalier aussi vite qu'il était possible de le faire, et une fois la porte ouverte – et claquée derrière nous – je l'envoyai valser sur mon unique fauteuil pour grimper prestement sur lui. Il m'embrassa à pleine bouche tandis que ses mains reprenaient possession de mes fesses. Il recula un instant, comme pour apprécier le spectacle. Puis il exerça une pression dans mon dos qui m'obligea à me cambrer à sa rencontre. Il se retrouva nez à nez avec mon décolleté. Sa langue passa sur ses lèvres. C'était diablement excitant. Puis il se mit à faire le tour dudit décolleté, très lentement, entre baisers et coups de langue, et je devins folle. Il y avait trop de tissu entre nous pour que ce soit supportable. Je commençai à tirer tel un fauve enragé sur sa chemise.

—Attends, me dit-il.

Il se leva, m'entraînant avec lui, la main qui n'avait pas quitté mes fesses me portant. J'avais l'impression d'être si légère devant lui, si vulnérable.

Il se dirigea vers le mur le plus proche, s'arrêta devant une étagère basse, et me posa à terre. Puis il me retourna violemment. J'obéis sans demander mon reste lorsqu'il plaqua mes mains sur le meuble, en appui. Son bassin se colla contre mes reins, et je me rapprochai encore plus d'une douce folie. Une de ses mains descendit le long de mon dos, fut rejointe par l'autre à la naissance de mes fesses, puis chacune prit un chemin séparé, suivant la courbe de mes jambes, qu'elles remontèrent ensuite lentement jusqu'au bas de ma robe. Elles la saisirent chacune d'un côté et la retroussèrent jusqu'à mon nombril. Une fois que ce fut fait, il s'empara du couteau qui était solidement attaché à ma cuisse droite et le jeta au fin fond de la pièce.

—Je préférerais ne pas me faire émasculer en te faisant ce que je vais te faire, feula-t-il à mon oreille.

Sur quoi il me retourna violemment, et je me retrouvai face à un regard brûlant. Je me mordis la lèvre.

—Et qu'est-ce que tu vas me faire ?

Il fit jouer son bassin contre mon ventre et prit un peu trop de temps à répondre à mon goût. Puis il plaça une main derrière ma tête pour me saisir fermement par les cheveux.

—Sûrement pas ce à quoi tu t'attends…

Et alors que la phrase aurait pu m'exciter au plus haut point, quelque chose dans son regard me fit me rendre compte de mon erreur. Avant même d'avoir pu réagir, je reçus un coup de poing qui fit virer le rouge au noir.

Chapitre 8

« *J'ai la marchandise, dépêche-toi.* »
Ce furent les premiers mots que j'entendis en revenant à moi.

Ma tête me faisait un mal de chien. Cette espèce de fils de pute ne m'avait pas ratée. Mes pensées étaient un peu troubles, mais je me souvenais parfaitement de tout ce qui s'était passé. Ses yeux envoûtants, son sourire charmant, et le coup, qui l'était moins. Quelle imbécile, me maudis-je. J'étais tombée comme une bleue dans le panneau. Comme je l'avais rencontré avant que Walter ne me parle, je n'avais pas songé une seconde à me méfier de lui et de son joli petit cul. Ça, plus le fait que ce type m'avait rendue littéralement dingue, et je me retrouvais attachée à une chaise, dans mon propre salon.

Je bougeai un peu les mains pour tester la solidité de mes liens. Ça ressemblait fortement à une ceinture, au toucher. Pas du genre que je possédais. Et elle était bien serrée. Lukas était à quelques mètres de moi, me tournant à moitié le dos. Je remarquai que sa chemise était toujours déboutonnée, et qu'il ne semblait plus rien porter pour tenir son jean. Plus de mystère quant à la provenance de mes liens.

Étrangement, pour le coup, je ne le trouvais plus du tout attirant.

Je regardai autour de moi, et l'effort que je dus faire pour focaliser sur les différents éléments de mon appartement me provoqua une migraine encore pire. J'étais vraiment sonnée, mais trop énervée pour que cela me dérange vraiment.

Rien ne pourrait me venir en aide. Le couteau était à l'autre bout de la pièce, près de l'entrée de la cuisine. Mon sac à main n'était pas très loin de ma chaise, mais pour attraper le spray au poivre qui était à l'intérieur, il me faudrait d'abord me libérer de mes liens. Je décidai de refermer les yeux pendant que j'essaierais de me défaire de la ceinture.

—Ah, tu es réveillée.

Bon, tant pis pour l'effet de surprise. J'ouvris les paupières, mais ne dis rien. Je le fixai du regard le plus méchant que j'étais capable d'avoir.

—Désolé pour tout à l'heure, ma belle, continua-t-il. En général, j'évite de frapper les femmes, sauf si elles me l'ont demandé.

—Connard.

Je jouai des coudes pour tenter de mettre à mal la ceinture, mais je n'arrivai pas à grand-chose. Il m'observa d'un air amusé pendant que je pédalais dans le vide.

—Cesse donc de chercher à te libérer, dit-il d'un ton paternaliste. Si tu te détaches, je te rattacherai, et je détesterais devoir encore porter la main à ta jolie petite frimousse de cette manière.

Je lui crachai à la figure. Enfin, j'essayai. Il était trop loin de moi pour que j'arrive à ajuster le tir, et mon crachat atterrit à quelques centimètres de ses pieds, même pas vraiment en face de lui. À ma décharge, ma mâchoire me faisait un mal de chien. Et je ne savais vraiment pas viser. Il semblait foutrement joyeux.

— Pourquoi tu ne me détaches pas ? T'as la frousse que je te refasse le portrait ? Tu veux pas régler ça d'homme à homme ?

Un autre sourire amusé. Il mettait mes nerfs à rude épreuve. J'avais toujours autant de peine à me contrôler en sa présence, mais pour des raisons toutes différentes maintenant.

— Tes menaces ne me font pas peur, même si tu as un joli coup de coude. Mais je n'aime pas trop me faire cracher dessus, répondit-il simplement. Donc je préfère garder mes distances.

Il marqua une pause et me regarda de haut en bas, comme si j'étais un appétissant bout de viande.

— Même si j'avoue que ta proximité ne me dérangeait vraiment pas tout à l'heure.

— Je vais défoncer ta pauvre gueule de con.

La colère avait parlé avant même que j'aie eu le temps de penser ce que je venais de dire. Mais c'était la vérité. J'avais envie de le vider de ses tripes, de me faire des colliers avec ses boyaux, de me curer les oreilles avec ses doigts préalablement arrachés, et de jouer au golf avec une de ses jambes et ses bijoux de famille.

Il parut perplexe quelques instants. Le coin inférieur droit de sa bouche se contracta pendant qu'il semblait chercher quelque chose d'aussi poli à me répondre. Mais il ne dit rien. Finalement, il marcha jusqu'à la fenêtre à côté de mon lit, et observa la rue.

— Est-ce que tu sais ce que je suis ? demanda-t-il après de longues secondes.

— Un connard doublé d'un manipulateur violent. Et accessoirement un assassin.

À peine eus-je le temps de finir ma phrase qu'il était contre moi, son visage presque collé au mien, me regardant d'un air dur, me faisant sursauter. Je ne l'avais pas entendu bouger, il n'y avait pas eu le moindre bruit, et pourtant il était là.

— Tu lui ressembles tant, dit-il, songeur.

— De qui tu parles ?

— Mais elle était tellement plus douce et plus réservée, continua-t-il en faisant comme si je n'avais pas posé de question.

Il plaqua ses deux mains sur mes épaules.

— Tu n'es qu'une petite fille, reprit-il sérieusement. Très courageuse, mais une petite fille quand même. Et tu n'as aucune idée du monstre avec lequel tu es en train de jouer. Sinon tu te comporterais nettement mieux.

En effet, je n'en avais aucune idée, mais son ton condescendant m'énervait. Je m'étais fait avoir comme une imbécile, et je mettais sûrement Walter dans une mauvaise posture. Je ne savais pas qui le cherchait, mais ils devaient être assez dangereux pour qu'il s'en cache depuis vingt ans. Je pensai un moment à la mafia, mais cela ne me convainquit pas vraiment. Lukas avait tout d'un sale type, mais rien d'un mafieux.

— Un monstre qui ne veut pas me détacher par crainte que je lui morde la queue, répondis-je entre colère et sensualité.

Un semblant de sourire lubrique traversa sa bouche avant qu'il ne se recompose. Il me regardait fixement, toujours si près de mon visage que j'aurais été bête de ne pas saisir l'occasion. Il avait eu peur que je lui crache dessus, avait-il dit tout à l'heure. Eh bien, je me montrerais polie et ne le referais pas.

Me projetant dans sa direction aussi vite que je pus, j'essayai de lui mordre la joue. Tentative qui fut réduite à l'échec, car il avait anticipé mon mouvement et s'était décalé, laissant ma chaise faire un petit bond en avant, et ma frustration grandir.

— J'adorerais que tu utilises ces jolies dents en d'autres occasions, dit-il, taquin, tandis que je fulminais sur mon siège. Quand toute cette histoire sera finie, je te promets de m'occuper de toi jusqu'au bout.

Tout en prononçant ces mots, il s'était rapproché de moi par le côté et me caressait la joue. J'essayai de lui mordre la main. En vain. Le temps que mes dents claquent, il me maintenait à nouveau le visage d'une poigne de fer. Il serra si fort que ma bouche se mit à ressembler à un cul de poule. Il tourna ma tête dans sa direction, et déposa un petit baiser sur mes lèvres. J'aurais pu le tuer, si seulement j'en avais eu les moyens. Je le haïssais pour tout ce qu'il m'avait fait ces dernières heures, et encore plus pour le fait que le contact de sa peau me faisait toujours le même effet.

Je tentai de me dégager comme je pus, mais il me tenait trop fermement pour que j'y arrive. Finalement, il quitta mes lèvres et me relâcha. Je grimaçai pour détendre mon visage meurtri par sa poigne.

— Là, tu veux bien être raisonnable maintenant ? me demanda-t-il avec un petit air narquois.

Je tournai la tête vers l'autre bout de la pièce. Je n'avais aucune envie de le regarder. Il allait m'utiliser, certainement me tuer, et prévoyait de me violer en préambule. Grand bien lui fasse, s'il faisait l'erreur de me détacher, il le regretterait amèrement. Il faudrait que je sois morte avant qu'il puisse me passer sur le corps.

Bizarrement, je n'étais plus énervée. Quelque part, j'étais résignée. Ou plutôt, je savais que je ne pourrais rien faire dans l'immédiat, tant que je serais là, dans cette pièce, attachée. J'étais impuissante.

— C'est toi qui as tué mes parents ?

La stupidité de ma question me frappa aussitôt, mais évidemment après que je l'eus posée. Il ne devait pas avoir plus de trente ans – et encore. Il aurait donc eu dans les dix ans maximum à leur mort.

—Enfin un des tiens, corrigeai-je rapidement.

Je n'avais toujours pas tourné la tête vers lui. Je désirais en savoir plus, mais en aucun cas revoir son visage. Il mit un moment avant de reprendre la parole.

—Un des miens, dit-il, songeur.

Sa réponse était étrange. Il semblait si absorbé par un détail qui dépassait mon entendement que je me demandai s'il avait vraiment compris le sens de ma question ou juste répété la fin de ma phrase. Je tournai la tête vers lui, la colère refaisant gentiment surface.

—Qui a tué mes parents?

Il avait regagné la fenêtre, et, une fois encore, je n'avais pas remarqué qu'il avait bougé. Je devais être plus sonnée qu'il ne m'avait paru au premier abord.

Il fit demi-tour, affichant un visage calme et pensif. À nouveau, il prit un temps fou pour répondre, et cela agaçait de plus en plus mes nerfs.

—Alors? grognai-je entre mes dents.

Il s'approcha de moi et je ne pus déchiffrer son expression.

—Quoi? lâchai-je, soudainement mal à l'aise.

Il fit une drôle de moue.

—Est-ce que tu essaies de me faire croire que tu ne sais rien du tout? demanda-t-il comme s'il était étonné par sa propre question.

Il scrutait une réaction de ma part, mais n'en trouva aucune. J'avais bien trop de peine à suivre cette étrange conversation pour avoir moi-même la moindre idée de ce que j'étais en train de penser.

—Pourquoi imagines-tu que tes parents ont été tués?

Ma mâchoire tomba en même temps que sa question. Est-ce qu'il se fichait de moi ? À quel point est-ce qu'il croyait que j'étais stupide ?

—Mes parents sont morts.

Il marqua une nouvelle pause, comme s'il cherchait ses mots. Si seulement j'avais eu les mains libres, si seulement…

—Oui, ils sont morts.

Super, tout ça pour ça ? Tu voudrais pas étoffer un peu, sac à merde ?

Il s'assit sur la table basse. Quelque chose dans ses yeux semblait différent. Lorsqu'il me parla, sa voix était étrangement douce, presque amicale.

—Tu ne sais vraiment rien, n'est-ce pas ?

—Rien de quoi ? demandai-je d'un ton qui, lui, n'avait rien d'aimable.

—De ton histoire.

Je le regardai avec dureté. Je ne voulais pas qu'il puisse lire l'insécurité qui était en train de me gagner. En effet, je ne savais rien, je n'avais jamais rien su, et j'avais passé vingt ans persuadée que mes parents étaient morts dans un accident de voiture alors que j'étais tout bébé. Jusqu'à ce que, la semaine précédente, Walter me dise qu'ils avaient été assassinés. J'étais attachée, à la merci physique d'un fou furieux, et il était hors de question que je sois aussi à sa merci psychologique.

—Je sais tout ce qu'il y a à savoir, répondis-je de manière neutre.

Il eut un petit rire silencieux, puis un sourire… désolé. Pourquoi avait-il l'air désolé ? On n'est pas désolé pour la mort des parents de quelqu'un qu'on vient de rouer de coups, après avoir fait semblant de la séduire, et avoir essayé de lui vomir dessus quelque temps auparavant. Je le haïssais.

— Donc tu sais que ton père a tué ta mère et ton frère.

Je clignai des yeux. Je les fermai, les ouvris, les refermai plusieurs fois de suite. Mais chaque fois que je les ouvrais, il était toujours en train de m'observer. Et il ne perdait rien de son sérieux. Attendez, qu'est-ce que je faisais là, moi, déjà ? Où est la caméra cachée ? C'est bon, vous m'avez eue ! On peut arrêter maintenant, je veux rentrer chez moi. Merde, je suis chez moi, avec ce con qui a toujours l'air aussi putain de sérieux. Merde. Merde, merde, merde, merde. Le coup que j'ai reçu a vraiment dû me sonner beaucoup plus qu'il ne me semblait.

Et soudain, j'eus une énorme envie de rire. Je me retins cependant, et essayai encore un peu de cligner des yeux. Après tout, il finirait peut-être par disparaître.

— Tu ne savais pas.

Il avait dit cela très simplement, sans moquerie dans la voix, sans animosité, sans rien. Il avait juste toujours l'air foutrement désolé, et j'avais une furieuse envie de lui arracher son petit sourire triste pour le lui carrer bien profond.

— Si tu penses que je vais croire une seconde ce que tu me racontes, tu te fourres le doigt dans l'œil, et tellement loin que tu t'encules tout seul.

Un sourire carnassier ramena l'ancien Lukas à la surface.

— Comme tu veux ma jolie, fit-il en se levant. Mais je te dis la vérité.

Il retourna vers la fenêtre et se replongea dans sa contemplation de la rue. Il avait l'air d'attendre quelque chose. *J'ai la marchandise. Dépêche-toi.* Ces paroles me revinrent en mémoire. Bien sûr, quelqu'un devait venir. J'allais être livrée. Un joli petit colis tout bosselé.

— J'ai bien connu ta mère, tu sais, me dit-il au bout d'un moment. Tu es son portrait craché, et je ne t'aurais jamais trouvée autrement.

Il marqua une pause avant de reprendre :

— Quand je pense que j'ai cherché des années durant un moyen de me venger, et que j'ai fini par tomber dessus totalement par hasard.

Il eut un petit rire étrange.

— Personne ne sait que tu existes, dit-il en se tournant vers moi. Tu te rends compte de l'aubaine que c'est ?

Il me sourit tendrement avant de retourner la tête vers la fenêtre. Je gardai le silence, ignorant ce que j'aurais bien pu répondre à ça. Tout cela me paraissait trop insolite, trop surréaliste, et je n'avais pas la moindre idée de ce que j'en pensais moi-même.

— Après t'avoir aperçue dans cette boîte de nuit, je n'en croyais pas mes yeux. Je t'ai suivie. Je voulais te voir de plus près, pour en être vraiment sûr. La ressemblance était trop frappante pour être ignorée. J'ai donc mené ma petite enquête et je suis revenu te chercher. Et tu as été assez gentille pour me ramener chez toi le soir même. Je me demande ce que ta mère en aurait pensé.

Son ton désinvolte et amusé me fit sortir de mes gonds instantanément. Je me mis à tirer sur mes liens à m'en déchirer la peau. Et pour toute réaction, j'eus droit à un autre sourire.

— Il ne viendra pas, dis-je, la voix emplie de colère froide.

— Qui ça ?

— Walter. Il est parti. Définitivement.

Et en prononçant cette phrase, je me rendis compte que je souhaitais de tout mon cœur que ce soit la vérité. Colère contre lui mise à part, j'espérais qu'il aurait la bonne idée de ne pas revenir, et de ne pas tomber dans la gueule du loup que j'avais personnellement ouverte en grand. J'avais grillé sa couverture à cause d'une foutue ressemblance, et, selon toute vraisemblance, tué son ami par intérim.

—Parfait, dit Lukas. Au moins, on n'aura pas ce vieil imbécile dans les pattes.

Hein ?

Il était en train de jouer avec moi, et je détestais ça.

—Donc tu peux me relâcher, continuai-je d'un ton faussement ennuyé. Il ne viendra pas, je ne te suis d'aucune utilité.

Cette fois-ci, il rigola à pleine gorge, et dans la seconde, il était de nouveau près de moi. Il se pencha encore une fois vers mon visage, sans se protéger, et me demanda :

—Ma pauvre petite puce, qu'est-ce qui te fait penser une seule seconde que c'est après Walter que j'en ai ?

La question me désarçonna. Je ne savais pas quoi lui répondre. Il avait gagné. J'étais perdue. Alors OK, mon père a tué ma mère et un frère dont j'ignorais jusqu'à l'existence. Qu'est-ce qui pouvait me pousser à douter, au fond, qu'il dise la vérité ? Qu'il m'ait séduite pour mieux m'assommer ? Pourquoi s'amuserait-il à mentir maintenant ? Il n'y avait aucune raison logique à ce qu'il fasse ça, à moins qu'il soit sérieusement dérangé. Et il avait l'air d'un tas de trucs pas très nets, mais dérangé n'en faisait pas partie.

Je repensais à ce que Walter m'avait raconté, me repassant encore et encore la conversation dans la tête. Il ne m'avait jamais dit une seule fois que mes parents avaient été assassinés. J'étais arrivée à cette conclusion comme une grande. Il n'avait jamais parlé d'un frère non plus, mais en fin de compte, à qui donner le plus de crédit ? À un inconnu qui me retenait prisonnière ou à un homme qui m'avait menti toute ma vie ?

—Si tu ne me veux pas comme monnaie d'échange pour attirer Walter, pourquoi tu me veux ?

Il me lança un sourire triomphant, sûr de lui. J'avais baissé mes barrières, et il l'avait bien senti. Même ma voix ne trahissait plus aucune colère, elle n'avait plus aucun ton.

— Mis à part pour toutes les choses que je n'ai pas eu le temps de te faire avant, c'est bien pour t'utiliser comme monnaie d'échange.

Mon cerveau tournait à cent à l'heure, et il commençait à surchauffer. Je le regardais sans comprendre.

— Écoute, j'en ai marre, finis-je par dire, tranchante. Visiblement, Walter m'a raconté tout un tas de conneries, mais tes phrases mystérieuses à la mords-moi-le-nœud ne sonnent pas franchement mieux. Est-ce que je peux avoir des réponses, oui ou merde ?

Il se rassit sur la table basse, se penchant en avant dans ma direction. J'aurais pu essayer de le mordre à nouveau, voire de lui mettre un coup de pied à l'entrejambe, ou même de lui cracher dessus. À cette distance, j'aurais dû être sacrément forte pour manquer ma cible. Mais curieusement, je n'en avais plus aucune envie. Je voulais des réponses.

— Ma jolie, ce n'est pas dans mes habitudes de jouer aux grandes sœurs protectrices avec les personnes que je prévois d'utiliser, mais quelque part, j'ai pitié de toi.

— J'ai pas besoin de ta pitié. Alors épargne-moi tes conneries et va droit au but. Tu comptes m'échanger contre quoi ?

Il eut un petit rictus cruel. Puis il posa sur moi des yeux brûlants, et je soutins son regard sans ciller.

— Je ne vais pas exactement t'échanger, à vrai dire, répondit-il simplement. Tu vas servir d'appât pour faire sortir un plus gros poisson.

Ça n'allait pas m'aider plus.

— Tu pourrais arrêter de penser que j'ai envie de méditer sur tes énigmes de merde, s'il te plaît ?

— Si tu arrêtes de ponctuer chacune de tes phrases par un juron, j'y songerai, me dit-il plus durement. Ce n'est vraiment pas élégant dans une si jolie bouche.

Pour marquer sa propre phrase, il effleura mes lèvres du bout de son index.

— Soit, répondis-je froidement. Aurais-tu l'amabilité d'éclaircir tes propos, je te prie ?

Je le regardai avec un grand sourire aussi sincère que mon affection pour lui, ce qui parut le satisfaire assez pour qu'il continue.

— Je vais t'utiliser pour faire sortir ton père de son trou.

Heinquoicommentencoreunefois ?

Mon sourire retomba à peine l'information avalée.

— Mon père est mort, fis-je, d'une voix mal assurée.

Et là, je me repassai mentalement une conversation beaucoup plus récente. Mes parents sont morts, c'est ce que j'avais dit. *« Oui, ils sont morts. »* C'est ce qu'il avait répondu. Et ça, j'en étais sûre et certaine.

— Oui, il l'est.

Caméra cachée, prise deux.

— Tu sais, je ne doute pas que l'amour filial puisse être très puissant, mais je crains fort que mon père ne se relève pas de son cercueil juste parce que tu menaces de me casser une jambe.

Sa moue, entre amusée et amère, me déstabilisa complètement. J'avais dit un truc drôle ? Me semblait franchement pas.

— Arrête ça ! ordonnai-je en détournant les yeux.

— Maeve, dit-il, solennellement. Regarde-moi.

— Mais je te regarde !

Il devait être sous l'effet de la même drogue que prenait Brianne. Je commençais à avoir de la peine à garder mon sérieux. J'avais oscillé entre peur et colère, et là, plus rien.

J'avais été kidnappée par un malade mental. Et j'avais envie de rire. Néanmoins, je me retenais. Ça devenait de plus en plus dur, mais je tenais bon. Les coins de ma bouche essayaient de s'agiter contre ma volonté. Et il continuait à me regarder sérieusement. Alors je pris une grande inspiration, et réussis à me dominer. Il me scruta, pour s'assurer que j'étais à l'écoute.

—C'est bon, balance, dis-je. On va pas y passer toute la nuit non plus.

Ma phrase fut ponctuée d'un petit gloussement, que je ravalai aussi sec.

Comme il m'observait toujours, sans le moindre sourire, et l'air grave, je lui fis les gros yeux, lui intimant de continuer, car je m'étais calmée.

—Maeve, ton père est un vampire.

Et là, c'en fut trop. Je me mis à rire, et rire encore. Rire à m'en exploser les côtes.

Mes flancs me faisaient un mal de chien. Et pourtant je n'arrivais pas à m'arrêter. Les larmes coulaient le long de mes joues, ou plutôt elles giclaient. Lukas me regardait toujours, et il commençait à avoir un petit air agacé, ce qui ne faisait que m'amuser plus.

—C'est bon, t'as bientôt fini ? demanda-t-il, à l'extrême limite de la patience.

—Oui, j'arrête, dis-je, faisant un effort pour me contenir.

Il me regarda d'une telle manière, si sérieusement, si…

Je me remis à rire de plus belle. C'était peut-être l'ivresse du moment, mais j'avais l'impression d'être soûle. Impression qui fut de courte durée, vu le coup que je reçus dans la foulée. Je stoppai net.

—Mais t'es malade ! criai-je.

—Je ne supporte pas les crises d'hystérie.

Il avait prononcé ces mots avec un sang-froid qui m'énerva aussitôt. Chez moi, on ne passait pas du rire aux larmes, mais du rire à la colère. Et en moins de temps qu'il ne fallait pour le dire.

— Pauvre con, lâchai-je.

— Au moins, tu t'es calmée.

— Ouais, ouais, répondis-je, plus du tout amusée. Et donc, mon père est un vampire, et tu vas m'utiliser comme appât parce que... ? Tu es un loup-garou, et tous les loups-garous détestent les vampires, c'est bien connu. C'est génétique, comme les chiens et les chats.

— Dis pas de conneries.

Il avait l'air vraiment agacé maintenant. J'arrivais aussi à l'énerver. J'avais au moins quelque chose pour me réjouir.

— Les loups-garous n'existent pas, ajouta-t-il.

Attention, je vais bientôt me remettre à rire. Noir. Mais rire quand même.

— Va te faire soigner, lâchai-je avec dédain.

Et avant que j'aie eu le temps de comprendre quoi que ce soit, il avait à nouveau collé son visage au mien. Son visage... c'était un grand mot. Ce qui lui avait servi de visage jusqu'alors. Déformé par la colère. Et par un rictus méchant. Mais surtout, par deux crocs qui dépassaient là où auraient dû se trouver ses canines.

Je fis un tel bond en arrière que mon siège bascula sous le choc. Heureusement, il ne tomba pas à terre, retenu par mon vaillant fauteuil rose.

Lukas appuya assez fort sur mes genoux pour que la chaise reprenne sa position d'origine dans mon champ de vision. Il me regardait avec un air satisfait. Son visage était à nouveau normal. Enfin, disons que toutes ses dents semblaient proportionnées.

— Quelque chose me dit que maintenant tu vas arrêter de rire comme une crécelle, et que j'ai toute son attention.

J'avais envie de répondre quelque chose, mais ma gorge ne fonctionnait pas. Aucune blague de mauvais goût pour détendre l'atmosphère. Rien. J'entendais mon cœur, régulièrement, battre jusque dans mes oreilles. Lentement, mais fort. Ma bouche était ouverte et figée, et rien ne parvenait à en sortir. Et il me regardait toujours, satisfait de son effet.

Rien n'était différent de quelques minutes auparavant, et pourtant plus rien ne semblait pareil. J'avais l'impression de flotter dans un monde parallèle, sans pouvoir poser un pied à terre. Et tout tournait.

Soudain, il pivota la tête vers la porte. Il eut l'air contrarié, et lorsqu'il se retourna vers moi, les crocs – je n'avais pas rêvé – à nouveau visibles. *Sainte Marie, mère de Dieu*, pensai-je, *je veux me réveiller, c'est de loin le cauchemar le plus long et le plus atroce que j'aie fait. Laissez-moi arracher des ongles, s'il vous plaît. S'il vous plaît…*

— Qu'est-ce qui se passe ? demandai-je, à la limite de la panique.

— Un imprévu, dit-il en se levant. Reste tranquillement là où tu es.

Je ne vois pas trop comment je pourrais bouger, imbécile, pestai-je intérieurement alors que la peur essayait de prendre le contrôle de mes émotions.

Trois coups tonitruants firent vibrer ma porte. Et mon cœur cessa de battre.

Chapitre 9

« *Fais-moi confiance et tout se passera bien.* »
C'était la dernière chose qu'il m'avait dite. Bien sûr que je vais faire confiance au vampire qui m'a assommée il y a dix minutes. Il était vraiment comique, dans son genre.

Lukas s'était levé et était allé ouvrir la porte, sur ses gardes. J'avais bien remarqué que quelque chose le contrariait, et ce n'était pas pour me rassurer. Mais bon, ne dit-on pas que les ennemis de nos ennemis sont nos amis ? Je l'espérais.

La première chose que je vis émerger de l'obscurité du couloir fut deux yeux, brillants et indigo. Puis leur propriétaire fit un pas en avant, et je découvris un grand type à la peau sombre, le crâne rasé, vêtu d'un jean et d'une chemise blanche surmontée d'une veste en cuir. Le vampire BCBG, imaginai-je.

— Roy, dit Lukas alors que ledit Roy entrait dans la pièce. T'en as mis du temps.

Il devait avoir une notion du temps assez spéciale. Il s'était peut-être passé cinq minutes depuis que j'étais revenue à moi.

Roy me regarda, et un sourire se dessina lentement sur son visage, comme s'il découvrait peu à peu qu'il avait la combinaison gagnante du Loto.

— J'ai dû m'occuper de l'Indien, dit-il d'un air absent tandis qu'il franchissait la distance qui nous séparait.

Arrivé devant moi, il saisit mon menton d'une main froide, leva ma tête et la fit tourner pour en apprécier tous les angles. Lorsqu'il entra en contact avec ma peau, je me mis à ressentir les mêmes picotements que quand Lukas me touchait, mais en nettement moins excitant.

— Je dois avouer que la ressemblance est frappante, continua-t-il, les yeux brillants d'intérêt. Mais tu es sûr de toi ? Il s'est occupé de l'enfant en personne. Et elle a très bien pu en avoir d'autres avant, de son côté.

Il fit tourner mon visage encore une fois. Je lui lançai un regard des plus noirs.

— Vraiment impressionnant tout de même.

Lukas fit quelques pas en avant de manière à se retrouver à notre hauteur.

— Je peux me tromper, admit-il. Mais la ressemblance me semblait trop frappante pour passer mon chemin. Et connaissant Walter, ça ne m'étonnerait pas qu'il ait caché le lapin dans son chapeau pour berner tout le monde.

Je me demandais pourquoi il disait ça. Il m'avait assuré avoir mené son enquête, tout à l'heure. Quelque chose me soufflait que Lukas se méfiait autant de Roy que je me méfiais de tous les deux réunis.

Roy relâcha mon visage, et commença à l'effleurer du bout d'un doigt. Je détournai la tête au maximum pour échapper à cette caresse non sollicitée, mais étant limitée dans mes mouvements par la chaise qui me retenait, je ne pouvais pas aller bien loin. Roy ne sembla pas se formaliser du fait que j'essayais d'éviter son petit câlin. Je n'aimais pas du tout la tournure que prenaient les événements.

— Et l'énergie qui émane d'elle… C'est incroyable, ajouta-t-il.

Je n'eus pas le temps de comprendre grand-chose. Une ombre noire flasha devant mes yeux, et, l'instant d'après,

Lukas était dans le dos de Roy, le maintenant fermement par le cou, un poignard appuyé sur son cœur. Roy avait les mains en l'air en signe de reddition, et son visage affichait un sourire tranquille.

— Hey mon pote, qu'est-ce que tu fais ? demanda-t-il.

— J'avais dit seul, grogna Lukas.

Je ne comprenais définitivement plus grand-chose. Ils semblaient figés devant moi, Roy, mains levées, Lukas l'air désagréablement méchant alors qu'il tenait toujours le poignard d'une main de fer. Ils étaient absolument immobiles. Mais il faut se méfier de l'eau qui dort, dit-on.

— Du calme l'ami, dit Roy. Je suis venu seul, non ?

— Ici. Mais si tu crois que je ne peux pas les sentir, commença Lukas, la voix menaçante.

— C'est juste ma garde personnelle, alors calme-toi. Comme tu l'avais demandé, ils ignorent la raison de ma présence ici, et personne ne sera au courant tant que je n'aurai pas vérifié que tu as vraiment mis la main sur quelque chose.

Lukas sembla se détendre. Il relâcha son emprise. Roy resta d'abord immobile, attendant qu'il ait rangé sa lame quelque part dans son pantalon. Je n'avais pas remarqué qu'il portait un couteau tout à l'heure, dans le taxi, ni après. J'étais vraiment une bleue.

Ensuite il se retourna, bras toujours levés, et après que Lukas lui eut fait un signe de tête, il les baissa finalement.

— Alors petite, me dit-il, tu es la fille de Cassandre ?

— Ma mère se prénommait Viviane. Et ne m'appelle pas petite.

Je détestais qu'on m'appelle comme ça. Et malgré la situation incongrue dans laquelle je me trouvais, il était hors de question que je laisse qui que ce soit – vampire inclus – le faire. Roy me sourit.

—Tu es bien la fille de Cassandre alors, petite, dit-il en appuyant volontairement sur le dernier mot.

—Ne m'appelle pas petite.

Je restais étonnamment calme. Mon cœur battait à une vitesse régulière et tranquille. Étrangement, je n'avais pas du tout peur.

—Comme tu voudras, mon petit trésor.

—Petit trésor, ça passe pas non plus.

Lukas était en train de sourire, remarquai-je du coin de l'œil.

—Elle est charmante, n'est-ce pas ? demanda-t-il d'un ton assorti à son expression.

Roy ne me quitta pas des yeux alors qu'il lui répondait :

—Elle me donne juste une furieuse envie de l'éduquer.

—Elle m'a fait le même effet, dit Lukas, toujours amusé.

—Je peux voir ça, renchérit Roy en désignant les marques de coups sur mon visage. Alors, petite fille, on fait de la résistance ?

Je détestais que les gens me parlent comme à une gamine.

—La petite fille va te péter la gueule, dis-je d'un ton aussi calme qu'auparavant. Et ensuite, je t'arracherai le cœur pour pouvoir le piétiner.

Et avec ça, je lui servis mon plus beau sourire. Son visage se décomposa en une fraction de seconde, et laissa apparaître deux crocs aux coins de ses lèvres.

—Je crois qu'il n'a pas bien compris, le joli petit bout de viande, dit-il d'un ton menaçant.

Je ne flanchai pas cette fois. Lukas m'avait déjà fait le coup avant, pas besoin de renverser ma chaise à nouveau. Sans ciller, je lui répondis sur le même ton :

—Je crois qu'il n'a pas bien compris, le gros méchant vampire. Je m'en bats tes couilles.

Sa main franchit la distance qui la séparait de mon cou avant même que j'aie pu terminer ma phrase. Tout aussi rapidement, alors que je commençais à sentir la douloureuse pression qu'elle exerçait sur ma trachée, Lukas s'interposa et fit reculer Roy, une main sur sa gorge comme l'autre en avait une sur la mienne.

— Tu n'abîmes pas la marchandise, menaça-t-il d'un ton mauvais.

Mais bien sûr, parce que toi, ça t'a posé un problème tout à l'heure.

Comme avant, Roy leva les bras, me relâchant par la même occasion. Lukas le laissa aussitôt.

— Maintenant on va se calmer, dit ce dernier. Et parler affaires. Tu as vu la ressemblance, elle a été élevée par Walter, tu as senti l'énergie qui se dégage d'elle. Et elle a le même caractère de merde que son père, il te faut quoi de plus ?

Roy avait un sourire mauvais. Très mauvais. J'arrivais presque à lire dans son rictus toutes les vilaines choses qu'il avait envie de me faire, et aucune ne se rapprochait de celles que Lukas avait voulu me faire durant la première partie de soirée. Ce sourire semblait me dire « attends pour voir », et cette phrase était mise entre guillemets par ses deux canines trop longues.

— On n'appelle pas le maître pour rien, dit Roy au bout d'un moment. Mais tu as l'air d'avoir en effet mis le doigt sur quelque chose.

Et toi t'as pas intérêt à essayer de l'y remettre, pensai-je. *Ou je te le mords jusqu'à l'arracher, pour voir s'il repousse, comme dans les films.*

— Je te remercie, ajouta-t-il en se redressant totalement. Tu viens de m'offrir sur un plateau ce que plusieurs semaines de recherches ne m'avaient pas permis de trouver.

Je remarquai à l'air qu'affichait Lukas que quelque chose n'allait pas. Il avait vivement tourné la tête vers la porte, et celle-ci explosa juste après, révélant un troupeau d'yeux brillants.

—Roy, qu'est-ce que tu fais ? demanda Lukas d'une voix hargneuse.

Roy arborait un sourire satisfait, et sa posture nonchalante exprimait clairement qu'il prenait plaisir à voir l'effet que les nouveaux arrivants produisaient sur Lukas.

—C'est ce qui se passe quand on est un solitaire et qu'on ne fait confiance à personne, ironisa Roy. On n'a pas d'ami pour venir sauver notre cul.

Les yeux se rapprochèrent, devenant ainsi quatre vampires, trois grands gaillards et un assez petit, qui ne devait pas avoir beaucoup de centimètres de plus que moi, mais aussi large que haut. Il était également vêtu d'une veste en cuir, mais sur un tee-shirt noir et un pantalon noir, une chaîne en or autour du cou, et – calvitie mise à part – on aurait dit le cousin Vinny. Les trois autres le dépassaient d'une bonne tête, deux d'entre eux avaient des cheveux châtains et un blond, et ils affichaient tous un air méchamment satisfait, toutes griffes – ou plutôt canines – dehors. Ils se disposèrent en ligne, le cousin Vinny entre les deux bruns, et attendirent sagement.

—Phil, Rickman, vous prenez la fille. Vous me l'amochez pas trop. Je veux que son visage soit intact. Don et Gus, nous allons nous occuper de ce monsieur, dit-il en regardant Lukas avec un plaisir non dissimulé.

Ce dernier avait l'air hors de lui, et ses canines étaient sorties.

—Ce n'était pas le marché, répondit-il en faisant un effort pour contenir sa colère.

—Il ne faut jamais faire confiance à un vampire.

Et tous trois fondirent sur Lukas.

J'écarquillai les yeux alors que, de mon côté, le petit gros – Phil ou Rickman donc – et le grand blond s'approchaient dangereusement de l'endroit où j'étais attachée. Je commençais à être nettement moins calme. Je me mis à tirer de toutes mes forces sur la ceinture, le bruit que je produisais n'ayant plus aucune importance stratégique. Mais je n'arrivai qu'à m'entailler les poignets. Elle ne cédait pas.

— Je sais que le patron veut qu'on se dépêche, mais ce serait dommage de ne pas profiter de toi, ma belle, dit l'un d'entre eux avec une expression qui ne me plut pas du tout.

J'étais totalement bloquée, et je ne pouvais rien faire. À côté de nous, les trois vampires étaient sur Lukas, pour ce que j'en voyais. Tout se déroulait trop vite pour des yeux humains. J'apercevais juste une masse informe, dont seul se détachait vraiment Roy grâce à la couleur de sa peau. Mon mobilier giclait dans tous les sens. Mon pauvre mobilier. Je me rendais compte que Lukas leur donnait du fil à retordre, mais il n'allait pas pouvoir prendre le temps de m'aider.

Je vis un des deux vampires bruns finir au sol, en se tenant la gorge. Du sang s'en écoulait à grande vitesse. Il eut l'air d'étouffer pendant quelques secondes, puis sa blessure se referma sous mes yeux, comme par magie. Comme dans les films… Mais avant que je puisse vraiment m'amuser de cette pensée, Phil et Rickman m'encadraient.

— Salut les gars, dis-je d'une voix qui se voulait rassurée, mais qui ne l'était franchement pas, tout en continuant à marteler la ceinture. Un de vous aurait la gentillesse de m'aider à me débarrasser de ce machin ? Je me fais mal aux poignets à force.

Je tentai une ébauche d'air innocent. Le petit large me regardait avec un sale sourire, il n'y avait pas d'autre mot. Vieux pervers lubrique, pensai-je, dégoûtée.

— Si je te détache, ce ne sera pas pour ça, dit le grand blond.

Super, deux pervers.

— Et j'ai un petit creux, lâcha l'imitation de Vinny. Est-ce que toi, tu aurais la gentillesse de m'aider avec ça ?

Ses yeux brillaient d'une lueur que je n'avais pas envie d'identifier.

— Les mecs… On peut trouver un terrain d'entente, discuter tranquillement. Y a sûrement moyen d'arranger les choses.

C'est ce que disait Jim. Mais avec Jim, ça fonctionnait. Soit je n'avais vraiment pas de chance, soit il me manquait trente centimètres et soixante kilos de persuasion.

— Bien sûr ma jolie, lança le petit. J'ai une très bonne idée de comment je vais étancher ma soif.

Il me sourit, toutes dents dehors, tel un prédateur, et la peur m'envahit. J'eus juste le temps de penser que Lukas ne me serait d'aucune utilité, trop occupé à éviter trois vampires lui-même, avant que le petit gros ne me fonce dessus, et ne me broie la jugulaire.

La douleur que je ressentis fut fulgurante. Jamais de ma vie je n'avais eu mal à ce point. Je le sentis aspirer, émettant un bruit de succion aussi dégoûtant que la souffrance était forte. Il but quelques gorgées, et s'arrêta. Je m'attendais à ce qu'il recommence de plus belle, mais il n'en fit rien. Osant reprendre ma respiration, j'essayai de comprendre ce qui se passait. Il s'était figé. Il me faisait quoi, là ? La version vampire du bien mâcher avant d'avaler ?

Il fit quelques pas en arrière, avec peine, se tenant la gorge à deux mains, sous le regard ahuri de son acolyte.

Et il se mit à faire un bruit monstrueux. On aurait dit qu'il voulait hurler, mais que les gargouillis que produisait sa bouche l'en empêchaient. De la bave rosée coulait de la commissure de ses lèvres, et ses yeux commençaient à convulser.

Je remarquai qu'à côté de nous, la masse informe s'était stabilisée. Roy regardait d'un air choqué, tandis qu'un des deux bruns tenait fermement Lukas, un poignard sous la gorge. Le dernier était appuyé contre mon étagère basse, totalement renversée, et piétinait mes livres. Il était doublement mort, et étrangement gris.

Et tous regardaient le cousin Vinny, figés dans une attitude ahurie. Seul Lukas semblait amusé par la scène.

— Qu'est-ce qu'elle lui a fait ? demanda Roy à Lukas, plein de rage.

J'ai rien fait ! pensai-je sur-le-champ. Mais j'étais trop occupée à le regarder convulser pour penser à parler à haute voix.

— Oh non, Roy ! s'exclama Lukas d'un ton faussement accablé. J'avais oublié de te dire qu'elle est aussi vénéneuse qu'elle est belle ? Désolé.

— Je suis quoi ?

Alors que Roy me contemplait d'un air très, très énervé, je me souvins de ce soir dans l'allée, quand il m'avait mordue, et qu'il s'était mis à vomir. Une intoxication alimentaire... Ça prenait tout son sens maintenant.

Le petit gros s'étala sur le sol, la langue sortie entre ses crocs, et arrêta de bouger. Roy paraissait exaspéré.

— Rickman, si elle résiste, tu lui tranches la tête et après tu t'occupes de son cœur. Quant à toi, dit-il en regardant Lukas, plein de hargne, tu ne paies rien pour attendre. Mais d'abord, je vais m'amuser un peu avec toi. Phil était un de mes meilleurs hommes.

—Je me ferais du souci quant à la qualité de ceux qui restent, si j'étais toi, répondit sobrement Lukas.

Je souris malgré moi, mais pas très longtemps. Le grand blond s'approcha et me saisit sans ménagement. La chaise se brisa sous sa poigne et je me retrouvai en l'air, toujours attachée. Mais le barreau auquel la ceinture avait été fixée avait giclé avec l'élan, puisque plus rien ne le retenait, et je parvins à bouger mes mains. Encore un petit effort, et je pourrais me libérer.

Je faisais face à la porte, et je le vis à la seconde où il arriva. Une forme colossale, dont le visage était parcouru de cicatrices et les bras étaient chacun prolongés par une tête tranchée.

Tout se passa très vite.

Dès que l'Indien eut fait un pas dans le salon, je tombai au sol, le vampire blond ayant reçu un coup de tête. Le géant en avait lancé une droit sur lui, et n'avait pas manqué la cible. Un bruit de bris de verre retentit dans toute la pièce. Le temps que je regarde, Geronimo avait envoyé l'autre tête sur Lukas, qui était maintenant en train de se battre avec le brun qui le tenait à sa merci jusqu'alors. Roy avait disparu.

Je me mis à rudoyer les vestiges de mes liens sans demander mon reste. À peine m'étais-je débarrassée de cette fichue ceinture que je me retournai, pour voir que le blond s'était relevé et avançait vers moi, tout comme le colosse indien. Je n'eus qu'une fraction de seconde pour réfléchir.

Je roulai vivement sur mon côté droit, en direction de mon sac à main, alors que j'entendais le blond se jeter là où je me trouvais quelques secondes plus tôt. Avant que moi-même je n'aie eu le temps de comprendre quoi que ce soit, je me retournai, victorieuse, en brandissant le spray au poivre devant moi. J'entendis – plus que ne vis – hurler l'Indien. Il avait à moitié écrasé le blondinet en s'asseyant sur lui, et l'aérosol l'avait atteint droit dans les yeux. Et il n'avait vraiment, vraiment pas l'air content.

Oups ?

Le blond sourit méchamment. C'est la dernière chose que je vis clairement, mes yeux subissant eux aussi les vapeurs de la bombe. Pas pratique dans une pièce close. Je me mis à reculer en toussant, fesses au sol, mes mains me servant de radar. L'une d'elles entra en contact avec ce qu'elle identifia immédiatement comme étant une tête, tranchée.

J'avais de plus en plus de peine à respirer. Il fallait ouvrir la fenêtre. En faisant demi-tour, je me rendis compte que ce qui avait produit le bruit de verre cassé que j'avais entendu tout à l'heure allait m'en empêcher. C'était sûrement par là que Roy était sorti, puisque la vitre était pulvérisée. L'air devrait devenir plus respirable, du moins l'espérai-je, car il ne serait pas possible d'ouvrir ailleurs. Enfin si, à la cuisine, mais je ne me voyais pas trop lancer un « pouce les gars, je vais juste ouvrir la fenêtre, j'ai les yeux qui piquent ». Pas quand le vampire blond et chanceux que j'avais raté tout à l'heure était en train d'essayer d'enfoncer un bout du barreau de la chaise dans le grand frère de Pocahontas.

Je saisis par les cheveux les restes du vampire sur lequel je venais de tomber. Bon Dieu, je ne m'étais jamais rendu compte à quel point une tête pouvait être lourde. Ouais, enfin, c'est pas comme si je lançais des têtes tranchées à longueur de journée non plus, pensai-je en l'envoyant valser sur le blondinet.

— Hé copain, viens un peu jouer par ici, dis-je.

La tête avait atteint le blond de plein fouet, et j'étais assez satisfaite de voir que je me débrouillais mieux au lancer de têtes qu'aux crachats. L'Indien se tenait toujours les yeux, un barreau de chaise planté sous l'omoplate. Je me relevais d'un bond lorsque je remarquai que mon invitation avait été acceptée par l'autre vampire.

Je n'avais pas énormément de possibilités. Je n'étais pas armée, et même s'il avait l'air foncièrement con, il n'était pas stupide au point d'essayer de boire mon sang. Il lui suffirait de me briser la nuque et c'était bon. Et je n'avais vraiment rien qui puisse me servir d'arme.

Je temporisai en reculant, lentement, restant le plus calme possible. Mon pied se heurta à quelque chose. Un coup d'œil furtif m'informa que j'avais atteint le couteau dont Lukas s'était débarrassé en me ramenant tout à l'heure. Bon point.

Le blond ne manqua pas de suivre mon regard, et il me répondit par un sourire. Il m'invita même, de la tête, à ramasser l'arme. Un tueur gentleman, c'était mon jour de chance.

Sans le quitter des yeux, je me baissai lentement et saisis la lame. Bien sûr, la lame, et pas le manche. Je m'insultai intérieurement. Je me coupai le doigt au passage, mais je ne bronchai pas. Je ne voulais pas qu'il ait une quelconque satisfaction en se rendant compte que j'étais stupide.

Je me redressai sans cesser de l'observer et lui fis front. Derrière lui, l'Indien paraissait avoir fini de pleurer des larmes de sang, qui se mariaient pourtant très bien avec ses cicatrices, et il n'allait pas tarder à se relever, du moins l'espérais-je. Au plan suivant, Lukas était en mauvaise posture, une lame dans le dos, tous crocs dehors, essayant d'atteindre le cou de son assaillant. Toute la scène me paraissait figée. J'avais un couteau en main, un vampire en ligne de mire, et je n'avais qu'une chose à faire : planter ma lame dans son cœur. Et c'était un sentiment magique.

Je rendis à mon adversaire son sourire machiavélique, et je me jetai sur lui. J'avais son cœur bien en tête, et j'essayais de visualiser l'arme comme étant la continuation de ma main. J'y croyais dur comme fer. C'était plus excitant que dans tous les films d'action que j'avais jamais vus. C'était grisant, je me sentais toute-puissante. Je m'apprêtais à tuer quelque chose qui était déjà mort.

Ou pas. Bien qu'il ait été gentleman sur le coup du couteau, il aurait fallu être totalement stupide pour penser qu'il allait gentiment se tenir immobile pendant que je le supprimais. Il avait fait un simple pas sur le côté, exactement comme j'avais évité Marc à l'époque, et moi j'avais fait chou blanc.

N'attendant pas mon reste, je me retournai vivement, et lui enfonçai la lame. Dans le cœur, prolongement de ma main, tranquille. Je regardai son visage, victorieuse, pour le voir éclater de rire. J'avais misérablement manqué ma cible, et si le couteau s'était bien planté dans sa personne, c'était dans son bras. Je devrais peut-être me contenter du lancer de têtes à l'avenir.

Il rigolait à pleine gorge.

— Hé ! Mais arrête de te foutre de moi ! C'est la première fois que je fais ça je te signale !

Il continua à rire. Connard.

Je lui donnai un coup de poing, qui ne le fit pas trembler le moins du monde. Moi par contre, je sentis des vibrations jusqu'à mon épaule. Et il rigolait toujours. Je me mis à le bombarder de coups, mais c'était comme taper un mur : inutile et douloureux. Il restait immobile, ayant arrêté de rire malgré le grand sourire qu'il affichait. Je tentai de lui envoyer encore une droite, mais celle-ci fut stoppée en plein vol par sa main, que je n'avais même pas vue bouger.

— Écoute ma belle, j'aime te regarder essayer aussi fort, mais je n'ai pas que ça à faire, dit-il. Ce fut un plaisir de…

Il s'arrêta net. Il fut agité d'une petite secousse, puis d'une deuxième plus puissante, alors que ses yeux s'ouvraient en grand. Je ne compris pas ce qu'il se passait, même lorsqu'il se mit à baver comme l'autre l'avait fait avant lui. Il n'avait pas bu mon sang, il n'y avait pas de raison qu'il réagisse comme ça. Ce n'est que lorsqu'il se saisit à grand-peine du couteau dans son bras que je me souvins que je m'y étais coupée avant de l'y planter misérablement. Il lança la lame dans ma direction, me visant sûrement, mais ratant lamentablement à cause de ses spasmes.

J'étais trop hallucinée pour bouger. J'aurais aussi bien pu m'asseoir dans ce qu'il restait de mon fauteuil pour regarder la fin du spectacle. J'étais frustrée, quelque part, car j'allais liquider mon deuxième mort-vivant, et je n'avais toujours pas fait exprès.

J'étais toute à ces pensées quand le blondinet se redressa. Il était pâle comme la mort. Enfin, encore plus qu'il ne l'était auparavant. Mais il n'était plus agité d'aucun tremblement. Il me regarda avec hargne.

— Bien essayé, lança-t-il en ricanant. Mais il en faut plus pour tuer un vampire de ma trempe.

Et c'est la dernière chose que je l'entendis jamais dire. Le géant était debout derrière lui, sa tête encore souriante dans la main. Avant que je n'aie eu le temps de comprendre ce qui s'était passé, le corps décapité s'affaissa devant moi.

Le grand Indien me faisait face, victorieux, son trophée en main, les yeux injectés de sang, et le teint rougi par les larmes que le spray lui avait fait verser.

— Moi protéger toi ! dit-il en lançant les restes de mon adversaire à mes pieds.

Et cela sonnait comme un reproche.

Chapitre 10

Je tapais à cette fichue porte depuis ce qui me semblait des heures.

En vérité, il n'avait pas dû s'écouler plus d'une minute entre le moment où j'avais commencé à frapper et celui où Elliot était finalement venu ouvrir. Mais ça avait paru tellement long. L'étroit couloir jaune de son immeuble était oppressant. Je ne m'étais jamais rendu compte à quel point je détestais cette couleur.

— Qu'est-ce qui te prend de tambouriner comme…

Il ne finit pas sa phrase. Je vis ses yeux s'élargir pour passer de la surprise à la peur, puis au dégoût. *C'est pas gagné*, pensai-je en haussant les sourcils.

— J'ai pas le temps pour ça, dit-il en essayant de refermer la porte.

Je la retins fermement de ma main droite. Son regard se posa sur mon poignet, là où la ceinture avait laissé des marques violacées tellement j'avais tiré dessus pour m'en défaire. Il avait une expression indéchiffrable, entre l'aversion et le mépris. En temps normal, ça aurait été difficile à supporter, mais vu l'amplitude des événements de la soirée, c'était le cadet de mes soucis.

— J'ai besoin de ta voiture, dis-je rapidement avant qu'il essaie de couper court à la conversation.

Il eut une espèce de sourire, entre amusé et totalement exaspéré, en secouant la tête et en observant ses pieds. Finalement, il se redressa et planta son regard dans le mien.

— Je n'ai pas le temps pour ça, répéta-t-il avec fermeté.

Son expression ne souffrait aucune objection. Dix secondes – montre en main – et il commençait déjà à m'énerver. C'était vraiment pas le moment.

— J'ai besoin de ta voiture, insistai-je. Ça ne me plaît pas plus qu'à toi d'être là, mais je n'ai pas le choix. C'est vraiment important.

— Pourquoi, ta Batmobile est tombée en panne? Non mais franchement, regarde-toi Maeve! Tu as vu dans quel état tu es?

Et il avait vraiment l'air dégoûté en disant ça. Sa lèvre supérieure n'avait franchement plus rien d'attirant, pas plus que ses yeux froids, figés dans une attitude d'aversion calculée.

Oui, je le savais. J'avais des ecchymoses apparentes aux poignets, au visage, du sang sur les bras et sur les mains, une de mes lèvres était fendue, mes cheveux ne ressemblaient à rien… Et surtout, j'avais des marques étranges au niveau de la gorge, comme si quelqu'un avait essayé de m'arracher la jugulaire – ah tiens, quelqu'un avait essayé! –, et Elliot devait penser que j'étais folle à lier. Mais je n'en avais rien à foutre en ce moment précis.

— Elliot, on se connaît depuis assez longtemps pour que tu puisses me faire confiance quand je te dis que c'est important. Il me faut un véhicule. Je ne peux pas courir jusque chez Walter, et c'est une affaire de vie ou de mort.

Ou de morts, au choix.

Il détourna à nouveau les yeux, gardant le même air qu'il affichait depuis qu'il m'avait vue.

— Va demander à quelqu'un d'autre, ça ne m'intéresse pas.

— Bon Dieu ! dis-je en tapant rageusement contre la porte.

Nous tournâmes le regard en même temps en entendant le bruit. Elliot rouvrit légèrement pour examiner la marque que j'avais faite sur la porte. Le bruit avait été celui d'une fissure, et en bas de l'empreinte que mon coup avait laissée dans le bois, une ligne s'était dessinée. Elliot eut l'air furax.

— Désolée, dis-je, pas plus contente que lui.
— Va-t'en, s'il te plaît, lâcha-t-il froidement.
— Ta voiture, s'il te plaît, répondis-je.

Mais avant qu'il ait eu le temps de protester, une main était apparue entre lui et la porte, brandissant un trousseau de clés. Derrière, la silhouette de Tara se dessina.

— Tiens. Si tu peux me la ramener en un seul morceau, j'apprécierais, dit-elle avec un petit sourire.

Elle n'avait pas paru surprise ou choquée en voyant l'état dans lequel j'étais, ou alors elle ne le montrait pas. Un bon point pour Tara, elle restait toujours noble.

Elliot se retourna pour la fusiller du regard.

— Tu es complètement folle, lui dit-il.

Cela me fit presque plaisir qu'il lui parle sur le même ton qu'il utilisait pour s'adresser à moi. Mais je m'en voulus aussitôt. Elle venait quand même de me prêter sa caisse.

— C'est encore ma voiture à ce que je sache, répondit-elle sans se formaliser de son attitude. Je la prête à qui il me plaît.

Elle lui adressa un sourire parfaitement gentil. Je n'attendis pas qu'ils commencent à s'engueuler pour attraper les clés.

— Merci, lançai-je sincèrement à Tara en m'éloignant dans le couloir à toutes jambes.

Et je disparus sans demander mon reste. Une fois dehors, je cherchai quelle pouvait bien être sa voiture. J'observai les clés de plus près et remarquai qu'elles possédaient une commande de déverrouillage à distance. « Clic. » Des lumières orange clignotèrent comme pour m'indiquer la direction. Un coupé sport décapotable gris métallisé. À quoi je m'étais attendue, sérieusement ?

Je montai dans le véhicule et démarrai. Il me faudrait un peu moins d'une heure pour arriver chez Walter. Si je respectais les limitations. Et si je les respectais, il serait peut-être trop tard.

Tout était allé si vite. J'avais de la peine à croire que tout s'était réellement produit. Il me semblait que des heures, des jours s'étaient écoulés depuis le début des événements, mais non. Tout s'était déroulé durant la dernière heure. Je scrutai la route tout en laissant mon esprit retourner sur ce qui s'était passé avant que j'arrive chez Elliot.

Le grand Indien n'avait vraiment pas l'air content quand il avait lancé cette tête à mes pieds. À ce que j'avais finalement pu comprendre, c'était lui la protection dont Walter m'avait parlé. Heureusement que j'avais passé des jours à le traquer, et que j'avais trouvé Lukas à la place. Ou l'inverse, en fait…

Juste quand je me demandais quoi répondre au géant, Lukas s'était débarrassé du vampire avec qui il était toujours en train de se battre d'un coup de couteau dans le cœur. Ça avait été si rapide que je n'avais pas compris tout de suite que c'en était enfin fini. J'étais novice en matière de combat de vampires, et pour le moment, la seule chose que je pouvais en dire était que des fois ils se relevaient, et d'autres fois pas. Mais ma courte expérience m'avait montré que, en général, ils le faisaient.

Lukas m'avait lancé un grand sourire de vainqueur de loterie le soir du tirage, avant que sa mine ne se renfrogne devant le regard d'huissier de l'Indien.

—Lalawethika, avait-il soupiré.

Il ne semblait pas spécialement content de le revoir. L'autre lui renvoyait un air mauvais. Ainsi, ils se connaissaient. Mais étant donné la manière dont ils s'observaient, je doutais fortement que ce soient les meilleurs amis du monde. L'Indien le regardait avec dureté, et Lukas avait une petite expression amusée à moitié dissimulée derrière ce que j'identifiai comme de la lassitude.

Lukas baissa les yeux sur le cadavre de vampire à ses pieds. Il avait commencé à changer de couleur. C'était vraiment étrange, mais je n'avais pas trop le temps de me demander ce qui lui arrivait. Il restait encore deux ennemis bien vivants, et même si l'Indien était là pour ma protection, vu l'air qu'il affichait, je m'en méfiais autant que de Lukas.

Il mit un grand coup de pied dans le vampire mort à ses pieds, en poussant un petit grognement étouffé. Le colosse fit craquer ses doigts un à un. Le bruit me donna la chair de poule.

—Bon, qu'est-ce qui se passe ? Qu'est-ce que c'est que toutes ces conneries ?

Lukas me regarda en haussant les épaules, alors que le géant ne le quittait pas des yeux.

—Tout le monde te cherche, princesse, dit-il. Et le problème c'est que maintenant, on te trouve.

Je ne relevai même pas le « princesse ».

—Pourquoi est-ce qu'on me cherche ?

Le visage de Lukas fut déformé par un semblant de sourire, et bien que ce sourire soit charmant, il me déplut au plus haut point. Il n'essayait plus de s'attirer mes faveurs, comme plus tôt dans la soirée. Il trouvait la question amusante. Ce type n'était vraiment pas net.

— Parce que tu ne devrais pas exister, et que certaines personnes seraient prêtes à tout mettre en œuvre pour corriger le tir.

L'Indien bougea si vite que je l'aperçus à peine. Lorsque ma vision redevint claire, il tenait Lukas par le cou, à quelques dizaines de centimètres du sol. C'était vraiment impressionnant. Lukas était déjà tellement grand que de le voir ainsi suspendu en l'air avait quelque chose d'irréel.

— Toi te taire, intima mon protecteur d'un ton très peu commode.

Sans bien comprendre pourquoi, je me précipitai sur-le-champ pour tenter de lui faire lâcher Lukas, en vain. Son bras était bien trop haut, bien trop large et puissant pour que je puisse y faire quelque chose. Comme rien ne fonctionnait, je laissai tomber.

Il affichait toujours la même expression mauvaise, les traits serrés, faisant gondoler la cicatrice qui lui traversait le visage sur toute sa longueur. Je me demandais comment il l'avait eue. Elle était nécessairement antérieure à sa vie de vampire, comme toutes les autres marques qui parcouraient son corps. Il était vraiment impressionnant. Il avait dû être un grand guerrier avant d'être transformé, et si je me basais sur mes quelques notions d'histoire, il devait être foutrement âgé.

— Lâche-le, demandai-je finalement, lorsque je sortis de ma rêverie passagère.

Il m'obéit, étonnamment. Je n'aurais pas pensé que ça puisse être aussi facile. Lukas retomba sur le sol en se tenant la gorge, la massant gentiment. Il m'adressa un petit clin d'œil. Je sentis la colère monter d'un cran. Il croyait quoi ? Que j'étais de son côté ? En y réfléchissant, j'avais quand même dit à l'Indien de le lâcher. Je ne savais vraiment plus où j'en étais.

— Lui tuer toi, me dit l'Indien sans quitter Lukas du regard.

— T'es pas sympa, mon pote, je n'ai jamais eu l'intention de la tuer. L'utiliser, oui. Mais je ne lui aurais fait aucun mal. Et je l'aurais protégée… dans la mesure du possible, ajouta-t-il après une courte pause.

L'Indien leva un sourcil tandis que je faisais la moue en secouant la tête, bras croisés.

— Tu plaides pas ta cause, là, lui dis-je. Donne-moi une bonne raison de ne pas vouloir qu'il te broie le cou.

Il me toisa avec un regard des plus charmeurs.

— Déjà, me broyer le cou ne me tuera pas, ma jolie, répondit-il d'une manière mutine. Et ensuite, c'est parce que, mort, je ne pourrais pas te faire toutes les choses que tu rêves que je te fasse.

La gifle était partie avant même qu'il ait fini sa phrase. J'étais bien consciente du fait qu'il n'avait probablement rien senti – ce n'était rien comparé à ce qu'il s'était ramassé tout à l'heure – et que j'étais la seule à m'être fait mal. Mais c'était pour la forme.

— Du caractère, j'aime, dit-il en se caressant la joue amoureusement.

Je le jaugeai un moment, puis lui fis un grand sourire.

— Tu sais quoi ? Tue-le, lâchai-je alors en m'adressant à l'Indien sans quitter Lukas des yeux. Un vampire mort de plus ou de moins ne va plus changer la déco de mon salon à ce stade.

Lukas soutint mon regard, amusé. Quant à l'Indien, un rictus déforma ses traits. L'expression que cela lui conférait, renforcée par les cicatrices, n'avait rien de rassurant. S'il n'avait pas été là pour me protéger, je me serais enfuie à toutes jambes.

Une fraction de seconde plus tard, Lukas était à nouveau en l'air et il ne semblait pas vraiment s'en formaliser. L'Indien s'était tourné vers moi.

— Toi Elliot, moi Walter.

Moi Tarzan, toi Jane ?

— Tu ne vas pas la laisser y aller seule, dit Lukas à grand-peine, l'Indien lui broyant la gorge. Roy est toujours dans les parages.

L'Indien parut méditer ces mots quelques instants, puis un drôle de rictus déforma ses traits. Il sortit un couteau de nulle part – dont la lame faisait bien la taille de mon avant-bras –, et avant que j'aie eu le temps de faire quoi que ce soit, il l'avait planté en plein dans la poitrine de Lukas. J'étouffai un cri, pensant que l'Indien m'avait écoutée, et qu'il avait décidé d'en finir avec lui. Mais bien que le visage de Lukas soit déformé par la douleur, il conservait un semblant de sourire, un poignard dans le thorax.

— T'en fais pas, ma belle, il a pas visé le cœur, me dit-il en me faisant un nouveau clin d'œil. Il ne veut pas me tuer, je dois d'abord rendre visite à un vieil ami.

— Walter est rentré ? demandai-je, déconcertée.

Je pris le silence de Lukas pour une confirmation. Il était revenu, et il n'était même pas venu me voir. Je n'aimais pas ça. Cet imbécile de vampire m'en avait appris plus sur ma famille que Walter l'avait fait en vingt ans.

Ensuite, tout alla très vite. L'Indien retourna Lukas pour le tenir fermement au sein de son bras droit, la main solidement appuyée sur la garde de l'arme qui dépassait de la poitrine de son prisonnier. Puis il m'attrapa de la même manière – couteau mis à part – sur son flanc gauche. Après un voyage rapide et fort peu confortable durant lequel nous gardâmes le silence, il me déposa devant chez Elliot, en m'ordonnant d'y rester jusqu'à ce qu'ils viennent me chercher dans quelques heures. Je les regardai s'éloigner à une vitesse folle. Sur le pas de la porte, Lukas m'avait cependant dit quelque chose qui ne quittait plus mes pensées, avant que l'Indien lui assène un coup violent pour le faire taire.

« *S'ils me tuent, tu ne sauras jamais la vérité.* »

J'arrivai devant chez Walter. Il m'avait fallu trente minutes pour parcourir la distance qui me séparait de la demeure familiale. Heureusement, les routes étaient désertes à cette heure et je n'avais croisé aucun flic. Je garai la voiture en face de la maison, et, au moment de sortir, j'hésitai. Faire le trajet seule avait fait retomber la pression, et je commençais à me poser de sérieuses questions. Et si tout ça n'était qu'un rêve ? Un très, très mauvais trip ? Je crois que j'aurais préféré avoir été droguée à mon insu et avoir imaginé tous les événements qui s'étaient produits ces dernières heures.

Malheureusement, ce n'était pas le cas, et bien que les faits soient des plus étranges, tout cela avait l'air réel. Loin de l'euphorie que l'existence des vampires avait provoquée en moi plus tôt dans la soirée, tout paraissait crédible. Je n'aurais plus été surprise d'apprendre que mes voisins en étaient, que le président aussi, et Walter également. Et Walter l'était certainement, vu qu'il semblait fréquenter tout ce beau monde, et depuis très longtemps. Et moi, au milieu de tout ça, on me voulait morte, et je ne savais même pas pourquoi. Une partie de moi désirait en connaître les raisons, mais pas l'autre. Ça englobait sûrement mes parents. Je n'avais jamais rien fait qui puisse énerver un vampire au point qu'il décide de me tuer, c'était donc autre chose. À moins que Marc n'en soit un…

En retournant cette pensée dans ma tête, je sortis de la voiture et me dirigeai vers la porte. Non, Marc n'était pas un vampire, il était bien trop stupide. Enfin, non que l'intelligence soit un critère *sine qua non* pour en devenir un – comme si je connaissais quelque chose de ces critères –, mais surtout, il n'aurait pas fini à l'hôpital si ça avait été le cas. J'avais vu Lukas s'en aller avec mon protecteur et un couteau planté dans la poitrine. Et il s'exprimait sans problème, même s'il geignait un peu, et ses plaisanteries étaient toujours aussi lourdes.

J'ouvris la porte. À peine eus-je fait un pas dans la maison que je me retrouvai un mètre au-dessus du sol, ma gorge me faisant atrocement souffrir. Je retombai presque aussitôt.

—Elliot! rugit l'Indien.

Non, moi c'est Maeve?

Il n'avait pas l'air content du tout. Heureusement, je ne voyais pas tout son visage, car seule la lumière de la cuisine était allumée, et le hall était plongé dans une obscurité qui était presque rassurante, comparée à ce que j'arrivais à lire dans les yeux de celui qui me faisait face.

Je me massai le cou. Ça faisait un mal de chien, bordel.

—Oui bon, j'avoue. J'ai jamais été très douée pour recevoir des ordres. T'aurais eu meilleur temps de m'attacher à sa porte si tu voulais que je reste chez ce crétin.

Il leva son sourcil fendu en deux. Je le regardai sans ciller. Il ne semblait pas si méchant quand il n'avait pas l'air en colère. Il ressemblait presque à un gros nounours, en clair-obscur. Un gros nounours avec des cicatrices partout.

—Où est-il? demandai-je en m'avançant dans le hall.

—Pas encore maison, répondit-il.

— Pas Walter, précisai-je une fois que j'eus compris qu'on ne parlait pas de la même personne.

J'essayai de ne pas montrer mon inquiétude. Je cherchais un vampire qui avait tenté de m'enlever, et mon grand-père allait rentrer. Enfin, si j'avais réussi à déchiffrer ce qu'il était en train de me dire.

— Pas pour toi, répondit-il.

J'entrai dans la cuisine, ouvris une armoire pour me saisir d'un verre, et retournai dans le hall. Une fois en face des liqueurs de Walter, je choisis le whisky qui était dans la plus belle bouteille et m'en servis une grande rasade. Je détestais le whisky.

Je bus d'un trait après avoir évité soigneusement de regarder une photo d'Elliot et moi un soir d'Halloween. J'étais déguisée en Indienne, et il était le shérif.

— Écoute… Lala…

Lalawethiquoi, déjà ?

— Lalawethika, dit-il fermement.

C'était pas le nom d'un des Teletubbies, ça ?

— Ouais, OK, Lala. Je n'ai aucune idée de qui est ce type, j'ignore où est mon grand-père, je ne sais rien, et ça commence sérieusement à me foutre en pétard. Alors je veux lui parler. Et tu ne vas pas m'en empêcher.

Le pas de géant qu'il fit dans ma direction me fit comprendre que, au contraire, c'était bien son intention. Je reculai.

— Dis-moi où il est.

— Non.

Un pas en avant pour lui. Un pas en arrière pour moi. Il n'avait plus trop l'air d'un nounours maintenant. J'essayais d'observer où son regard se portait, pour avoir un semblant d'informations sur l'endroit où Lukas était retenu. Mais il me surveillait sans ciller, et il était meilleur que moi à ce jeu-là.

— Je fouillerai la maison de fond en comble s'il le faut. Je finirai bien par le trouver, dis-je, sûre de moi.

Enfin, j'espérais.

— Non.

Il allait vite m'énerver s'il ne changeait pas de disque.

— Alors dis-moi ce que je veux savoir, le pressai-je, en faisant cette fois-ci un pas dans sa direction. Qui est ce type, qui sont ses potes qui ont essayé de lui faire la peau, pourquoi est-ce qu'ils me cherchent, etc. ? Ce genre de trucs.

— Walter racontera, affirma-t-il toujours aussi calmement.

— Justement pas ! rétorquai-je, la colère me gagnant. Il ne m'a jamais raconté que des mensonges, et je ne lui fais absolument pas confiance pour me dire la vérité cette fois plus qu'une autre. Alors soit tu réponds à mes questions, soit je trouve Lukas et c'est lui qui y répondra. Lui, au moins, il parle.

— Non.

Était-il incapable d'aligner plus de deux mots ?

— Tu sais quoi ? Moi, je vais chercher Lukas. Toi, pendant ce temps, tu peux aller prendre un dico dans la bibliothèque et chercher la définition de « monosyllabique ».

Et je me retournai, prête à entamer mes fouilles. Avant que j'aie eu le temps de faire deux pas, il était à nouveau en face de moi. Il était vraiment rapide pour un bloc de béton.

— OK, et tu veux faire quoi ? Tu me feras pas de mal, t'es là pour me protéger. Et moi je suis là pour obtenir des réponses, alors laisse-moi passer.

Je m'attendais à un « non » supplémentaire, mais, au lieu de ça, il m'attrapa plus vite que l'éclair et me posa sur son épaule. Il fit demi-tour et se dirigea vers le salon, alors que je tambourinais dans son dos comme une folle. Je pensais que ça allait résonner, vu la taille, mais cela produisait à peine un bruit sourd.

On s'apprêtait à pénétrer dans la pièce au moment où la porte d'entrée s'ouvrit. Je relevai la tête, et alors que mon chignon pendait devant mes yeux et m'aveuglait à moitié, je vis une silhouette se détacher en clair-obscur.

—Lâche-la.

Lala se retourna, et je tombai brusquement au sol.

Chapitre 11

Au son de cette voix, des frissons m'avaient parcouru l'échine.

C'était comme si je ne l'avais pas entendue depuis des années, comme si elle remontait d'un passé qui m'était totalement étranger maintenant.

Je relevai la tête pour pouvoir observer le nouvel arrivant, sans essayer de me redresser. À quoi bon…

— Bonjour princesse.

Mon grand-père semblait en excellente forme. Il braquait sur moi un regard tranquille, ses cheveux blancs se détachant dans le clair-obscur comme s'il avait été en train de porter une auréole, et ses yeux bleus brillaient, bien qu'aucune source de lumière n'ait rendu cela possible.

Il s'avança lentement vers moi et me tendit une main pour m'aider à me relever. Ignorant son offre, je lissai le bas de ma robe avant de me remettre debout. Une fois sur mes pieds, je lui fis face en soutenant son regard.

— Walter, le saluai-je, sans une once de sympathie dans la voix.

S'il n'y avait rien de bienveillant dans l'expression que j'arborais, mon grand-père, au contraire, me renvoyait une image paisible, semblait heureux de me voir, et presque… amusé. Ce qui n'était pas pour me mettre dans de meilleures dispositions.

—Tu es magnifique dans cette robe, dit-il en me détaillant. Tu devrais en porter plus souvent.

—Arrête avec les conneries Walter, et allons direct à l'essentiel. Je suis pas d'humeur.

Cette fois-ci, il eut un sourire franchement enjoué. Visiblement, il aimait que je m'habille de manière provocante et que je jure. C'était pas une des femmes du club de bridge qu'il lui fallait, c'était une prostituée.

—D'accord Maeve, allons à l'essentiel. Que veux-tu ?

—Des réponses, dis-je d'une voix tranchante. Et comme je sais que tu ne m'en donneras pas, j'ai l'intention de parler à Lukas. Mais ton espèce de pachyderme m'empêche de passer.

En prononçant ces mots, j'avais pointé l'intéressé du doigt. Il était toujours sur le pas de la porte du salon, d'où il m'avait laissée tomber quelques instants plus tôt, et se tenait droit comme un « i », aussi immobile qu'une statue, encadré par le chambranle qu'il frôlait presque de la tête. L'entrée semblait nettement plus petite, comme ça. Walter me regardait avec une moue que je n'arrivais pas vraiment à identifier. Je crois qu'il avait l'air contrarié. Il mit un moment avant de parler à nouveau.

—Tu ferais plus confiance à un vampire que tu ne connais pas, et qui a essayé de te kidnapper, plutôt qu'à la personne qui t'a élevée ?

À mon tour, je pris quelques instants pour répondre, durant lesquels je ne le quittai pas des yeux, sans cligner une seule fois. Il avait utilisé le mot vampire, et venant de la bouche de mon grand-père, cela donnait une nouvelle profondeur à l'affaire. Non, je n'étais pas en train de rêver. Oui, les vampires existaient. Non, je n'allais pas me réveiller.

Je poussai un long soupir. Maintenant qu'il avait l'air d'être prêt à discuter de choses sérieuses, encore fallait-il trouver la manière d'aborder le problème. Parce que même s'il semblait disposé à parler, je ne lui faisais plus confiance, et restais persuadée qu'il me mentirait à nouveau dès que l'occasion se présenterait. Mieux valait entrer dans le vif du sujet.

— Est-ce que mon père a tué ma mère ? demandai-je lentement, en séparant bien chaque syllabe.

Walter ne répondit pas, et je pus enfin mettre un nom sur ce que je cherchais tout à l'heure. Il avait l'air désolé. Il tourna le regard vers un point invisible au sol, et le silence emplit la pièce.

— Je souhaite voir Lukas, finis-je par dire sur un ton qui n'accepterait aucun refus, malgré la politesse que j'avais pris soin d'inclure dans ma requête.

Ça m'énervait déjà de me rendre compte qu'à la place de mensonges, il me proposait le mutisme. Je n'avais plus du tout envie de perdre de temps, et si Walter se taisait, Lukas était la seule personne qui pourrait m'apprendre ce que je voulais savoir. Et même si je ne faisais pas plus confiance à Lukas qu'à Walter, je connaissais la nature de Lukas, et je ne pouvais pas en dire autant de mon grand-père.

Comme Walter était toujours aussi immobile que l'Indien, je pris les devants et commençai à marcher en direction de la porte qui menait à la cave. C'était le seul endroit plausible où ils auraient pu mettre Lukas s'ils ne l'avaient pas déjà tué.

— Maeve, attends.

Je m'arrêtai, la main sur la poignée, pas sûre d'avoir envie de me retourner. Finalement, comme il n'ajoutait rien, je tournai la tête dans sa direction. Il soupira.

— Viens avec moi et je te raconterai tout ce que tu as besoin de savoir sur tes origines. Si ensuite tu désires toujours t'entretenir avec Lukas, libre à toi.

Je réfléchis quelques instants. Tout ce que j'avais besoin de savoir, ce n'était certainement pas tout ce que je voulais savoir, mais c'était déjà mieux que rien. Je lâchai la poignée.

Nous étions assis à la table de la salle à manger depuis plusieurs minutes maintenant, et il ne parlait toujours pas. Il m'observait paisiblement, ce qui n'allait pas tarder à me foutre en pétard. À vrai dire non, je l'étais déjà. J'avais beau scruter résolument la grande crédence qui se trouvait derrière Walter en comptant le nombre d'assiettes que je pouvais y entrevoir, je n'arrivais pas à maîtriser mon énervement. J'étais une vraie boule de nerfs face au calme olympien de mon grand-père. Aucune émotion ne venait jamais perturber le lac sans vague de son apparence, et alors qu'un vampire était caché quelque part chez nous, et qu'un autre attendait tranquillement dans le hall d'entrée, je me demandai à quel point il était humain. Pour la première fois de ma vie, j'avais peur de lui. Était-ce seulement mon grand-père ?

— Maeve…

Je sursautai vivement, happée par la réalité du moment.

— Parle s'il te plaît, je n'ai pas envie de perdre plus de temps, et ton silence me met mal à l'aise en plus de m'énerver, dis-je, avec un chat dans la gorge.

Et ce foutu chat était toutes griffes dehors.

— Je le remarque bien, et cela me désole.

— Des fois, il ne suffit pas d'être désolé.

Je m'étais exprimée de manière très sèche. Maintenant qu'il avait brisé le silence, il ne m'effrayait plus. Sa voix était tellement douce qu'il aurait été impossible d'en avoir peur, mais je n'en étais pas moins en colère.

—Parle, nom de Dieu, lâchai-je, pressante.

Il me sourit. *Garde tes sourires pour toi*, pensai-je, en réprimant une forte envie de lui casser les dents de devant.

—Je cherche le meilleur moyen de t'expliquer tout ça… J'ai toujours su que ce jour viendrait. Mais égoïstement, bêtement, j'ai cru que je pourrais l'éviter, que je pourrais te protéger si tu restais dans l'ignorance, et que j'avais assez bien réussi à te cacher pour que jamais nous n'ayons à en arriver là…

—Arrête les violons et crache le morceau, tes états d'âme ne m'intéressent pas.

Encore une fois, j'avais été cassante, et pendant une fraction de seconde, je m'en voulus. Une fraction uniquement, car le fait qu'il m'ait menée en bateau toutes ces années avait plus de poids que ses regrets en ce moment.

—J'aimerais que tu saches que tout ce que j'ai toujours fait, y compris te mentir, était pour te protéger.

Ouais, ouais. C'est bon, on a pigé. La suite.

Je restai silencieuse, attendant. Il allait bien se remettre à parler. À moins qu'il ne soit foudroyé par une crise cardiaque pile-poil avant, et vu la tournure des événements, je n'aurais plus vraiment été étonnée que cela se produise. Il en aurait été tout à fait capable, juste pour le pic dramatique. Mais il finit par parler après s'être raclé la gorge et avoir pris une grande inspiration.

—Viviane, ta mère – ma fille –, te ressemblait beaucoup. Elle avait le même caractère sanguin, borné et fonceur que tu as, et rien ne pouvait l'arrêter une fois qu'elle avait une idée en tête… Physiquement, vous êtes presque identiques, sauf que ses yeux étaient bleus et ses cheveux blonds… Ça, elle le tenait de moi.

Et alors même que je lui reprochais quelques instants plus tôt son insensibilité, une pointe de tristesse fit craquer le masque qu'il avait toujours affiché. Ses yeux s'étaient troublés et son regard était devenu brillant. Mon grand-père pouvait donc pleurer. C'était une première.

— Ce que tu dois comprendre, continua-t-il, c'est que si elle pensait que quelque chose était juste, elle se battait pour. C'est ce qui a mené à sa mort, et c'est la raison pour laquelle je me fais énormément de souci pour toi.

À nouveau, il marqua une pause, et baissa les yeux. Suivant son regard, je réalisai qu'il observait nos mains, jointes sur la table. J'avais fait cela sans même m'en rendre compte. Évidemment que je ne détestais pas mon grand-père, mais en ce moment je n'avais pas envie d'être proche de lui. Pas tant que je ne saurais pas où je me situais au milieu de tous les mensonges qui composaient ma vie. Je retirai ma main.

Je détournai les yeux et les posai sur le grand Indien qui semblait éternellement figé dans le hall d'entrée. Il était vraiment impressionnant d'immobilité. Je ne le voyais même pas respirer. Je me retournai vers Walter, sans toutefois oser le regarder.

De longues secondes défilèrent sur la vieille horloge qui se trouvait dans son dos avant qu'il ne parle à nouveau, la tête toujours baissée.

— Que penses-tu des vampires ? demanda-t-il en se redressant et en plantant son regard glacial dans le mien.

— Euh, je…

Il me prenait au dépourvu. Que voulait-il que je lui dise, au juste ?

— Je ne comprends pas ta question, finis-je par avouer.

Ses yeux s'adoucirent, et un petit sourire vint border ses lèvres.

— Tu as vécu toute ta vie dans un monde fait de rationalité, dans lequel les vampires font partie de l'imaginaire collectif, des livres et des films… Tu n'es au courant de leur existence que depuis quelques heures, donc j'aimerais savoir ce que tu en penses.

Si ma mâchoire ne reposait pas sur la table, c'était tout de même l'impression que j'avais. Je comprenais mieux la question, mais je ne voyais pas ce que cela pouvait venir faire dans cette conversation. Ou plutôt si. Je voyais très bien ce que les vampires venaient faire dans l'histoire, mais pas ce que mon opinion pouvait y changer.

— Est-ce que tu as été surprise ? Choquée ? relança-t-il.

Je réfléchis un instant alors que je sentais qu'un coin de ma bouche se tordait de son propre chef. Je fis un effort pour la détendre et repris la parole.

— Sur le moment, j'ai été amusée, admis-je. Ça me paraissait si… improbable, et pourtant si normal. Je ne sais pas ce que j'en ai pensé, Walter. Je ne sais toujours pas ce que j'en pense. Mais je n'ai pas été choquée, ni surprise. Juste étonnée, je crois.

— Bien…

Il observa un nouveau moment de silence. Étrangement, celui-ci ne me dérangea pas autant que les précédents, perdue que j'étais dans mes propres pensées. À aucun instant je ne m'étais rendu compte que l'existence des vampires ne m'avait pas stupéfaite. Il faut dire que je n'avais pas vraiment eu le temps d'y réfléchir, vu le stress de ces dernières heures.

— Je crois que ça me rassure, en fait, admis-je.

Il sembla surpris. Je remarquai que, dans le hall, le géant avait tourné la tête dans notre direction.

— Que veux-tu dire ? demanda Walter, les sourcils froncés.

Très bonne question, merci de l'avoir posée. Qu'est-ce que je voulais dire par là, au juste ?

— Eh bien, le fait qu'il existe quelque chose de pire que l'être humain, de pire que mes accès de colère, de plus maléfique… C'est rassurant.

J'avais lâché la dernière phrase dans un souffle. Je n'en revenais pas d'avoir dit ça. Mais c'était vrai. De savoir qu'il y avait quelque chose de plus mauvais que moi m'apaisait et remettait les choses dans un contexte qu'il me serait plus facile de gérer.

— Hum…, fit-il pensivement. Crois-tu que tous les vampires sont mauvais ?

— Tous ceux que j'ai vus l'étaient, en tout cas, répliquai-je. Pourquoi, tu vas me dire que tu en es un ?

— Tu as rencontré Lalawethika. Te paraît-il mauvais ?

Ça ne répondait pas vraiment à la question. Je me tournai machinalement vers le hall pour regarder l'intéressé, qui m'observait, bras croisés. Il se fendit d'un semblant de sourire qu'il était difficile d'interpréter, vu son aspect effrayant. Mais c'était vrai, il ne semblait pas méchant, il avait juste une apparence… menaçante, et douce en même temps. Je me retournai vers mon grand-père.

— Tu veux dire le type qui aime se balader avec des têtes à la main ?

Je scrutai à nouveau l'Indien, qui regardait maintenant ses pieds. C'était bien un sourire qu'il y avait sur son visage. Troublant. J'en eus la chair de poule. Je me détournai aussitôt pour regarder Walter.

— Ça ne répond pas à la question. Es-tu un vampire ?

Mon cœur commença à ralentir, pour finalement s'arrêter de battre en attendant une explication qui me sembla prendre une éternité pour arriver.

— Non, je n'en suis pas un.

Je poussai un soupir de soulagement qui fit sourire Walter à pleines dents.

— Mais Lalawethika en est un, et c'est aussi la personne la plus gentille et juste qu'il m'ait été donné de rencontrer au cours de ma vie.

— Walter, il aime décapiter ses semblables.

Il me lança un de ses regards perçants.

— Il a fait ce qu'il avait à faire pour te protéger, comme je le lui avais demandé.

Il semblait me reprocher ma remarque. Je haussai les épaules.

— OK, passons. Continue.

J'étais à nouveau sèche. Je ne voulais pas dévier du sujet, et j'avais la désagréable impression qu'il essayait de gagner du temps.

— Très bien. Ta mère était une rêveuse.

Et c'était reparti !

— Écoute, j'aime bien que tu me parles de ma mère, de son caractère, et tout ça, mais je ne crois pas que c'est vraiment le moment pour faire une liste de ses qualités et de ses défauts.

— Non, tu ne me comprends pas. Ta mère était une rêveuse, elle faisait des rêves.

En effet, je ne comprenais pas, et ça devait se lire sur mon visage.

— Maeve, continua-t-il doucement, notre famille est très ancienne, et à un certain niveau, très puissante. Nous sommes des Sihr.

Je secouai la tête, l'incompréhension s'exprimant physiquement à ma place.

— Tes ancêtres ont porté le nom d'envoûteuses, de magiciennes, et beaucoup ont été brûlées durant la chasse aux sorcières. Elles, et beaucoup d'innocents.

Il marqua une pause, comme pour me laisser digérer l'information. Contrairement à l'existence des vampires, ce qu'il était en train de me dire ne m'amusait pas le moins du monde. Pendant un instant, j'eus à nouveau l'impression que mon grand-père avait perdu la raison. Pourtant il avait l'air totalement sérieux. Il s'exprimait d'une voix claire, assurée, et il semblait sain d'esprit. En y réfléchissant, je n'avais aucune idée du signe extérieur d'aliénation mentale que j'aurais pu chercher en lui. Mais qu'il soit fou ou non, le problème restait le même. J'étais prête à croire à l'existence des vampires, mais pas à celle des magiciens ?

— Ta mère possédait un don qui ne se manifeste pas de la même manière chez tout le monde. Elle, elle faisait des rêves, dit-il, comme pour terminer son explication.

J'essayai de parler, mais je n'y parvins pas. Certainement parce que je ne savais pas ce que je voulais dire, au juste. C'était absurde, énorme, téléphoné presque, et ça n'avait aucun sens. Je me rendis compte que j'étais toujours en train de secouer la tête, et je n'arrivais pas à arrêter.

— Tu ne me crois pas, dit-il.
— Non, répondis-je, la gorge serrée. J'aimerais, mais tu te fiches de moi.

Ma voix vacillait, et je m'en voulus de ne pas pouvoir la contrôler. Mais j'avais l'impression d'être dans un mauvais rêve, et je me pinçai le bras pour voir si je ne dormais pas. Malheureusement, j'étais bel et bien éveillée. Sous le sang séché qui avait craquelé lorsque j'avais commencé à presser ma peau, le mal était réel et ne me réveillait pas.

— Tu es prête à croire aux vampires, et pourtant, l'éventualité que ta mère ait eu un quelconque pouvoir te semble inconcevable ?

C'était donc pour ça qu'il avait posé la question. Traître, pensai-je.

Il me fixait de ses yeux bleus et froids. J'avais l'impression que, autour de moi, le décor était en train de tomber en morceaux, comme les pièces d'un puzzle que j'essayais d'assembler à la verticale et qui ne tenaient pas à cause de la loi de la gravité. Je me sentais mise à nu par son regard, et j'eus la soudaine envie d'aller me cacher, de fuir devant l'ennemi qui m'avait élevée. Je ne savais plus qui était cet homme.

Il posa ses mains sur la table et je me reculai vivement, pensant qu'il voulait se saisir des miennes. Il eut un petit air désolé tandis qu'il les retournait, paumes vers le plafond, et plantait à nouveau ses yeux glacés dans toute l'horreur que je lui renvoyais.

— Tiens, c'est de la part de saint Thomas, me dit-il d'une voix douce.

Je souris machinalement au clin d'œil qu'il venait de faire. Je répétais souvent que j'étais comme saint Thomas, et que je ne croyais que ce que je voyais. Il comptait donc me montrer. Malgré mon sourire involontaire, je n'étais pas le moins du monde rassurée par la tournure des événements.

Walter ferma les paupières, et je patientai. Je ne savais pas ce que je devais chercher, à quel spectacle je devais m'attendre, aussi balayai-je la pièce des yeux à l'affût d'un signe. Dans le hall, l'Indien se tenait à nouveau immobile. Il n'avait pas l'air inquiet du tout. Sa tête était tournée, et je n'arrivai donc pas à le questionner du regard. Cela fit encore monter la pression d'un cran.

C'est alors que je vis la lumière. Je retournai vivement la tête vers mon grand-père. Je la voyais aussi clairement que les bras ensanglantés qui étaient rattachés à mon corps. Ses mains avaient une teinte étrange, laiteuse, et commençaient progressivement à luire. Je clignai plusieurs fois des yeux pour être sûre de ne pas halluciner, mais la lumière demeurait.

Je sursautai lorsqu'il ouvrit brusquement les yeux. Il m'observait, et ses prunelles avaient la même transparence brillante que ses mains. Instinctivement, je me calai le plus possible dans ma chaise, aussi loin de lui que je pouvais aller sans tomber à la renverse. Je le regardai fixement pendant un moment interminable, témoin muet de sa transformation en torche humaine. Toute sa peau était maintenant étincelante, et éclairait la pièce d'une lumière aveuglante. Pourtant je continuai à le regarder, sans cligner une seule fois des yeux. Ce n'était vraiment pas mon grand-père, et même s'il ressemblait à un ange, il me terrorisait.

—Pratique pendant les pannes de courant, lâchai-je.

Quelle conne! Je ne savais pas pourquoi j'avais dit une stupidité pareille. J'étais tellement mal à l'aise que j'avais dit le premier truc qui m'était passé par la tête. Imbécile, imbécile, imbécile.

Il sourit et, en une fraction de seconde, il redevint normal. Sa peau était encore blanche, ses yeux toujours bleu clair, mais plus rien ne brillait. Je ne savais vraiment pas comment gérer cette nouvelle information. Il se passe quoi, quand saint Thomas n'a pas envie de croire à ce qu'il voit?

—C'est pour ça qu'elle a été assassinée? demandai-je, désirant changer de sujet au plus vite.

Il me regardait d'un air tranquille, un léger sourire ourlant ses lèvres. Il était sûrement très content de l'effet qu'il venait de produire.

—Ne va pas trop vite en besogne. Tu veux connaître l'histoire, alors je te la raconte, mais sans sauter d'étape.

Les questions se bousculaient dans mon esprit, me provoquant une migraine d'enfer. Qu'est-ce que c'est qu'un Sihr ? Comment est-ce que mon grand-père pouvait se transformer en lampadaire ? Est-ce que ma mère était vraiment une sorcière ? Est-ce que j'en étais une aussi ? Je chassai ces pensées d'un énergique coup de tête.

— Est-ce que tu es un sorcier ?

— Un Sihr. Mais chaque chose en son temps, dit-il.

Et je n'argumentai même pas. Je n'étais plus en colère. Pour la première fois de ma vie, j'étais totalement perdue, et j'étais physiquement molle, incapable de bouger, incapable de réagir. Je le laissai commencer son récit, décidée à ne plus l'interrompre jusqu'à ce qu'il ait fini. Et c'est ce que je fis.

Chapitre 12

— *Ta mère, donc, était une rêveuse.*
» Très petite déjà, elle était au courant de choses qui ne s'étaient pas encore produites, et je dois avouer que c'était assez déroutant. Avant elle, il n'y avait jamais eu de rêveuse dans notre famille. Comme je te l'ai dit, le don peut se manifester de différentes manières, et c'en était une nouvelle pour moi. Je pense que c'est dû à la lignée de sa propre mère, qui en comptait quelques-unes.

J'étais perplexe. Des dons qui se manifestent de manières différentes ? Ça signifie quoi, ça, concrètement ? Pas grand-chose… Et c'est quoi exactement, ces dons ? Des rêveurs… Des lampadaires humains… Encore deux, et on peut faire concurrence aux Quatre Fantastiques.

— Je vois que tu sembles perdue, dit-il en me regardant d'un air attendri. Je te raconterai un jour tout ce que tu as besoin de connaître sur notre famille et ses capacités. Mais, pour le moment, sache juste que pour que le pouvoir soit transmis, il faut que les deux parents le possèdent, et que seules les femmes en héritent. Pour les hommes, c'est encore une autre histoire, mais ne compliquons pas tout maintenant. Ta mère était très déroutante pour moi. Ce n'était pas ma première fille, mais elle était extraordinaire.

J'avais donc en tout cas une tante. Super. J'espérais qu'elle n'avait pas envie de me tuer, elle.

Il avait parlé de manière si désinvolte… Combien y avait-il de membres de ma famille dont j'ignorais l'existence ? Au-delà de mon père mort-vivant – ou vivant mort –, j'avais découvert que j'avais un frère. Quels autres parents attendaient, tapis dans l'ombre des secrets de Walter ?

— Cependant, continua-t-il, elle ne montrait aucune aptitude spéciale. Elle n'avait aucun don de télékinésie, elle était absolument désastreuse en préparation de charmes – tout comme en cuisine – et elle ne voyait pas les spectres. Mais elle avait ses rêves, et elle en savait toujours un peu plus que nous sur ce que nous réservait l'avenir.

» Je n'oublierai jamais la première fois qu'elle a parlé de ton père. Elle devait avoir six ans – pas plus – et elle s'était réveillée en hurlant. Ta grand-mère était absente ce soir-là, et je suis donc allé la réconforter. À cette époque, je n'avais pas la fibre paternelle. Tu me reprocheras de ne pas l'avoir maintenant plus qu'avant, mais j'ai beaucoup appris avec toi…

En effet, on ne pouvait pas dire de Walter que c'était un papa – ou grand-papa – poule. Il avait toujours maintenu nos relations à un strict minimum, et je ne pouvais pas l'imaginer dans le rôle de père. Il était bien trop fonctionnel pour être affectueux.

— Je me suis rendu dans sa chambre. Les lumières étaient éteintes, et seule la lune illuminait la pièce, lui donnant une atmosphère pour le moins dérangeante. Ou peut-être que j'avais simplement senti que quelque chose n'allait pas. Viviane avait hurlé si fort que tous les poils de mes bras s'étaient hérissés en l'entendant, et lorsque je la rejoignis, je fus d'autant plus effrayé. Elle était si petite, si fragile, et si terrorisée.

Les images s'imposaient à moi, et je les chassais aussi vite qu'elles arrivaient. Je n'avais pas envie de voir une enfant apeurée, une tête blonde qui allait devenir ma mère. Même si ce n'était qu'une chimère, je refusais de la laisser prendre corps dans mon esprit. Les paroles de Walter étaient bien trop chargées en émotions, et je ne voulais pas craquer. J'avais réussi à vivre plus de vingt ans avec une image floue de ma génitrice, je pouvais bien continuer quelques heures.

— À peine étais-je entré dans la chambre qu'elle se précipitait vers moi. Elle pleurait, et je n'arrivais pas à comprendre un traître mot de ce qu'elle disait. Elle répétait sans arrêt « Je ne veux pas ! S'il te plaît ! Je ne veux pas ! Ne le laisse pas ! » Encore aujourd'hui, cela me brise le cœur d'y repenser.

Il marqua une pause, perdu dans des souvenirs qui m'étaient inaccessibles. Il ne m'avait jamais vraiment parlé de ma mère, et la situation me mettait presque mal à l'aise, comme si j'avais été en train d'espionner l'intimité des voisins.

— Une fois que j'eus réussi à la calmer et à lui faire regagner son lit, je lui demandai ce qu'il se passait. Elle me raconta alors que, quand elle serait grande comme une adulte – je cite –, elle épouserait un vampire, mais qu'elle ne voulait pas, car c'était un homme mauvais, qui faisait énormément de mal à de gentilles gens. J'ai dormi avec elle cette nuit-là, ou plutôt, je suis resté auprès d'elle. Je n'ai pu fermer l'œil.

Je ne m'imaginais pas du tout Walter la veiller, et je ne pus réprimer une pointe de jalousie. Il avait appris énormément à mon contact, avait-il dit ? Jamais, jamais il ne m'avait veillée après un de mes cauchemars. Il fallait être réaliste : je n'étais pas sa fille, et jamais il ne m'aimerait autant. Je chassai ces sombres idées afin de pouvoir écouter la suite du récit. Il y avait plus important à l'heure actuelle.

— Bien sûr, j'avais entendu parler des vampires auparavant, j'en avais d'ailleurs côtoyé un certain nombre, et j'en comptais quelques-uns parmi mes amis de longue date. C'est une vieille race, presque aussi âgée que la nôtre. Une légende dit même que c'est nous qui les aurions créés, ajouta-t-il, une pointe d'amusement dans la voix. Mais je te raconterai ça une autre fois.

Oui, cela va de soi, tu me raconteras ça à l'occase. Toute l'histoire de ma vie.

— Ce qu'elle m'avait rapporté m'avait beaucoup perturbé. À cette époque, si elle avait déjà fait quelques songes qui s'étaient révélés exacts, elle n'en avait fait que très peu. J'évitai d'en parler à sa mère le lendemain, et, dès ce jour, je veillai à toujours lui demander si elle avait revu ce vampire. Mais elle n'en rêvait plus, et, finalement, je commençai à croire que c'était juste un cauchemar, et non une prémonition.

Eh bien, on dirait que tu n'es pas infaillible, Walterminator, pensai-je, maussade.

— Cependant, un matin, alors qu'elle était adolescente, elle est venue vers moi. J'étais à la cuisine, en train de boire un café en lisant le journal. Elle s'est assise silencieusement en face de moi, et m'a scruté jusqu'à ce que je la regarde. Elle avait des yeux énormes, bleus et magnifiques. C'est la plus belle femme que j'aie jamais vue, et je ne te parle pas de fierté paternelle. Tu lui ressembles tellement, dit-il en traînant la voix. Je suppose que cela vous met *ex æquo*.

Il souriait, mais je remarquais la tristesse au fond de ses yeux. On aurait dit que de me regarder lui était douloureux, et je commençais à me demander si ce n'était pas une des raisons pour lesquelles, bien qu'il ait toujours été là pour moi, il avait pris un soin méticuleux à laisser une distance entre nous.

— Elle m'a regardé, l'air sérieux, et m'a simplement annoncé : « Papa, j'ai rêvé du vampire à nouveau. Il est dangereux, vraiment dangereux, et le seul moyen de l'arrêter est que j'aie un enfant avec lui. » Elle paraissait si sûre d'elle… C'était comme si elle m'avait fait une courtoisie en me révélant cette information, qu'il s'agissait là d'un fait inéluctable, et que rien ne pourrait y changer quoi que ce soit. Et c'était certainement le cas.

Il me regardait toujours, mais j'étais persuadée qu'il ne me voyait plus vraiment. Il était à des années-lumière.

— Elle a ensuite refusé de répondre à toutes les questions que j'ai pu lui poser pendant très longtemps, fit-il amèrement. Elle ne m'a donné aucun détail. Elle ne voulait rien me révéler. Ni quand, ni comment… Rien. Alors que j'étais convaincu qu'elle le savait. Je me sentais impuissant. Je n'en parlai pas à sa mère, ne désirant pas l'inquiéter. Avec le recul, je me dis que j'aurais peut-être dû le faire, que cela aurait empêché beaucoup de choses…

Il commençait à traîner de plus en plus la voix. Cela devait lui coûter énormément de se replonger ainsi dans le passé, et la douleur se lisait sur son visage comme dans un livre ouvert.

— Quand elle eut atteint ses dix-huit ans, elle accepta de m'en apprendre plus, un soir où je la harcelai de questions, furieux. Ses yeux, lorsqu'elle m'avait avoué qu'elle devait stopper cet homme en ayant un enfant avec lui, étaient si graves, vois-tu, qu'ils me hantaient. Je sentais qu'elle ne m'avait pas tout dit. Je le savais, et ça me rendait fou, car la chair de ma chair était en danger.

» Ce soir-là, elle me révéla ce que je redoutais d'entendre. Elle aurait un enfant, qui tuerait ce vampire, et elle succomberait après lui avoir donné naissance. En la poussant, j'appris que ce serait cet homme qui causerait sa mort. Mais elle ne voulut pas me dire son nom, elle refusa de me donner un seul détail qui aurait pu me permettre de remonter jusqu'à lui, et de l'éliminer avant que le mal soit fait.

» Je l'ai suppliée, des heures durant, mais rien n'y fit. Le lendemain, elle s'était envolée, et sa mère avec. Elle lui avait bien sûr raconté ses rêves, et ta grand-mère avait décidé de l'aider. C'était aussi un sacré bout de femme, ta grand-mère. Viviane ne tenait pas son caractère de nulle part…

Ses yeux se focalisèrent à nouveau sur moi, comme s'il s'était soudain souvenu de ma présence. J'en frissonnai.

— Je n'eus plus de nouvelles d'elles pendant quelques années, reprit-il, de la dureté dans la voix. Malgré mes recherches incessantes. Ta grand-mère devait les cacher sous un sort très efficace, car elles avaient disparu de la surface de la Terre. C'était devenu une obsession devant laquelle j'étais impuissant, en dépit de tous les pouvoirs que je pouvais posséder, et je m'approchais lentement de la folie. J'infiltrai les milieux vampires, pour en apprendre plus sur eux, même si une voix en moi me disait qu'il était impossible que j'y trouve ton père, parce qu'il n'avait pas encore pu être transformé, puisqu'il devait avoir un enfant d'abord. J'en tuai cependant un grand nombre qui pour moi ne méritait pas de vivre, par rage et frustration. Jusqu'au jour où tu es arrivée.

» C'était un beau matin de septembre, le ciel venait de virer au bleu clair, et je rentrais à peine à la maison après une longue nuit. Comme toujours après une chasse, je n'avais pas sommeil, et j'avais allumé la télévision en débouchant une bière. Les nouvelles du jour étaient d'un ennui mortel, et j'eus tôt fait de zapper sur un soap opera qui avait beaucoup de succès à l'époque.

Je ne sus pas ce qui me choquait le plus entre l'idée de le voir avec une bière et celle de l'imaginer regarder un soap opera. Il ne buvait jamais. Les bouteilles qu'il possédait devaient toutes être plus vieilles que moi. Quant aux feuilletons, que dire ? Walter n'était pas ce genre d'homme.

— Très vite, cependant, j'entendis un bruit à l'extérieur. Je n'aperçus rien en ouvrant la porte d'entrée, mais un gémissement attira mon attention. Sur le perron, un peu à côté du chambranle, assise contre le mur, et maculée de sang, se trouvait ta grand-mère. Elle tenait ce qui ressemblait à un petit paquet dans une couverture, et me regardait avec des yeux meurtris et suppliants.

Sa voix mourut en prononçant cette phrase, et il mit quelques instants à se recomposer. Mon grand-père l'avait-il aimée ? Quelle question stupide ! Bien sûr qu'il l'avait aimée. Cependant, l'imaginer amoureux avait quelque chose de… pas naturel. Tout comme l'imaginer père. Il n'était pas assez démonstratif pour pouvoir éprouver des sentiments, c'est ce que j'avais toujours pensé. Force était de constater que Walter m'était encore plus étranger que ce que j'avais cru jusqu'alors.

— Je la portai à l'intérieur. Elle succomba quelques minutes plus tard, me laissant seul avec le petit paquet qu'elle protégeait fermement dans ses bras, même après son dernier soupir. Ce petit paquet, c'était toi. Mais tu étais immobile, bleue, et tu ne respirais pas… Tes yeux étaient fermés, et tu semblais si paisible… Mon cœur s'est brisé quand j'ai compris que tu étais morte. J'avais perdu ma fille, ma femme, et ma petite-fille, et tout ça pour rien. Dans ta couverture, il y avait une lettre.

Il se leva, et me laissa seule avec mes pensées. Ça faisait un bon nombre d'informations à digérer d'un coup. Ma mère était médium, mon grand-père magicien ou quelque chose dans ce goût-là, et ma grand-mère pareil. Ah oui, j'étais morte quand j'étais bébé. J'oubliais.

Il revint quelques instants plus tard, une enveloppe brunie dans la main, et me la tendit. En la prenant, je me rendis compte que ce qui colorait le papier n'était autre que du sang séché, et très vieux. Celui de ma grand-mère ? De ma mère ? Je n'aurais pas le cœur de demander.

—Avec cette lettre, tu sauras tout ce que tu as besoin de savoir. Si tu as des questions ensuite, j'y répondrai.

Je regardai l'enveloppe un moment avant d'oser faire quoi que ce soit. Avais-je réellement envie de connaître la vérité, au final ? Si ce que Walter m'avait rapporté était vrai, ma mère était morte pour que je puisse venir au monde afin de tuer mon père. À côté de ça, les soap operas faisaient pâle figure.

Walter m'avait enfin parlé, et ce qu'il m'avait révélé soulevait beaucoup plus de questions que je n'en avais avant. Au fond de moi, avais-je réellement envie de connaître la vérité maintenant que je voyais à quoi elle pouvait ressembler ? En avais-je toujours à ce point besoin ? Non, aucunement. Ça peut paraître bizarre, mais je n'avais jamais vraiment eu l'impression que mes parents avaient existé. Bien sûr, je savais beaucoup de choses sur eux, tout ce que Walter m'avait raconté – et encore, après tout ce qu'il m'avait confié à l'instant, tout était à mettre à la poubelle. Mais je ne ressentais pas d'amour pour eux, ni de haine. Je ne les avais jamais connus, comment aurais-je pu ? C'est comme ces cousins qu'on ne voit jamais. Ils sont de la même famille, mais on n'a pas vraiment de sentiments pour eux. Et, étrangement, le fait que mon père ait pu assassiner ma mère me laissait indifférente. L'idée en elle-même était atroce, mais je ne l'avais pas vécu, et ça ne me paraissait pas plus tangible qu'un gros titre de journal.

Je saisis finalement l'enveloppe. Le papier était jauni là où il n'était pas maculé de sang. Je pris mon temps pour sortir la lettre, en tentant de maîtriser les tremblements qui essayaient de s'emparer de mes mains. En la dépliant, je découvris une écriture ronde et régulière, très agréable. L'écriture de ma mère.

« Papa,
À l'heure où j'écris ces mots, il me reste peu d'heures à vivre. Lorsque tu les liras, je ne serai plus de ce monde. S'il te plaît, ne sois pas peiné par cette nouvelle. Je pars, calme et sereine, ayant eu tout le temps qu'il fallait pour m'y préparer.

J'accoucherai de ta petite-fille demain, et tu l'élèveras. Victor, le père, sait que je suis enceinte et ce que ça implique. Il nous recherche activement. Maman a réussi à nous cacher, de toi comme de lui, mais d'ici peu il nous aura retrouvées et il nous tuera. Elle arrivera à s'enfuir. Elle ne survivra pas, mais elle sera en mesure de t'amener ma fille. Je sais la peine que cela te fera, mais sache que, comme moi, maman a eu le temps de s'y préparer.

La petite sera morte à sa naissance, mais j'ai rêvé que tu la réanimais, et je n'ai pas peur. J'ai vu ce qu'elle pourra faire, et c'est magnifique. Tu seras fier d'elle comme j'aurais voulu que tu sois fier de moi. Cache-la, et élève-la en lui apprenant qui nous sommes, et ce qu'elle peut faire. Elle sera bonne, juste, et très puissante.

Sache que j'ai pensé à toi chaque jour depuis que je suis partie, et que tu as toujours été présent dans mon cœur.

Je t'aime,
Viviane

P.-S. Son nom est Maeve. Ne sois pas trop dur avec elle, et dis-lui que je l'aime. »

Je laissai la lettre m'échapper des mains.

—Qu'est-ce que tu as fait après ça ? demandai-je d'une voix blanche.

—J'ai fait ce qu'elle souhaitait. Je t'ai réanimée. Il n'a fallu qu'une secousse. Elle avait vu que tu vivrais, je n'avais donc aucune crainte à essayer. Je savais que je réussirais. Et ton cœur s'est mis à battre, comme un fou, comme s'il n'attendait que ça.

Ses yeux étaient encore perdus dans l'infini d'une autre époque. Il m'avait répondu sans même me regarder.

Je restai un moment sans bouger. J'écoutais le ronronnement de mon cœur, celui-là même qui n'avait pas battu dès ma naissance. Que penser de tout cela ? Il y avait tellement de choses qui ne tenaient pas la route…

—Elle a dit que je serais puissante, mais je n'ai aucun pouvoir, pas vrai ?

C'était davantage une affirmation. Je me connaissais, et je n'avais aucune capacité qui sortait de l'ordinaire, à part emmerder les gens rapidement.

—À ce que je sais, tu n'en as aucun. Ses rêves n'étaient peut-être pas si fiables, ou quelque chose a changé la donne.

—Mais pourquoi tu ne m'as rien dit, toutes ces années ? m'exclamai-je soudain, furieuse. Elle le voulait ! Elle t'a demandé de le faire !

J'avais réussi à garder mon calme longtemps, mais lire cette lettre avait fini de me déconténancer. Et après tout, m'énerver était ce que je savais faire le mieux.

—Ta mère et ta grand-mère sont mortes, je n'avais pas l'intention de te perdre toi aussi… Après que j'eus animé ton cœur, continua-t-il après une courte pause, je suis parti de la maison pour ne plus jamais y revenir. Je t'ai cachée, si bien que personne n'aurait jamais dû te trouver. Et j'ai mené l'enquête. J'ai beaucoup appris, et j'ai renoncé à me venger tant que tu serais en vie.

—Je ne comprends pas vraiment, dis-je.

Je ne comprends rien du tout, en fait. Tant que je suis en vie ? Ça veut dire quoi ? Qu'il pense que je vais bientôt y passer ?

—Les hommes de notre famille sont... spéciaux.

—Ça, j'ai cru remarquer, lâchai-je amèrement.

Il eut l'air assez passablement amusé.

—Nous ne pouvons pas mourir, dit-il d'un petit ton fataliste.

Ça ne me faisait pas rire. Du tout. Je recommençai à secouer la tête frénétiquement.

—Non, non, non, non, non! hurlai-je. Ça suffit! Je ne goberai plus un seul de tes mensonges! Je sais que tu mens!

—Je ne te mens pas, princesse, dit-il calmement. Si ce que je t'ai montré ne t'a pas convaincue, je peux essayer autre chose.

Je le regardai avec un air hargneux. J'avais envie de partir d'ici, d'aller le plus loin possible, de ne jamais revenir. Pas étonnant que ma mère se soit tirée dès qu'elle avait été majeure.

—Et mon frère ? demandai-je froidement.

Walter parut gêné. Ou plutôt, *très* gêné.

—Je... Comment sais-tu ?

—Lukas, répondis-je rageusement.

Ma colère ne retombait pas. Je me levai de ma chaise et frappai violemment la table de la paume de la main, ce qui le fit sursauter. Ensuite, comme il ne parlait pas, je me mis à faire les cent pas dans la pièce.

—Si tu ne me dis pas tout, si tu déguises la vérité, comment tu veux que je te fasse confiance, comment tu veux que j...

—Ta mère était enceinte de jumeaux, me coupa-t-il d'un ton douloureux.

Je m'arrêtai net. Je ne l'avais pas vue venir, celle-là. J'avais pensé qu'il s'agissait d'un grand frère, qu'elle avait eu avant.

— Ça fait partie des choses que j'ai apprises bien plus tard, continua-t-il. Elle attendait des jumeaux, et comme ton père savait qu'elle aurait un enfant, ce qu'elle était, et qu'il était au courant de ton existence, elle s'est sacrifiée avec son fils. Vois-tu, ton père ignorait si celui qui pourrait le tuer serait un garçon ou une fille, il ne l'a jamais su. En tuant ton frère, il a pensé te tuer toi.

— C'est absolument ignoble, dis-je, les larmes me montant aux yeux.

— Je sais, répondit-il d'un ton triste. Je sais… Et c'est pour ça que je ne désirais pas t'en parler. Ta mère croyait tellement en cette cause qu'elle était prête à se sacrifier, à sacrifier son fils et sa mère pour que tu puisses vivre.

Je sentis la nausée monter, douloureuse. Qui étaient ces gens ? Soudainement, je ne me sentais plus coupable de ne pas en vouloir à mon père d'avoir tué ma mère. Qui est prêt à sacrifier sa famille entière pour un rêve ? Avait-elle seulement aimé mon père ? Certainement pas. Lui, l'avait-il aimée ? Grande question. Je n'avais qu'une version des faits, et une version très mince, mais elle suffisait amplement à nourrir le dégoût que j'éprouvais pour cette famille. J'avais envie de vomir, violemment. Sur toute cette histoire. Sur mon grand-père menteur et cachottier. Sur ma mère manipulatrice, psychopathe, et meurtrière par procuration. Dire que je pensais ne pas être normale ! En cet instant, pour la première fois de ma vie, je n'avais plus l'impression d'être la source des problèmes. Je me voyais comme la résultante. Peut-être que j'aurais été équilibrée si j'étais née dans une autre famille.

— Je veux m'en aller, soufflai-je.

— Tu ne peux pas partir. Ils sont à ta recherche et…

— Je m'en fiche! lui criai-je au nez. Je n'en ai absolument rien à foutre! Qu'ils me trouvent, qu'ils me tuent, comme bon leur semble!

— Ne dis pas ça, princesse…

— Et ne m'appelle plus princesse! Nom de Dieu! Tu te rends compte de ce que tu as fait? Tu m'as menti toute ma vie! Je ne sais même pas qui tu es!

Les larmes jaillissaient de mes yeux à mesure que je parlais.

— Je suis désolé, dit-il. Vraiment, vraiment désolé. Mais tout ce que j'ai toujours fait était pour te protéger. Et encore maintenant, c'est la seule chose qui me tient à cœur. Il faut que nous nous entretenions avec Lukas, afin d'apprendre comment il t'a trouvée, qui d'autre est au courant, et après nous disparaîtrons, changerons de ville, d'identité, tout.

— Et laisser tous mes amis ici? Plutôt crever, Walter, plutôt crever!

— Maeve…

— Je ne veux plus te voir, dis-je en m'élançant en direction de l'escalier.

Je passai devant le grand sbire en arrivant dans le hall. Je m'arrêtai une fraction de seconde pour lui jeter à lui aussi un regard plein de hargne. N'obtenant aucune autre réaction de sa part qu'un vague lever de sourcil, je commençai à gravir les marches. Je les montai quatre à quatre, et entrai dans ma chambre, en claquant la porte le plus fort possible pour ponctuer mon état d'esprit. Mais ça ne me soulagea pas.

Je me laissai tomber sur le lit, la vision brouillée par toutes les larmes que j'étais en train de verser, et je m'en voulais. Je n'avais pas été capable de partir, malgré ce que j'avais dit à Walter. Je le haïssais, et pourtant, il y avait encore trop de questions auxquelles je n'avais pas de réponses. Je ne voyais qu'une personne qui pourrait me les donner maintenant.

Et malgré ce que j'avais pu hurler à la figure de Walter, je n'avais pas envie de mourir.

Je restai assise pendant des heures, à fixer du regard les murs de la chambre dans laquelle j'avais grandi. Juste des murs, qui ne cachaient rien que des mensonges, des secrets au goût plus amer que le sang qui avait déjà été versé ce soir-là. Et, des heures durant, une question me tortura l'esprit, m'empêchant de m'endormir bien que je sois exténuée et à bout dans tous les sens du terme.

Que suis-je?

Chapitre 13

Je n'avais aucune idée d'où j'étais.
La panique me fit me relever toute droite dans le lit et me garda de marbre jusqu'à ce que je parvienne à reconnaître les lieux. Je m'effondrai d'un coup sur le matelas et me mis à scruter le plafond.

J'étais toujours chez Walter, dans mon ancienne chambre, et la nuit était tombée. J'avais dû dormir toute la journée. Chapeau Regan. Je me souvenais d'avoir vu le soleil se lever, je devais avoir sombré peu après.

La lumière de la lune faisait danser les ombres des arbres sur le plafond, créant un ballet hypnotique que j'observai pendant une éternité. Je n'avais pas d'horloge sous les yeux, et je n'avais aucune idée de l'heure qu'il était. Je n'avais aucune envie de bouger de là où je me trouvais. La maison était totalement silencieuse, et c'était ce dont j'avais besoin. Le silence absolu.

Trois coups rapides me firent sursauter, brisant ma méditation, alors que la voix de Walter me parvenait, feutrée, à travers la porte.

— Maeve?

Et sans attendre une réponse de ma part, il ouvrit. Il n'entra pas dans la pièce, et je ne tournai pas la tête dans sa direction.

— Tu dors? demanda-t-il doucement.

Je soupirai. Je n'avais pas du tout envie de lui parler.

—Malheureusement pas, commentai-je en regardant l'ombre de la porte osciller sur le plafond.

Il l'ouvrit un peu plus pour faire un pas dans la chambre, laissant ainsi la lumière du couloir pénétrer avec lui.

—Princesse, je suis navré de devoir te demander ça, mais…

—Quoi ? lâchai-je froidement alors qu'il cherchait ses mots.

—Lukas, dit-il. Il désire te voir. Nous avons tenté de l'amener à collaborer, mais rien n'y fait. Il ne parle pas. Je pensais que peut-être…

Il ne termina pas sa phrase. Que peut-être qu'à moi, il parlerait. Super. Il m'avait déjà bien parlé, et j'étais sûre que je connaissais une grande partie des informations que Walter souhaitait obtenir.

Je mis un moment avant de répondre, les yeux toujours fixés sur le plafond. Il voulait que j'aille parler au vampire même qu'il refusait que je voie quelques heures plus tôt. L'hôpital qui se fout de la charité.

Je n'avais pas envie de voir Lukas. Cependant, j'avais quand même quelque intérêt à le faire, ne serait-ce que pour savoir comment il comptait s'y prendre pour m'utiliser comme appât, qui d'autre était au courant, et à quelle distance minimum il faudrait que je fuie si je tenais à la vie. Sans compter que, même si je refusais de me l'avouer, je me posais pas mal de questions sur mon géniteur, et que si Lukas voulait le tuer, il devait très certainement le connaître.

Sans bouger d'un millimètre, je répondis finalement à Walter.

—Je descends dans cinq minutes.

— Très bien, dit-il en s'effaçant de la porte avant de la refermer derrière lui.

L'obscurité regagna la pièce. Je soupirai une fois que le silence fut revenu. Je me relevai en prenant appui sur mes coudes et regardai autour de moi. J'avais grandi dans cette chambre, et maintenant je m'y sentais étrangère. Le même sentiment s'appliquait à Walter. Je ne savais plus qui il était, ni si je l'avais jamais su. Une partie de moi me soufflait qu'il n'avait toujours pas été entièrement honnête, et que discuter avec Lukas apporterait peut-être aussi de la lumière sur le sujet.

Je me levai en grognant. Il fallait que je me change. J'étais encore en robe, et je n'avais aucunement l'intention d'aller parler à mon ancien futur amant et ex-kidnappeur dans cette tenue. Ça aurait été prétexte à tout un tas de réflexions salaces et je n'étais pas d'humeur.

Je me dirigeai vers ma vieille armoire et l'ouvris, mais, dans le noir, il m'était impossible de discerner quoi que ce soit à l'intérieur. Je fis quelques pas vers la porte et tendis la main pour enclencher l'interrupteur. La lumière me provoqua instantanément une migraine de tous les diables. Je retournai vers ma garde-robe, et détaillai ce que j'y avais laissé. Je trouvai mon bonheur et en sortis un jean et un top noir, ainsi que des sous-vêtements propres. Je posai le tout sur le lit le temps de me débarrasser des habits que je portais jusque-là.

Ayant enfilé mon bleu de travail habituel et une paire de tongs qui traînait dans les parages, je me jurai de ne plus mettre de robe dorénavant. Puis je me dirigeai vers la salle de bains et y entrai sans allumer. Je m'aspergeai le visage d'eau, en prenant bien soin de ne pas regarder dans le miroir. Je ne voulais pas me faire peur avec la tête de déterrée que je devais avoir. Je m'attachai ensuite les cheveux en chignon serré et quittai la pièce.

Moins d'une minute plus tard, j'étais dans le hall. Walter, qui était alors assis à la table de la salle à manger en train de lire un journal comme si de rien n'était, se leva en me voyant arriver et me sourit lorsqu'il fut à ma hauteur.

— Il est en bas, m'informa-t-il en me désignant la porte de la cave du menton.

— Je sais, répondis-je froidement en me dirigeant vers cette dernière.

Je l'ouvris et fis un pas vers l'escalier quand je me rendis compte qu'il était sur mes talons. Je me tournai.

— Hors de question, dis-je sèchement.

— Princesse, il est impér…

— Non, le coupai-je. S'il veut me parler à moi, c'est qu'il y a des choses qu'il ne souhaite pas que tu saches. C'est pareil pour moi. Mais ne t'en fais pas, continuai-je sans me retourner, une fois que j'eus commencé à descendre l'escalier, je serai aussi honnête avec toi que tu l'as toujours été envers moi.

Je fus soulagée d'entendre la porte se refermer. Je me fichais bien que Walter soit témoin de ce que Lukas avait à me dire, et je lui rapporterais probablement tout au final, mais je n'avais aucune envie de passer plus de temps en sa présence en ce moment.

En arrivant en bas de l'escalier, je réprimai un cri de surprise. Lukas était bien là où je pensais le trouver, mais pas tel que je m'étais attendue à le voir. À vrai dire, j'ignore à quoi je m'étais attendue, à ce qu'il soit menotté au mur peut-être, je ne sais pas. Mais une chose était sûre, si je m'étais imaginé quelque chose, c'était à des années-lumière de… ça.

Menotté, ça, il l'était. Chacune de ses mains était reliée à une des parois sur ses flancs par des chaînes d'environ un mètre chacune. Il se trouvait au milieu d'un rond fait de symboles bizarres qui semblaient tracés avec du sang. Mais le plus impressionnant était qu'une barre de métal lui traversait le ventre, et était solidement ancrée aux murs. Le tout formait une croix au centre du cercle rougeâtre.

Tout le tableau jurait avec la cave que j'avais connue. Les murs gris et ternes étaient nus, les étagères qui y avaient jadis été fixées ayant disparu. À vrai dire, tous les meubles s'étaient volatilisés. Seule restait la collection de bouteilles de vin de Walter, à côté de l'escalier. La pièce était vide, excepté pour l'étrange spectacle qui se tenait au centre. Lorsque j'arrivai en bas de la dernière marche, je fus frappée de voir que Lukas ressemblait à un Christ crucifié, si ce n'était que la croix le traversait au lieu de le soutenir. Il lui était impossible de bouger dans cette position. S'il voulait s'échapper, il lui faudrait se débarrasser de la barre de métal. Mais comme les menottes le retenaient sur les côtés, lui écartelant presque les bras, il ne pouvait faire un pas en avant ou en arrière, et était tenu debout malgré lui par ses liens. Sa tête pendait vers le bas, et il avait l'air mort. Je souris à cette pensée.

— Bonjour ma belle, me dit-il. Ça fait un bail.

Il me regardait. Je ne l'avais pas vu se redresser. Ses traits étaient tendus, son visage pâle, mais rougi, et il semblait souffrir. Énormément. Mais un sourire déformait sa bouche. Il paraissait méchamment content que je sois là, et très amusé. Je fus troublée de voir que son regard n'avait rien perdu du magnétisme qu'il avait la veille, et je détournai aussitôt les yeux. Même attaché ainsi, il était terriblement désirable. Sa chemise blanche était toujours déboutonnée et montrait un torse dont la seule imperfection était le métal qui le traversait.

— De l'argent, me dit-il en m'observant détailler la barre. Douloureusement efficace.

— Bien, répondis-je en me recomposant. Très bien.

Je m'approchai de lui. Les murs gris donnaient une ambiance *glauquissime* au tableau qu'il offrait. La cave n'avait jamais été ma pièce préférée de la maison, et là, elle perdait définitivement toutes ses chances de le devenir un jour.

Je levai la tête, en évitant toujours de le regarder dans les yeux. Je n'avais jamais eu peur de soutenir le regard de quiconque dans ma vie, mais toutes les histoires de vampires que j'avais vues au cinéma me revenaient en mémoire, et je n'avais pas envie qu'il puisse jouer avec mon esprit. Je n'étais pas sûre que ce soit vraiment possible dans la réalité, mais jusqu'au jour précédent, je ne pensais pas non plus que les vampires existaient. La prudence me semblait donc tout indiquée.

— Tu voulais me parler, commençai-je.

Ce n'était pas une question.

— C'est pas plutôt toi qui as des choses à me demander ?

Je résistai à l'envie de le foudroyer du regard. Son léger accent – que je n'arrivais toujours pas à identifier – donnait une couleur hautement sensuelle à tout ce qu'il disait. Mais je n'étais franchement pas d'humeur, et surtout pas avec lui.

— Je ne suis pas venue ici pour jouer à un petit jeu débile. Walter a déjà répondu à toutes les questions que je pouvais me poser, bluffai-je.

Je marquai une courte pause.

— Il m'a dit que tu voulais me parler, alors parle.

Il parut déçu. Pas besoin de le regarder pour constater que ça ne se passait pas exactement comme il l'avait imaginé. Il sembla réfléchir un moment. La douleur mêlée à la concentration lui donnait un air très spécial, et je devais vraiment me retenir pour ne pas planter mes yeux dans les siens. Du coin de l'œil, je discernais toujours leur couleur étrange, et même si je n'arrivais pas pleinement à en apprécier la beauté, ils restaient frappants, comme brûlants sur ma peau.

— Pourquoi tu ne me regardes pas ? demanda-t-il finalement.

Et merde. Si les vampires pouvaient lire dans les pensées, j'étais dans la dèche. J'espérais sincèrement que ce n'était pas le cas, et qu'il n'avait pas eu accès à toutes les choses pas très catholiques qui m'étaient passées par la tête lors de nos rencontres précédentes.

— Je ne peux pas lire dans tes pensées, si c'est ce qui te fait peur, fit-il, un brin amusé.

— Étonnant que tu dises ça, c'est la question que j'étais en train de me poser.

Il sourit.

— Juste de la lecture pure et simple. Tu évites de croiser mon regard depuis tout à l'heure, ta bouche est pincée, tu sembles soucieuse, ou plutôt pas mal contrariée.

Qu'il lise en moi comme dans un livre ouvert ne devait pas aider à ce que j'aie l'air plus détendu, en tout cas. Crétin.

— Alors, dit-il, la voix plus mielleuse que jamais, pourquoi ne me regarderais-tu pas dans les yeux ?

Je n'aimais pas la provocation, et je fis le seul truc qui me passa par l'esprit. Je baissai les paupières et tournai la tête vers lui, le pointant du doigt.

— Pour que tu fasses ton vaudou sur moi en m'ensorcelant comme tu l'as fait pour me séduire et que je t'aide à t'échapper ? Hors de question !

Il se mit à rire. Évidemment, je devais avoir l'air ridicule comme ça. Ou tout court. J'ignorais tout des vampires. Peut-être que c'était du folklore, cette histoire d'envoûtement…

— Tu es adorable, tu sais, me dit-il.

Je sentis que mes lèvres étaient encore plus pincées qu'avant. Je détestais qu'on se moque de moi. De tout mon cœur.

— Connard, murmurai-je.

— Regarde-moi dans les yeux en m'insultant.

Cette fois-ci, il était énervé. S'il n'avait pas été enchaîné au mur et retenu par la barre en métal, je me serais enfuie à toutes jambes sans me retourner, en laissant mon ego derrière moi.

— Non, dis-je de la voix la plus assurée que je pouvais avoir.

— Regarde-moi dans les yeux ! tonna-t-il.

Ce fut comme si un vent de tous les diables m'avait heurtée de plein fouet. Je me retrouvai, sourcils froncés, à scruter la créature qui m'avait frappée de son courroux. Entre peur et défi, je braquai les yeux sur lui. Sans ciller.

Ses traits, jusqu'alors déformés par le cri qu'il avait lancé, se détendirent pour lentement se transformer en un sourire satisfait.

— Eh bien tu vois, ce n'était pas si dur, dit-il, visiblement content de lui.

— Vas-y maintenant, lâchai-je, les lèvres serrées par la colère. Contrôle mon esprit et oblige-moi à te libérer.

Je ne le quittai pas des yeux en prononçant ces mots. Hors de question que je montre le moindre signe de faiblesse maintenant qu'il avait gagné. Il me sourit en retour et commença à regarder autour de lui.

— Alors pour me libérer, il faudra d'abord me détacher les mains, ensuite briser le cercle de protection que ton grand-père a si gentiment tracé, et au final séparer cette barre du mur histoire que je puisse en sortir.

Il avait dit tout cela comme s'il avait parlé de décorer une maison. Je ne comprenais pas vraiment la démarche. Il ne me regardait même plus dans les yeux, comment espérait-il que j'allais l'aider ? Par pure sympathie ? Et vu que je n'étais pas sur le point d'obéir à ses moindres requêtes, il n'avait utilisé sur moi aucun pouvoir. Ou bien c'était exactement ça, la manipulation mentale. Me faire croire qu'il n'avait rien fait.

— Là, dit-il en pointant l'ancrage de la menotte gauche dans le mur, commence par détacher celle-ci, veux-tu ?

J'écarquillai les yeux. Il se foutait de moi, non ?

Je ne bougeai pas.

— Allons, on n'a pas toute la nuit, me pressa-t-il.

— Non, mais à quoi tu joues ? Comment espères-tu que je vais t'aider si t'utilises pas ton… truc sur moi ?

— De quel truc tu parles, mon chou ? De manipulation mentale ?

Je ne dis rien et acquiesçai.

— Allons ma belle, la manipulation mentale marche sur les humains, pas sur les vampires. Maintenant, va détacher ce lien qu'on puisse s'occuper du reste.

Je ne bougeai pas. J'étais pétrifiée. Mon cœur manqua quelques battements.

Il tourna la tête vers moi et me regarda de bas en haut. Je frissonnai lorsque ses yeux se posèrent sur moi.

— C'est une surprise ? Ça ne devrait pas. Je croyais que le vieux t'avait tout raconté ?

Mon cœur avait commencé à ralentir à nouveau, comme s'il voulait appuyer les dires de Lukas. Et ce dernier n'avait pas perdu une miette de l'effet que ses paroles avaient eu sur moi. Je secouai faiblement la tête.

— Tu ne t'es jamais demandé l'âge que devait avoir ton père pour être un vampire aussi puissant ?

— Tu mens, répondis-je sèchement.

J'avais de la peine à contrôler ma voix. Mes poings se contractèrent. Je pouvais sentir la colère monter, me chatouillant les articulations au fur et à mesure de sa progression.

— Comme tu voudras, ma belle, mais il est très, très vieux, et pour pouvoir le tuer, il faut que je sorte de là. On a un deal ?

Je tentai de rester impassible tandis que j'intimais à mon imbécile d'organe de continuer à battre. Jusque-là il m'obéissait.

— Tu mens.

Et sans attendre de réaction de sa part, je tournai les talons et remontai l'escalier lentement, comme une machine. Arrivée en haut, je fermai la porte sur la voix de Lukas qui me disait de revenir lorsque j'aurais changé d'avis, sur un petit ton amusé. Je m'appuyai contre le mur quelques secondes. Puis j'emplis mes poumons d'air et hurlai.

— Walter !

Je le vis à la table où nous nous étions parlé le jour précédent, dans la salle à manger. Je franchis la distance qui nous séparait comme une furie. Il ne semblait pas surpris, juste dans l'expectative.

— Dis-moi que c'est des mensonges ! grondai-je.

Il ne répondit rien, et me fit signe de m'asseoir, comme si j'allais passer un oral d'examen. J'étais tellement hors de moi que je ne pensai même pas à protester et pris place en face de lui, les poings sur la table.

—Dis-moi qu'il a menti, relançai-je froidement.

—À quel propos, princesse ? demanda-t-il calmement.

—Arrête de m'appeler princesse, bordel, je ne suis pas ta princesse, j'en ai marre de ces foutages de gueule.

Je me détendis un peu après avoir crié. Un silence passa. Jurer comme un charretier n'allait pas m'aider, et si ça avait fait sourire Walter hier, ça n'avait plus d'effet aujourd'hui.

—Il a dit que j'étais un vampire.

—Ah, ça…

Il parut pensif. Son menton était légèrement relevé, et il se grattait négligemment la barbe qu'il n'avait pas.

—Oui, ça, repris-je sur le même ton, accentuant le dernier mot. Il a menti, n'est-ce pas ?

Il y eut un silence un peu trop long à mon goût. Il reposa sa main sur la table.

—Merde Walter ! Tu te fous de moi ?

—Je crains fort que ce ne soit techniquement vrai, dit-il sans me regarder dans les yeux.

Il observait toujours ce fichu plafond.

—C'est impossible !

Bien sûr que c'était impossible. Mon cœur battait jusqu'à mes oreilles, me prouvant qu'il était bien là, bien vivant.

—Je ne bois pas de sang, je vis la journée, je respire, j'adore l'ail, je n'ai pas peur des croix, rien de tout ça !

Encore une fois, Walter garda le silence, évitant de croiser mon regard.

—Arrête ça, bon Dieu ! hurlai-je.

Il baissa enfin les yeux vers moi.

—Pendant de longues années, j'ai pensé que ta mère allait épouser – comme elle le disait étant petite – un homme qui serait transformé par la suite. Ce n'est que plus tard, après que tu es née et que j'ai mené mon enquête, que j'ai su que tel n'était pas le cas. Ton père est âgé de plusieurs siècles, et bien que cela reste totalement impossible, il a eu un enfant, toi.

— Deux, corrigeai-je machinalement, hors de moi. Il en a eu deux.

Je devais être en train de rêver. Qu'un vampire que je ne connaissais pas me le dise, passait encore. Mais que Walter le confirme, pas tout. Je commençai à respirer très rapidement, sans pouvoir m'arrêter. Mes poumons ne m'obéissaient plus. Ce n'était pas possible. J'étais en plein cauchemar. J'allais me réveiller. C'était un mauvais rêve. Un très mauvais rêve. C'est tout.

— Maeve, fit Walter en tentant de me prendre la main.

— Ne me touche pas! hurlai-je en me relevant vivement, entraînant avec moi la chaise, qui chuta en provoquant un bruit sourd lorsqu'elle percuta le sol.

Je sentais les larmes couler en torrents sur mes joues, m'inonder la bouche, et terminer leur périple dans mon cou.

— Maeve, reviens t'asseoir, s'il te plaît.

— Hors de question, répondis-je en essuyant mon visage à l'aide de mon avant-bras. Dis-le.

Je le regardai avec un air de défi. Les larmes continuaient de courir sur ma peau, mais je ne sanglotais plus. J'attendais.

— Je n'ai aucune idée de comment ta mère s'y est prise, avoua-t-il finalement. Mais le fait est là, tu es née.

— Dis-le, répétai-je froidement, contenant la rage dans ma voix.

— Tu étais morte quand tu es venue au monde, et j'ai bien peur de ne t'avoir fait vivre qu'artificiellement.

— Je veux te l'entendre dire.

Il marqua une pause. Toujours pensif, toujours en train de chercher ses mots. Toujours aussi énervant.

— Tu n'es pas humaine.

Je reçus cette phrase comme un coup de poing. Je m'étais attendue à un « tu es un vampire », ce qui était *grosso modo* ce que Lukas venait de me dire, mais pas à ça. C'était comme s'il me retirait toute humanité.

— Dis-moi que je suis un vampire, en me regardant droit dans les yeux.

Il tourna ses deux glaciers dans ma direction, et j'y décelai de la tristesse. Et pour être honnête, je n'en avais rien à foutre.

— Je ne sais pas précisément ce que tu es, princesse. Ta mère était sorcière et ton père est vampire, le mélange exact que cela donne, je l'ignore. Mais ça ne change rien à ce que tu es, une jeune femme forte, très intelligente et…

— Épargne-moi tes conneries, bordel! hurlai-je à en faire trembler les murs. Est-ce qu'il a dit la vérité? Est-ce que je suis un vampire, oui, ou non?

Il se leva et fit quelques pas, comme si mon accès de rage pure le laissait totalement indifférent. J'avais envie de prendre une des chaises qui étaient autour de la table pour le rouer de coups jusqu'à ce qu'il réponde enfin à mes questions.

— Tu ne fais que me mentir, ou mentir par omission, dis-je devant son silence absent. C'est pareil. Je veux connaître la vérité.

J'avais de la peine à contrôler ma voix. Jamais de ma vie je n'avais été autant en colère, et pourtant Dieu sait que je passais plus de la moitié du temps à l'être. Mon cœur cognait tellement fort dans ma poitrine que j'avais l'impression qu'il essayait d'en sortir, qu'il martelait mes côtes pour se frayer un chemin. C'était douloureux.

Peut-être qu'il battait si fort juste pour me dire qu'ils avaient tort, et qu'il était vivant, qu'il était humain, qu'il était normal.

Walter s'était arrêté devant une fenêtre et sondait distraitement l'obscurité qui régnait dehors. Quand il reprit la parole, sa voix n'était qu'un murmure.

—J'ai toujours pensé que j'arriverais à te tenir éloignée de tout ça…

À nouveau, il marqua une pause. Je n'en pouvais plus. Comme s'il ne se rendait pas compte qu'il avait un interlocuteur, qu'il se parlait à lui-même, et que je n'étais pas là. Bordel. Comme si je n'existais pas. Mon cœur se mit à ralentir sensiblement.

—Il y avait une raison.

Il se retourna, et me regarda dans les yeux, sans ciller.

—Après que ta mère et ta grand-mère sont mortes, j'ai appris que les visions de Viviane n'étaient pas les seules te concernant. Malheureusement, les autres n'étaient pas aussi réjouissantes.

Il baissa les yeux vers ses pieds quelques instants. Lorsqu'il les releva, j'eus l'impression d'être frappée de plein fouet par une arme invisible.

—Depuis très longtemps, il est dit que seul l'enfant de Victor pourra le tuer, mais que s'il le fait, il servira le mal et deviendra alors plus puissant et plus dangereux que son père l'a jamais été. Cet enfant, c'est toi, Maeve.

Il soutint mon regard, comme pour voir comment je prenais la nouvelle. Étrangement, l'unique chose qui me marquait vraiment dans ce qu'il venait de raconter, c'est que j'entendais le nom de mon père pour la première fois. Je l'avais déjà lu, mais ce n'était pas pareil. Il venait de faire son apparition dans un monde tangible. L'homme qu'on m'avait vendu comme étant mon géniteur pendant plus de vingt ans s'appelait Richard, était agent en assurance et très bon tennisman. J'avais l'impression que le sol se brisait sous mes pieds. Je ne sentais plus mes jambes.

— Si je ne t'ai jamais rien dit, c'est parce que je ne souhaitais pas que tu te mettes en tête d'aller le tuer.

Je laissai échapper un petit rire amer.

— Tu ne voulais pas que je devienne maléfique, le corrigeai-je durement.

Les sanglots avaient quitté ma voix. Il ne restait que de la colère froide.

— Je ne voulais pas que tu te fasses tuer.

— Pourtant si les visions sont vraies, c'est moi qui aurai sa peau. Pas le contraire.

Le regard que je lui renvoyais n'était que haine pure. Il m'avait caché la vérité tout ce temps par peur que je décide d'aller égorger des chiots.

— Tu ne comprends pas, me dit-il comme s'il s'adressait à un enfant. Tu ne peux pas, tu ne dois pas le tuer.

— Tu n'as pas confiance en moi, pas une seule seconde, lâchai-je sèchement, sans attendre qu'il ajoute autre chose. Tu es sûr qu'à la moindre occasion, je vais me transformer en créature maléfique et aller répandre le mal du Ciel jusqu'en Enfer !

— Maeve, ce n'est pas ce que j'ai dit…

— Non, c'est ce que tu as fait !

J'accentuai volontairement le dernier mot. Walter me regardait avec un air triste. Le silence gagna la salle à manger, et je me rendis compte que mon cœur ne battait pour ainsi dire plus. Je secouai la tête. Je comprenais maintenant pourquoi il l'avait fait auparavant. Je n'étais pas humaine, pas sorcière, pas vampire. Je n'étais rien. Je n'étais même pas vivante. Je ne l'avais jamais été.

Je me tournai et sortis de la pièce.

—Maeve, où vas-tu ? demanda Walter sans bouger.

Je m'arrêtai sans me retourner.

—Loin d'ici, de tous ces mensonges. Et je ne veux pas que tu me suives. Ni toi, ni ton gros nounours.

Sinon je tue mon père, pensai-je.

Et il ne m'empêcha pas de rejoindre la porte et de partir.

Je dus patienter plusieurs heures, mais Walter finit par quitter le domicile juste avant que le jour se lève, talonné par l'Indien scarifié dont le nom m'échappait toujours. Il me faudrait agir vite.

J'entrai précipitamment dans la maison lorsque je fus sûre qu'ils étaient loin et me dirigeai vers la cave. Une fois arrivée en bas des marches, je découvris un Lukas qui me regardait avec un énorme sourire.

—Soirée mouvementée ? me demanda-t-il avec le même amusement dans la voix que celui qui était peint sur son visage.

Je le dévisageai et, pendant une fraction de seconde, je doutai fortement d'avoir pris la bonne décision.

—Je savais que tu viendrais me libérer, au final.

—Et pourquoi ça ? lâchai-je sans sympathie aucune.

—Mon charme, fit-il d'un petit air détaché.

Je lui lançai un regard noir. Je n'étais vraiment pas d'humeur pour ces conneries.

—Je te libère, dis-je. À une condition.

Ses yeux brillants me parcoururent. Ils souriaient comme sa bouche.

—Tout ce que tu veux, ma belle, répondit-il.

—Tu vas m'aider.

Son rictus s'élargit encore plus, si c'était possible.

— T'as envie de liquider ton père, hein. Papa tue maman, et hop, on veut tuer papa. C'est tellement mignon, fit-il d'un ton feint de tendresse.

— Non.

J'avais parlé si fermement que, moi-même, j'en fus étonnée.

Il plissa les yeux et m'observa en penchant légèrement la tête. L'air amusé avait quitté son visage. Il attendit que je reprenne la parole, me questionnant du regard.

— Mon père, j'en ai rien à foutre, dis-je calmement. Ma mère, elle a cherché ce qui lui est arrivé.

Il parut surpris et, à mesure que je parlais, je pensais de plus en plus que j'étais en train de faire une connerie monumentale. Walter avait dit que ma mère était une tête brûlée ? La pomme ne tombe jamais bien loin de l'arbre, il faut croire.

— Je veux que tu m'apprennes à être un vampire.

Chapitre 14

Deux crocs blancs luisaient malgré la lumière blafarde de la cave.

Je les regardai, comme hypnotisée, passant sans même le souhaiter ma langue sur mes propres canines, me demandant si elles allaient elles aussi s'allonger un jour, comme celles de Lukas venaient de le faire sous mes yeux. Tout me semblait possible.

— Tu me plais de plus en plus, petite, dit-il d'une voix suave.

À peine eut-il prononcé ces mots que je fis un pas dans sa direction pour me saisir de la barre de métal qui lui transperçait le corps et la déplacer violemment sur la droite. Il se tordit instantanément de douleur en poussant un gémissement plaintif. Il me sembla entendre une injure, mais je ne la pris pas personnellement.

— Personne ne m'appelle « petite », déclarai-je en le regardant dans les yeux une fois qu'il se fut redressé. Je croyais que j'avais été claire sur ce point.

Il se força à sourire, mais je voyais bien qu'il souffrait, et qu'il n'en était pas spécialement content. Dommage, beau brun.

Il me dominait de plus d'une tête, et, malgré le sourire forcé, ce fut d'un ton foncièrement mauvais qu'il me dit :

— Tu risques bien de me payer ça, chérie.

Je lui rendis un sourire aussi faux que le sien, et l'air tout aussi mauvais qui allait avec.

—Et comment tu comptes faire ça, chéri, demandai-je en accentuant le dernier mot, vu que tu es attaché et que c'est moi qui ai la main sur la barre ?

Et en disant cela, je la fis tourner. Il ne réagit pas comme la première fois, mais je vis à son expression qu'il n'appréciait pas pour autant, malgré le rictus pervers qui se dessinait sur son visage.

—Je peux tout aussi bien te laisser ici et attendre que Walter te tue, ajoutai-je.

Il se mit à ricaner.

—Tu me plais définitivement de plus en plus, minauda-t-il. Toute cette rage, cette détermination, et cette cruauté naturelle… Tu feras un excellent vampire.

Il passa sa langue sur ses canines et je perdis instantanément mon sourire. Ce n'était peut-être vraiment pas une bonne idée. À quoi m'attendais-je, au juste ? À développer des super pouvoirs et à m'amuser comme une folle pour l'éternité en étant un vampire vertueux, pour prouver à Walter qu'il avait tort ? Hmm hmm, mauvaise idée. Mon cœur se remit à battre dans ma poitrine, et je me rendis compte à ce moment qu'il avait été silencieux pendant plusieurs minutes. Cela me désarçonna encore plus. Lukas ne manqua pas de le remarquer, et son sourire carnassier s'élargit de plus belle.

—Oh, et pour information, fit-il alors sur un ton de confidence, Walter ne me tuera pas. Il me gardera peut-être ici très longtemps, mais ce vieux fou a une dette envers moi. Je lui ai sauvé la vie.

Il avait dit la dernière phrase d'une manière si désinvolte qu'il aurait tout aussi bien pu m'annoncer qu'il était passé chercher ses chemises au pressing. Je dus faire un effort surhumain pour ne pas me décomposer sur place.

—Tu vois, il te manque encore beaucoup de pièces du puzzle pour essayer de jouer les caïds. Maintenant c'est moi qui ai un deal à te proposer, petite.

Il prit un malin plaisir à appuyer sur ce mot, et je n'eus même pas le réflexe de bouger la barre, que je tenais toujours fermement. Il avait sauvé la vie de Walter. Quand? Pourquoi?

—Je t'écoute, dis-je finalement dans un murmure, après un moment d'hésitation.

Il laissa passer quelques secondes. Je savais que c'était volontaire, afin de pouvoir profiter du fait que, bien qu'il soit attaché de toutes parts et que j'aie en main une arme qui pouvait lui être très douloureuse, il avait le dessus.

—Tu ne veux peut-être pas tuer ton père, mais moi, si. Je le cherche depuis des siècles, et tu es la première vraie possibilité qui se présente pour le faire sortir de son trou. Alors je t'aide à devenir un vampire, comme tu dis, et toi, tu me sers d'appât, comme ça aurait dû se passer dès le départ.

Je le regardai un moment, tout un tas de questions se bousculant dans ma tête.

—Pourquoi tu veux tuer mon père? demandai-je finalement.

—C'est pas tes affaires.

J'eus un sourire exaspéré. Il était vraiment incroyable, dans son genre.

—Si tu veux m'utiliser et que ça risque de me faire tuer, désolée, mais je crois que ça l'est.

Et pour la première fois depuis ce qui me paraissait une éternité, j'avais de nouveau de l'assurance.

Il sembla réfléchir pendant un instant.

—Si tu es entraînée, et que tu es capable de te défendre, il n'y a aucune chance qu'il t'arrive quoi que ce soit.

—Ça ne répond pas à la question, dis-je.

—Je sais.

Nous nous dévisageâmes pendant un long moment, aucun de nous prêt à céder.

—Avons-nous un deal ? demanda-t-il au bout d'un moment.

Je repassai mentalement les choix qui s'offraient à moi. Je pouvais changer d'avis et fuir avec Walter, en prenant sur moi le fait qu'il m'avait menti dès qu'il en avait eu l'occasion et passer outre, pour mener une vie à l'abri du danger, même si ça signifiait bouger souvent. Ou je pouvais rester sur ma première impulsion et essayer d'embrasser le côté vampire en moi et voir si elle était bien l'origine de mon tempérament instable et de mon goût pour la violence. Mais ça impliquait de partir à la recherche de mon père et l'éliminer. Ça ne faisait pas partie de mes plans, mais après tout, cela m'assurerait une existence tranquille par la suite. Plus besoin de fuir un passé auquel je n'avais pas pris part et qui voulait me rattraper.

Je remarquai que Lukas n'avait pas cessé de m'observer. Son regard était hypnotisant, scintillant imperceptiblement, et j'avais l'impression que tout mon corps était happé malgré lui, bien que mes pieds ne bougent pas du sol. C'était déroutant.

Je clignai finalement des yeux et la sensation disparut.

—On a un deal, répondis-je après une dernière seconde d'hésitation.

Il sourit et je vis que ses dents s'étaient rétractées. Et pour une fois, il n'y avait rien de carnassier, de pervers, ou de méchant dans le sourire qu'il m'adressait. Il semblait content, et, quelque part, il me paraissait nettement plus effrayant comme ça.

—Je te serrerais bien la main, dit-il, mais…

Il fit un petit signe de tête en direction de ses menottes. J'avais complètement oublié. Il fallait le détacher, et foutre le camp d'ici au plus vite.

— Comment je fais ? demandai-je. Tu sais où sont les clés ?

— Je ne pense pas que Walter soit assez fou pour ne pas les garder sur lui, répondit-il. Tu vas devoir les arracher du mur. Ça ne devrait pas te poser de problème.

Je le regardai d'un air perplexe.

— T'es pas censé avoir une force surhumaine ? T'as qu'à les arracher toi-même, je suis pas ta bonne.

— Chérie, me dit-il avec un petit ton condescendant, je veux bien que tout cet univers soit nouveau pour toi, mais réfléchis deux secondes. Si ça avait été possible, je l'aurais fait depuis longtemps.

Il me lança un regard entendu. Je me sentis stupide. Évidemment qu'il l'aurait fait. Le piège à vampire était bien conçu. La barre en argent l'affaiblissait assez pour qu'il ne soit pas capable d'arracher ses menottes du mur. Il ne pouvait donc pas se débarrasser de ladite barre pour pouvoir effacer les symboles du cercle qui, je commençais à m'en douter, devaient l'empêcher de pouvoir en sortir. J'étais vraiment une cruche. Et si la magie de Walter fonctionnait, il ne pourrait pas effacer lui-même les symboles, sinon ce ne serait pas un piège.

J'observai la barre de métal. Elle traversait la pièce et était solidement attachée aux parois opposées. Comme elle en faisait toute la longueur, il faudrait qu'il pivote pour profiter de la diagonale et avancer vers l'escalier afin de s'en libérer. J'admirai malgré moi le génie de mon grand-père. Même si Lukas avait réussi à arracher ses menottes du mur, il n'aurait pas pu se débarrasser de la barre de fer, ne pouvant sortir du cercle. La prison haute sécurité à la mode Houdini.

Je me dirigeai vers le mur où était accrochée la menotte qui tenait sa main droite. Je saisis la chaîne et commençai à tirer de toutes mes forces. Rien ne se produisit. Et merde.

Pendant les trois minutes qui suivirent, je m'acharnai contre, sans que rien ne bouge.

—Dis voir, on n'a pas toute la nuit, fit remarquer Lukas d'un ton ennuyé.

Sans lâcher la chaîne des mains, je me tournai vers lui pour lui lancer un regard noir.

—Je te signale que c'est moi qui fais tout le boulot pendant que monsieur reste à bayer aux corneilles, alors tu pourrais me montrer un peu plus de considération, parce que je peux toujours changer d'avis et te laisser croupir ici.

Connard.

Je sursautai en entendant quelque chose craquer derrière moi. Je me retournai pour découvrir un trou dans le mur gris et nu, et voir le morceau de paroi manquant pendre au bout de la chaîne que je tenais encore dans ma main.

—Je savais que tu y arriverais si tu t'énervais, fit-il avec un sourire sincère.

—Connard.

Cette fois-ci, je l'avais dit à haute voix.

Je lâchai la chaîne qui alla s'écraser par terre avec un bruit sourd et me dirigeai vers l'autre en passant sous la barre d'argent sans jeter un regard à Lukas. J'arrachai la seconde du mur avec une facilité déconcertante, mais je n'avais pas le temps de m'en formaliser. Je la laissai rejoindre sa grande sœur au sol.

Je détaillai la barre. Pas trente-six solutions pour la faire sortir de ses gonds. Une baguette magique, ou un fer à souder. Je n'avais aucun des deux, évidemment. On néglige toujours l'utilité d'un fer à souder.

Je me dirigeai vers le fond de la pièce, dans le dos de Lukas, et saisis la barre d'argent à deux mains. Mais malgré tous mes efforts et le rush d'adrénaline, elle ne bougea pas d'un millimètre. Je la serrais tellement fort que mes doigts étaient devenus blancs. Je n'irais pas bien loin comme ça. Elle était très épaisse, très lourde, et insensible à mes supplications.

— Alors, tu prends ton temps ?
— Ça va, grommelai-je.

Je repassai sous la barre. Si je n'arrivais pas à la tirer, il faudrait que je la pousse, et je devais le faire dans le sens opposé à l'escalier. J'ôtai une de mes tongs. Pas très pratique pour ce genre de situation. Malheureusement, toutes mes vraies chaussures m'avaient suivie lors de mon déménagement, et je n'avais laissé que le minimum vital chez Walter.

— Ça risque de faire mal, dis-je, sans savoir si je m'adressais à lui ou à moi.

Puis je pris une grande inspiration et donnai un coup de pied aussi fort que je pus. Bordel, ça faisait un mal de chien. Je sentis les élancements remonter par vagues jusqu'à mon genou tandis que la plante de mon pied protestait fermement.

Mon cri fut étouffé par le hurlement que Lukas poussa au même instant. Il souffrait visiblement plus que moi. Et j'osais me plaindre. Monde ingrat.

La barre avait bougé mais n'avait pas cédé. Je gardai le pied appuyé contre elle, le froid du métal soulageant ma douleur, offrant un répit bienvenu.

— Je vais devoir recommencer, le prévins-je.

—Merveilleux, dit-il entre ses dents. N'y prends pas trop de plaisir.

—Pas de risque.

Et en effet, rien que l'idée de redonner un coup de pied dans la barre me coupait toute la joie que j'aurais pu ressentir à la perspective qu'il souffre.

Je frappai une deuxième fois dans la barre après avoir pris une grande inspiration. La douleur que m'avait infligée le premier choc rendit le contrecoup du deuxième plus supportable. Mais la barre était toujours fixée au mur.

Lukas avait hurlé à nouveau, et tous les poils de mes bras s'étaient hérissés. Même si ce n'était pas quelqu'un que j'appréciais énormément, le son qui sortait de sa gorge était à briser le cœur.

—Encore une. La dernière, dis-je, en essayant d'avoir l'air rassurante.

Et je donnai un autre coup dans la barre, qui s'effondra deux mètres plus loin dans un vacarme assourdissant. Entre le bruit de métal frappant le sol à grande vitesse, celui du mur qui s'arrachait et le hurlement de Lukas, mes oreilles firent une overdose avant de bourdonner clairement.

Je me baissai pour rattraper ma chaussure après avoir reposé douloureusement mon pied à terre. Je me rendis compte que je saignais. Je m'étais arraché un bout de peau sur la cheville malgré le jean, sûrement en touchant le mur lorsque je donnais des coups. Et ça faisait un mal de chien. La chair était à vif jusqu'au talon… Génial. Je remis ma tong en grimaçant et retournai vers Lukas en boitillant. Je vis ses yeux briller quand il remarqua mon pied.

—Pas touche, dis-je, d'un ton entre souffrance et méchanceté.

—T'inquiète, j'ai aucunement l'intention de me suicider ce soir.

Juste, j'avais oublié ce détail.

La barre avait pivoté, mais Lukas n'avait pas bougé de son cercle. Je me rendis à l'extrémité proche de l'escalier pour enlever le bout de mur qui y tenait encore. Il céda sans effort et se brisa à peine eut-il touché le sol. Le jour rêvé pour porter des tongs. Vraiment.

— Ça va ? demandai-je à Lukas en retournant vers lui.

— Ça ira mieux quand je serai sorti d'ici, répondit-il, les dents serrées.

Je le regardai sans bouger. Puis mes yeux descendirent vers le cercle.

— Tu ne peux vraiment pas en sortir ?

— Non, c'est pas conçu pour être effacé de l'intérieur, Einstein, sinon ce serait inutile.

Je ne relevai pas le sarcasme, perdue dans mes pensées.

— Bon, tu t'actives ? me demanda-t-il.

Je redressai la tête pour l'observer. C'était ma dernière chance de faire demi-tour. Ses yeux brillaient doucement, et, bizarrement, en ce moment précis, je ne me méfiais plus de lui.

Je chassai la peur qui me tétanisait malgré tout et me baissai pour gratter le sol. On aurait dit du sang séché, et ça craquelait à mesure que je frottais.

— C'est bon, fit-il lorsque j'eus réussi à effacer la quasi-totalité d'un des symboles incompréhensibles qui l'entouraient. Maintenant, bouge-toi, que je puisse sortir.

— Je t'en prie, dis-je, n'appréciant que peu la manière dont il venait de me parler.

Cependant, je me relevai et me tirai du passage. Puis j'observai sans intervenir son chemin douloureux jusqu'à l'extrémité du pieu géant. Chaque pas semblait lui coûter plus que le précédent, mais il continuait à avancer. Derrière lui, l'argent était rougi, et, lorsqu'il s'extirpa du dernier rempart de sa prison, la moitié de la barre était écarlate. Mais ce n'était pas ça le plus impressionnant. Mon ventre se mit à émettre un bruit bizarre, et avant que j'aie compris ce qui m'arrivait, j'étais en train de vomir de la bile, pliée en deux. Je n'avais rien mangé, et rien ne sortait vraiment, mais le réflexe vomitif était bien là.

Lorsqu'il s'était débarrassé de la barre, un trou de la taille d'un bol à céréales trônait au milieu de son abdomen, rendant ce qui restait de l'intérieur de son tronc visible. Je n'avais jamais vu l'intérieur d'un corps en face à face. Et je n'avais pas envie de retenter l'expérience de sitôt.

Je me relevai, en essayant de ne pas prêter attention au goût bizarre qui envahissait ma bouche, et évitai de le regarder.

—Allons, me dis pas que t'es une petite nature ? fit-il en rigolant. Regarde, c'est déjà fini.

Une curiosité morbide me fit tourner la tête, alors que mes tripes me criaient de ne pas lui faire confiance. Et en effet, c'était déjà fini. Là où je pouvais voir l'escalier à travers lui quelques secondes plus tôt se trouvait un ventre lisse et ferme, sans aucune trace, à part quelques petits résidus de sang qui y donnaient une couleur légèrement rosée. L'escalier n'était plus visible, et on aurait pu penser qu'aucune barre d'argent ne le transperçait l'instant d'avant.

Il me sourit.

—Allez, on fout le camp d'ici, ma belle. Je meurs de faim. Et toi aussi, tu devrais avaler quelque chose.

Sans attendre de réponse de ma part, il monta prestement les marches. Lorsque j'arrivai au rez-de-chaussée, la porte d'entrée était ouverte et il était déjà dehors. Le ciel était bien éclairci, mais le jour ne s'était pas encore levé.

Lorsque je débouchai dans la rue, je réprimai un cri. Lukas se dirigeait d'un pas décidé vers la seule âme qui vive se trouvant dans le quartier à cette heure-ci. Je me mis à courir. *Je savais que je n'aurais jamais dû lui faire confiance*, me maudis-je.

Léonor Bartowski, une de mes voisines d'environ cinquante ans, cherchait ses clés dans son sac à main, en face de sa vieille Volvo rouge. Je rejoignis Lukas juste quand il arrivait à sa hauteur.

— Mais t'es complètement cinglé ! hurlai-je en le poussant aux épaules. Il est hors de question que tu bouffes ma voisine !

Il fit la moue, puis se retourna vers Mme Bartowski qui ne semblait pas vraiment comprendre ce qui se passait, et avait l'air pour le moins effrayée, ses sourcils trop dessinés se rejoignant presque sur son front.

— Tout va bien, lui dit-il.
— D'accord, répondit-elle placidement.

J'étais trop émerveillée par ce qui venait de se produire pour remarquer qu'il s'était tourné vers moi et me dévisageait. Il venait de l'hypnotiser du regard. Je n'étais pas folle, c'est ce qui était arrivé. Elle restait calmement à attendre, et elle semblait sereine, la peur ayant quitté son visage.

— Je ne vais pas bouffer ta voisine, imbécile, me dit-il finalement, ce qui eut pour effet de me sortir de ma transe.

Je n'ai jamais spécialement aimé qu'on me traite d'imbécile. Je lui renvoyai un regard noir.

Il se tourna à nouveau vers Mme Bartowski, qui était comme figée, tranquillement, clés en main.

— Vous allez me donner vos clés, puis rentrer chez vous. Vous ne vous sentez pas très bien aujourd'hui, et vous avez envie de vous reposer.

— D'accord, répondit-elle simplement en lui tendant son trousseau.

Lukas l'attrapa.

— Et vous avez prêté la voiture à votre sœur. Allez, viens, me dit-il une fois que Mme Bartowski eut encore une fois acquiescé et qu'elle eut fait volte-face pour rejoindre son domicile.

Je fis le tour du véhicule et y entrai. Lukas prit la place du conducteur et démarra. Puis nous quittâmes le quartier et je me détendis un peu. Il n'avait pas mangé ma voisine. Et pour ce que j'en savais, elle ne se souviendrait même pas de nous avoir vus.

— Elle n'a pas de sœur, dis-je.

— Comment ?

Il garda les yeux sur la route. Je n'avais aucune idée d'où nous allions.

— Mme Bartowski. Elle n'a pas de sœur, répondis-je.

Lukas se mit à rire, et sur le coup, je ris avec lui. Ça faisait un bien fou, et évacuait une pression qui ne m'avait pas quittée depuis deux jours. Elle allait se poser beaucoup de questions lorsqu'elle voudrait retrouver sa voiture. Et sa sœur.

— Ramène-moi chez moi, dis-je au bout d'un moment.

— Pas moyen, ma belle. C'est là que tout le monde viendra te chercher en premier. Roy n'avertira pas Victor avant de pouvoir te livrer à lui, sous peine de se faire trancher la gorge en préambule. Walter aussi te cherchera là-bas, et il risque de très peu apprécier que tu te sois fait la malle avec moi.

Je ne répondis d'abord rien. Il avait raison. Je ne pouvais pas retourner chez moi. Malgré cela, une partie de moi n'était pas prête à laisser mon ancienne vie s'en aller sans se battre, même si j'étais à l'origine du choix.

— Toutes mes affaires sont là-bas, dis-je au bout d'un moment.

— Pas grave, on t'en trouvera d'autres.

Je gardai les yeux fixés sur la route, pensive. Beaucoup de choses étaient sur le point de changer.

— Où est-ce que je vais aller, alors ?

Pour la première fois depuis que nous avions pris la voiture, il se tourna vers moi pour me regarder. Et ses yeux brillaient d'une lueur malicieuse.

— Je vais te ranger dans mon cercueil.

Chapitre 15

L'endroit était gigantesque.
— Me dis pas que t'habites là-dedans, lâchai-je en faisant la moue.

Après avoir garé la voiture dans une ruelle sombre malgré le jour qui pointait de plus en plus, nous avions marché quelques minutes avant d'arriver devant ce qui, vu de l'extérieur, ressemblait furieusement à un entrepôt désaffecté. Le bâtiment avait dû être déserté des années auparavant. Les murs semblaient tellement vieux et décrépis que j'avais l'impression qu'il m'aurait suffi de souffler dessus pour que toute la peinture s'envole.

— *Mi casa es su casa*, me répondit-il, désignant la porte d'un geste théâtral.

Son accent – que je n'avais toujours pas identifié – teintait son espagnol de manière assez spéciale. Mais compréhensible. Je souris malgré moi en entrant, sur mes gardes, dans ma nouvelle demeure.

L'endroit était imposant. Les murs étaient terriblement hauts et me donnaient l'impression d'être encore plus petite que d'habitude. Ils devaient faire une vingtaine de mètres, se terminant par un toit voûté. Une quinzaine de mètres au-dessus du sol se trouvait un deuxième étage, sur la droite. Je ne remarquai aucun escalier qui pouvait y mener. Mais le local était tellement énorme qu'il devait bien se cacher quelque part.

—Qu'est-ce que c'est que cet endroit ? demandai-je alors que Lukas me regardait observer les lieux.

—Une ancienne fabrique de chaussures qui a été abandonnée dans les années 1950.

La salle avait été débarrassée de ses machines et il ne restait, çà et là, que les décombres de grandes tables et des lambris de bois. Les murs étaient défraîchis et craquelés, et les immenses fenêtres qui composaient le toit voûté étaient jaunies par le temps, laissant à peine entrevoir au travers des carreaux cassés que, dehors, le jour arrivait.

Génial, mais génial, pensai-je. *Il habite dans un entrepôt délabré. Viens vivre chez moi, qu'il avait dit. Merci pour le cadeau.*

—Allons, me pressa-t-il. Il faut que tu manges quelque chose et qu'on se repose avant ton premier entraînement.

Je le suivis tandis qu'il se dirigeait vers un mur plongé dans les ténèbres. Il allait certainement me montrer dans quel carton j'aurais le droit de dormir. Mais bravo, Maeve ! Mille fois bravo !

Une fois que nous eûmes atteint le mur, je remarquai qu'une porte se dissimulait dans le clair-obscur des lieux. Lukas la déverrouilla à l'aide de clés qu'il sortit de sa poche et l'ouvrit. Nous arrivâmes devant une volée de marches. Il y avait donc bien un moyen d'aller au deuxième niveau.

La cage d'escalier n'était pas éclairée, et mes yeux s'habituèrent lentement à la pénombre. Je suivais plus à l'ouïe qu'à la vue, et je fus soulagée quand nous atteignîmes enfin l'étage. Un deuxième bruit de clés se fit entendre.

Lukas ouvrit une deuxième porte, et nous débouchâmes dans ce qui me frappa comme étant… un appartement. Et splendide, de surcroît.

Le plafond était également très haut, les murs en brique apparente et la déco moderne. C'était un énorme loft. Devant nous, un divan de cuir sombre trônait au milieu de la pièce, en face d'un écran plat géant, et sur la droite, délimitée par un bar bordé de deux tabourets, une kitchenette ouverte se profilait. Je me demandais bien à quoi elle pouvait lui servir.

Encore plus au fond, derrière la cuisine, une série de portes étaient closes. Sur la gauche, plus loin que le canapé et en face d'énormes fenêtres, se trouvait une table de billard. Çà et là, de grandes bibliothèques débordaient de livres, dont certains semblaient très anciens. L'endroit était magnifique.

—Quoi, tu pensais que j'habitais en bas ?

Il me lança un petit sourire espiègle et passa derrière le bar. Je ne m'étais pas attendue à ça. Tout était tellement chic… Il devait être plein aux as.

Il ouvrit le réfrigérateur et se retourna vers moi. Je n'avais pas bougé.

—Tu veux manger quoi ? J'ai des œufs, un steak, des céréales et du lait. Sinon je peux faire des pâtes.

Je fronçai les sourcils.

—Pourquoi tu as de la nourriture ? demandai-je, suspicieuse.

—J'ai fait les courses, puisque tu devais venir, dit-il de manière désinvolte. Alors, tu prends quoi ?

—Céréales, répondis-je en me dirigeant vers le bar pour m'asseoir sur un des tabourets.

Je n'étais pas sûre de devoir trouver touchant qu'il ait pensé à faire les courses pour me nourrir après m'avoir kidnappée. Je décidai de passer outre.

Il sortit une brique de lait du frigo, saisit un bol dans une armoire suspendue, et posa le tout devant moi avant de se baisser pour se relever avec une boîte de corn flakes. Après quoi il disparut sans un mot derrière l'une des portes du fond. Je me servis et mangeai en silence. Tout était si surréaliste. J'étais dans la cuisine d'un vampire avec lequel j'avais failli coucher avant qu'il ne tente de me kidnapper, à prendre le petit déjeuner afin de m'entraîner ensuite pour savoir me défendre lorsque nous essaierions d'aller tuer mon père. Un jour banal, quoi. Mes céréales avaient un goût amer.

Lorsque Lukas revint, j'avais fini de manger, et il s'était changé. Adieu la chemise trouée et le jean, et bonjour le pantalon de training. Et c'était tout. Les traces rosées que j'avais pu apercevoir tout à l'heure avaient disparu également. Il ne restait là qu'un torse, en parfait état, et bien plus appétissant que ce que je venais d'avaler. Pendant un instant, le souvenir de mes mains se promenant sur sa peau me revint en mémoire, et je dus rougir aussitôt, car il me décocha un sourire qui ne s'y trompait pas. Je détestais qu'il soit conscient de l'effet qu'il me faisait.

—On va se coucher ? me demanda-t-il en voyant que j'avais fini de manger.

Sa voix était empreinte d'innocence, mais le double sens ne m'échappa pas. Hors de question. Moi vivante, jamais. Enfin, vivante, ou quoi que je sois.

—Très bien, dis-je en descendant du tabouret.

En remettant le pied au sol, la douleur me fit grimacer. J'avais oublié.

—Il faudrait nettoyer ça avant d'aller au lit, me dit-il. Par contre, je n'ai pas de désinfectant. Suis-moi.

Il fit un crochet par la cuisine pour y saisir ce qui ressemblait à une bouteille d'alcool avant de se diriger vers la porte à côté de celle derrière laquelle il avait disparu quelques minutes plus tôt.

Nous entrâmes dans une salle de bains aussi luxueuse que l'était le reste de l'appartement, tout en ébène et marbre blanc, avec une baignoire énorme à même le sol au-dessus de laquelle un immense miroir renvoyait nos images. Les vampires ont donc un reflet. Le Lukas du miroir trouva mes yeux et je tournai immédiatement la tête, comme si j'avais été prise en flag.

Il me fit signe de m'asseoir sur les toilettes et s'agenouilla devant moi. Il saisit mon pied et le posa sur sa cuisse, puis il fit lentement remonter le bas de mon jean pour exposer la plaie, en profitant au passage pour effleurer ma jambe un peu plus que nécessaire. Je ressentais toujours les mêmes décharges lorsqu'il me touchait et je rageais de ne pas réussir à les maîtriser. Heureusement pour moi, ma blessure était assez hideuse pour me faire penser à autre chose.

Le sang avait séché, et le tout n'était pas vraiment joli à voir. Un bout de peau avait été arraché et s'était recroquevillé en une espèce de boule difforme qui était durcie sous la croûte.

Lukas reposa mon pied à terre et se releva pour aller chercher une serviette de toilette, qu'il imbiba d'eau avant de revenir vers moi. Puis il remit mon pied sur sa jambe et entreprit de laver la plaie. Ce n'était pas du tout agréable. À vrai dire, ça brûlait à m'en défriser les poils pubiens.

Une fois la blessure nettoyée, il ne restait que de la chair rougie et à nu. Il était impassible, et je ne pus m'empêcher de me demander si, bien que poison pour lui, mon sang l'attirait. Ça n'en avait pas l'air, mais les stéréotypes me revenaient quand même à l'esprit.

Il se saisit de la bouteille, que j'identifiai alors comme étant de la tequila, et la déboucha.

—Attends, dis-je.

Je lui pris l'alcool des mains et m'en envoyai une rasade. Si c'était comme dans les films, je n'allais pas aimer ce qui suivrait. Je la lui rendis et inspirai profondément.

La brûlure fut atroce, bien plus que le nettoyage.

—Putain de bordel de merde, lâchai-je.

—Mademoiselle est douillette ? demanda-t-il, tout sourires. Tu en prendras bien un dernier pour la route.

Et il versa à nouveau de l'alcool sur mon pied. Enfoiré. Heureusement, la seconde fois, c'était plus supportable que la première.

—Bon, ça devrait faire l'affaire, déclara-t-il en reposant mon pied sans ménagement sur le sol. Je n'ai pas non plus de quoi faire un pansement, donc il faudra que tu le laisses sécher à l'air.

Oui chef.

—Allons au lit, me dit-il en se redressant et en m'offrant une main.

Je l'ignorai et me relevai. Mon pied me faisait toujours un mal de chien.

Lukas baissa le bras qu'il avait tendu comme s'il n'avait rien remarqué et il sortit de la salle de bains. Je le suivis. Une fois dans la pièce principale, il s'arrêta et me regarda avec un sourire carnassier que je n'avais pas dû voir depuis bien une heure.

—Ma chambre est ici, dit-il en me désignant la porte qu'il avait utilisée tout à l'heure.

Je ne bronchai pas.

—Et la mienne ? demandai-je.

Son regard se mit à briller d'une lueur que je reconnaissais bien. Il était insistant.

—Là, fit-il en me montrant la même porte avec un air entendu.

Je levai les yeux au ciel avant de répondre, pour gagner du temps.

—Il est hors de question que je dorme dans ton cercueil, dis-je d'un ton las.

Avant que j'aie le loisir de comprendre ce qui arrivait, je me retrouvai plaquée au mur. Une de ses mains remontait le long de mon dos, et l'autre me caressait la joue. Des frissons me parcoururent l'échine tandis qu'il murmurait à mon oreille.

—Je ne dors pas dans un cercueil, mais dans un lit. Et tu sais ce qu'on peut faire, dans un lit ? Bien sûr que tu le sais, continua-t-il alors que je ne réagissais pas, j'ai vu la manière dont tu me regardais tout à l'heure.

Le contact de sa peau nue me rendait folle. Je n'aurais eu qu'à relever les bras pour la faire courir sous mes doigts, mais ils pendaient le long de mon corps, impuissants. Aussi attirant soit-il, il était exclu que je cède à mes pulsions. Il restait un prédateur dangereux qui n'aurait pas hésité à me livrer au grand méchant loup la veille encore.

Sa main se mit à descendre de plus en plus bas dans mon dos, jusqu'à ce qu'elle arrive à la naissance de mes fesses. D'un mouvement brusque, il me colla plus fort contre lui en me soulevant légèrement, puis laissa son poids nous repousser vers la paroi.

—Mais on peut aussi faire ça contre le mur, ajouta-t-il.

Ça devenait laborieux. Mon corps me criait de capituler. Ma tête refusait.

—Lâche-moi, dis-je sans bouger.

Son souffle chatouillait mes oreilles et mon bas-ventre y faisait écho. Il releva mon menton pour effleurer mes lèvres des siennes tandis qu'il parlait.

—Je sais quand une femme a envie de moi.

La proximité de sa bouche était un supplice. Il me laissait encore le choix, bien que je sois complètement acculée à son désir. L'épreuve de force était vraiment difficile à passer, car même s'il ne me forçait pas la main, il ne cherchait vraiment pas à me simplifier la tâche.

—Lâche-moi, dis-je plus fermement, tout en le repoussant.

Son expression ne se décomposa pas alors que je l'éloignai. Il continuait à me regarder avec des yeux brillants et un petit sourire en coin.

—Il est hors de question que je couche avec toi. Ni ce soir, ni jamais, affirmai-je catégoriquement.

—Il n'y a que les imbéciles qui ne changent pas d'avis. J'aurai essayé, dit-il en haussant les épaules. Tu peux prendre la chambre d'ami, tout au fond. Bonne nuit.

Et aussi vite que ça, il avait disparu, me laissant seule dans le loft immense.

À peine eus-je ouvert les yeux que je sursautai. Lukas se tenait debout à côté du lit et m'observait de son regard fauve. Au moins, il était habillé.

—Tu sais que tu grinces des dents? dit-il en guise de salutations.

—Merci, j'ai bien dormi, répondis-je en me relevant, tout en prenant soin de cacher mon corps le plus possible à l'aide des couvertures.

Dehors, il faisait nuit noire.

—Je te prépare à manger. Ensuite, tu auras ta première leçon. Dépêche-toi.

Il sortit de la chambre. Ma première leçon, voilà qui sonnait bien. J'espérais juste que je n'aurais pas droit à des coups de fouet si je ne m'appliquais pas assez.

—Au fait, je suis allé t'acheter des affaires, lança-t-il depuis ce qui devait être la cuisine. J'ai tout rangé en attendant que tu te réveilles.

Je regardai en face de moi. Une grande armoire murale m'attendait.

Je n'avais pas pris le temps de détailler les lieux lorsque je m'étais couchée le matin même. La chambre d'ami était aussi luxueuse que le reste de l'appartement. Elle était énorme, et, de jour, elle devait être magnifique, illuminée par l'immense fenêtre qui occupait pratiquement toute la paroi au fond de la pièce. Le lit était gigantesque et bas, les tables de nuit en bois massif. Ce type devait définitivement être plein aux as.

Je me levai et me dirigeai vers l'armoire. Lukas avait laissé la porte ouverte, et je ne portais que mon top noir de la veille et une culotte assortie. Je savais qu'il avait fait exprès de ne pas refermer derrière lui. Je pouvais entendre ses sifflements se mêler au bruit des casseroles, et j'étais sûre qu'il n'avait pas manqué une miette de mon passage dans son champ de vision.

Je découvris une armoire pleine. Il avait dû dépenser des fortunes. Plus aucun vêtement ne portait d'étiquette, mais ils étaient tous de marque. Et la plupart étaient… comment dire… sexy. Visiblement, mon avertissement de la veille ne lui était pas bien parvenu. S'il n'y avait que les imbéciles qui ne changeaient pas d'avis, je serais fière de lui prouver que j'étais la reine des connes.

Je cherchai entre les robes moulantes et les débardeurs à décolletés plongeants jusqu'à dénicher de quoi m'habiller. Je ne savais pas quel programme il prévoyait en dehors des entraînements, mais je n'allais certainement pas accepter quoi que ce soit qui nécessite le port de ces tenues.

Pour une séance de formation vampirique, je me disais que leggings et tee-shirt auraient parfaitement convenu. Mais tout ce que je trouvai fut un short bleu si court qu'il était à la limite de la décence, et une série de tops noirs tels que celui que je portais. Dans un rayon de l'armoire m'attendaient sagement une collection de sous-vêtements, évidemment tous plus sexy les uns que les autres. Et à la bonne taille, quelle attention charmante !

Je choisis ce qui faisait le moins allumeuse et sortis de la chambre avec les habits en main pour rejoindre la salle de bains. Je sentis plus que je ne vis le regard de Lukas sur moi lorsque je passai dans la pièce principale. Il ne s'était sûrement pas attendu à ce que j'ose sortir dans cette tenue, et j'espérais bien avoir produit mon petit effet. S'il comptait me rendre dingue, je voulais qu'il sache qu'il n'avait pas le monopole et qu'il trouverait de la résistance. Je n'avais pas l'intention de me laisser faire.

J'entrai dans la salle de bains et allumai la lumière. Après avoir vérifié deux fois que j'avais vraiment fermé à clé, je me débarrassai de mes habits avant de sauter sous la douche qui bordait la baignoire au sol. Ce n'était pas parce que je rentrais dans son jeu et essayais de le provoquer que je voulais de la visite pendant que je me lavais.

Le contact de l'eau me fit un bien fou, détendant mes muscles raidis par le stress et me relaxant au plus haut point. Je ne m'attardai pas sous la douche cependant, puisque mon nouveau colocataire me faisait à manger.

Une fois sortie, je me séchai avec une serviette pliée qui attendait à côté puis m'habillai rapidement. En arrivant devant le miroir pour voir la tête que j'avais, je fus surprise de trouver une brosse, de quoi m'attacher les cheveux, et une trousse de maquillage contenant toutes sortes de produits extrêmement coûteux. Incroyable, il avait pensé à tout. Je ne savais pas si ça devait m'inquiéter ou pas. Il était hors de question que je reste longtemps en sa compagnie, et pourtant, toutes ces affaires étaient rangées comme si j'habitais les lieux depuis une éternité. Seul le fait qu'elles étaient toutes intactes prouvait le contraire.

En ouvrant l'armoire à pharmacie, je découvris brosse à dents, désinfectant et pansements, et toute une batterie d'autres objets. Je me saisis d'un tube dont je n'arrivais pas à identifier le contenu et reconnus de la crème dépilatoire. Charmant. Il y avait également un rasoir à côté. Je secouai la tête tout en le remettant à sa place.

Je me démêlai les cheveux avant de les attacher en chignon serré – on ne change pas les bonnes habitudes – et dédaignai l'offre en maquillage. Hors de question que je me fasse belle pour Lukas.

Je sortis de la salle de bains et me dirigeai vers le bar où j'avais mangé la veille. Je pris place, et à peine fus-je assise qu'une assiette arriva devant moi. Des haricots, de la purée de pommes de terre et un steak sans sauce. Ça avait le mérite de ne pas être du surgelé. Un vampire qui savait cuisiner. J'allais de surprise en surprise.

— J'ai pris la liberté de te le faire saignant, annonça-t-il avec un regard qui voulait tout dire. Mieux vaut prendre les bonnes habitudes dès le départ.

Bon… Je préférais la viande à point, mais au diable les préjugés.

— Tu ne manges pas ? demandai-je en commençant à découper mon steak.

La stupidité de ma question me frappa aussitôt, et l'image de Lukas déposant un être vivant sur le comptoir, sortant une paille, et me souhaitant bon appétit s'imprima dans mon esprit avec un goût amer.

— J'ai déjà déjeuné, répondit-il avec un air mystérieux.

Je veux pas savoir.

Je portai la première fourchette de viande saignante à ma bouche. Ce n'était pas si mauvais. Je me ruai sur mon assiette.

Lukas disparut alors que je mangeais. Il revint quelques instants plus tard avec ce qui ressemblait fortement à une pochette d'hémoglobine. Il la mit dans une tasse et la passa quelques secondes au micro-ondes. Puis il la posa devant moi.

Fourchette en l'air, je regardai le liquide épais.

— Je ne crois pas, commençai-je sur un ton d'excuses.

— Tu veux être un vampire ou pas ? Parce que pour ce que j'en sais, les vampires boivent du sang.

Un autre sourire perversement satisfait. Ce salaud prenait un malin plaisir à la tournure des événements.

— Je passe mon tour, dis-je simplement.

— Soit !

Il saisit la tasse et s'éloigna en sirotant le breuvage.

Moins d'une heure plus tard, nous étions dans l'entrepôt pour ce qui devait être mon premier entraînement. J'étais excitée comme une puce.

Bien loin de la peur que j'avais ressentie le matin même, je me réjouissais au plus haut point de ce qui allait suivre. C'était une bonne idée, j'en étais maintenant persuadée. Elliot avait suggéré du kick-boxing pour canaliser ma colère. J'avais trouvé encore mieux.

— Alors, par quoi on débute ? demandai-je avec une voix tout enfantine, en sautillant sur place. Tu m'apprends à me battre ? On fait ça de quelle manière ? Tu m'attaques, je me défends ? Tu…

J'arrêtai ma phrase en plein milieu, voyant l'air sadique qui se peignait petit à petit sur son visage.

— Quoi ? fis-je, inquiète.

—Tu vas déjà faire cent fois le tour de l'entrepôt. Après on discutera.

Je jetai un regard circulaire. L'endroit était énorme, et j'en aurais certainement pour des heures. *Il se fout de moi*, pensai-je. J'étais persuadée que c'était sa manière de me punir pour l'avoir nargué avec la barre en argent.

—Je ne crois pas que ce soit vraiment utile, commençai-je.

Il fondit sur moi avant que j'aie eu le temps de comprendre ce qui se passait. Mais je ne bougeai pas. Arrêté à quelques centimètres de moi, les crocs sortis dans une attitude menaçante, il me sourit.

—Tu es courageuse, feula-t-il. Pour un modèle réduit.

Je lui lançai un regard noir.

—Maintenant, au boulot, dit-il fermement.

—Je…

—Au boulot !

Il avait hurlé si fort que les murs avaient tremblé. Et j'avais certainement perdu un tympan au passage. Je lui renvoyai un regard dur, et, les dents serrées, me résignai à courir.

Chapitre 16

Cette fois-ci, il était allé trop loin.
— Non mais tu te fous de moi ! hurlai-je, les dents serrées.

Il « m'entraînait » depuis près d'une semaine. Je m'étais fait niquer sur toute la ligne, parce que davantage qu'un enseignement, c'était un vrai fléau, et je n'avais rien appris. Rien. J'avais juste l'impression que mes membres étaient sur le point de tomber un à un, après que j'aie pris part à une espèce de camp militaire pour sadiques en manque de piment.

Lukas me regardait, une pierre à la main, l'air surpris, alors que je me tenais le ventre, qu'une douleur fulgurante déchirait. Avec ses cheveux qui bouclaient aux extrémités, que la lumière de l'entrepôt faisait briller calmement, et ses grands yeux innocents, il ressemblait presque à un ange. Mais ce n'était qu'une apparence. C'était un monstre. Un putain de sadique monstrueux.

— Si ton but est d'apprendre, il faut déjà améliorer tes réflexes. Sans ça, tu n'arriveras à rien. Et pour le moment, tu n'en as aucun. La preuve.

Il fit un geste du menton en direction de mon ventre, là où la pierre qu'il avait lancée quelques secondes plus tôt m'avait heurtée de plein fouet. J'en avais aussi reçu une au bras, à la cuisse, au mollet et à la fesse. Mais celle au ventre était celle de trop.

— Réflexe, réflexe, réflexe, réflexe, répétai-je, hors de moi. Tu veux que je t'en montre, des réflexes ?

Et je me penchai vivement pour attraper une pierre et la lui jeter au visage. Mais le temps qu'elle arrive à l'endroit où il se trouvait une fraction de seconde plus tôt, il n'y était plus, et je sentis le contact froid d'une lame sur ma gorge.

— Oui, réflexes, me dit-il en insistant encore une fois sur ce mot.

Un réflexe de plus, et je jurais de le tuer.

— Tu vois à quoi ils sont utiles ? Tu m'as demandé de t'apprendre à être un vampire. Si tu veux savoir te battre, tu dois d'abord savoir survivre. Surtout si tu comptes servir d'appât consentant, ajouta-t-il. Et tu le feras à ma manière, ou tu ne le feras pas.

Son souffle me chatouillait désagréablement la nuque.

— Je peux encore changer d'avis et t'y amener de force comme prévu, dit-il en resserrant son étreinte.

Ce qu'il disait était vrai. J'avais d'abord pensé que m'apprendre à être un vampire consisterait à m'expliquer comment casser une brique avec mon petit doigt, et manipuler les gens. Ça, c'était avant que je ne réalise qu'il prenait notre accord très au sérieux, et qu'il était hors de question pour lui de me donner en pâture à une horde de bêtes affamées si je ne pouvais pas me défendre. L'idée m'avait plu tout de suite. Apprendre à me battre, le pied ! Canaliser toute l'énergie négative qui s'échappait de moi et tuer des méchants en même temps, le rêve ! Mais j'avais vite déchanté lorsque je m'étais rendu compte que, si j'étais pressée, Lukas, lui, avait toute l'éternité, et qu'il n'allait pas m'apprendre à utiliser une arme de sitôt. Et ça m'emmerdait sincèrement. J'avais passé la dernière semaine à sauter des parcours d'obstacles, à perfectionner mes sprints, à travailler mon endurance, et c'était à peu près tout. Une dizaine d'heures d'entraînement par jour, et je n'en avais rien retiré, à part des muscles à l'agonie et une haine grandissante pour mon professeur.

Et chaque jour, il revenait avec un nouvel exercice pour développer mes réflexes. En général, il s'agissait d'attraper des objets au vol. Il avait fini par se décider pour des balles de base-ball après que les œufs et les assiettes eurent donné un résultat catastrophique à nettoyer. Mais aujourd'hui, il était arrivé avec une cargaison de pierres de la taille d'un poing, et il avait changé les règles. Au lieu d'essayer de m'en emparer, il faudrait que je les évite. La douleur était censée me motiver. Sale con. Il avait la part belle, lui. Pendant que je suais corps et âme, il lisait tranquillement, en me reprochant ponctuellement, entre autres, de ne vraiment pas être dégourdie. Pire que tout, il faisait ses petits commentaires sans jamais lever les yeux de ses bouquins.

Il me faisait aussi sans arrêt des remarques désobligeantes sur le fait que je n'avais plus manifesté une seule fois de force surhumaine depuis qu'il m'avait emmenée chez lui, et il critiquait sans cesse mon choix de ne pas boire de sang. Si je n'avais pas côtoyé vingt-quatre heures sur vingt-quatre un vampire sadique cette dernière semaine, j'aurais pu croire que tout ce qui était arrivé était un rêve. J'étais on ne peut plus normale. On ne peut plus banale.

— Tu veux du réflexe, tu en auras, dis-je, les dents toujours serrées par la colère.

Et d'un geste vif, la main qui était dans mon dos se saisit de ses bijoux de famille et pressa le plus fort possible. Je l'entendis gémir au moment même où la lame entamait le côté droit de ma gorge. C'était superficiel, et je ne sentis presque rien, ayant nettement plus mal ailleurs.

Je me retournai et fis deux pas en arrière.

— Sainte Marie mère de Dieu! lâcha-t-il en se secouant comme un chien qui sort de l'eau. Je pensais que la prochaine fois que tu t'approcherais de cette partie de moi, ce serait pour de tout autres raisons!

Et il avait l'air terriblement... content. Et amusé. Cela faisait une semaine qu'il me faisait des réflexions salaces. Je commençais à y être sacrément habituée.

—Tu vois que quand tu veux, tu peux! dit-il. Il suffit de te motiver.

Me motiver, grognai-je intérieurement en portant à nouveau la main à mon ventre endolori. *Me motiver*.

—Tu dois parvenir à canaliser ton énergie sans que je doive te foutre en rogne, ajouta-t-il. Mais c'est enfin un progrès.

—Super, répondis-je d'un ton pas du tout convaincu. Maintenant tu peux m'apprendre à me battre, s'il te plaît?

Il me sourit. Le Lukas sadique était de retour.

—Pas si vite, jeune demoiselle. D'abord, ce n'est pas parce que tu as eu de la chance une fois que ça va continuer. Apprends déjà à refaire ce que tu as fait pour te défendre, et on verra après pour l'attaque. Mais si tu veux, ajouta-t-il après quelques instants, on peut faire quelque chose de plus amusant pour la fin de l'entraînement.

Il avait parlé mystérieusement, il ne s'agissait donc sûrement pas d'un combat au corps à corps, nus comme des vers.

—Quoi? demandai-je, enfin intéressée par une de ses propositions.

—Le lancer de couteaux, me dit-il d'un air qui me fit vraiment craindre qu'il pense à remplacer les pierres par des lames.

J'étais toujours vivante le soir venu – ou plutôt le matin, vu nos horaires décalés – et j'étais morte de faim. Je dévorai à grande vitesse l'assiette qu'il m'avait préparée, tandis qu'il me regardait pensivement.

J'avais passé le reste de notre séance à m'essayer au lancer de couteau, et c'était sûrement la chose la plus intéressante que j'aie faite de la semaine. Je n'étais pas trop mauvaise, juste pas spécialement douée. Mais c'était mon premier entraînement, et je ne pouvais pas m'attendre à des miracles. J'avais même failli atteindre Lukas, et même si je visais le mur, cette quasi-réussite me mettait du baume au cœur. J'aurais bien aimé l'estropier par erreur, après ce qu'il m'avait fait plus tôt dans la nuit. Mon épaule était bleu foncé, tout comme la peau au-dessus de mon nombril, et mes jambes étaient tachetées en jaune et vert. Et cerise sur le gâteau, une de mes fesses ressemblait à la face cachée de la lune. Tu parles d'une motivation.

— Quoi ? demandai-je, la bouche à moitié pleine, lorsque je remarquai que ses yeux ne me quittaient pas.

Je me fichais un peu des bonnes manières en sa présence. Moins attirante il me trouvait, mieux je me portais.

— J'étais en train de réfléchir, répondit-il.

Sans déc' ? Je me remis à manger mon steak sans relever. Les hommes mystérieux, ça me tapait définitivement sur le système.

Il continuait à me scruter d'une façon pesante.

— OK, fis-je en posant bruyamment mes couverts. Quoi ?

Comme il était toujours perdu dans sa grande réflexion, je me saisis du verre d'eau qui était en face de moi et pris une gorgée.

— Je crois que tu devrais boire du sang, dit-il.

J'avalai de travers. Il ramenait encore ce fichu sujet sur le tapis. J'avais pourtant déjà expliqué mille fois que, n'étant qu'à moitié une de ses semblables, je ne pensais pas en avoir besoin. Je mangeais des aliments solides, et j'avais fait preuve de force sans avoir bu de sang en quelques occasions. De plus, si les vampires s'en nourrissaient, ce n'était pas de là qu'ils tiraient leurs forces. Enfin si, mais pas plus qu'un corps humain ne peut le faire à l'aide de denrées traditionnelles. Sans nourriture, on s'affaiblit, et je pensais que ça s'appliquait aussi au régime vampirique.

—Pas encore, grognai-je.

—J'ai cru comme toi que tu n'en aurais pas besoin, vu les choses que tu as réussi à faire sans y avoir recours, et qu'il suffirait de t'activer pour que tu fonctionnes. Mais ça fait une semaine, et à moins d'être vraiment en pétard, tu n'es pas plus dangereuse que la première grand-maman à qui j'essaierais de voler son sac. Pourtant, tu es un vampire. Tu sens le vampire, ton aura est très puissante, mais rien. Il te faut probablement tout de même une diète plus appropriée.

Il marqua une pause.

—Le sang ne nous donne peut-être pas notre force, continua-t-il devant ma mine renfrognée, mais ça reste notre régime alimentaire normal. Un humain aussi développera des carences s'il ne mange que des bananes.

Je ne relevai même pas la énième référence phallique de la journée et secouai la tête. Il reprenait mes arguments, mot à mot, en les retournant. Ça ne fonctionnerait pas.

—Non, non, non, et non. Il est hors de question que j'avale ce truc, tranchai-je vivement.

—Petite sotte, grogna-t-il.

Et avant que j'aie pu répondre quoi que ce soit, il avait disparu dans sa chambre. Je ne l'avais pas vu bouger. Il revint quelques secondes plus tard avec une poche d'hémoglobine.

—Voilà, dit-il en la posant devant moi.

Je l'avais vu une fois boire du sang réchauffé, mais plus rien depuis, et ça m'intriguait pas mal.

—Et toi, commençai-je, tu te nourris… à même la bête ?

Je ne savais pas comment formuler la question. On n'avait jamais parlé bouffe, lui et moi. Et dans la mesure où les vampires boivent du sang pour survivre et que je le faisais très bien sans, je m'étais bercée de l'illusion que je n'en aurais pas besoin. Cependant, lui, il devait bien manger, et cette idée ne me plaisait pas, mais pas du tout. La viande saignante, passe encore. C'est du bœuf. Je n'étais pas prête à aller plus loin pour l'instant.

—Oui, je me nourris sur des humains, dit-il. Mais j'ai un stock à domicile en cas d'urgence.

—Et tu… euh… Tu sais…

—Si je les tue ? Non.

Il n'en dit pas plus et je n'insistai pas. Il ne répondait jamais vraiment à mes questions. Toutes celles que je lui avais posées sur les vampires jusque-là s'étaient révélées à peu près inutiles. J'avais appris que les vampires n'avaient pas peur des croix, qu'ils ne dormaient pas dans des cercueils, et qu'on pouvait voir leur reflet dans un miroir. Et encore, j'avais remarqué le dernier fait en l'y observant de mes propres yeux. Lukas était une vraie tombe.

J'avais appris pas mal de choses par observation. Je savais qu'il avait besoin de moins de sommeil que moi. Il partait souvent en vadrouille et revenait peu après mon réveil. Je ne sortais pas de ma chambre avant qu'il rentre pour qu'il ne s'en rende pas compte, d'ailleurs. Je n'avais aucune idée de pourquoi je faisais ça, mais ça me semblait plus judicieux.

Je savais qu'il était extrêmement fort, autant que les vampires des films, si ce n'était plus. Il était également très rapide, et pouvait contrôler l'esprit des gens grâce à son regard. Mais au-delà de ça, mes connaissances étaient plutôt restreintes. Il n'avait même pas voulu répondre aux questions que je lui avais posées sur Roy, m'assurant simplement que, pour l'instant, je n'avais rien à craindre de ce côté-là, et qu'on en reparlerait le moment venu.

—Tu sais, je ne suis pas trop convaincue, pour le sang, dis-je d'une voix traînante. J'aimerais essayer encore un peu sans.

Il me jugea quelques instants, puis croisa les bras.

—C'est ton corps, c'est toi qui décides. Mais vu le mélange spécial que tu es, je pense que tu peux en avoir besoin pour développer de vraies capacités de vampire. Je crois que tu devrais tenter.

—Non, répondis-je simplement, l'esprit ailleurs.

Peut-être qu'une partie de moi se rattachait encore trop à ce qu'il me semblait avoir d'humanité. Après tout, j'avais demandé à être un vampire, j'avais demandé à ce qu'il m'apprenne à l'être. Mais les vampires se nourrissaient de sang, si je voulais en être un, il serait logique que j'en boive aussi.

Penser à tout ça fit remonter une envie que j'avais depuis plusieurs jours. J'aurais aimé retourner à l'université, mais je savais que Lukas ne serait pas d'accord. Pourtant, l'envie était bel et bien là. Je n'avais pas eu de contact avec le monde extérieur depuis une semaine. Walter avait essayé de m'appeler un nombre incalculable de fois, et je n'avais jamais répondu. Je n'avais pas de nouvelles d'Elliot ni de Brianne, mais Tara m'avait envoyé deux messages. Un en réponse à celui où je lui indiquais l'emplacement de sa voiture, et un second juste pour voir comment je me portais. Elle me demandait également quand je reviendrais en cours, et, à partir de là, j'y avais beaucoup repensé. Et j'avais pris ma décision, le tout étant de savoir comment j'allais la faire accepter à Lukas.

— Je retourne à l'université demain, dis-je simplement au bout d'un moment, en tournant ma fourchette dans mes petits pois.

— Hors de question, ma belle.

— Ce n'était pas une question.

J'avais relevé les yeux, et je soutenais son regard. Il était aussi ferme que moi dans son attitude, et comme chaque fois que c'était arrivé – beaucoup – depuis que j'avais fait sa connaissance et que nous n'étions pas d'accord – souvent –, aucun de nous n'était prêt à céder.

— Je veux terminer mon cursus. Il me reste deux semestres avant d'avoir fini, et il est hors de question que j'abandonne.

— Il est surtout hors de question que tu te fasses remarquer ! Tu penses qu'ils vont chercher où, en premier ?

Je ne savais pas s'il faisait référence à Roy et à sa bande, ou à Walter et son fidèle compagnon.

— Je m'en fiche. Et d'abord, si c'est l'endroit où ils cherchent en premier, ils l'auront déjà fait et déduit que je me cache parce que j'ai peur pour mes fesses.

J'étais partie du principe qu'il parlait de Roy et ses amis plutôt que de Walter.

— Et si Walter vient m'y chercher, il ne pourra pas faire grand-chose.

— C'est non.

— Je ne demande pas ton autorisation.

— Tu es vachement têtue pour une petite humaine.

— Je suis vachement vampire pour une humaine de petite taille.

— Les vampires boivent du sang.

J'avais perdu la verve qui me permettait de répondre du tac au tac. Je pinçai les lèvres. Je savais déjà où on allait en venir la seconde d'après. Je le regardai avec un air de défi.

—Bien, dis-je lentement. Je bois ton sang, je retourne à l'université. Deal ?

Il soutint mon regard pendant plusieurs secondes, puis acquiesça.

—Deal.

Il ne semblait cependant pas enchanté par notre arrangement. Regarde les choses en face, mon grand. Tu as ce que tu veux, et j'ai ce que je veux. C'est ça, un deal.

Lukas s'était saisi d'une tasse dans une armoire et était en train d'y verser le contenu du sachet.

—Tu bois la totalité, sinon pas d'université, annonça-t-il. Madame le désire chaud, ou froid ?

La question me surprit un peu. On aurait dit qu'il me demandait comment je prenais mon lait. Et je n'y avais pas du tout réfléchi.

—Plutôt froid.

Il fit glisser la tasse sur le bar jusqu'à moi. Je m'en saisis.

—La totalité. C'est le marché.

—Quoi, tu crois que je ne vais pas réussir à finir ça ? Amateur.

Je lui lançai un regard de grande dame, le défiant d'ajouter quelque chose, et portai la tasse à mes lèvres tandis qu'il croisait les bras sur sa poitrine.

Je pris une gorgée. C'était ignoble. I-g-n-o-b-l-e. J'avais l'impression que je venais de me frotter une barre de fer rouillée tout le long de l'œsophage.

—C'est immonde, dis-je avec une grimace.

Mon attitude lui plut visiblement beaucoup. Il me décocha un énorme sourire moqueur.

—Madame la princesse voudrait peut-être que j'y ajoute un peu de cannelle ?

Je secouai la tête dédaigneusement. Je détestais la cannelle. Il allait voir.

Je remontai la tasse à mes lèvres. Et hop, cul sec. Une gorgée, deux gorgées, trois gorgées… Je reposai finalement la tasse vide sur le bar dans un vacarme triomphant. Puis je le regardai droit dans les yeux avec le même air de défi que je lui avais lancé quelques instants plus tôt, un sourire hypocrite en cadeau.

— Voilà pour Monsieur, dis-je.

Il me dévisagea quelques secondes, comme s'il attendait une autre réaction de ma part. Il pouvait attendre longtemps. C'était le truc le plus dégueulasse qu'il m'ait jamais été donné de boire, et pourtant Dieu sait que j'avais testé des choses étranges. Mais il était hors de question que je lui laisse le plaisir de voir ça.

Un moment plus tard, comme je ne bougeais pas plus, il se saisit de la tasse vide, observa le fond, et se tourna pour la mettre dans le lave-vaisselle. J'avais gagné. Ou pas.

Ma mâchoire commença à fourmiller bizarrement. Je connaissais cette sensation, et je n'aimais pas du tout ça. Je tentai de prendre de grandes inspirations pour calmer l'impression gênante, mais rien n'y faisait. Lorsque je ne tins plus, je me précipitai vers l'évier et l'atteignis juste à temps pour y vomir tout le sang que je venais de boire.

— Quel gâchis, dit Lukas, sans aucune émotion dans la voix.

Je le maudis silencieusement alors que je me relevais. J'attrapai la serviette qui bordait mon assiette sur le bar et m'essuyai la bouche.

— Si tu veux bien m'excuser, je vais me laver les dents.

Je passai devant lui pour me diriger vers la salle de bains.

— Et pas d'université demain, lança-t-il.

Je me retournai, furax.

— J'ai bu toute la tasse !

—Tu as vomi toute la tasse, nuance. Le deal n'est pas respecté, tu n'y vas donc pas. Fin de l'histoire.

—Non, non, non! Le deal c'était que je boive toute la tasse, tu n'as jamais stipulé que je ne devais pas vomir le contenu.

—Écoute, quoi qu'il en soit, sang bu ou pas, tu n'y vas pas. C'est beaucoup trop dangereux, et c'est hors de question.

Je croisai les bras sur ma poitrine.

—J'irai.

—Pas.

—J'irai.

—Non.

—Tu n'as pas à me donner d'ordres, le chapitre est clos. C'est encore ma vie à ce que je sache.

Je l'avais rarement vu me regarder avec un air aussi mauvais.

—Et si tu y tiens, tu ne la mettras pas en danger, dit-il avec une dureté extrême. Même si je dois t'en empêcher par la force.

—Enfoiré, lâchai-je entre mes dents.

Un autre point à ajouter à ce que j'allais apprendre sur les vampires. Ils ont une excellente ouïe.

Avant même que le mot ait fini de passer mes lèvres, il était devant moi, me surplombant de toute sa hauteur, un doigt pointé contre ma poitrine dans une attitude agressive.

—Écoute-moi attentivement, petite sotte, dit-il d'une voix emplie de rage froide. Je n'ai pas vécu deux cent quatre-vingt-dix-huit ans pour me faire insulter par une gamine. On a un deal tant que tu m'aides à avoir ce que je veux à la fin, et si tu souhaites à ce point être tuée rapidement, je peux tout aussi bien te livrer à Victor dès demain.

La fureur me serrait les lèvres si fort qu'elles devaient être blanches sous la couche de sang pâteux qui commençait à craqueler sur les extrémités.

— Bien, dis-je hargneusement.

— Bien, répondit-il sur le même ton.

Et je disparus dans la salle de bains en claquant la porte.

Je me dirigeai telle une furie devant le lavabo, pris brosse à dents et dentifrice, et entrepris de me laver vigoureusement les dents après avoir aspergé le lavabo en tentant de déposer le dentifrice sur ladite brosse, mon bras tremblant de rage.

Le reflet que me renvoyait le miroir n'était pas très flatteur. J'avais les traits tirés, et l'air courroucé que j'arborais n'aidait pas à rendre l'ensemble plaisant. De plus, mon épaule était noire suite au coup de pierre que ce fichu imbécile m'avait mis plus tôt. Je le haïssais, de tout mon cœur, et je me jurai en ce moment précis de le tuer dès que j'en aurais l'occasion. Dès que je serais assez forte.

Je crachai le reste de dentifrice rosé au fond du lavabo et me rinçai la bouche. Le goût du sang avait disparu. Au moins ça. En relevant la tête, je remarquai le pendentif que Walter m'avait donné, qui m'attendait sagement à côté du robinet. Je l'enlevais pour les entraînements, car il n'était pas très agréable de le sentir frapper contre ma poitrine quand je courais. Cette petite bête était bien lourde. Je continuais à le porter malgré le fait que je ne voulais pas voir mon grand-père. C'était une manière de l'avoir quand même avec moi. Une espèce de sentimentalisme bizarre, mais nécessaire puisque je n'avais plus de contact qu'avec l'imbécile de vampire qui pensait que je lui appartenais. J'avais tout de même inspecté l'objet de long en large pour être sûre qu'il s'agissait uniquement d'un pendentif, ce qui semblait effectivement être le cas.

Je le pris et le remis autour de mon cou. La brûlure que me provoqua le contact de la chaîne me rappela que Lukas m'avait coupée avec sa lame durant l'entraînement. Foutu, foutu vampire. J'ôtai le collier et le lançai par terre de rage. J'avais envie de pleurer.

Je me laissai glisser au sol, non loin du médaillon. Peut-être qu'il n'était pas trop tard pour faire machine arrière. Je pourrais toujours essayer de m'enfuir et de retourner vers Walter. Je savais au moins que lui faisait tout pour que je ne sois pas tuée, même s'il le faisait maladroitement.

Je me relevai au bout de quelques minutes. Il était temps d'aller me coucher.

Avant de quitter la pièce, je ramassai le petit pendentif pour le replacer sur le lavabo. Je pourrais le remettre d'ici deux ou trois jours, la blessure n'étant vraiment pas profonde.

Lorsque je m'approchai à nouveau du miroir, quelque chose me semblait clocher, mais je ne parvenais pas à identifier quoi. J'avais toujours la même gueule de déterrée, toujours le même visage bouffi par la colère et la fatigue. Je devais rêver.

Je fis demi-tour et éteignis la lumière en arrivant à la porte. Et je me figeai sur place. Je rallumai et me retournai pour faire face au grand miroir surplombant la baignoire. Incroyable. Je fis quelques pas en me scrutant, incapable de regarder mon propre corps ailleurs que dans le reflet.

Mon épaule n'était plus noire. Après l'avoir reluquée sous tous les angles pendant près d'une minute dans le miroir, je me décidai à l'observer directement. Je la palpai, la tordis, et la pinçai. Rien. Je n'avais pas mal, et je n'avais plus aucune marque. Une inspection rapide me permit de constater que je n'avais plus aucun bleu nulle part, et, lorsque je portai la main à mon cou, la croûte que la lame de Lukas m'avait laissée avait aussi disparu. Et pourtant, elle était là à peine quelques instants plus tôt. Et ça ne voulait dire qu'une chose. Si la petite quantité de sang que j'avais réussi à ingurgiter avait guéri mes blessures, Dieu sait la force que me procurerait une dose que mon estomac accepterait de garder.

Je courus hors de la salle de bains.

— Lukas !

Mais il n'était plus là. Je frappai à sa porte et entrai sans attendre d'invitation, pour m'arrêter après avoir fait un pas à l'intérieur. Il était couché sur son lit, torse nu et couverture lui remontant jusqu'au nombril, les bras croisés derrière la nuque. Il ne daigna même pas tourner la tête lorsque je pénétrai dans la pièce. Évidemment, il savait que j'arrivais, il m'avait entendue l'appeler quand j'étais sortie en trombe de la salle de bains.

Je n'étais encore jamais entrée dans sa chambre. Les murs étaient rouge sang, et les meubles en ébène. Il y en avait peu, comme dans la mienne, et le lit ressemblait énormément à celui dans lequel je dormais, à la différence près qu'il avait une armature en fer forgé. Ici, pas de décorations. Juste un bureau et une bibliothèque gigantesque qui prenait toute une paroi et débordait elle aussi de livres.

— Si tu crois que c'est le bon soir pour venir me proposer une amnistie en échange de faveurs sexuelles, tu te trompes, dit-il sans détacher les yeux du plafond.

Je fis un pas dans sa direction. Ce n'était pas le moment de l'insulter. Je m'abstins donc de relever sa remarque.

— Regarde, fis-je simplement en baissant la bretelle de mon top, bien que ce soit inutile.

— Je t'ai dit non.

—Ce que tu peux être con par moments, c'est pas possible! grognai-je en allant m'asseoir à côté de lui sur le lit.

Il me lança un coup d'œil dans lequel j'arrivais encore à lire la colère qu'il éprouvait à mon égard. Mais il regarda ensuite mon épaule, et se releva dans le lit. Les draps ne cachaient pas grand-chose de ce qu'il ne devait pas être en train de porter.

—Plus rien! fis-je, sous le coup de l'émotion.

Il effleura mon omoplate, comme pour palper la véracité des faits. Le contact m'électrisa aussitôt, comme chaque fois qu'il me touchait. Mais les sensations étaient plus nettes, plus fortes, plus prenantes. Il ne manqua pas de remarquer l'effet qu'il produisait sur ma peau.

—Intéressant, dit-il vaguement.

Je ne savais pas s'il parlait de ma guérison, ou de la réaction que ses doigts avaient provoquée.

—Plus rien nulle part?

—Non, répondis-je doucement en désignant ma jambe du menton. Plus rien.

Sa main descendit pour effleurer mon genou. La chair de poule me venait au fur et à mesure qu'il retraçait l'endroit où ses pierres m'avaient marquée, et je compris que j'avais cherché ce contact. Je ne savais pas si j'allais résister longtemps. J'avais beau le haïr profondément, il y avait quelque chose chez ce type qui m'attirait de manière dérangeante. C'était viscéral, ou plutôt… animal.

Il me regardait toujours avec un air noir, mais il ne semblait plus franchement en colère. Je n'arrivais pas vraiment à deviner à quoi il pensait, et ça me mettait énormément mal à l'aise.

Il quitta mon genou pour se saisir de mon menton et le lever sans ménagement. Il passa ensuite ses doigts de mon oreille à mon cou. Et il continuait à descendre.

—Qu'est-ce que tu crois que tu fais ? demandai-je d'une voix mal assurée.

—Je suis comme saint Thomas, murmura-t-il. Je ne crois que ce que je vois. Tu me dis que tu n'as plus rien, je vérifie.

J'aurais pris le temps de remarquer qu'il avait les mêmes références que moi si mon attention n'avait pas été mobilisée ailleurs. Ses doigts se faufilèrent entre mes seins, s'y attardant suffisamment pour que je sois mal à l'aise, mais pas assez pour que je lui décoche un coup du droit. Lorsqu'il arriva en bas de mon top, il utilisa ses deux mains pour le relever et mettre mon ventre à nu. Comme il l'avait fait pour mon épaule et ma jambe, il laissa son index courir autour de mon nombril quelques instants avant de passer un bras dans mon dos pour tenter de me rapprocher de lui. J'étais comme tétanisée, incapable de bouger. Ses yeux étaient plantés dans les miens, et je n'étais pas fichue de détourner le regard.

—Arrête…

Ça sonnait plus comme une supplication que comme un ordre. Je voulais qu'il cesse, mais une partie de moi – que j'avais énormément de peine à maîtriser – souhaitait terriblement qu'il continue.

—Il y a encore un endroit où je t'ai touchée avec une pierre, dit-il. J'aimerais vérifier aussi.

—Ça suffit ! m'écriai-je en me redressant brusquement.

Mais avant que je sois totalement debout, il attrapa mon poignet et me tira vivement dans sa direction, ce qui me fit tomber à la renverse droit sur lui. Les draps avaient assez bougé pour que je me rende compte qu'il était dans le plus simple appareil.

— Laisse-moi me relever, dis-je d'une voix aussi convaincante que précédemment.

D'une main, il saisit la fesse sur laquelle il m'avait fait un bleu lors de l'entraînement.

— Je vois bien que ça ne te fait pas mal si je te touche là, murmura-t-il en se frayant un passage sous l'élastique de mon bas de pyjama.

— Ça suffit ! répétai-je en commençant à me débattre.

Il me fit pivoter si vite que la tête me tourna davantage. Je me retrouvai bloquée sous son poids, les deux mains retenues par une des siennes, alors que son souffle caressait mon cou. Il y déposa un tendre baiser qui faillit me liquéfier sur place. Puis un autre, et un autre, remontant lentement vers ma mâchoire, pour arriver sur ma joue, et se rapprocher encore plus dangereusement de ma bouche.

— Je ne veux pas, murmurai-je.

— Personne ne me dit jamais non très longtemps, fit-il avec un petit quelque chose dans la voix qui me donna envie de m'enfuir à toutes jambes.

Il planta son regard au plus profond du mien. Je sentais ma résistance plier dangereusement. Ses pupilles étaient tellement dilatées que ses yeux semblaient noirs, et bien qu'il m'ait affirmé que c'était impossible, j'avais l'impression d'être sous son emprise.

— Je ne suis p…

Mais je n'arrivai pas à finir ma phrase. Ses lèvres étaient sur les miennes, et il m'embrassa furieusement tandis que, de sa main libre, il caressait la courbe de mes hanches. Je me laissai aller à lui rendre son baiser avant qu'un sursaut de lucidité ne me fasse tourner vivement la tête. Je lui décochai un coup de genou dans l'entrejambe et me dégageai de son étreinte. Il grogna mais ne me sauta pas dessus à nouveau. Et, étrangement, je restai assise dans le lit à lui faire face.

— Si tu crois que c'est le bon soir pour me proposer une amnistie contre des faveurs sexuelles, tu te trompes, dis-je de manière autoritaire.

Il eut un de ses rictus mauvais.

— Tu peux continuer à nier ce que tu désires aussi longtemps qu'il te plaira, susurra-t-il finalement. J'ai toute l'éternité.

— De toute manière, pourquoi tu voudrais d'une petite sotte comme moi? répondis-je en me levant. Tu n'as pas vécu deux cent quatre-vingt-dix-huit ans pour sauter une gamine dans mon genre.

— Si c'est ce que tu crois…

Il se laissa retomber sur son lit, recroisa les bras derrière sa tête et se remit à observer le plafond.

— Bien, dis-je sèchement en me dirigeant vers la porte.

— Bien, imita-t-il sans broncher.

Je sortis de sa chambre et refermai vivement derrière moi. Imbécile de vampire.

Chapitre 17

Je hurlai à m'en déchirer les cordes vocales.
Je me redressai dans mon lit d'un bond, les mains serrées sur les draps. La porte s'ouvrit au même instant dans un fracas assourdissant et Lukas apparut dans ma chambre.

— Doux Jésus ! rugit-il en s'immobilisant. J'ai cru que tu étais en train de te faire égorger !

Je respirais rapidement, et mon cœur ne battait pour ainsi dire pas. L'effet était très bizarre. J'étais morte de trouille.

— Qu'est-ce qui se passe ? demanda-t-il nonchalamment alors qu'il regardait s'il parviendrait à remettre la porte sur ses gonds.

— Rien, j'ai… juste fait un mauvais rêve.

— Il devait avoir l'air très vrai, dit-il d'un ton suspicieux alors qu'il arrivait à ses fins.

Et en effet, il en avait l'air.

Je n'avais pas fait de cauchemar depuis une dizaine de jours, et je pensais que c'était de l'histoire ancienne. Mais avec les nouveaux éléments que j'avais, celui-ci avait de quoi me glacer le sang.

Je n'avais tué personne. Ce qui aurait pu être un bon point, si je n'avais trouvé l'échange que j'avais eu avec Roy des plus dérangeants. Nous étions dans un salon chichement meublé. La pièce était sombre. Seule une lampe à côté de la cheminée éclairait faiblement les environs. J'étais assise sur un fauteuil en face du feu dont il ne restait que des braises qui emplissaient l'air d'une légère chaleur. Devant moi, droit comme un « i », Roy ne semblait pas calme. Sa chemise noire était trouée en divers endroits, et la sueur perlait sur son front.

Je le questionnais sur différents points, et lorsqu'une réponse ne me plaisait pas, je lui enfonçais simplement une lame en argent dans les intestins. C'était très douloureux et je pouvais recommencer à volonté, puisqu'il guérissait instantanément après que j'ai retiré l'arme. J'adorais ça.

J'étais plutôt en colère qu'il n'y ait pas d'avancée, et que la surveillance de l'appartement n'ait toujours rien donné. Le poisson avait changé de rivière. Mais c'était égal. Pour être un bon pêcheur, il faut se montrer patient.

À un moment donné, je m'étais levée pour m'approcher de Roy. J'avais lentement laissé courir ma lame près de son oreille. Je savais à quel point se faire transpercer un tympan est douloureux, surtout par de l'argent.

— Retournes-y, avais-je froidement dit. Et la prochaine fois que je te vois, je veux avoir des nouvelles. Sinon nous…

Et je m'étais arrêtée net.

— Qu'y a-t-il? avait demandé un Roy effrayé.

— Nous ne sommes pas seuls! avais-je alors hurlé en regardant partout autour de moi, la colère portant aussitôt ma voix dans les aigus.

Et je sus qu'il fallait que je parte, le plus vite possible. Il devenait impératif que je me réveille. Sur-le-champ.

J'avais ouvert les yeux avec cette sueur froide dans le dos. Les rêves que j'avais faits auparavant m'apparaissaient comme des cauchemars diffus, sans logique particulière à part de me faire extérioriser une rage que je n'arrivais pas à sortir lorsque j'étais éveillée. Mais après tout ce que Walter m'avait révélé… Si ma mère était une rêveuse, il y avait des chances que je possède aussi ce don. Comme je n'avais manifesté aucune caractéristique vampire jusqu'à il y a quelques semaines, il était tout à fait probable que l'héritage maternel se soit réveillé en même temps. Et si je rêvais du futur et qu'ils ne m'avaient toujours pas trouvée, cela voulait dire que j'étais en sécurité dans le présent.

Je revins à moi. Bien qu'il n'ait pas allumé la lumière en entrant dans la chambre, je remarquai aussitôt que Lukas ne s'était pas rhabillé depuis que nous avions eu notre conversation, un peu plus tôt dans la nuit.

— Nom de Dieu, Lukas! Un peu de décence, fis-je en tournant la tête.

— Quoi, tu n'aimes pas ce que tu vois? demanda-t-il en posant les mains sur ses hanches dans une attitude fière.

À la vérité, je ne voyais pas, je devinais plutôt. Et j'en devinais plus que je n'avais besoin.

— Recouche-toi, me dit-il quand je ne répondis pas. Il est à peine 7 heures du matin, tu as dormi moins de deux heures.

— Je n'ai plus sommeil, dis-je vaguement. J'ai envie d'aller m'entraîner. Tu m'accompagnes?

— Tu es folle, ma belle. Je n'ai pas dormi plus que toi, et je suis de très mauvaise humeur quand je n'ai pas une bonne nuit de repos.

Il n'avait pas bougé d'un pouce. Ce type n'avait pas une once de pudeur. Je devais vraiment me retenir pour ne pas loucher.

— Comme tu voudras, répondis-je. Je vais aller lancer des couteaux. Où est-ce que tu les ranges?

— Tu es complètement folle.

— Parfait, je retournerai l'appartement pour les trouver, lâchai-je d'un ton menaçant.

Il fit claquer sa langue contre son palais dans une attitude énervée. Il disait la vérité, il était affreusement grincheux quand il n'avait pas assez dormi.

— Dans le cagibi à côté de la porte d'entrée, grogna-t-il.

— Merci, répondis-je. Maintenant sors d'ici, que je puisse allumer la lumière.

Il se retira sans ajouter un mot, d'un pas lourd.

J'attendis de l'avoir entendu s'enfermer dans sa chambre pour me relever et m'habiller en vitesse. Une fois dans la pièce principale, je trouvai les couteaux à l'endroit qu'il m'avait indiqué. Je soulevai la grosse caisse en bois massif dans laquelle ils étaient rangés et réussis tant bien que mal à déverrouiller la porte d'entrée et m'engouffrer dans l'escalier. Je dus néanmoins me résoudre à la reposer pour remonter chercher les clés, Lukas étant un aficionado des serrures.

Je me dirigeai vers le mur où Lukas avait installé une cible le jour précédent. J'ouvris la malle et détaillai le choix qui s'offrait à moi. Une ribambelle de couteaux qui n'attendaient que d'être sortis. Il y en avait pour tous les goûts. Je fis courir mes doigts sur les attaches, en me demandant si certains étaient en argent. Je m'y connaissais assez peu en lames et en métaux pour avoir la réponse à cette question, mais il m'aurait semblé étonnant que Lukas me laisse à disposition des armes qui seraient létales pour lui. Cela faisait peut-être des jours qu'il me faisait des avances plus ou moins tentantes, mais il n'était pas fou pour autant. Il devait bien se douter que, quelque part, je n'attendais qu'une occasion pour lui trancher la gorge. Et tordu comme il était, j'étais sûre que ça faisait partie des choses qui l'excitaient encore plus.

Je me saisis d'un couteau et regardai les reflets de la lumière artificielle jouer sur la lame. Lukas était sensible à l'argent, comme tous les vampires. Ce n'était visiblement pas du folklore, même si je ne voyais aucune raison logique pour que ce métal fasse plus d'effet qu'un autre alliage. Mais il y avait sûrement beaucoup de non-sens dans le mythe des suceurs de sang… Il faudrait que j'en apprenne plus un jour.

J'ouvris lentement la main qui ne tenait pas le couteau. Elle me semblait tellement blanche sous les néons de l'entrepôt. Je me demandais si ma pâleur extrême était liée à mes origines. Certainement que non. Lukas était loin d'avoir une peau d'albâtre, tout comme les autres vampires que j'avais rencontrés.

Je pliai et dépliai les doigts plusieurs fois, en contractant bien mes muscles, pour voir si je pouvais faire rougir ma paume. Une fois que de la couleur y fut apparue, je les étirai immédiatement et, avant d'avoir eu le temps de changer d'avis, je passai rapidement la lame sur tout l'intérieur de ma paume. Je ressentis de petits picotements, plus que de la douleur, alors que le pourpre se mettait à couler là où le couteau avait tranché la chair. Je le regardai fixement, fascinée. Sa teinte était si vive, si chaude, si belle. C'était captivant. Je commençai à me remémorer les tortures que j'avais infligées au cours des rêves qui n'en étaient probablement pas. J'éprouvais la même excitation devant ma propre main.

Sous le sang, la plaie avait déjà entamé sa cicatrisation. Je ne le voyais pas à cause du liquide pâteux qui la recouvrait, mais je le sentais. C'était une sensation grisante. Les fourmillements que cela me provoquait avaient quelque chose d'extrêmement plaisant. C'était comme si mon corps avait une volonté propre, dont j'étais simple témoin. Il avait une force que je commençais à ressentir et qui m'ensorcelait. Je me rendais bien compte que la guérison n'était pas aussi rapide que chez Lukas, qui avait récupéré d'un trou béant en quelques secondes, mais je n'étais pas totalement vampire, et ça m'était bien égal. L'autre moitié était certainement puissante à sa manière, même si je ne savais pas comment m'en servir.

Les picotements arrêtèrent, et je me mis à gratter le sang à moitié séché pour découvrir qu'effectivement, la coupure avait totalement disparu. Ma paume, bien que rosée, était comme neuve. Je me demandais s'il me serait possible de jouer à la torche humaine comme Walter l'avait fait. Qui ne tente rien n'a rien, pensai-je en m'asseyant par terre.

Je posai le couteau à côté de moi, et, en tailleur, plaçai mes avant-bras sur mes genoux, paumes tournées au plafond. Je me mis à respirer profondément. Il fallait que je me concentre, mais je n'arrêtais pas d'entrouvrir les yeux pour voir si quelque chose se passait. Mais rien ne se produisait. Mes mains étaient toujours aussi ternes, et je ne ressentais rien. Je pestai intérieurement. Il avait été stupide de ma part de croire que j'aurais pu reproduire ce que Walter avait fait si facilement. Comme si le fait d'avoir démontré des aptitudes hors normes me rendait toute chose possible. Je me fustigeai pour ma naïveté tout en me relevant.

Je pris deux autres couteaux dans la malle et me redressai, face au mur, tout en m'injuriant à voix basse. Je regardai la cible, une succession de ronds jaunes et un centre rouge sur le fond gris de la paroi. Lors de l'entraînement précédent, j'avais réussi à en mettre plusieurs près de la mouche, plus par chance qu'autre chose. La plupart des lames n'avaient même pas atteint leur objectif et s'étaient écrasées au sol.

Je pris une grande inspiration et lançai mon premier couteau. Il se ficha près de l'extrémité inférieure, mais retomba peu après, rappelé par la gravité. Je ne l'avais pas envoyé assez fort. Je jetai le deuxième, qui subit un sort identique. Le troisième resta planté dans la cible assez longtemps pour que je puisse aller l'enlever et ramasser les deux autres. Je recommençai.

Au bout de quelques minutes et de dizaines de couteaux lancés, pas franchement mieux que les précédents, j'entendis un craquement derrière moi. Je me retournai en sursaut pour découvrir Lukas, appuyé contre le mur près de la porte, me regardant. Il avait pris le soin d'enfiler un jean et un tee-shirt noir. C'était bien la première fois que je le voyais porter un tee-shirt.

— Tu veux que j'aie une crise cardiaque ? lâchai-je, bien que soulagée.

Un léger sourire vint ourler ses lèvres. Il ne bougea pas.

— Ta petite séance de méditation ne t'a pas aidée à viser mieux, fit-il remarquer, pensivement.

L'enfoiré. Depuis combien de temps me surveillait-il ?

— Il faut croire que mon professeur n'est pas très doué, répliquai-je.

Son sourire s'élargit un court instant avant de disparaître.

— C'est d'entraînement que tu as besoin. C'est en forgeant qu'on devient forgeron, comme vous dites.

Je le regardai brièvement avant de lâcher :

— Parce que vous, vous dites quoi ?

Il haussa un sourcil alors que ses yeux se plissaient dans un petit air malicieux qui lui allait à ravir.

— Qu'est-ce que tu veux dire ?

L'emmerdeur. Il savait très bien ce que je voulais dire.

— Tu sais, par chez toi. Vous dites sûrement autrement. D'ailleurs, c'est où, par chez toi ?

Il se redressa, de l'amusement peint sur le visage.

— Tout ça pour me demander d'où je viens, eh bien !

Je râlai intérieurement en pinçant les lèvres.

—Parce que si je te pose la question clairement, tu y répondras ?

Il parut réfléchir un moment. Finalement, il se laissa à nouveau aller contre le mur et croisa les bras.

—Non, fit-il évasivement.

Je soupirai bruyamment.

—T'es incroyable, lançai-je amèrement.

—Les femmes me le disent souvent. Pourquoi ce soudain intérêt ? demanda-t-il ensuite d'un ton qui semblait sincère.

Je repensai à ce que Roy lui avait dit, ce soir-là dans mon appartement. « *C'est ce qui arrive quand on est un solitaire qui ne fait confiance à personne* », ou quelque chose dans ce goût-là. Lukas ne lâcherait aucune information sur lui. Ce n'était pas la première fois que je l'interrogeais sur quelque chose de personnel, et comme à son habitude, il n'y donnait pas suite. Je me retrouvais à l'aider à chercher un père que je n'avais pas connu, dans l'intention de le tuer, et j'ignorais jusqu'aux raisons qui le poussaient à vouloir se venger.

—Pourquoi tu ne réponds jamais aux questions ? demandai-je, sans animosité aucune.

Ses yeux firent un rapide détour vers le plafond. Je pensai alors à la lecture du langage corporel. J'avais appris que selon le côté où on les levait, on était sincère ou on mentait, mais je n'avais pas vu où il avait regardé exactement. Et de toute manière, je ne me souvenais pas de quel côté était synonyme de vérité.

—Je réponds à tes questions, lâcha-t-il finalement.

Je ricanai.

—Non, tu ne laisses jamais rien filtrer. Je suis ici depuis plus d'une semaine, et je ne sais rien sur toi.

Il gardait le silence, toujours figé contre le mur.

— Je ne sais pas où tu as rencontré Walter, ni le grand scarifié.

Je cherchais son nom, mais j'étais incapable de m'en souvenir.

— Lalawethika, me dit-il.

— Oui, lui. J'ignore d'où tu les connais, ou pourquoi tu as sauvé la vie de mon grand-père. Tout. La seule chose que tu révèles sur toi c'est que tu es un coureur de jupons, et à t'entendre, on croirait que tu as passé les trois derniers siècles au lit.

Je me serais attendue à un sourire narquois comme il en faisait tant, mais il resta impassible. Je sentais la colère remonter doucement le long de mon système nerveux.

— Tu es jalouse ?

La question me surprit tellement que je fis les gros yeux et lui envoyai un des couteaux que je tenais encore. Il rata lamentablement sa cible alors que Lukas se protégeait – plus théâtralement qu'autre chose – le visage de ses bras, en riant.

— Tu manques cruellement d'entraînement, me dit-il en s'esclaffant.

— Disparais ! hurlai-je en lui jetant la dernière lame.

Il ne se fit pas prier et s'éclipsa dans l'escalier, pouffant toujours. Je détestais ce type.

— Tiens tiens, mais regardez qui voilà.

Elliot posa son plateau en face de moi. Derrière lui, Tara me lança un petit sourire content. Ils prirent place tandis que j'observais d'un œil distrait la cafétéria surpeuplée. Étonnamment, personne n'était venu s'asseoir à côté de moi avant eux.

— Salut, fis-je simplement.

Elliot n'avait aucune expression sur le visage, et il était impossible de déterminer s'il était encore en colère ou heureux de me voir.

— Tu vas bien ? me demanda Tara. On dirait que tu n'as pas beaucoup dormi.

En effet, je n'avais pas vraiment fermé l'œil. La veille, j'avais passé le reste de ma « nuit » à me perfectionner au lancer de couteau. J'avais déjà pensé à m'enfuir à l'université, mais je savais que Lukas me surveillait. J'avais donc décidé de patienter un jour de plus. Nous étions mardi, et je n'avais pas du tout dormi de la nuit. Après l'entraînement, je m'étais douchée et j'avais gentiment attendu dans ma chambre que Lukas sombre dans le sommeil pour filer en douce. De toute manière, une fois le soleil levé, je n'aurais aucun problème pour passer la journée tranquille.

— Ça va, répondis-je évasivement. Merci encore pour la voiture.

Elliot émit un petit son réprobateur.

— Et merci de l'avoir laissée chez ma mère, dit-il.

OK, Elliot était toujours en colère contre moi.

— Si tu es venu uniquement pour me faire des reproches, tu aurais pu t'asseoir à une autre table. J'ai du boulot à rattraper qui se passerait bien de sarcasmes.

Je désignai du menton le tas de feuilles qui reposait devant moi. J'avais manqué plus d'une semaine, sans compter toutes les fois où j'avais séché avant, et j'aurais du travail pour me remettre à niveau. Heureusement, une fille de ma classe avait été assez sympa pour me photocopier ses notes, et vu que nous suivions quasiment tous les mêmes cours, j'avais presque tout ce qu'il me fallait.

— Où est Brianne ? lançai-je pour changer de sujet.

Je vis les regards fuyants et les bouches pincées de mes interlocuteurs.

— Avec Marc, répondit Tara d'une voix traînante.

Visiblement, la cote de Marc n'avait pas grimpé durant mon absence.

— Et toi, me demanda Elliot en croisant les bras sur sa poitrine, où étais-tu pendant tout ce temps ?

À peine une matinée de tranquillité et il me faisait déjà chier. Et la matinée de tranquillité, c'était uniquement parce que je ne l'avais pas vu.

— Oh, tu sais, répondis-je de manière désinvolte. Bagarres dans les bars, mecs rencontrés le soir même. La routine !

Les yeux d'Elliot noircirent aussitôt. On aurait dit qu'il essayait de me lancer des éclairs. Tant mieux, j'en avais autant à son égard.

— Hé, ça suffit tous les deux, nous réprimanda Tara. J'aimerais bien que vous fassiez un effort. Vous n'avez pas passé vingt ans à être amis pour en arriver à vous sauter à la gorge dès que vous vous voyez.

Elliot fit une drôle de moue. On aurait dit que le petit garçon avec qui j'avais l'habitude de me battre étant enfant n'était pas spécialement heureux de s'être pris un coup donné par une fille. Je n'étais pas spécialement contente non plus de la remarque de Tara, surtout que, pour changer, elle avait raison. Je ne voulais pas me disputer avec lui. J'étais revenue pour récupérer un semblant de normalité dans ma vie. Or, les querelles avec lui n'en faisaient pas partie, et j'avais envie de retrouver mon ami.

Il poussa un grand soupir et décroisa les bras.

— Trêve ? demanda-t-il.

— Trêve.

Et nous nous sourîmes.

— Enfin, la voilà la vraie routine ! dit Tara avec une mine réjouie.

Le reste de la pause de midi se passa dans la joie et la bonne humeur. Il était agréable de rire avec des gens normaux, et je me rendis compte à quel point ça m'avait manqué, à quel point ils m'avaient manqué. Elliot se montrait correct avec moi, et j'en étais ravie. Quant à Tara, même si elle m'énervait toujours autant, j'avais du plaisir à la voir également. Pour la première fois depuis de longues semaines, j'avais l'impression d'être ordinaire, et ça faisait un bien fou.

Après le repas, j'avais deux périodes d'histoire de la littérature anglaise. Pas franchement ma matière préférée. Mais bon, je ne m'étais pas battue pour revenir et me mettre à sécher les cours directement.

Je croisai Brianne alors que je me rendais dans ma salle de classe. Elle s'arrêta au milieu du couloir en me voyant, et je fus agréablement surprise qu'elle ne déguerpisse pas aussi sec après m'avoir reconnue.

— Salut, dit-elle sobrement.

Son visage était calme, et ses yeux n'avaient rien de méchant. Je remarquai qu'elle se coiffait à nouveau. Sa tignasse éblouissante partait dans tous les sens, mais de manière bien orchestrée. Et surtout, il n'y avait aucune animosité dans sa voix.

— Salut.

Quelques étudiants passèrent devant nous avant qu'une de nous ne reprenne la parole.

— Tu vas bien ?

J'étais tellement heureuse de la question que j'y répondis par un sourire.

— Et toi ? demandai-je.

— Très bien, fit-elle avant que le silence ne s'installe.

Je ne savais pas quoi lui dire, mais nous avions déjà fait un pas de géant.

—Il faut que je file, ajouta-t-elle après avoir jeté un rapide coup d'œil à sa montre. On se voit tout à l'heure !

Je répondis d'un simple signe de tête et la regardai disparaître dans le couloir, noyée par la foule qui se répartissait gentiment dans les différents locaux. Je repris mon chemin, sourire aux lèvres.

Je retrouvai Hannah à l'intérieur de ce qui nous servait de classe, un petit auditorium tout bleu foncé dont les chaises étaient aussi confortables que celles de la salle d'attente d'un dentiste. C'était elle qui m'avait donné ses notes, et c'était une vraie machine de guerre. Elle consignait soigneusement tout ce qui était dit en cours, et être assise à côté d'elle était une réelle incitation à suivre attentivement. Je pris place et le professeur entra dans la pièce. À peine eut-il posé sa sacoche sur le bureau qu'il se mit à parler de Chaucer. Il s'exprimait de manière automatisée. Le sujet le motivait certainement autant que moi.

Je me tournai vers Hannah.

—Tu n'aurais pas une feuille, par hasard ?

Elle en arracha à son bloc et me la tendit.

—Et un stylo ? demandai-je innocemment.

Elle rigola et fouilla dans sa trousse.

—Tu ne changeras jamais, fit-elle en me le donnant.

Je me serais bien défendue, mais je me voyais mal lui dire que je ne pouvais pas retourner chez moi, car ma tête était mise à prix par une bande de vampires peu commodes. J'aurais quand même bien aimé, juste pour voir sa réaction. Je souris tout en commençant à noter les dates que le professeur lâchait.

Dix minutes plus tard, elle avait déjà noirci trois feuilles de papier, alors que j'en avais à peine rempli une moitié. C'était vraiment une machine. Je ne savais pas comment elle faisait. Son poignet devait être fait en acier.

Le cours était d'un ennui mortel. Le sommeil me rattrapait à grands pas. Je me mis à bâiller alors que mon attention se détournait dangereusement de ce que le professeur était en train de dire. À ma décharge, il n'était pas vraiment passionnant, avec sa voix monotone et sa joie de vivre communicative. Son visage n'aidait pas à lui donner l'air enjoué. Il avait les mêmes yeux que Droopy.

Au bout d'un moment, je me rendis compte que, à côté de moi, Hannah ne bougeait plus. Elle avait la tête relevée et ne prenait plus de notes.

— Qu'est-ce qu'il y a ? lui demandai-je en chuchotant.

— Rien, répondit-elle. Y a juste un nouveau dans la classe, et il est terriblement sexy.

Je rigolai. Ce n'était pas du genre d'Hannah de se laisser déconcentrer par des garçons. Elle, c'était plutôt les cours avant tout. Je recommençai à prendre des notes en souriant.

Mais elle ne se décidait pas à revenir à la réalité.

— Hé, réveille-toi, dis-je en lui donnant un léger coup de coude. Tu manques tout ce que le prof est en train de cracher.

— T'as raison. En plus, je crois que c'est toi qui l'intéresses, fit-elle d'un petit ton déçu.

Puis elle se remit à écrire, pendant que l'angoisse me gagnait. Je déglutis péniblement, sachant avant même de tourner la tête que j'avais des ennuis. Je jetai un coup d'œil discret.

J'étais dans une merde noire.

Chapitre 18

J'étais persuadée que les vampires ne pouvaient pas vivre le jour.

J'avais tort.

J'étais de retour à l'appartement, et Lukas n'était pas du tout, du tout content. Il faisait les cent pas en fulminant silencieusement. Finalement, une fois dans la cuisine, il se retourna et me fusilla du regard.

— Est-ce que tu as complètement perdu l'esprit ? hurla-t-il en frappant du poing sur le bar.

C'était la première fois qu'il m'adressait la parole depuis qu'il m'avait récupérée. Il avait attendu que nous soyons rentrés pour me passer un savon. C'était si gentil de sa part. Un vrai gentleman. En colère.

Lorsque je l'avais vu à mon cours d'histoire de la littérature anglaise, mon cœur s'était arrêté. Et ce n'était pas une manière de parler. Je commençais à me rendre compte qu'il le faisait chaque fois que j'avais peur, un peu comme si la partie vampire en moi prenait le relais dans ces cas de figure.

Je n'avais plus réussi à écrire le moindre mot pendant la dernière heure, et j'étais sortie du bâtiment, la queue entre les jambes, en attendant qu'il me rattrape. Il n'avait pas parlé, nous avions grimpé dans la Volvo rouge de Mme Bartowski, et nous étions rentrés, entourés d'un lourd silence. Je savais que mon attitude lui avait déplu, mais j'escomptais plutôt du cynisme et des menaces. Pas de la colère. Je ne l'avais jamais vu énervé avant ça.

—Je t'avais averti que j'y retournerais, répondis-je sans me démonter.

—Et je te l'avais interdit.

Retracer la dispute que nous avions déjà eue ne nous mènerait nulle part. Mais bon.

—Et je t'avais dit que tu n'avais pas d'ordres à me donner, ajoutai-je, contenant difficilement l'agacement dans ma voix.

Pour toute réponse, il frappa à nouveau sur le bar, qui se fendit sous le coup. Il était vraiment, vraiment, vraiment en colère.

—Tu aurais pu te faire tuer! hurla-t-il ensuite. Tu te rends compte de ça?

—Et tu aurais perdu ton précieux appât? Trop bête.

J'avais l'impression d'être une adolescente rebelle de quinze ans, mais je m'en fichais. Je détestais qu'on me crie dessus.

J'avais décidé de ne pas lui parler de mes rêves et donc du fait que j'étais sûre qu'il ne pouvait rien m'arriver. Cela ne le regardait pas. Je n'étais que de la marchandise pour lui, et il était en train de frôler la crise cardiaque parce que tout ce qu'il voulait était arriver jusqu'à mon père. Il me dégoûtait. Il ne s'intéressait pas à ma sécurité. Tout ce qui l'intéressait, c'était son propre nombril.

—Tu es vraiment une petite imbécile, me dit-il sur un ton écœuré.

S'il y avait bien une chose que je détestais plus que de me faire crier dessus, c'était de me faire insulter. Ça allait finir dans un bain de sang.

—Et toi un grand connard, répondis-je sur le même ton.

— C'est la dernière fois que tu m'insultes ! gronda-t-il en me pointant du doigt.

— Sinon quoi ? demandai-je avec un ton de défi. Tu vas me tuer ? À d'autres !

— Tu es vraiment une petite sotte, dit-il dédaigneusement.

Là, il avait dépassé mes bornes. Qu'il m'appelle ainsi me mettait hors de moi.

— Très bien, crachai-je. Tu veux régler ça d'homme à homme ? Donne-moi du sang, et on va se battre.

Il commença à rire à gorge déployée. Je le pris très mal.

— Quoi, t'as peur de la petite sotte ?

Son sourire se figea. Il disparut en une fraction de seconde pour revenir l'instant d'après avec une pochette qu'il me jeta sur le comptoir, à côté de la fente qu'il venait d'y faire.

— Fais comme chez toi, me dit-il amèrement.

Je la pris et déchirai le haut du plastique. Je n'allais pas me faire chier avec une tasse maintenant. Et je n'allais pas non plus lui montrer que mes tripes m'insultaient à la simple vue de ce liquide. J'avais essayé d'en boire le soir précédent, avant l'entraînement, et il avait subi le même sort que le premier. Mon corps refusait de le garder. Mais cette fois-ci, ce serait différent.

Je portai la pochette à ma bouche et me mis à avaler, lentement. Je sentais les protestations de mon ventre au fur et à mesure que le sang y descendait, mais j'étais plus têtue que lui.

Je finis d'ingurgiter le contenu de l'emballage puis le jetai à la tête de Lukas qui le rattrapa au vol. Quelques gouttes lui aspergèrent le visage. Rien à foutre qu'il le prenne mal, c'était le but. Il me renvoya une œillade mauvaise, contourna le bar, me saisit par le poignet, et m'entraîna sans ménagement jusqu'à l'entrepôt. Il me projeta au sol une fois que nous y fûmes arrivés. Je me relevai comme si de rien n'était et lissai théâtralement mes habits. Hors de question de lui laisser le dessus.

—Alors, montre-moi ce que t'as, gamine, dit-il avec un air méchamment amusé.

Je lui rendis son regard et le chargeai sans attendre, mais il était trop rapide. Le temps que j'arrive à l'endroit où il se trouvait, il avait déjà disparu. Par contre, même s'il bougeait trop vite, pour la première fois, j'avais réussi à le voir.

Je me retournai pour lui faire face.

—Je croyais que tu aimais quand les femmes te sautent dessus, dis-je cyniquement.

Et avant d'attendre une réponse, je chargeai à nouveau. Je savais qu'il s'enfuirait sur le côté lorsque je me mettrais en mouvement. Aussi partis-je directement sur la droite. Merde, mauvais côté. Il rigola méchamment. S'il voulait me foutre en rogne, ça fonctionnait.

Je me retournai rapidement et bondis sans même regarder où j'allais. Je m'étais dirigée à l'ouïe, et j'avais fait mouche. Je lui arrivai dessus de plein fouet, et nous fîmes quelques tours avant d'être arrêtés par le mur. Ma tête produisit un bruit sourd lorsqu'elle le percuta. Mais je n'avais pas le temps de m'en inquiéter.

Nous nous relevâmes promptement et je lui envoyai un genou dans le ventre, suivi d'un coude dans le visage. Le regard qu'il me lança n'augurait rien de bon. Je fis la moue. Je venais de comprendre qu'il m'avait laissée le frapper, et qu'il avait trouvé cela très amusant.

Il sauta vivement et se retrouva sur ses pieds, dans mon dos. Je me retournai pour recevoir un coup du droit dans la mâchoire, que je sentis craquer sous le choc. Le bruit qu'elle fit était nettement plus alarmant que celui de ma tête contre le mur. À n'en pas douter, elle était disloquée. Enfoiré. Mon premier réflexe fut de lui mettre une baffe.

— Et c'est ça que tu vas faire pour te défendre ? Donner une gifle quand t'en prends une parce que ça ne se fait pas de taper les femmes ?

Je le chargeai à nouveau. Grâce au sang, je parvenais à le suivre. Je peinais, mais j'y arrivais. Il n'évitait plus que rarement mes assauts, même s'il les encaissait bien.

Après cinq minutes intensives, j'attaquai avec un coup du droit, qu'il esquiva en se baissant et en me désarçonnant d'un coup de pied, et je tombai bruyamment. Je tentai de me relever, mais il me tenait par les jambes et il ne tarda pas à me tirer en arrière jusqu'à lui. Je n'arrivais pas à le faire me lâcher, ni à me retenir, mes doigts glissant sur le sol.

Une vive douleur à la hanche m'indiqua qu'il venait de me traîner sur une des pierres qu'il avait lancées deux jours plus tôt. Je m'en saisis et me retournai rapidement pour la lui envoyer en plein visage. Et j'atteignis ma cible. Il hurla en portant les mains à son nez. Enfin libre, je me relevai pour lui décocher un coup de pied dans les parties qui le plia en deux, puis un coup de poing sur la tempe, et un autre coup de genou dans les côtes. Il finit à terre et je lui grimpai dessus comme pour planter le drapeau de la victoire. J'étais plus que ravie.

Il se tenait toujours le visage à deux mains, du sang s'échappant entre ses doigts.

— Merde, tu vas bien ? demandai-je, soudain inquiète.

Lorsqu'il ôta ses mains de devant son nez, il avait l'air parfaitement normal. Ce qui l'était moins, c'étaient les deux canines allongées qui bordaient le sourire qu'il m'adressait. En une fraction de seconde, je me retrouvai écrasée sous son poids, les bras retenus comme il l'avait fait la veille, au-dessus de ma tête. Il me regardait méchamment, et mon cœur cessa de battre. Il allait peut-être bien me tuer en fin de compte.

— Tu te défends pas mal, pour une miniature. Mais ne sous-estime jamais le fait que ton adversaire ne va pas jouer selon les règles. Si tu as l'occasion de le finir, finis-le.

Je ne répondis rien. J'avais trop peur de dire quoi que ce soit qui puisse l'inciter à vouloir me liquider sur-le-champ.

— Au moins, maintenant on sait que tu as des réflexes. On va pouvoir travailler sérieusement.

OK, il n'avait pas décidé de me tuer. Je me détendis, et j'entendis un « poum poum » régulier dans ma poitrine.

— Je fais battre ton cœur on dirait, remarqua-t-il d'un petit ton mielleux.

— Lâche-moi, dis-je de manière neutre.

— Et si j'ai pas envie?

Qu'est-ce que j'aurais pu répondre? Qu'on allait juste rester là pendant quelques heures jusqu'à ce qu'il se lasse?

De sa main libre, il caressa ma joue.

— S'il te plaît, ajoutai-je.

Ses yeux sourirent.

— Je vois qu'on fait des progrès, fit-il, amusé.

Je détestais ce petit ton condescendant.

Il ne bougeait pas. La situation devenait infernale. J'étais terriblement excitée par la position dans laquelle il me tenait, et je savais qu'il en était conscient. Son index redessinait le contour de mon menton, et je sentais petit à petit ma résistance s'affaiblir. Le sang décuplait chacune de mes sensations, tant la douleur que…

Putain de bordel de merde! Je hurlai alors que mes jambes se raidissaient jusqu'aux doigts de pied. Il venait de remettre ma mâchoire en place d'un coup sec.

— Tu es malade! aboyai-je, hors de moi.

Il me relâcha et je me massai vivement le bas du visage, toujours couchée sur le sol. Il s'était relevé.

— C'est comme les sparadraps, il faut les arracher d'un coup. Enfin, c'est ce qu'on dit. Je n'ai jamais eu le loisir de tester, personnellement, ajouta-t-il d'un ton désinvolte.

— J'aurais dû te remettre le nez en place quand j'en avais l'occasion, grognai-je en me redressant.

Il m'adressa un petit sourire malicieux.

— Tu aurais dû, en effet. Mais maintenant c'est trop tard. Alors va dormir quelques heures, et ensuite on s'entraînera.

Nous remontâmes à l'appartement. Il avait raison, j'étais exténuée, j'avais besoin de repos. Mais la curiosité me taraudait. J'avais la main sur la poignée de ma chambre lorsque je décidai de faire demi-tour.

Je frappai à la porte de la salle de bains, où il avait disparu quelques instants plus tôt.

— Entre, dit-il.

J'ouvris et le découvris devant le miroir. La chemise qu'il portait auparavant était en boule à ses pieds, rougie, et il était en train de nettoyer les traces de sang qu'il lui restait sur le corps. Il était d'une beauté à couper le souffle. Je regrettai aussitôt d'être entrée. Il semblait rayonner dans le blanc de la salle de bains, et je ne savais pas si le sang y était pour quelque chose. Mais j'avais de plus en plus de peine à réprimer l'envie de lui sauter dessus qui m'obsédait depuis que j'avais fait un pas dans la pièce.

— Qu'est-ce que tu veux ? demanda-t-il d'un ton neutre.

Il ne s'était pas retourné, et me regardait au travers du miroir. S'il s'était rendu compte de mon malaise, il ne le montrait pas. Assez perturbant.

Il fit couler l'eau et rinça le gant de toilette avec lequel il s'était frotté la gorge. Le gros du sang était parti, mais la peau était encore roussâtre.

— Je croyais que vous ne pouviez pas vivre le jour ? demandai-je d'une voix incertaine en essayant de ne regarder que son visage.

Il ferma le robinet et essora la serviette pour en extraire le surplus d'eau. Puis il recommença à se nettoyer la gorge. Ses bras musclés luisaient sous la lumière artificielle. Ce n'était pas vrai que les vampires étaient blafards. La peau de Lukas n'avait rien de blanc. Elle était mate, presque un peu dorée, et semblait douce comme de la soie.

— Tu ne connais rien aux vampires, répondit-il finalement.

— La faute à qui ? murmurai-je.

Il se retourna et me regarda. Il me jaugea quelques instants avant de reprendre la parole.

— Les vampires sont affaiblis par la lumière directe du soleil, mais ça ne les tue pas. Il suffit de ne pas se retrouver en contact trop longtemps pour que tout se passe bien. Tu n'en verras jamais brûler comme au cinéma, c'est des conneries.

— OK, dis-je simplement.

— D'autres questions ?

J'hésitais quelques instants. C'était la première fois qu'il me donnait une réponse. C'était troublant, et je ne savais pas trop si j'osais pousser ma chance plus loin.

— Comment est-ce qu'on tue un vampire ? demandai-je d'une petite voix.

Je l'avais déjà vu en éliminer un, mais je n'avais pas vraiment pu observer la manière dont il s'y était pris. Tout était allé trop vite, et j'avais d'autres préoccupations sur le moment. Bien sûr, j'avais compris qu'en leur arrachant la tête on y arrivait, mais j'étais loin d'avoir la force de l'Indien.

Il haussa les sourcils.

— Pour que tu puisses me tuer la prochaine fois ?

Je fis un pas dans sa direction.

—Ne sois pas stupide, je n'ai aucunement l'intention de te tuer.

Il se retourna vers le miroir et recommença à se frotter le cou. Sa peau satinée était vraiment attrayante, et l'envie d'y promener mes mains me démangea à nouveau.

—Il t'en reste là, dis-je en faisant un signe en direction de sa nuque.

Il était couché lorsque le sang avait coulé, et cela avait dégouliné jusque dans le haut de son dos.

—Donne-moi ça, ajoutai-je en lui prenant la serviette.

Je me plaçai derrière lui et commençai à frotter. Il n'avait pas bronché. Il se laissait faire, silencieusement. Cela me mettait très mal à l'aise. Il aurait fait une remarque salace depuis longtemps, normalement.

Je rinçai le gant de toilette et enlevai les dernières traces de sa peau, puis le jetai dans le lavabo.

—Bon, qu'est-ce qui se passe? demandai-je.

Il se retourna pour me faire face. Ou plutôt, pour me surplomber. Il avait l'air grave.

—Tu n'as pas idée d'à quel point je me suis inquiété quand j'ai vu que tu n'étais plus là.

—Évidemment, perdre ta seule possibilité de trouver Victor a dû te filer des cauchemars.

—Arrête avec ça, dit-il d'un ton agacé. C'est pour toi que je me suis fait du souci, petite sotte.

Il m'avait encore traitée d'imbécile, mais il l'avait fait avec une sorte d'affection dans la voix qui me donna des frissons dans le bas du dos.

—Ah.

Il secoua la tête.

—Je ne sais pas ce que tu imagines, si tu crois que les vampires sont incapables de sentiments ou je ne sais quoi, mais je tiens à toi, et à ce que tu restes en vie.

Je ne m'étais jamais demandé si les gens de son espèce avaient des émotions ou pas. Ça ne me semblait pas trop saugrenu qu'ils en aient. Après tout, c'étaient des humains à la base. Je pensais juste que lui, en particulier, était un connard égoïste, narcissique et arriviste.

— Et c'est à cause de ça que tu as l'air aussi préoccupé ? Parce que je peux t'assurer q...

— Non, dit-il de manière grave. Ce n'est pas pour ça.

Il marqua une pause. Puis il soupira. Et, chose incroyable, il baissa le visage pour fuir mon regard. Au bout d'un moment, il prit une profonde inspiration et planta à nouveau ses yeux dans les miens.

— Toutes les questions que tu m'as posées ces jours-ci, j'aimerais y répondre, mais le problème, c'est que je ne sais pas si je peux me fier à toi.

Lukas le grand solitaire avait des états d'âme.

— Je t'ai déjà dit que je n'avais aucunement l'intention de te tuer, me défendis-je, un peu énervée par son manque de confiance en moi.

Et c'était vrai. Je ne prévoyais pas de le tuer. J'en avais eu envie, ponctuellement – assez souvent d'accord –, ces derniers jours, mais c'était juste passager. J'étais totalement décontenancée par la situation. Pour la première fois, je découvrais un Lukas qui n'avait rien de sarcastique, de charmeur, ou de méchant. Il avait l'air complètement humain.

— Je te promets, ajoutai-je.

Il eut un petit sourire triste. Puis il se ressaisit.

— Et je veux te croire, dit-il en regagnant son assurance habituelle. Mais ça fait très longtemps que je n'ai pas fait confiance à quelqu'un. Et ça fait surtout très longtemps que je n'ai pas vraiment été attiré par quelqu'un.

— Que quoi ?

Ma voix était montée dans les aigus instantanément. Qu'il fasse les gros machos en me proposant des coups d'un soir, passe encore. Mais ça, ça passait très mal. Pire qu'une pochette de sang.

— Non, non, non, dis-je.

— Dieu sait que tu as un caractère qui me donne envie de fracasser tout ce qui me tombe sous la main, mais tu me plais bien plus que je ne voudrais.

— Tais-toi, lui ordonnai-je en faisant un pas en arrière.

Il en fit un dans ma direction.

— Pourquoi ne veux-tu pas entendre ça ?

— Parce que c'est n'importe quoi !

Il franchit la distance qui nous séparait et se colla contre moi, sans faire aucun geste pour m'attraper d'une quelconque façon.

— Pourtant c'est vrai, murmura-t-il. Tu es d'une beauté à couper le souffle, tu es très forte, indépendante, et tu as un sacré répondant. Tu me déroutes comme personne ne l'a jamais fait, Maeve.

Je restai sans bouger, tétanisée. Il passa sa main derrière mon oreille pour remettre une mèche de cheveux qui s'était échappée de mon chignon durant notre combat. Les petites décharges me donnèrent la chair de poule.

— Et j'ai vraiment très envie de toi, depuis le premier soir où je t'ai vue.

Je laissai ma tête se lover dans le creux de sa paume en fermant les yeux. Puis je le laissai m'embrasser, tendrement. Ce n'était en rien le Lukas que j'avais rencontré et côtoyé ces dernières semaines. Et c'était effrayant.

— Je ne peux pas ! dis-je en faisant un pas en arrière. Je suis désolée.

Et je partis de la pièce aussi vite que je pus pour aller me réfugier dans ma chambre. Je fermai vivement la porte et y restai appuyée pendant quelques minutes en respirant bruyamment.

Je fuyais ce genre de choses comme la peste. Tout ce qui ressemblait à un engagement, très peu pour moi, merci. Je ne voulais pas d'histoire sérieuse. Des coups d'un soir, plein même, d'accord. Mais pas de sentiments. Les sentiments affaiblissent. Ils font ressortir les failles. Ils tuent lentement. Je n'avais été amoureuse qu'une seule fois dans ma vie, et Elliot avait tellement tout gâché que je m'étais juré que ça n'arriverait plus jamais. Quant à Lukas, il était bien trop beau, charmant, et déroutant pour que je puisse risquer quoi que ce soit avec lui. Il me briserait le cœur à la première occasion. C'était un coureur de jupons, il me l'avait fait comprendre assez clairement, et il se désintéresserait de moi à la minute où je me laisserais séduire.

Et pourtant… J'en avais tellement envie. Même si c'était un sale macho arriviste, il me plaisait bien plus que je n'étais prête à me l'avouer. Et j'avais envie de lui. D'une manière folle. À chaque contact de sa peau, j'étais électrisée jusqu'aux doigts de pied, et ses regards, même les plus méchants, éveillaient en moi un désir que j'avais de la peine à réprimer.

Je pris une grande inspiration. Puis j'ouvris la porte de ma chambre et sortis. Debout devant le bar de la kitchenette, il se retourna en m'entendant arriver, l'air surpris. Je franchis la distance qui nous séparait et, sans attendre une quelconque remarque de sa part, je l'embrassai férocement. Il me souleva du sol en me rendant mon baiser, et je passai instinctivement mes jambes autour de sa taille. Puis il pivota et marcha vers sa chambre, dont il ouvrit vivement la porte avant de me lancer sur le lit.

Il m'y rejoignit aussitôt et se faufila au-dessus de moi, frottant son corps contre le mien. J'avais l'impression que j'allais hurler s'il ne me prenait pas sur-le-champ.

Il approcha son visage du mien et m'embrassa goulûment. Puis il descendit lentement le long de mon cou, qu'il mordit de ses lèvres comme il me l'avait déjà fait auparavant. Je lâchai un râle de plaisir alors qu'il aspirait ma peau. Sa bouche était trop douce, et son odeur bien trop plaisante. J'allais devenir folle.

Je saisis son visage à deux mains pour l'obliger à me regarder.

— Que les choses soient claires, dis-je en haletant. Ce n'est rien d'autre que du sexe. Pas de sentiments, ni d'affection. Je ne veux rien d'autre.

Il me regarda avec des yeux si brûlants que je me sentis fondre sur place.

— D'accord, feula-t-il. Si c'est du sexe que tu veux, tu vas en avoir.

Chapitre 19

Ça devenait insupportable.
— Je crois que tu lui plais vraiment, me dit Hannah en sortant d'une heure d'analyse littéraire que j'avais eu énormément de peine à suivre. Il ne t'a pas quittée des yeux de tout le cours, et là, il me semble bien qu'il nous suit.

Elle émit un gloussement discret qui me donna envie de l'étrangler sur-le-champ. Elle, et Lukas par la même occasion.

Je me retournai pour constater qu'il nous filait effectivement, un grand sourire narquois peint sur le visage. Il était vêtu d'un jean et d'un simple tee-shirt. Je ne me faisais toujours pas au fait de le voir habillé ainsi. Le changement était saisissant. Pour parfaire le déguisement, il arborait une paire de lunettes chic qui le rendait, ma foi, totalement sexy. Dommage qu'il soit aussi insupportable.

Il me lança un regard entendu alors qu'Hannah continuait à pouffer. J'aurais pu égorger quelqu'un en plein couloir. N'importe qui. Mes yeux projetaient des éclairs à la ronde et je sentais presque la fumée me sortir des oreilles. Je devrais sérieusement songer à suivre des cours de yoga, parce que je n'allais sûrement pas survivre longtemps. Sang d'immortel ou pas, l'arrêt cardiaque définitif me pendait au nez avant mes vingt-cinq ans.

— Il est vraiment à croquer, me glissa Hannah d'une manière qu'elle voulait certainement discrète.

Mais c'était sans compter la fine ouïe de mon amant vampire. Je levai les yeux au ciel tandis qu'il se fendait d'un sourire ravageur. Il n'avait pas manqué une miette de ce qu'elle avait dit, bien qu'on soit à plusieurs mètres et qu'elle lui tourne le dos.

— Les lunettes, très peu pour moi, fis-je les dents serrées. Et je ne supporte pas les mecs qui se croient irrésistibles.

Hannah n'eut pas l'air de bien comprendre ma remarque. Ce qui n'était pas étonnant, puisque pour elle je ne lui avais jamais adressé la parole. Tandis que je fulminais, Lukas faisait semblant de tapoter sur son téléphone portable.

— Moi j'adore ses lunettes, reprit Hannah en soupirant. Tu ne veux pas aller lui parler ?

— Sans façon, répondis-je d'une voix grinçante.

Je regardais toujours Lukas hargneusement. Il ne m'observait plus, mais il semblait totalement satisfait tandis qu'il continuait à pianoter.

— Tant pis pour toi, mais tu ne viendras pas te plaindre quand une autre se sera jetée sur la bête. Peut-être bien moi, d'ailleurs, ajouta-t-elle, songeuse.

J'expirai massivement l'air de mes poumons. J'aurais volontiers précisé à Hannah qu'il n'avait de charmant que l'apparence, mais je n'avais pas envie de devoir réfléchir pour trouver un simulacre d'histoire crédible qui pourrait expliquer l'énergumène sans dévoiler sa nature.

Ma poche vibra. Je sortis machinalement mon portable pour lire le message que je venais de recevoir. « Si tu ne changes pas d'avis, dis à ta copine que mes lunettes et moi sommes à son entière disposition. » Je lançai rageusement le téléphone dans mon sac en maugréant.

— J'y vais, lâchai-je froidement à une Hannah qui ne pouvait rien comprendre à mes sautes d'humeur.

Je la quittai et me dirigeai le plus vite possible vers la cafétéria. Non que cela puisse faire une différence. Je savais que Lukas me talonnerait là-bas également.

Une semaine s'était à nouveau écoulée, et j'avais eu la permission de continuer à me rendre en cours. À la condition *sine qua non* qu'il soit dans la même pièce que moi. En fait, il me suivait partout. Je pouvais à peine aller aux toilettes sans qu'il me tende lui-même le papier une fois que j'avais fini. Et je n'en pouvais plus. Pour ma sécurité, disait-il. Mon cul.

Après la nuit largement plus que torride que nous avions passée ensemble, je lui avais clairement fait comprendre que je ne voulais pas que ça se reproduise. Et j'étais persuadée qu'il essayait de me le faire payer à sa manière. J'allais perdre le peu de santé mentale qu'il me restait encore.

Les entraînements avaient évolué, et c'était bien la seule chose positive dans l'histoire. J'avais appris à me battre avec différentes armes. Je m'étais découvert une prédilection pour le combat à la dague. J'adorais ça, et je n'étais franchement pas mauvaise. Lukas avait invariablement le dessus, au final, mais je lui donnais de plus en plus de fil à retordre, et le sang décuplait mes forces de manière affolante. Mais il fallait se rendre à l'évidence. Comme le disait Lukas, malgré la diète plus appropriée, je n'avais que les capacités d'un vampire nouveau-né, et je manquais cruellement de réflexes. Toujours. Cependant, je faisais des progrès, et c'était l'essentiel.

Après être allée chercher à manger, je m'assis à la table où se trouvaient Brianne et Tara. Cette dernière m'avait accueillie avec un sourire, tandis que Brianne m'avait saluée de la tête. Nos rapports s'étaient considérablement améliorés, et si nous étions loin de l'amitié qui nous unissait auparavant, nous étions quand même en train de nous y rediriger gentiment. La seule vraie ombre au tableau restait

Marc. Elle le fréquentait toujours, et cela ne me plaisait pas. Cependant, je n'avais pas encore décelé d'hématome chez elle. Je ne m'y fiais pas. C'était reculer pour mieux sauter, pensai-je. Mais Marc mis à part, nos échanges étaient cordiaux et nos conversations détendues, et j'aimais ça.

— Tu n'oublies pas pour vendredi, me rappela Tara.

Et merde. La soirée de charité. Je n'avais toujours aucune envie d'y aller.

— Non, bien sûr, répondis-je.

— Super ! Ce serait bien qu'on commence à se préparer vers 16 heures, donc je propose qu'on se donne rendez-vous ici vers 15 h 30. Je prendrai la voiture d'Elliot, comme ça on pourra y tenir tous les trois.

Je repensai à son coupé sport dans lequel il serait impossible de mettre plus de deux personnes et souris malgré moi.

— Quand on parle du loup, dis-je en voyant Elliot s'approcher de notre table d'une démarche désinvolte.

Il portait un jean qui devait être plus vieux que Walter, un tee-shirt délavé et sa chemise à carreaux fétiche. Je me demandais bien ce que Tara pouvait lui trouver, elle qui était toujours tirée à quatre épingles. Enfin, les opposés s'attirent, si j'ai bien compris.

— Salut les filles.

— Bonjour Charlie, répondis-je machinalement.

Tara fronça les sourcils, et Elliot sourit. Il y en avait au moins un qui saisissait mon humour de merde. Je recommençai à manger silencieusement pendant qu'Elliot discutait avec les deux autres. Je n'étais pas franchement de bonne humeur, sentant que Lukas n'était pas loin et qu'il ne manquait aucune miette de notre conversation.

L'arrivée d'Elliot m'avait tendue. Lukas faisait toujours des commentaires désobligeants le concernant, et je savais que j'y aurais droit tout à l'heure à l'entraînement. Parce que Lukas détestait Elliot. Il était persuadé que j'avais des sentiments pour lui, et vu comme les choses avaient tourné, ce n'était pas moi qui allais le contredire. Tout ce qui pouvait énerver Lukas était potentiellement bienvenu.

— Au fait Maeve, j'ai oublié hier! J'ai reçu un coup de téléphone de Walter, me dit Elliot au bout d'un moment alors que j'étais en train de le dévisager, en réfléchissant à quel point ce que Lukas pensait pouvait être vrai. Il voudrait savoir comment tu vas. Tu ne crois pas que tu pourrais l'appeler pour lui donner des nouvelles, des fois?

Et merde. J'ignorais si ce qui me dérangeait le plus était que mon grand-père demande après moi ou le fait que Lukas utiliserait ça comme argument pour que je ne revienne plus à l'université. Il avait peut-être accepté que je reprenne les cours, mais il ne s'était pas passé un jour sans qu'il remette son refus sur le tapis. Je sentais que j'allais vraiment m'amuser.

— Qu'est-ce que tu lui as dit? fis-je en tentant de contenir la petite vague de panique dans ma voix.

Walter avait arrêté d'essayer de me joindre trois jours plus tôt. Je pensais qu'il avait jeté l'éponge. C'était mal connaître mon grand-père.

— Bah, que tu allais bien, etc. Mais il semblait vraiment préoccupé. Je crois que tu devrais lui passer un coup de fil pour le rassurer.

— J'y songerai.

Et merde, merde, merde, merde. Walter savait que je me rendais toujours en cours. Étant donné qu'il avait appelé Elliot deux jours plus tôt, j'étais étonnée de ne pas l'avoir déjà vu débarquer.

— Maeve, il y a un type super sexy qui n'arrête pas de te regarder, me dit Brianne d'un air complice.

Il n'y avait vraiment rien pour arranger mon humeur. Je me retournai pour découvrir Lukas, assis quelques tables derrière nous. Il m'adressa un petit signe de la main avec un faux air gêné. J'avais des envies de meurtre. Je savais qu'il avait tout entendu, et cette mimique signifiait tout autre chose pour moi que pour mes amis. Ils percevaient un jeune homme tout à fait normal et qui semblait charmant. J'y voyais le bourreau avec lequel j'avais eu le malheur de coucher, un soir de faiblesse. Et je ne voulais plus y penser. Parce que chaque fois que je me remémorais cette nuit, j'en avais des fourmis dans les orteils. Je détestais l'emprise qu'il avait sur moi.

Je poussai un soupir énervé et me retournai vers mon plateau. Je n'avais plus faim. Brianne me regardait avec un air complice, l'air de dire « fonce ». Elle ne l'avait encore jamais vu. Si ça n'avait pas été Lukas, j'aurais été heureuse que Brianne me donne son aval pour un type qui paraissait normal. Quoique. Avec ses lunettes et son semblant de gêne, il était tout à fait du genre que Brianne me dégottait toujours.

Tara fronça les sourcils.

— C'est marrant, il me rappelle quelqu'un, commença-t-elle.

Au regard noir qu'il affichait, je vis qu'Elliot, lui, s'en souvenait très bien.

— Si vous voulez bien m'excuser, dis-je cérémonieusement en me levant. On se voit demain.

Et je m'éloignai. Avant que Tara fasse le rapprochement. Je quittai la cafétéria après avoir déposé mon plateau sur un chariot à débarrasser. Je n'avais pas besoin de me retourner pour savoir que Lukas me suivait.

Je traversai le bâtiment d'un pas décidé jusqu'à la porte de derrière et sortis. Le ciel, assombri par des nuages sombres, se mariait étonnamment bien avec mon état d'esprit. J'y aurais juste rajouté quelques éclairs.

J'entendis la porte se rouvrir à peine se fut-elle refermée sur mon passage.

— Salut chérie.

Je me retournai, les nerfs à vif. Il n'y avait personne devant la grande construction grise et austère qui abritait l'université. Bon point.

— Ça suffit, hurlai-je. Maintenant c'est trop, j'en peux plus, je veux que ça cesse.

— De quoi parles-tu ? demanda-t-il d'un air faussement distrait.

— Ça ! Tout ça ! criai-je en faisant des gestes amples avec les bras. J'ai l'impression d'étouffer ! Je ne peux pas faire un pas sans t'avoir sur le dos, et j'en ai franchement par-dessus la tête !

— C'est uniquement pour ta protection.

— Non ! Justement ! C'est uniquement pour ton petit plaisir sadique. Je ne vais pas me faire attaquer dans une salle de classe, ni en pleine cafétéria. Tu n'as pas besoin d'être sur mes talons à chaque putain de seconde sans me quitter des yeux un seul instant. Je pensais qu'en acceptant de coucher avec toi, tu me foutrais au moins un peu la paix, mais c'est pire que tout maintenant !

Il sembla spécialement apprécier la dernière phrase.

— Tu voulais du sexe, tu as eu du sexe, lâcha-t-il d'un ton amer.

— Non, justement, et c'est précisément là que j'ai merdé. Je voulais la paix, et au lieu de ça, tu es devenu omniprésent et tu me harcèles jour et nuit !

— Bien, dit-il froidement. Si c'est ce que tu souhaites, tu ne me verras plus lorsque je te surveillerai.

Il ne comprenait rien. Il m'énervait. Ses petits jeux m'énervaient. Tout en lui m'énervait.

—Ce n'est pas ce que je veux, répondis-je amèrement. Je veux que ça cesse, vraiment, définitivement. Après le gala vendredi, tu contactes Victor et que tu lui dis que tu m'as et que tu es prêt à me livrer. Je sais assez me défendre pour ne pas être bouffée toute crue.

Sa bouche était déformée par la colère.

—Tu n'iras pas à ce gala.

—Tu vois ! C'est exactement de ça que je parle ! pestai-je, la voix raillée d'exaspération. Je ne te laisserai pas m'interdire de faire une chose de plus !

—Bien, rétorqua-t-il sèchement. Alors rentrons pour ton entraînement.

—Non, dis-je en le défiant du regard. Pas d'entraînement aujourd'hui. Et je retourne seule à l'entrepôt.

—Non.

—T'as qu'à m'en empêcher.

Je fis quelques pas avant qu'il ne m'attrape fermement par le bras.

—Tu vas venir avec moi, et t'entraîner, parce que tu n'es pas du tout prête.

Je le regardai avec dégoût.

—Je suis plus prête que jamais à me débarrasser de toi.

—Je ne veux pas que tu te fasses tuer.

Sa voix s'était adoucie, mais son emprise était toujours aussi forte.

—Tu ne comprends pas, dis-je plus calmement, mais sans perdre de ma fermeté. J'en ai rien à foutre que tu tiennes à moi. Ça n'a jamais fait partie du deal. Tu as respecté ta part de l'arrangement, et je ferai pareil samedi. Maintenant, lâche-moi.

Et je tirai d'un coup sec sur mon bras. Il le relâcha, et je me remis en route.

— Bien, tu rentres seule, hurla-t-il, très énervé, lorsque j'eus fait quelques pas. Mais dans une heure, tu es de retour pour ta séance.

— Comme tu voudras.

J'avais murmuré, mais je savais qu'il m'avait parfaitement entendue.

Je continuai à marcher d'une foulée rapide et décidée pendant les trente minutes qui suivirent. Un entraînement me ferait sûrement le plus grand bien, après tout. J'avais besoin de me défouler, et si je pouvais le faire sur lui, c'était tout bénef'.

On était mardi. Il me restait donc cinq jours à le supporter. Six, si on comptait le dimanche. Je réussirais à prendre sur moi. Ensuite, je serais débarrassée de lui pour de bon, et je pourrais retrouver une vie normale. Pas tout à fait normale en fait, mais plus plaisante que celle que je vivais actuellement.

J'ignorais comment on en était arrivés là en si peu de temps. Je n'aurais jamais dû coucher avec lui, ça, c'était clair. Mais Dieu sait si les choses n'auraient pas été pareilles si je ne l'avais pas fait.

Je ne supportais plus le poids de son regard quand il m'observait. C'était comme si je lui appartenais. Il y avait nettement plus que du désir dans ses yeux, et c'était précisément ce que je refusais. Je le lui avais dit. Mais le message n'avait pas dû bien passer. Je ne voulais pas d'un type dans ma vie, et certainement pas d'un comme ça. C'était un vampire, con, arrogant, et macho. En gros, tout ce qui me plaisait. Et il était hors de question que je laisse des sentiments me ramollir jusqu'à ce que je dépende de quelqu'un.

J'étais dans une ruelle de la zone industrielle quand j'entendis un bruit derrière moi. Je me retournai mais ne vis rien qu'une série de bâtisses qui se ressemblaient toutes plus les unes que les autres. L'endroit était désert. Quelques gouttes de pluie se mirent à tomber çà et là.

— Je te jure que si tu m'as suivie, je te tue ! hurlai-je dans le vide.

Aucune réponse. J'attendis une minute, puis me décidai à reprendre ma route. J'étais sûre qu'il était là, et je me promis qu'il allait me le payer. Le ciel se déchira en un coup de tonnerre.

J'arrivai à l'entrepôt peu après, trempée jusqu'aux os. J'étais même en avance. La porte était ouverte, ce qui était plutôt étonnant. Je pénétrai dans la bâtisse, prudemment, et posai mon sac à terre. Puis je fis encore quelques pas. L'attaque fut fulgurante.

Frappée en plein flanc tellement rapidement que je n'eus pas le temps de voir d'où mon agresseur surgissait, je fus violemment projetée sur plusieurs mètres et sentis des côtes se briser. C'était atrocement douloureux. Guérison éclair ou pas, une côte cassée restait une côte cassée. L'une d'elles avait dû perforer le poumon, car je ne tardai pas à cracher du sang en toussant, trouvant difficilement mon air. Avant d'avoir réussi à me relever, je reçus un coup de pied dans le ventre qui me plia en deux. À peine le temps de me redresser partiellement que j'en ramassais un autre.

— Je ne t'ai pas assez habituée à la douleur, me dit une voix familière. Tu ne survivrais jamais à une attaque surprise.

Je me projetai vivement sur le côté pour ne pas en prendre un troisième. Le pied de Lukas passa à côté de ma tête, et je me remis rapidement debout. Assez vite pour être prête lorsqu'il attaqua à nouveau. Nous roulâmes sur le sol suite à l'impact, mais je réussis à utiliser son poids comme balancier pour le renvoyer plus loin. Je parvins à me relever et à le charger avant qu'il puisse réagir. Un coup de poing dans le ventre, un autre sous le menton et un coup de genou dans les parties plus tard, et je gagnai une fraction de seconde pour chercher une arme du regard. Rien qui puisse m'être d'une quelconque utilité par terre, malheureusement. Par contre, sur le mur opposé, tout au fond de l'entrepôt, il y avait les couteaux que je m'entraînais à lancer.

Je me mis à courir en direction de la cible, mais je n'avais pas fait la moitié du trajet que Lukas se trouvait sur mon chemin avec un cadeau de bienvenue. Je me ramassai un coup de poing sur la tempe qui me sonna juste assez longtemps pour qu'il me fasse tomber d'un coup de pied. Avant qu'il n'essaie de me sauter dessus, j'avais déjà roulé un mètre à côté. Je lui envoyai un genou dans le nez après l'avoir griffé au visage. Je me relevai et me remis à courir sans attendre. Ma seule chance était de piquer un sprint plus rapide que je ne l'avais jamais fait jusqu'au mur, et comme je n'avais jamais couru bien vite même en ayant bu du sang, je savais que je partais perdante.

Je me précipitai tout de même en direction des couteaux, jusqu'à ce que Lukas m'attrape par le chignon. Sa prise était assez ferme pour qu'il me fasse tourner autour de lui comme un vulgaire chiffon et qu'il m'expédie à l'autre bout de la salle, encore plus loin de la cible. Un peu comme au patinage artistique, à part qu'il ne m'avait pas saisie à un endroit réglementaire et que j'avais complètement raté ma réception. Je pensai amèrement que le triple boucle piqué venait de prendre tout son sens lorsque je heurtai le sol, tête la première.

Il allait me le payer. Il n'y avait que de très rares cas où j'aimais qu'on m'attrape par les cheveux.

J'étais près de l'entrée de l'entrepôt lorsqu'il chargea à nouveau. Je bloquai son attaque et tentai de lui envoyer un coup de griffes, mais il l'esquiva comme si de rien était. Il fit pareil avec le genou que j'essayai de lui ficher dans le ventre, et m'adressa un sourire de contentement. Puis il m'attrapa vivement à la gorge et me souleva à un mètre du sol, juste à côté des carreaux en décomposition qui servaient de fenêtres. J'eus tout juste le temps de détacher un morceau de verre et de le planter dans sa poitrine avant de manquer d'air. Je sentis le sang commencer à couler entre mes doigts.

— Tu vas me le payer, dit-il en me lâchant pour retirer le pieu improvisé. C'était ma chemise préférée.

C'était mon nez préféré, pensai-je en me souvenant de mon vol plané.

Bien qu'il ait parlé en plaisantant à moitié, je remarquai à quel point il était dans une colère profonde, et à quel point j'étais dans la merde.

J'étais tombée en position assise, et je me mis à reculer sur les mains, trop terrorisée pour oser me lever. Il tenait l'arme de fortune et me regardait avec un air mauvais.

Ensuite, tout se passa au ralenti. Son bras se replia pour prendre de l'élan, et, dans un moment de panique, je vis le morceau de verre quitter son emprise pour se précipiter dans ma direction.

— Nooooon !

C'était un hurlement désespéré. Mon sang se glaça alors que le poignard improvisé me touchait en pleine poitrine. Je n'avais jamais été blessée profondément auparavant, et je reconnus sur le visage de Lukas la même expression inquiète qui devait être peinte sur le mien.

Ce n'était pas moi qui avais crié.

Chapitre 20

C'était pire que tout ce qui aurait pu se produire.
Elliot se débattait à un mètre du sol, essayant de faire lâcher prise à Lukas, qui le tenait fermement par la gorge. J'avais été dans cette position quelques instants auparavant, mais je ne m'étais pas vue virer au bleu comme il le faisait. C'était effrayant.

— Lâche-le! criai-je en me relevant.

Les traits de Lukas étaient déformés par la colère, et il regardait Elliot avec une hargne qu'il n'avait montrée qu'en de rares occasions. Après que j'eus hurlé, il détourna un regard haineux vers moi, et lança Elliot comme une vulgaire poupée de chiffon à mes pieds. Ce dernier gémit en touchant le sol. Je me baissai aussitôt pour examiner son état.

— Tu vois ce que ta stupidité nous coûte, dit Lukas d'une voix froide et menaçante.

Je savais qu'il me ressortirait Elliot à l'entraînement, mais je ne pensais pas qu'il serait mis sur le tapis en personne.

Je ne prêtai pas attention à Lukas et repris le rapide check-up d'Elliot. Il avait l'air de n'avoir rien de cassé, mais la terreur se peignait sur son visage, déformant ses traits. Lorsque je tendis une main vers lui, il recula vivement.

— N'aie pas peur, tout va bien, lui dis-je, d'un ton que je voulais rassurant.

Mais il continuait à me dévisager sans cligner des yeux, paniqué.

— Il va falloir s'occuper de lui, maintenant ! lança Lukas d'une voix exaspérée.

Les yeux d'Elliot s'ouvrirent encore plus et il commença à secouer la tête dans tous les sens. Ce n'était vraiment pas en annonçant ce genre de choses qu'on allait désamorcer la situation.

— T'as perdu l'esprit ? hurlai-je en me retournant vers Lukas, sans toutefois me relever. Tu ne toucheras pas à un seul de ses cheveux.

J'essayai d'avoir l'air menaçant, moi aussi. S'il faisait quoi que ce soit à Elliot, il le regretterait amèrement.

— Les humains qui sont au courant de notre existence ne vivent généralement pas pour le raconter, dit-il d'une voix froidement cynique.

— Eh bien tu vas faire une exception pour celui-ci, répondis-je d'un ton qui ne souffrait aucune contradiction. Parce que je te jure que s'il lui arrive quoi que ce soit, je te tue à mains nues.

Lukas leva les bras au ciel et fit un tour sur lui-même, ponctué d'un coup de pied au sol. Et dire que j'avais peur d'être trop théâtrale, parfois.

— Quel crime est-ce que j'ai bien pu commettre pour tomber sur une emmerdeuse comme toi ?

— Sûrement un bon paquet.

Je n'aimais toujours pas me faire traiter d'emmerdeuse, même dans des conditions exceptionnelles.

Je me retournai vers Elliot.

— Tu arrives à te lever ?

Il ne répondit pas, et continua à me regarder avec des yeux effrayés.

—Écoute, je sais que ça peut faire peur, mais regarde-moi bien, c'est moi, je n'ai pas changé, et tu peux me faire confiance quand je te dis que tout ira bien.

—Sortez les violons, grogna Lukas en arrière-fond.

Je l'ignorai et tendis à nouveau la main en direction d'Elliot. Il sembla se détendre un peu, et finit par la saisir. Je tirai de tout mon poids pour l'aider à se relever, et il parut regagner un peu de couleurs. Il était toujours aux aguets, mais il avait l'air de s'être calmé quelque peu. Il jetait de petits coups d'œil rapides autour de lui, évitant soigneusement Lukas.

—Ça va? lui demandai-je au bout d'un moment.

Ses yeux étaient toujours écarquillés, et sa bouche déformée en une attitude étrange. Au lieu de me répondre, il baissa la tête vers ma poitrine, et, avec un sursaut, il fit un pas en arrière. Suivant son regard, je pris conscience du bout de verre que Lukas m'avait lancé, et qui était toujours planté dans ma cage thoracique.

—Excuse-moi, dis-je en le retirant vivement.

Je le jetai au sol et il se brisa en touchant le béton, alors que la blessure se refermait lentement. N'étant qu'à moitié vampire, la guérison prenait plus de temps. C'était comme pour les os. Ceux de Lukas se remettaient tout seuls en place. Chez moi, il fallait les redresser avant que je ne guérisse. On avait dû m'en briser à nouveau pour qu'ils se réparent correctement à plusieurs reprises. Injuste.

Les yeux d'Elliot s'ouvrirent encore plus qu'il était humainement possible de le faire et ses pupilles partirent vers le haut. Puis il s'écrasa dans un bruit sourd. Lukas hurla de rire.

—Oh ça va, grognai-je.

—Un sacré dur à cuire que t'as là! fit-il en s'esclaffant toujours.

— Bon, qu'est-ce qu'on fait de lui ? demandai-je en me tournant vers Lukas.

— Je t'ai déjà dit, on le tue.

— Hors de question, répondis-je fermement.

— Il ne va nous créer que des problèmes.

— Et alors ? Qu'est-ce que ça change puisque dimanche tu es débarrassé de moi ?

Ou l'inverse.

Lukas se rembrunit au petit rappel des faits. Adieu le fou rire provoqué par l'évanouissement d'Elliot. Il me regardait à nouveau avec un air mauvais.

— Tu es amoureuse de cet humain ? demanda-t-il.

Il avait prononcé le dernier mot de manière tellement dédaigneuse qu'on aurait dit que cela le dégoûtait.

— Pourquoi, tu es jaloux ?

Et hop, on allait recommencer à jouer avec le feu. On en revenait toujours au même point. Depuis que j'habitais chez lui, il n'avait pas dû se passer un seul jour sans qu'on se dispute, et plus ça allait, plus ça empirait. Il était beaucoup trop imbu de lui-même, trop sûr de lui, de son charme. Et moi, j'étais beaucoup trop moi-même pour me laisser marcher dessus. Il fallait vraiment mettre un terme à ce partenariat avant qu'un de nous ne tue l'autre. Et vu nos positions respectives, ça risquait de ne pas tarder, à ce train-là.

— Tu n'as pas répondu à la question, feula-t-il, un grand rictus mesquin peint sur le visage.

— Toi non plus.

Il perdit son sourire sur le coup pour arborer à nouveau sa moue pincée.

— Bien. Ton invité, tu le ramènes en haut.

Il avait prononcé le mot invité avec la même intonation que pour le mot humain juste avant.

Sans rien dire, je me rendis au chevet d'Elliot afin de voir s'il était possible de le réveiller. En vain. Et je n'avais pas besoin de me retourner pour savoir que cela devait amuser Lukas au plus haut point.

Je tirai Elliot par un bras pour le ramener en position assise. Ce n'était pas vraiment évident, puisqu'il représentait un poids mort. Je le maudissais d'être une telle chochotte, musclée et lourde.

Une fois qu'il fut assis, je me baissai sans le relâcher pour essayer de le mettre sur mon épaule. Puis je le soulevai. Je crus tout d'abord que c'était bon, et que j'avais réussi, mais je fus déstabilisée par le poids et je le lâchai. Il s'étala à nouveau au sol, sans aucune réaction. Tant mieux. Il ne risquait pas de tomber plus dans les pommes qu'il ne l'était déjà, de toute manière.

Épaulée par des rires mesquins, je recommençai. La seconde tentative fut la bonne. J'aurais volontiers décoché un regard satisfait à Lukas en passant devant lui, mais Elliot prenait tellement de place qu'il m'était impossible de voir où j'allais.

Je me dirigeai vers l'escalier qui menait à l'appartement, en m'habituant progressivement au poids après avoir trouvé un équilibre. Lukas me suivait, mais il n'était pas prêt à m'aider pour autant. Une fois devant la porte, je dus me débrouiller pour l'ouvrir toute seule. Je faillis lâcher Elliot à nouveau, mais je réussis *in extremis* à sauver l'affaire. Lorsque la porte fut ouverte, j'entrepris de monter les marches. Pas évident quand on porte un corps deux fois plus grand que le sien qui touche les deux côtés de la paroi. Cependant, ça m'aidait à ne pas perdre l'équilibre. Au moins ça, parce que mes jambes me tiraient tellement que je crus que je ne parviendrais jamais en haut.

Mais j'y arrivai. Je me dirigeai vers le canapé et le laissai tomber comme un sac de patates en poussant un soupir de soulagement, puis m'appuyai un moment contre l'accoudoir, le temps de reprendre mon souffle. J'avais l'impression que mes cuisses venaient d'être transfusées à l'acide.

Je tournai la tête en entendant le bruit d'une tasse sur le comptoir. Lukas m'avait préparé un remontant.

— Je n'ai pas envie de sang.
— Tu en as besoin.

Je détestais lui donner raison, mais c'était bel et bien vrai. Je le sentais. J'en voulais.

Il était étonnant de voir à quel point je m'étais habituée à en boire ces derniers jours. Je trouvais toujours le goût répugnant, mais l'effet était tellement grisant. J'avais l'impression de pouvoir déplacer des montagnes, et ce n'était peut-être pas si faux. Le seul point négatif était que l'efficacité était de courte durée. Ça ne dépassait jamais quelques heures.

Lukas, lui, se nourrissait une fois par jour des mêmes quantités qu'il me proposait, du moins c'est ce qu'il me disait. J'aurais dû en ingurgiter toutes les trois heures pour arriver à un stade similaire. Vraiment injuste. Je n'avais jamais pu consommer plus d'une pochette à la suite, car mon corps s'y refusait. Peut-être qu'avec deux, les effets seraient plus longs.

Je me dirigeai vers la cuisine, ignorant les plaintes que mes cuisses m'adressaient, saisis la tasse et me mis à boire goulûment.

— Tu aimes ça maintenant.

Ce n'était pas vraiment une question. Je ne pris donc pas la peine d'y répondre. Mais c'était la vérité. J'aimais ça. Mes jambes ne tiraient plus, et mes membres endoloris avaient soudainement arrêté leurs doléances. Seules mes côtes étaient encore désagréables. Je m'en étais brisé lors de ma chute, et je craignais fort qu'elles ne se soient pas remises correctement en place avant de se ressouder. Une palpation rapide de ma cage thoracique confirma mon pressentiment. Il y avait une bosse suspecte pile sous mon sein droit. Génial.

— Tu devrais essayer du sang frais, une fois.

Il ne semblait plus énervé, juste pensif.

Bon Dieu, qu'est-ce que je pouvais détester les gens qui ont l'air pensif. On ne sait jamais ce qui leur passe par la tête.

— C'est bien assez frais comme ça, répondis-je en massant l'endroit où ma côte dépassait.

Mais, malgré ce que je venais de dire, l'idée me trottait déjà dans la tête depuis quelques jours. Je m'étais surprise à fixer du regard le cou de certains étudiants de mes cours, émerveillée, après avoir remarqué le sang battre à leur jugulaire, et ce à plusieurs reprises. Je ne savais même pas que j'étais capable de discerner un mouvement si imperceptible jusqu'à ce que je me rende compte que j'étais en train de saliver comme un gamin devant chez le marchand de glace. Mais je n'avais pas de crocs. Je voyais donc mal comment je pourrais procéder sans arracher de gorge au préalable, et comme le meurtre ne faisait pas encore partie de mes nouvelles aspirations, je devrais me contenter des pochettes.

— Montre ça, dit-il en s'approchant de moi.

J'eus un mouvement de recul instinctif qui lui fit froncer les sourcils. Il semblait avoir rapidement oublié qu'il venait de me rouer de coups.

— Ça va, je ne vais pas te manger, dit-il d'un ton las.

« Même si je voudrais bien », pensai-je avec l'intonation lubrique qu'il affectionnait tant. Mais à ma grande surprise, il ne le dit pas.

Il tendit la main vers mon top. En suivant son geste du regard, je me rendis compte qu'il était déchiré. Mes habits, eux, ne guérissaient pas miraculeusement. Malheureusement.

Lukas palpa la bosse suspecte et fit la moue.

— Il va falloir la remettre droite, m'annonça-t-il sérieusement. Tu ne peux pas te balader avec une côte dans cette position.

Je soupirai en levant les yeux au ciel. Puis j'écartai les bras pour lui laisser le champ libre. Il se plaça dans mon dos, me saisit fermement sous les épaules, et je fermai les paupières. La douleur fut fulgurante. Un jour, j'aimerais bien qu'on m'explique pourquoi rebouter un os est nettement plus douloureux que de le briser.

— Voilà, fit-il, doucement.

Il n'avait pas bougé. Sa main était toujours plaquée sous mon sein, alors que son bras me tenait sous les aisselles. Mes jambes me semblaient être en coton, et j'eus envie de me laisser aller, consciente qu'il m'empêcherait de tomber. J'avais beau le détester, je me sentais en sécurité dans ses bras.

Je sentis son menton prendre appui dans le creux de mon cou.

— Tu sens bon, murmura-t-il.

Je ne répondis rien et me concentrai pour éviter que mes jambes ne lâchent contre mon gré. Il déposa un baiser délicat dans ma nuque.

— Tu te rends compte que ça aurait pu être n'importe qui d'autre ? me demanda-t-il doucement au bout d'un moment. Tu as eu énormément de chance que ce ne soit que cet imbécile d'humain.

Je me dégageai de son étreinte et le regardai droit dans les yeux.

—Arrête de le traiter d'humain comme si c'était une insulte, répondis-je en ignorant le fait qu'il l'avait aussi traité d'imbécile.

Ça, c'était habituel. Et justifié.

—C'en est une.

—Eh bien ce n'était qu'un humain, rétorquai-je en y mettant le même dédain.

Je me dirigeai vers ma chambre.

—Ça devrait te prouver que j'avais raison quand je disais que je n'avais rien à craindre.

Et d'aussi loin que j'étais concernée, je savais que c'était vrai. J'avais encore rêvé, la nuit précédente, et ils ignoraient toujours où j'étais.

—Pourtant tu t'es mise en danger. Ça aurait pu être Roy, penses-y bien, fit-il en haussant la voix pour que je l'entende.

Oh mais j'y pensais bien, et je ne voyais pas la différence. Je savais ce que je faisais. Mais ce n'était pas là qu'il voulait en venir.

—J'irai vendredi, dis-je fermement. Alors arrête.

Il débarqua dans ma chambre au même moment. Je tâchai de ne pas y prêter attention alors que je cherchais un top en un seul morceau à enfiler.

—T'es pas croyable !

Enfin un peu d'émotion ! Je savais qu'il serait incapable de ne pas se mettre en colère à un moment ou à un autre. Je continuai à l'ignorer alors que je trouvai mon bonheur dans l'armoire.

—Si ça avait été Roy, tu n'aurais pas pu te défendre !

—Pourtant je me défends bien contre toi.

—Je n'ai jamais essayé de te tuer, fit-il d'un ton entendu.

Touché. Je lui lançai un regard noir et ôtai mon top déchiré, sans le quitter des yeux. Je jetai ma guenille à terre et restai immobile.

—Eh bien, dans ce cas, tu pourrais m'expliquer comment on liquide un vampire, histoire que j'aie une chance quand je serai prise en filature par de vrais méchants, dis-je froidement.

Et touché. Un partout.

Il ne répondit rien. Il n'essayait même pas de me reluquer. Cela m'agaça sur-le-champ.

—C'est pas croyable! lâchai-je. Quand est-ce que tu vas cesser de penser que je vais te tuer dès que j'en aurai l'occasion ?

J'enfilai prestement mon nouvel habit.

—Dès que tu arrêteras d'en donner l'impression.

C'était injuste. Je ne répondis rien. Il semblait vraiment persuadé que je le dégommerais dès que je saurais comment le faire, et j'ignorais comment lui prouver le contraire. Il aurait peut-être été plus simple de lui avouer que si j'étais prête à lui sauter à la gorge ce serait pour la nuit, mais je n'avais pas envie de lui faire ce plaisir.

Je partis en direction du salon.

—Une lame en argent dans le cœur fera le travail neuf fois sur dix, dit-il finalement, alors que j'arrivais au niveau de la cuisine. Arracher la tête ou le cœur aussi. Mais pour les très vieux vampires, il faudra employer des moyens plus efficaces.

Je me retournai pour le voir me rejoindre tranquillement.

—Comme quoi ?

Je posai la question l'air de rien, comme si je n'avais pas remarqué que ça lui coûtait beaucoup de me donner ces informations. Je ne souhaitais pas qu'il s'arrête.

— Trancher la tête et brûler le tout, dit-il de manière désinvolte.

— Et c'est quoi, très vieux ?

Il me regarda avec un air de reproche. Visiblement, j'allais un peu trop loin à son goût. Mais il me répondit.

— Quelques centaines d'années. La plupart des vampires se font liquider bien avant par ceux qui veulent prendre leur place dans la hiérarchie, et les anciens sont très peu nombreux. Ton père est l'un des rares. Et les autres se cachent. De lui.

J'eus une seconde d'hésitation. J'avais déjà poussé ma chance très loin, mais je n'étais pas du genre à m'arrêter tant que je gagnais. Ni à m'avouer vaincue, d'ailleurs.

— Pourquoi tu veux tuer mon père ?

Il fit claquer sa langue contre son palais en levant les yeux au plafond de manière agacée.

— Si tu décides de me faire confiance, fais-le jusqu'au bout, dis-je calmement.

Il plongea un regard brûlant dans le mien. Mais ce n'était pas du désir, pour une fois. C'était du pur défi, et c'était totalement déroutant. J'eus vraiment de la peine à le soutenir.

— Il a tué mon fils sous mes yeux, et rendu ma femme lentement folle, avant de l'assassiner et de me la renvoyer, morceau par morceau.

Il avait parlé sans émotion dans la voix, mais je voyais bien que c'était un masque. Je passais enfin derrière les barrières que Lukas avait érigées entre nous, et la sensation était étrange. J'étais à la fois heureuse et horrifiée.

Je déglutis difficilement. Pas étonnant que mon père se soit mis des personnes à dos s'il avait ce genre de loisirs. Je comprenais soudainement mieux les motivations qui avaient poussé Lukas à essayer de m'enlever pour me livrer. Quel respect pouvait-il avoir pour l'enfant de l'homme qui avait tué le sien ? Pour la première fois, j'éprouvai de la sympathie pour lui.

— Je croyais que les vampires ne pouvaient pas avoir d'enf…

Je ne terminai pas ma phrase, réalisant l'énorme bourde que je venais de faire.

Lukas tourna la tête pour scruter un point au fond du salon. Je m'avançai vers lui et pris sa main, sans trop réfléchir. Lorsqu'il regarda à nouveau dans ma direction, ce fut pour observer ma main sur la sienne.

— Je suis désolée, dis-je simplement.

Il retira vivement sa main.

— Je ne veux pas de ta pitié, lâcha-t-il froidement.

Je reçus cette phrase comme un coup en plein cœur.

— Très bien, répondis-je sur le même ton en m'éloignant du bar.

Je fis quelques pas avant de me retourner.

— Tu fais chier ! lançai-je.

— Ça nous met enfin à égalité ! rétorqua-t-il.

Je pestai intérieurement.

— Il faut toujours que tu joues au type arrogant qui ne donne aucune information sur lui et qui roule des mécaniques ! Et quand enfin tu baisses tes barrières et que tu as l'air presque humain, c'est pour mieux me repousser !

Ses yeux se plissèrent.

— Je n'ai rien d'humain ! rugit-il. Et qui tu es, pour oser me juger ? Tu es bien trop fière pour admettre que tu as des sentiments et…

— Je n'éprouve rien pour toi ! rageai-je en lui coupant la parole.

Il pencha la tête sur le côté, dans une attitude moqueuse. J'avais envie de lui arracher les yeux.

— Bien sûr que non, dit-il de manière cynique. Tu n'as pas de sentiments pour moi, pas plus que tu n'en as pour cet imbécile d'humain.

Il fit un geste large en direction du canapé, là où Elliot était allongé. Je ne répondis rien.

— De nous deux, tu es la seule à avoir des problèmes pour baisser les barrières, continua-t-il amèrement. Et je serais foutrement heureux que tu mettes autant de cœur à te battre que tu en mets à te refuser toute tendresse. Tu serais une putain de guerrière, à la place d'une petite mijaurée qui se prend pour la reine des glaces.

Je ne répondis rien. Plus que la violence de ce qu'il venait de me dire, c'était la potentielle véracité des faits qui me laissait sans voix. Il avait raison, presque sur toute la ligne. J'étais froide, je ne montrais jamais aucun sentiment, et je ne voulais tenir à personne. J'avais éprouvé quelque chose pour Elliot, et peut-être que c'était toujours le cas. Tout comme une part de moi en éprouvait certainement pour Lukas, bien que je sois trop orgueilleuse pour l'admettre.

Nous restâmes quelques instants à nous dévisager avec la même hargne dans le regard. La pièce semblait onduler sous le poids du combat qui s'y était déroulé. L'espace qui nous séparait paraissait tantôt se comprimer, tantôt se dilater, jusqu'à ce que, finalement, il n'y ait plus entre nous que nos deux bouches qui s'emmêlaient dans un baiser furieux. Je le détestais pour tout ce qu'il venait de me dire, et je n'en avais que davantage envie de lui.

J'avais juste oublié un minuscule détail.

— Maeve ?

Je hoquetai de surprise, lâchant Lukas sur le coup, pour me retourner vers Elliot, assis sur le canapé, qui me regardait avec de grands yeux étonnés.

— Mais quel emmerdeur ! grogna Lukas en serrant les poings.

Et je n'arrivai pas à lui donner tort. À cet instant précis, j'aurais volontiers tué Elliot moi-même.

Chapitre 21

Je sentais que j'allais terriblement m'amuser.
À peine cinq minutes après qu'Elliot eut repris connaissance, Lukas et lui voulaient déjà se sauter à la gorge. Quant à moi, je les aurais volontiers décapités tous les deux. J'avais l'impression d'être dans une garderie, sauf qu'à la place de se taper dessus avec des jouets, ils auraient préféré des armes de poing. J'avais été très claire. Personne n'avait le droit de frapper personne, et je souhaitais une conversation civilisée. Malheureusement, ils ne m'avaient pas vraiment écoutée, ni même entendue.

— Je crois que ton ami ne comprend pas bien la situation dans laquelle il se trouve, dit Lukas fort peu sympathiquement.

Il avait prononcé le mot « ami » avec autant de gentillesse qu'il avait mis dans les « humains » de tout à l'heure, et sa définition de courtois n'englobait que le choix des mots.

— Et je crois que ton ami n'a pas compris qu'il ne me fait pas peur, rétorqua Elliot.

— Dis à ton ami qu'il devrait.

Et sur ces menaces, il planta ses yeux dans ceux d'Elliot, tous crocs dehors, avec un sourire entendu.

— Ça suffit, criai-je en levant les bras en signe de trêve. Je ne vais pas vous servir d'intermédiaire et j'ai aucune envie de faire du baby-sitting actuellement, alors si vous pouviez vous coincer votre machisme entre les jambes, ça me ferait vraiment plaisir.

Lukas continua à observer Elliot sans ciller.

— Dès que ton ami aura compris où est sa place, répondit-il.

— Dis à ton ami d'arrêter de me traiter comme un chien.

— Alors arrête de branler de la queue devant elle, siffla Lukas en me pointant du pouce.

— Ça suffit !

Cette fois-ci, j'avais hurlé. Mais aucun des deux ne semblait m'avoir entendue pour autant. Debout chacun à un bout de la pièce, ils se faisaient face, dents serrées. J'étais comme prisonnière de la tension énorme qu'ils dégageaient, et la migraine commençait à poindre. J'avais sommeil, j'en avais marre, et une partie de moi rêvait déjà de filer dans ma chambre pour les laisser régler ça. Sauf qu'Elliot n'aurait aucune chance, et je me sentais responsable.

— Je crois que t'as pas bien entendu quand je disais que je n'avais pas peur de toi, grogna Elliot en faisant un pas en direction de Lukas.

Vive le machisme.

— Non, j'avais bien entendu, répondit Lukas. Mais j'étais trop occupé à repenser à la manière dont tu t'es évanoui en voyant une goutte de sang.

Il fit également un pas en avant. Je n'allais plus tarder à être prise en sandwich entre les feux ennemis.

— Tu vas payer pour ça et pour ce que tu as fait à Maeve, grogna Elliot en s'élançant en avant.

— Ça tombe bien, j'ai comme un petit creux, répondit Lukas d'un ton mielleux.

Et ils chargèrent. Comme escompté, je fus prise en otage par l'impact imminent. Je réussis tant bien que mal à m'interposer et à les tenir chacun à distance avant de crier de toutes mes forces.

—Assez !

Mes cordes vocales survécurent à peine à l'effort qu'elles venaient de faire, mais j'avais de quoi être fière de moi. J'avais fait trembler les murs, et j'étais également parvenue à obtenir l'attention des deux imbéciles qui m'entouraient. Heureusement qu'il n'y avait pas de voisins.

Je pivotai vers Lukas.

—Si tu touches à un seul de ses cheveux, je te réduis en cendres. Il me semblait déjà que c'était clair. Alors cesse de le provoquer pour qu'il t'attaque.

Je me tournai ensuite vers Elliot, pour me heurter à l'expression victorieuse qui avait gagné son visage.

—Et toi tu peux arrêter de sourire comme un con. Si tu continues comme ça, je te tue moi-même.

J'avais parlé assez fermement pour que ledit sourire quitte instantanément ses lèvres. Bon point pour moi.

—Maintenant, tu vas t'asseoir sur le canapé. Et toi, à la cuisine, dis-je à Lukas.

Elliot prit place sur le divan, comme ordonné, mais Lukas ne bougea pas. Je lui lançai un regard hargneux, et il finit par s'installer sur un des tabourets du bar. Avec cinq mètres de distance entre les deux, j'aurais peut-être un peu de répit.

Je me tournai vers Elliot.

—Lukas ne m'a rien fait, lui dis-je calmement.

—À part te transformer en vampire ? J'ai su que quelque chose clochait avec lui à la minute où je l'ai vu !

Lukas ricana sombrement.

—Il est juste jaloux parce que j'ai réussi à avoir la fille qu'il voulait, répondit-il avec un petit ton supérieur, tandis qu'il se curait les ongles.

Mais c'est pas possible, pensai-je. *Près de trois siècles d'évolution pour parvenir à ça ! Et après on se demande pourquoi les dinosaures ont disparu ?*

Elliot se tendit. Moi-même, j'étais crispée. Lukas venait clairement de lui dire que nous avions couché ensemble et je n'avais aucune envie qu'Elliot l'apprenne. Bien sûr, il n'était pas totalement con, il nous avait vus nous embrasser, mais quand même. J'évitai son regard, et reportai mon attention sur une étagère.

— Je l'ai eue bien avant toi, pauvre con, rétorqua froidement Elliot.

Et merde, pestai-je intérieurement. Je ne voulais pas non plus que Lukas sache ça. Non seulement ça lui donnait raison pour toutes ses remarques déplacées sur Elliot, mais en plus, ça n'allait pas du tout lui plaire. Et je n'avais pas envie de le voir plus énervé qu'il n'était déjà.

Lukas arqua un sourcil intéressé, sans pour autant tourner la tête.

— Visiblement, la dame n'a pas dû apprécier tes services, sinon tu l'aurais encore, fit-il d'un ton détaché.

Il avait mieux réagi que ce que j'avais escompté. Par contre, je ne pouvais pas en dire autant d'Elliot, qui avait viré au rouge.

— Je vais te tuer ! hurla Elliot en se levant pour charger Lukas.

— Je voudrais bien voir ça, lâcha ce dernier de manière désintéressée, sans broncher.

Grands dieux, je n'étais pas sortie de l'auberge.

Elliot attaqua, poings en avant, résolu à passer tout droit à côté de moi pour atteindre Lukas. Il ne me remarquait même pas. Franchement, pourquoi est-ce qu'un des deux aurait fait attention à moi ? Je n'étais qu'un détail dans la guerre machiste qui les opposait.

Un bon coup du droit dans la face, et Elliot se retrouva à terre. Il porta aussitôt les deux mains à son visage, qui commençait à ruisseler de sang.

— Tu m'as frappé ! geignit-il.

Lukas ricana.

— Et encore, elle y est allée mollo, lui répondit-il. J'espère que tu sais où est ta place à présent, gentil chien-chien.

Sans même réfléchir, je me retournai et mis le même coup dans le nez de Lukas. Mais nettement, nettement plus fort. Après tout, il allait guérir directement, lui.

Elliot rigola et manqua de s'étouffer en respirant le liquide qui s'écoulait de ses narines.

— J'ai votre attention, maintenant ? demandai-je froidement.

Elliot s'était redressé en position assise, le tee-shirt maculé de rouge. Je salivai instantanément. C'était la première fois que je me retrouvais à portée de sang humain depuis que j'avais commencé à en consumer, et la sensation était très dérangeante. C'était comme si toutes mes papilles gustatives s'étaient mises à me chatouiller à la seconde où l'odeur m'était parvenue. Je n'avais qu'un mètre à faire pour en boire, et la tentation était énorme.

Je fis demi-tour pour me diriger vers la cuisine et prendre le torchon. Je le jetai sur Elliot.

— Nettoie-toi, lui ordonnai-je.

Je remarquai alors que Lukas était resté très fier après mon coup de poing. Sa chemise était également tachée, mais aucun attrait de ce côté-là. Celui d'Elliot sentait tellement bon, par contre…

Je chassai ces pensées en secouant la tête. Lukas tourna vers moi des yeux haineux et ne tarda pas à sourire.

— Quand je te disais que tu devrais boire du sang frais… Et tu en as envie, en plus. Ça se lit sur ton visage. Tes narines sont dilatées et tes pupilles pétillent de faim, répondit-il en voyant le regard interrogateur que je lui lançais. Fais-toi plaisir, je me chargerai de cacher le corps ensuite.

Il avait prononcé la dernière phrase tellement doucement que je doutais qu'Elliot ait pu l'entendre. Mais moi, j'avais bien entendu. Et j'étais horrifiée. Horrifiée qu'il puisse me proposer ça, et horrifiée qu'une partie de moi en ait envie. Enfin, pas spécialement de tuer Elliot, mais de le vider de son sang jusqu'à ce qu'il n'en reste plus une goutte. Ce qui revenait au même, au final. J'étais un monstre.

Je jetai un regard mécontent à Lukas et me dirigeai vers Elliot qui tenait le torchon fermement contre son nez pour arrêter le saignement.

— Tu m'as frappé, répéta-t-il.

Ce n'était pas un reproche, étonnamment, c'était plutôt une constatation.

— Je sais. Et je recommencerai si vous ne vous calmez pas, dis-je tendrement.

Je lui tendis un bras pour l'aider à se relever.

— Allez, viens, on va nettoyer tout ça.

Il saisit ma main et me suivit à la salle de bains. Je le fis s'asseoir sur les toilettes, tout comme Lukas l'avait fait avec moi le premier soir, quand il m'avait ramenée chez lui et que j'étais blessée. J'allai ensuite chercher dans l'armoire à pharmacie de quoi le nettoyer. Lukas avait acheté de quoi panser toutes sortes de lésions après que les entraînements avaient commencé. Je n'en avais plus besoin, mais ça servirait peut-être quand même, si Elliot restait dans les parages.

Lorsque je revins, il retira le linge de son nez, et je découvris les dégâts que j'avais causés. Il était gonflé, et le sang continuait à s'écouler doucement. Il me semblait avoir entendu quelque part qu'il fallait mettre la tête en arrière, mais est-ce qu'il ne risquait pas de s'étouffer, s'il faisait ça ?

J'entrepris de nettoyer comme je pouvais, en tâchant de ne pas prêter attention au liquide rouge qui commençait à maculer ma peau. Lorsque Elliot fut plus ou moins propre, je remplis son nez avec de la ouate, malgré ses protestations, et je lui fis pencher la tête en arrière. Puis j'allai me laver les mains au plus vite pour ne plus être tentée de me lécher les doigts.

Lorsque je retournai vers Elliot, je l'autorisai à baisser la tête. Il me regardait fixement. Impossible de dire s'il était fâché ou non. Ses yeux semblaient durs, mais en aucun cas en colère. Ses sourcils étaient légèrement froncés, tout comme sa bouche, et je ne pus m'empêcher de loucher sur la lèvre supérieure, toujours aussi appétissante. Les mots que Lukas avait prononcés me revinrent en mémoire et la gêne commença à me gagner.

— Et lui, tu nettoies pas ses blessures ? me demanda alors Elliot.

Je sortis de ma rêverie.

— Il est assez grand pour le faire tout seul, répondis-je assez sèchement.

— Je ne sais pas si je dois le prendre comme une insulte pour lui, ou pour moi.

Je souris. En effet, je n'en avais aucune idée non plus.

Je posai une main sur son genou. Nous n'avions pas eu ce genre de contact depuis très longtemps, et il le remarqua également.

— Elliot, il ne m'a rien fait. Il ne m'a pas transformée en vampire, et il me protège.

Le dégoût se peignit sur son visage.

—Il te protège en te blessant ? Je l'ai vu tout à l'heure, quand il t'a lancé ce bout de verre en pleine poitrine. Il paraissait fou, et prêt à te tuer.

—Tu te trompes, dis-je tendrement. Il m'apprend à me défendre.

Il fit la moue, et je dus me résoudre à faire l'unique chose qu'il me restait à faire. Je pris une grande inspiration et je lui racontai tout, sans omettre aucun détail, à part les moments torrides que j'avais passés avec Lukas. Pas besoin de jeter de l'huile sur un feu qui est déjà en train de ravager l'orphelinat.

Lorsque j'eus fini mon récit, Elliot semblait étrangement gêné.

—Ça va ? demandai-je devant son air pincé.

—Pourquoi tu ne m'as rien dit plus tôt ?

—Pour la même raison qui m'aurait poussée à ne jamais rien te révéler si tu ne m'avais pas suivie, répondis-je doucement. Je ne veux pas te mettre en danger. Mais si je peux t'avouer la vérité, je suis très contente que tu sois au courant. C'est très égoïste, mais ça fait un bien fou.

—J'aurais aimé que tu me fasses confiance plus tôt et que tu m'en parles, ça m'aurait aidé à te comprendre, fit-il sincèrement. Mais je suis content d'être au courant maintenant.

Je lui lançai un petit sourire gêné.

—Tu n'as pas peur de moi ?

Il eut l'air surpris.

—Pourquoi est-ce que j'aurais peur ?

Vu sa réaction, on aurait dit que ma question était stupide.

—Tu ne penses pas que je suis un monstre ?

Je baissai aussitôt les yeux. Ils étaient en train de se troubler, et je ne voulais pas qu'Elliot puisse me voir comme ça. Il me saisit par le menton et tourna ma tête dans sa direction.

— Ne dis pas de bêtises. Tu es la personne la plus exceptionnelle que j'aie jamais rencontrée, et tu n'as rien d'un monstre.

Les larmes se mirent à couler sur mes joues sans que je puisse rien y faire.

— Allez, viens là, murmura-t-il tendrement en m'attirant contre lui.

Et alors qu'il me serrait dans ses bras, qu'il était si chaud, si vivant, si rassurant, toutes mes barrières finirent par craquer une à une, et je pleurai à en perdre haleine.

Toutes les peurs que j'avais gardées en moi ces dernières semaines sortaient finalement. J'avais eu beau faire la fière et ne pas sembler touchée par tout ce qui s'était passé, l'impression d'être un monstre était profondément ancrée en moi. Un monstre, ni humain, ni vampire, ni rien. Je ne savais pas qui j'étais, et l'homme qui m'avait élevée était tellement persuadé que je me tournerais vers le mal qu'il m'avait menti des années durant. J'avais la sensation qu'il n'y avait rien qui puisse être sauvé en moi, que je n'étais qu'une cause perdue, une bombe à retardement prête à exploser.

Mais qu'Elliot ait appris la vérité et qu'il soit resté si calme, si normal envers moi, c'était comme un espoir que peut-être tout le monde avait tort, moi incluse. Après tout, nous avions grandi ensemble, et il me connaissait mieux que personne. Peut-être que je n'étais pas mauvaise après tout. Peut-être étais-je maîtresse de mon destin, malgré ce que les prophéties disaient.

Pendant tout le temps que je pleurai, il me caressa les cheveux, d'un geste tranquille, pour essayer de m'apaiser. La tête au creux de sa nuque, j'étais partagée entre la tristesse que j'éprouvais, le réconfort qu'il m'apportait, et le trouble que l'odeur sucrée de sa peau mélangée à celle de son sang faisaient naître en moi. Je n'avais plus envie de le boire, juste de continuer à respirer son parfum pendant des heures.

Lorsque les sanglots s'arrêtèrent finalement, il déposa un baiser sur mon front, très doucement, et je me libérai de son étreinte.

— Merci, murmurai-je.

— Tu n'as pas à me remercier, c'est la vérité.

Et il me sourit, sûr de lui, comme pour étayer ses dires. Il était radieux.

— Comme c'est touchant, railla une voix cynique.

Je me tournai pour découvrir Lukas sur le pas de la porte, appuyé contre le chambranle, en train d'observer la scène avec une moue dégoûtée. Je chassai les quelques larmes qui coulaient encore sur mes joues et me levai le plus dignement possible.

Je sortis de la pièce sans lui jeter un regard et m'installai sur le canapé.

— Étonnant que tu ne te sois pas évanoui à la vue de ton propre sang, l'entendis-je dire à Elliot.

Si ça recommence, je me barre, pensai-je.

Mais Elliot ne répondit rien et vint me rejoindre au salon. Il s'assit à côté de moi, tranquillement, et me prit la main. Je le laissai faire. J'aimais cette proximité. Peu après, Lukas arriva, et je le vis regarder d'un air mauvais l'étreinte de nos doigts. Il ne s'assit pas, et resta devant la fenêtre près de la télévision, droit comme un « i ».

— Alors, c'est quoi le programme, maintenant ? demanda Elliot avec un grand sourire.

Lukas tourna vers lui un regard noir. Quant à moi, je haussai les épaules. Personnellement, j'aurais tué pour une vraie nuit de sommeil.

Quelques heures plus tard, j'étais enfin dans ma chambre, loin du combat de taureaux auquel j'avais eu droit des heures durant. Quelque chose me disait que ces deux-là ne s'entendraient jamais.

Je me laissai tomber sur le lit et poussai un gros soupir. Plus d'entraînement aujourd'hui. J'allais finalement pouvoir dormir une nuit complète, non décalée. Mon souhait avait été exaucé. Je savais bien que si j'avais échappé à la séance du jour, ce n'était pas dû à la clémence de Lukas, mais à sa colère. L'arrivée d'Elliot ne lui plaisait pas du tout, et il m'en tenait personnellement responsable.

J'étais sur le point d'éteindre la lampe de chevet quand je me rendis compte que quelque chose clochait. La chambre était calme, il n'y avait aucun bruit. Je ne savais pas ce que Lukas était en train de faire. Il était probablement allé se coucher.

Tout était normal, mais quelque chose dans l'air me dérangeait. Il était lourd et pesant, et j'avais la désagréable impression de ne pas être seule dans la pièce.

— Il y a quelqu'un ? demandai-je en me redressant.

Seul le silence me répondit.

Je me rassis sur le lit, mais même après quelques minutes durant lesquelles rien ne se produisit, je n'arrivai pas à chasser cette vilaine sensation.

Je me relevai et sortis de la chambre. Le salon était désert. J'allai frapper à la porte de Lukas, sans succès. J'ouvris et découvris une pièce vide.

Je ne tardai pas à mettre le doigt sur ce qui me dérangeait tout à l'heure. Je n'avais aucune idée d'où était Elliot.

Ou, pour être plus précise, je n'avais aucun souvenir de son départ. Pourtant il avait dû s'en aller, et j'aurais dû me le rappeler. Je n'avais aucun souvenir non plus du moment où j'étais allée dans ma chambre.

Je sortis dans la pièce principale avec une inquiétude grandissante et appelai Lukas, en vain. Il n'y avait personne dans l'appartement, et rien de tout ça n'était logique.

C'est là que je l'entendis. Un petit ricanement, suivi d'une simple phrase.

— Je te vois.

Le ton était taquin et semblait inviter au jeu. Et je connaissais cette voix.

Je me retournai et constatai que la porte de la salle de bains était ouverte. La pièce baignait dans l'obscurité. J'arrivais à peine à distinguer mon reflet dans le grand miroir du fond.

Je fis un pas avant d'allumer la lumière. Et je poussai un hurlement de terreur.

Je me réveillai en sursaut au bruit de mon propre cri, pour découvrir deux paires d'yeux penchées sur moi. Elliot et Lukas me regardaient avec inquiétude.

— Qu'est-ce qui se passe ? demanda vivement Elliot.
— J'ai…

Lukas ne disait rien. Il me fixait du regard d'un air grave. Comme s'il savait avant que je l'avoue que quelque chose n'allait pas. Et il ne semblait pas content du tout.

— Je suis désolée, fis-je pour me justifier, ignorant Elliot. J'aurais dû te parler de ces rêves il y a longtemps…

Il ne répondit rien et me fit un geste du menton pour me dire de continuer. Il n'avait aucunement l'intention de m'aider.

Je déglutis pour tenter de chasser la désagréable impression que le rêve m'avait laissée. Ce n'était pas un rêve, c'est ça qui était désagréable, en fait.

— Au début, j'ai cru que je faisais des rêves, tout comme ma mère. J'ai vu Roy s'entretenir avec quelqu'un. Avec moi, corrigeai-je. Il parlait avec moi, comme si j'étais quelqu'un d'autre. J'en ai fait plusieurs comme ça, ces derniers jours. Avant, je rêvais juste que je tuais des gens.

J'eus un petit rire amer à cette pensée. Lukas resta aussi figé qu'une statue, et Elliot me regardait avec un air encore plus inquiet qu'auparavant.

J'essayai de continuer, mais ma gorge était nouée.

— J'assistais aux scènes, parvins-je finalement à articuler. Mais aujourd'hui, il m'a parlé. L'homme que j'étais dans mes rêves, il m'a dit «je te vois». Et quand j'ai allumé…

— Eh bien? me pressa Elliot alors que je n'arrivais pas à sortir les mots.

Ma gorge se serra à nouveau, incapable de fournir un effort de plus. Je voyais encore ce visage comme je voyais Lukas et Elliot au même instant. Il était comme imprimé dans ma cornée, indélébile, avec son sourire narquois et son petit air satisfait.

— Il était dans le miroir. C'était mon reflet dans le miroir.

Elliot sembla soudainement très mal à l'aise. Lukas, lui, resta de marbre. Même lorsqu'il finit par me demander :

— À quoi ressemblait-il ?

Et je savais qu'il n'avait pas besoin que je lui réponde. Je baissai la tête.

— À moi, lâchai-je dans un murmure.

Chapitre 22

Il était complètement fou.
Il n'y avait pas d'autre explication. Totalement dément.
Je me mis à faire les cent pas en murmurant sans cesse que Lukas avait perdu l'esprit. C'était une litanie qui me permettait de garder le peu de calme qu'il me restait.

— Je ne comprends pas, dit Elliot en me suivant du regard alors que j'arpentais la pièce de long en large. En quoi appeler Walter serait une mauvaise idée ?

Je commençai à grogner de plus belle. Il était assis tranquillement à côté de Lukas sur le canapé. Ce dernier avait pris ma place à côté d'Elliot, figé dans l'attitude de statue qu'il semblait tant affectionner depuis peu. Il n'avait pas bougé ni émis un son depuis qu'il avait téléphoné à Walter. Le coup de fil avait été très bref, et j'étais hystérique depuis lors.

— Pourquoi appeler Walter serait une mauvaise idée ? répétai-je, dans les aigus. Pourquoi ?

Je me tournai vers le canapé de manière théâtrale.

— Parce qu'il pense que je vais rejoindre Dark Vador et bousiller toute la galaxie ! hurlai-je. Et que j'ai aidé ce crétin fini à s'échapper, et maintenant c'est lui qui me livre en pâture au fauve ! Il va m'enchaîner dans la cave et m'y laisser croupir pour toute l'éternité !

J'avais crié toute ma tirade sans reprendre mon souffle, en montrant Lukas du doigt dans une attitude de reproche.

Une fois que j'eus fini, je pris une grande inspiration et recommençai à marcher de long en large.

—Maeve, arrête-toi.

Je me tournai vers Lukas. Il avait enfin dit un mot. Un petit pas pour l'homme, un pas de géant pour le vampire.

Il avait toujours le téléphone à la main, sur l'accoudoir du canapé, et se mit à l'utiliser comme toupie.

—J'ai tenu Walter au courant de tous tes progrès, lâcha-t-il finalement.

Il avait redressé le visage et me regardait maintenant droit dans les yeux.

—Tu te fous de moi ? demandai-je, si calmement que j'aurais dû m'en étonner.

Il prit un moment avant de répondre. Je le fusillai du regard tellement fort que j'étais surprise de ne pas le voir s'agiter sous les secousses.

—Non. Quand je t'ai dit qu'il ne me tuerait pas parce qu'il a une dette envers moi, j'étais sincère. Mais l'inverse est aussi vrai. Je connais ton grand-père depuis de nombreuses années, et nos chemins se sont croisés plus d'une fois. Lorsque nous avons passé notre arrangement, j'ai commencé à penser à le contacter. Mais j'ai attendu que tu fasses des progrès pour le faire. Une fois qu'il était clair que tu pourrais te défendre, je l'ai mis au courant de notre plan.

Il avait parlé de manière si calme, comme si tout était tellement normal, que j'eus une furieuse envie de brûler tout l'entrepôt et de le laisser fondre sur son canapé en cuir. Je me penchai pour saisir le vase qui servait de décoration sur la table basse devant moi et le lançai violemment sur Lukas.

—Et tu lui as dit que tu voulais me baiser, aussi ? hurlai-je.

Elliot sursauta. Lukas, lui, attrapa le projectile au vol comme si je lui avais envoyé une vulgaire fleur. Il le posa ensuite tranquillement à terre, à côté du canapé. Il n'avait pas perdu son calme un seul instant. Et ça m'énervait plus que je n'étais capable d'extérioriser.

—J'ai gardé ce détail pour moi. D'un autre côté, je ne pense pas que ton ami ici présent lui ait dit non plus, et le vieux ne s'en porte pas plus mal.

Elliot se retourna vivement vers Lukas, qui lui adressa un sourire narquois. Comme quoi on ne perd pas les bonnes vieilles habitudes.

—Toi…, commença Elliot. Je vais…

—Me tuer, etc., le coupa Lukas. Je sais. Fais-moi signe quand t'auras quelque chose de nouveau.

Puis il se tourna vers moi.

—Walter est très puissant, et c'est un allié de taille à avoir de notre côté. Plus nombreux on sera pour te protéger, mieux ce sera.

Elliot, qui avait gardé un air coincé après la sortie de Lukas, se détendit à ses mots pour acquiescer en me regardant.

—Il a raison, dit-il.

Je fis passer ma langue sur mes dents tellement fort, de rage, que je la blessai.

—Je ne veux pas de votre protection, lançai-je dédaigneusement lorsque l'engourdissement eut remplacé la douleur.

—Et pourtant, tu l'auras. Vingt-quatre heures sur vingt-quatre, jusqu'à ce que je contacte Victor, annonça placidement Lukas.

—Je t'ai déjà dit que je refusais que tu viennes vendredi! hurlai-je.

—Quoi? Tu comptes aller au gala? Ce n'est vraiment pas une bonne idée, ça, Maeve. Pas avec tout ce qui se passe.

C'était Elliot qui avait parlé. J'aurais pu lui arracher la tête pour le coup.

— C'est ce que je n'arrête pas de lui expliquer, lui répondit Lukas. Mais elle ne veut pas m'écouter.

Ils se foutaient de ma gueule, là, non ? S'ils avaient décidé de se liguer contre moi, je n'étais vraiment pas sortie de l'auberge.

— Vous avez peut-être envie que je vous laisse entre filles pour un café ? demandai-je sèchement.

— Ça suffit, Maeve, me dit Elliot d'un ton agacé. On se fait tous du souci pour toi. Et ce n'est vraiment pas une bonne idée que tu y ailles. Tu devrais rester ici jusqu'à samedi.

— J'ai promis à Tara.

— Une promesse ne vaut pas ta vie, me contra-t-il.

— Qui est Tara ? coupa Lukas.

Enfoiré. Il savait très bien qui c'était. Je levai les yeux au ciel.

— Ma copine, répondit Elliot.

— Parce qu'en plus tu sors avec une de ses amies ? Tu dois vraiment être désespéré, dit Lukas d'un ton moqueur.

Et c'était reparti. J'aurais mieux fait de les laisser s'étriper et de filer à l'anglaise pendant ce temps. Après cinq minutes de « je vais te tuer », « j'aimerais bien voir ça », « tu ne perds rien pour attendre », et autres « attends que j'ôte la kryptonite que tu as dans le slip », un coup à la porte me délivra de cette ambiance surréaliste.

Lukas se leva et alla ouvrir. Je restai pour ma part bien en retrait vers la fenêtre, là où je me trouvais pendant les cinq minutes de combat de coqs auxquelles je venais d'assister.

Walter et son grand acolyte ne tardèrent pas à entrer. Lukas les salua d'un hochement de tête, que Walter lui rendit avant de poser les yeux sur moi. Les deux glaciers me brûlèrent plus que jamais.

—Bonjour princesse, me dit-il.

—Salut, grommelai-je.

Son arrivée ne me réjouissait pas spécialement. À vrai dire, je n'étais contente de voir aucun des quatre hommes qu'il y avait dans la pièce. À part peut-être Lala, ou qu'importe son nom de Teletubbies. Il avait la même mine renfrognée que moi, et ça me plaisait. Je lui adressai un sourire bizarre qu'il ne me rendit pas, trop occupé qu'il était à avoir l'air grognon.

—Elliot, cela me fait plaisir de te revoir, dit Walter en prenant place sur le canapé.

Elliot retroussa les lèvres dans ce qui aurait dû être une mimique amicale. Il semblait finalement aussi gêné que moi par la présence de mon grand-père.

—Il faudra faire quelque chose pour ton nez, continua-t-il en me lançant un regard réprobateur.

Comment est-ce qu'il pouvait savoir que c'était moi ? Je veux dire, ça aurait très bien pu être Lukas. Mais non, il fallait qu'il pense que c'était moi, direct. D'accord, c'était la vérité. Mais je n'avais même pas droit au bénéfice du doute.

—Parle-moi de ce rêve, fit-il avec un petit sourire impossible à identifier.

Tellement typique de Walter ! Tout de suite dans le vif du sujet, sans passer par une mise en bouche. Je vais très bien, merci, et toi ?

Je soupirai.

—J'étais dans l'appartement, et je cherchais Lukas. En vain. Mais je savais que je n'étais pas seule. J'ai entendu un rire, et quelqu'un m'a dit « je te vois ». Quand j'ai allumé dans la salle de bains, il était dans le miroir. Ou, plutôt, j'étais dans le miroir, mais ce n'était pas moi. C'était le type par les yeux duquel j'avais fait tous mes derniers rêves. Et il me regardait avec un énorme sourire malsain.

J'avais lâché le tout, de manière synthétique, comme si j'avais parlé des courses que j'étais allée faire au marché le jour d'avant. Mais mon ton désinvolte ne semblait pas avoir marché au vu de l'air concerné qu'affichait Walter.

—Et tu dis qu'il te ressemblait ? demanda-t-il.

Je ne l'ai pas dit, pensai-je hargneusement. *Lukas l'a fait*.

Cependant, la question me glaça le sang. C'était certainement la chose qui m'avait le plus terrifiée de tout le rêve. La personne dans le miroir me ressemblait de manière dérangeante. Les mêmes cheveux noirs, la même peau claire, la même bouche charnue figée dans une moue résolue. Et, surtout, les mêmes yeux.

Je hochai la tête en guise de réponse.

—Ça ne pouvait pas être son père ? demanda Elliot.

Mais de quoi je me mêle ? pensai-je. Bien sûr que c'était lui, et c'est bien là que l'affaire devenait terrifiante. Pour une raison que j'ignorais encore, j'avais été capable d'infiltrer son esprit pendant que je dormais, et il avait finalement réussi à flairer le coup et à me retourner la faveur. J'avais l'impression que je ne fermerais plus jamais l'œil de ma vie.

—C'est fort probable, répondit Walter.

—Et fort inquiétant.

J'avais parlé à haute voix sans même m'en rendre compte, en imitant la manière de s'exprimer de Walter. Quatre têtes se tournèrent vers moi.

—Quoi ? leur demandai-je. Mon esprit n'est pas un putain de téléski, j'ai pas envie que n'importe qui puisse remonter la pente.

Je serrai les poings. J'avais l'impression que toute cette histoire était en train de m'échapper des mains et que je courais, impuissante, vers ma perte. Mais je l'avais bien cherché.

— Mais cela reste hautement douteux, continua Walter comme si je n'avais rien dit. À moins bien sûr que Victor ne donne maintenant dans la sorcellerie. Ce qui ne serait même pas pour m'étonner, vu l'oiseau.

Je lui jetai un regard lui intimant de poursuivre.

— Les esprits des mages sont connectés entre eux, reprit-il. Le partage de rêve est une activité plutôt commune dans notre branche. C'est comme ça que je restais en contact avec Karl, avant qu'il ne soit…

Il ne termina pas sa phrase.

— Quoi ? demanda Elliot.

Lukas fit claquer sa langue contre son palais.

— Assassiné, sombre imbécile, dit-il sans ménagement.

Une ombre passa dans les yeux de Walter.

— Je l'ai retrouvé chez lui, continua mon grand-père sans se formaliser de l'échange, pendu aux murs de sa cave… On lui avait arraché le cœur. C'est un des rares moyens de nous tuer.

Je ne l'entendais plus. Mes oreilles bourdonnaient tandis que j'avais une sale impression de déjà-vu. Je fus retenue par l'Indien lorsque mes jambes me lâchèrent. On me fit de la place sur le canapé, et on me parlait, mais je n'avais plus vraiment conscience de rien.

— Un accent allemand, le crâne dégarni, un ventre bedonnant, des ongles manquants, le cœur brûlé à même le sol à côté de lui pour qu'il puisse le voir se consumer en se vidant de son sang.

Je m'étais exprimée machinalement.

— Maeve ?

Je ne remarquai même pas Elliot et sa voix terrifiée. Walter se pencha vers moi, posa la main sur mon genou, et, de l'autre, il claqua des doigts devant mon visage. Je revins à la réalité.

—Que se passe-t-il, princesse ?

Mais je lus dans son regard qu'il connaissait déjà la réponse.

—Je l'ai tué, murmurai-je en fixant mon grand-père des yeux. Je l'ai torturé pendant trois jours, et ensuite, je l'ai tué.

J'aurais dû le savoir plus tôt. J'aurais dû en parler plus tôt. Si j'avais raconté mes rêves à Walter dès le départ, on aurait peut-être réussi à éviter la mort de son ami. J'avais son sang sur les mains.

—Ce n'était pas toi, me dit-il d'un ton rassurant.

Il ne comprenait pas.

—Pourtant, je l'ai fait, et j'en ai aimé chaque seconde.

Ma voix se brisa, et alors même que je restais figée comme le marbre, les larmes se mirent à couler à flots. Autour de moi, tous me regardaient d'un air grave. J'étais coupable, et je devrais payer pour mes péchés un jour ou l'autre.

—Ça veut dire que je ne peux plus dormir jusqu'à ce qu'on se soit occupés de lui, lâchai-je au bout d'un long moment de silence, alors qu'un frisson me parcourait l'échine. Ou qu'on doit le faire ce soir.

Walter passa une main sur ma joue, affectueusement. Le contact me fit frémir. Il n'était jamais proche de moi physiquement, jamais câlin. Et surtout, je venais de lui avouer que j'étais responsable de la mort de son ami. Je ne méritais pas sa compassion.

—Ne précipitons pas les choses, temporisa-t-il. Il nous faudra un plan, puisque l'effet de surprise n'est plus de mise. En attendant, est-ce que tu as encore le pendentif de ta mère ? Il devrait éviter ce genre d'intrusion.

Il avait dit ça pour me rassurer, mais cela eut l'effet inverse. Je n'avais jamais fait ces rêves quand je l'avais autour du cou. Je me sentais plus responsable que jamais. Si seulement j'avais parlé, si j'avais continué à porter ce fichu médaillon…

— Je pense qu'il faut tout laisser tomber.

C'était la première fois que Lukas prenait la parole depuis que mon grand-père était arrivé. Je le regardai d'un air incrédule. Et je n'étais pas la seule.

— Tout le plan reposait sur le fait qu'il ne s'attendrait pas à une attaque. À aucun moment il n'était question de mettre réellement la vie de Maeve en danger, et c'est toujours hors de question. J'ai patienté plus de deux cents ans pour le tuer, je peux le faire encore.

Walter lui lança un tel regard que je compris que c'était bon. Lukas venait de lui dire qu'il avait envie de me sauter aussi clairement que ça. Mon grand-père avait gardé son calme olympien, mais je remarquai que ses yeux étaient agités d'une manière dont ils ne l'étaient jamais.

Le silence régna lourdement dans la pièce jusqu'à ce qu'Elliot le brise.

— Ça peut être une bonne chose, dit-il.

Nous tournâmes tous la tête vers lui. Personnellement, je lui faisais clairement comprendre que je pensais qu'il était complètement timbré, et d'aussi loin que ma vision périphérique me permettait de voir, Walter et Lukas lui envoyaient le même regard. Quant à l'Indien, il ne semblait avoir qu'une expression faciale en réserve, et il n'en changea pas.

— Non, ce que je veux dire par là, c'est que maintenant, il s'attend certainement à ce que Lukas lui livre Maeve sur un plateau samedi, et qu'il sait tout aussi certainement que c'est un piège. Si j'étais un vampire séculaire malade mentalement, j'essaierais d'attraper l'appât pendant que c'est une proie.

Il me lança un regard entendu.

— Le gala, murmurai-je.

Lukas se tourna vers Elliot avec un sourire franc.

— Tu commences à me plaire, petit, lâcha-t-il sur un ton qui restait toutefois dédaigneux.

Deux heures plus tard, j'étais dans l'entrepôt en train de m'entraîner au lancer de couteaux. J'avais le silence pour seule compagnie, et cela me convenait parfaitement. J'avais besoin de me vider l'esprit après la lourde discussion que nous venions d'avoir.

J'allais finalement me rendre au gala, et avec la bénédiction de Lukas, qui plus est. Je passais simplement d'appât consentant à proie explosive. Sur le papier, le plan était clair et sans faille. Mais je doutais sérieusement que mon père sorte de sa tanière pour faire le sale boulot. Cependant Walter et Lukas semblaient persuadés de réussir à faire parler n'importe quel homme de main si Victor restait dans son trou. Je supposais qu'il faudrait juste que je leur fasse confiance sur ce coup-là. Mais, étonnamment, j'éprouvais de la peine à le faire. Entre Walter qui m'avait toujours menti et Lukas qui avait tenu Walter au courant dans mon dos, ce n'était pas gagné.

J'étais encore sous le choc d'avoir vu mon père plus tôt dans la soirée. Je pouvais garder la tête haute autant que je le voulais en compagnie des autres, il n'en restait pas moins que cela m'avait profondément ébranlée. J'avais pensé que je n'en avais rien à faire qu'il ait tué ma mère et ruiné ma vie, mais une vérité différente était en train d'émerger. S'il était la moitié des choses que j'avais entendues sur lui au cours des dernières vingt-quatre heures, j'avais une furieuse envie de l'envoyer mordre la poussière définitivement.

Mais le plus choquant pour moi restait son apparence. Je ne sais pas à quoi je m'étais attendue, mais certainement pas à ce qu'il paraisse avoir mon âge. Ce n'était pas la vision que je me faisais de celui qui aurait dû s'appeler Richard, être agent en assurance, et avoir dans les cinquante ans maintenant. Mais les vampires ne vieillissaient pas, et mon père avait tout d'un jeune homme innocent à qui on aurait donné le Bon Dieu sans confession. Et j'avais ses yeux, d'un vert si clair qu'il brillait presque. Cette ressemblance me faisait frissonner. Quels autres traits communs partageais-je avec lui ? Est-ce que j'étais mauvaise, tout comme il l'était ? Il n'était certainement pas né cruel, il l'était devenu. Est-ce que le même sort m'attendait ?

J'entendis un craquement derrière moi et me retournai vivement pour lancer une lame dans la direction du bruit. J'atteignis Lukas en pleine poitrine. L'impact l'arrêta net. Il ôta le couteau en grimaçant et continua d'avancer dans ma direction.

— Joli tir, me dit-il en me tendant le poignard. T'as eu de la chance que ce soit moi et pas ta guimauve d'ex-amant.

Je ne relevai pas et le lui pris des mains pour le jeter aussi vite contre le mur.

— Besoin de me défouler, grognai-je.

Puis j'allai retirer de la cible les trois lames que je venais d'y lancer avant de me repositionner là où j'avais laissé Lukas.

— Tu peux encore dire non, tu sais, fit-il d'une voix douce. Personne ne t'en voudra.

— Moi je m'en voudrais, pestai-je en envoyant de toutes mes forces un des couteaux.

Il manqua l'objectif de quelques centimètres pour se planter dans le mur. Mais la gravité le rappela à elle presque aussitôt et il tomba au sol.

— Bordel de merde ! Je suis même pas foutue de lancer ces trucs correctement !

— Hey, du calme, ma belle, dit-il en se plaçant derrière moi.

Il se colla contre mon corps, sa main gauche sur ma hanche, et la droite saisissant la mienne, qui avait préalablement attrapé un autre couteau.

— Déjà, tu m'as magnifiquement harponné il y a moins d'une minute. Alors détends-toi.

Il me fit relever l'avant-bras et tenir la lame à la hauteur de mon oreille.

— Ne lance pas parce que tu es en colère ou parce que tu as peur, me dit-il doucement. Lance parce qu'ils vont atteindre leur objectif.

Du poignet, il intima au mien un petit mouvement. Je lâchai le couteau, qui alla se ficher droit dans le cœur de la cible.

— Tu vois, souffla-t-il à mon oreille d'un ton rassurant. C'est facile.

— Ça l'est quand c'est toi qui le fais.

Je regardai la lame qu'il me restait dans la main gauche. Ma vision commença à se troubler à mesure que les larmes envahissaient mes yeux.

— Vas-y, lance-le, m'encouragea-t-il.

— Je ne suis pas assez forte.

J'avais contrôlé les sanglots dans ma voix, mais elle n'avait été qu'un murmure.

— Ne dis pas de bêtises, me répondit Lukas en rigolant. Tu as une force phénoménale. Regarde, tu as même réussi à fendre un mur en béton avec un simple couteau.

Je n'étais pas franchement sûre que ce soit possible, aussi évitai-je de vérifier ses dires.

— Je ne parle pas de ça.

Je lâchai l'arme au sol et me retournai lentement. Je lui fis face, tête baissée, les larmes écumant mes joues.

— Je ne suis pas assez forte pour toute cette histoire. Je n'ai pas les épaules assez larges.

Il saisit mon visage à deux mains, le releva, et posa son front contre le mien.

— Tu es la personne la plus forte que j'aie jamais rencontrée, m'assura-t-il en me regardant droit dans les yeux. Une vraie force de la nature. N'oublie jamais ça.

— J'ai peur, dis-je en fermant les yeux, honteuse.

Je ne voulais pas qu'il me voie comme ça, faible, sans défense, à la merci du premier venu. Des larmes s'échappèrent malgré tout de mes paupières closes.

Je commençai à pleurer sans retenue. Tout ce que j'avais accumulé au cours des dernières semaines remontait à la surface et faisait craquer le masque que j'avais eu tant de peine à remettre après ma discussion avec Elliot. J'avais vraiment peur. Peur de mourir, peur qu'une personne soit encore tuée à cause de moi. J'étais terrorisée.

— C'est si tu n'avais pas peur que je me ferais du souci, dit-il délicatement.

Je laissai passer un bref instant avant de continuer sur mes pensées.

— Je n'ai pas envie d'être le fruit d'une prophétie, lâchai-je entre les sanglots.

Il rit doucement.

— Maeve, les prophéties ne sont faites que pour ceux qui ont besoin de les entendre. Ta vie t'appartient, et il t'appartient d'en faire ce que tu voudras. Si tu souhaites t'en aller, il est encore temps.

Il n'y avait aucune trace de reproche dans sa voix. J'avais plutôt l'impression qu'il espérait que je décide de partir le plus loin possible de toute cette histoire.

J'ouvris les yeux. Il m'observait toujours sans ciller, et la honte m'envahit à nouveau. Je tournai la tête.

— Je ne veux pas que tu me voies comme ça, dis-je vivement en essayant de faire un pas en arrière.

Mais il tenait fermement mon visage contre le sien. Mes jambes me donnaient l'impression d'être en coton, et seule son étreinte me maintenait debout. Je me sentais plus faible et plus impuissante que jamais au cours de toute ma vie à mesure que les dernières digues du barrage sautaient une à une. J'allais me noyer.

— Je ne t'ai jamais trouvée aussi belle.

La douceur de sa voix, l'odeur fruitée de son haleine et son souffle sur ma peau eurent raison de l'ultime rempart qui retenait tout ce que j'étais. Je collais ma bouche contre la sienne tandis que mes pleurs submergeaient notre baiser, lui donnant un goût salé. Ses lèvres étaient tendres, presque gênées. Jamais je ne m'étais sentie aussi proche de quelqu'un.

Un bruit se fit entendre dans la cage d'escalier et je me retirai vivement des bras de Lukas. Je chassai les larmes de mon visage au plus vite avant de voir Elliot, mon grand-père et son acolyte faire irruption dans l'entrepôt.

J'avais les joues en feu, et j'étais consciente que ça n'échappait à aucun des hommes ici présents. L'Indien haussa un sourcil.

— Je ramène Elliot, dit Walter.

Je fis signe de la tête que j'avais compris et adressai un geste à Elliot en guise d'adieu. Il avait un petit air triste, et je savais qu'il n'était pas dupe.

Mon grand-père se mit en route, et il fut bientôt talonné par mon ami. L'Indien avait commencé à les suivre, en retrait, lorsque Walter l'apostropha.

—Lalawethika, voudrais-tu bien rester ici pour… veiller sur Maeve?

Veiller sur, surveiller. Bonnet blanc, blanc bonnet.

Lala acquiesça et fit demi-tour pour venir se placer droit entre Lukas et moi. Ce dernier leva les yeux au ciel, maugréa des paroles incompréhensibles dans sa barbe et remonta aussi sec à l'appartement.

Lorsque Elliot et mon grand-père furent partis, je me retrouvai seule avec Lala. Il me regardait avec quelque chose dans l'expression qui s'apparentait fortement à de l'amusement.

—Lukas? demanda-t-il.

Son ton me confirma qu'il trouvait effectivement ça drôle.

—Quoi Lukas?

—Toi aimer Lukas?

Je soupirai.

—J'en sais rien, répondis-je franchement.

Il prit un air plus sérieux.

—Elliot aimer toi.

—Ça, je sais, me plaignis-je.

Il émit un son qui ressemblait beaucoup à un « hum ».

—Walter aimer Elliot.

—Oui ben Elliot aimer Tara, rétorquai-je en ramassant le couteau que j'avais laissé tomber quelques minutes plus tôt.

Je l'envoyai furieusement en direction de la cible, qu'il manqua encore.

—Pas comme ça, dit Lalawethika.

Il alla rechercher les trois lames, revint, et en lança une si fort que, pour un peu, l'entrepôt trembla. Le projectile avait atteint la cible en plein centre. Et avec une telle puissance qu'on ne l'en retirerait probablement plus jamais, pensai-je.

—Comme ça, fit-il en me tendant un couteau.

Je pris machinalement la lame et le regardai. Il souriait.

Chapitre 23

Je sentais que je n'allais pas survivre à la soirée.
Oh, bien sûr, la possibilité que des vampires me tombent dessus à tout moment pour m'assassiner me revenait régulièrement à l'esprit. Mais le point qui m'inquiétait le plus actuellement était le fait que je ne pourrais plus tenir longtemps avec les chaussures à talons que je portais.

Lukas me les avait fièrement offertes quelques heures plus tôt, avant que je ne parte chez Tara, escortée par Elliot. Et suivie par Tinky Winky. Parce qu'Elliot était bien gentil de vouloir aider et me surveiller – et mon Dieu il ne faisait plus que ça depuis deux jours –, mais si on se faisait attaquer, il se ferait briser en moins de temps qu'il ne me faudrait pour trouver un gros mot à ajouter. Et au final, j'étais plutôt rassurée que Lala soit là. Je l'aimais bien, le grand nounours guerrier.

Bien sûr, les chaussures étaient magnifiques. Noires, en cuir laqué, des lanières se croisant sur les orteils et sur la cheville pour tenir le pied, très chic. Mais l'aspect esthétique n'était pas leur principal atout. Sous les talons vertigineux se trouvait un petit interstice où il était possible de glisser une lame. Lukas m'en avait bien sûr offert deux en argent avec les chaussures, et j'avais passé trente minutes à m'entraîner à les sortir de leur emplacement. Pas vraiment aisé à faire sous stress, mais jouable. J'avais également une arme cachée sous mes jupons, et deux pics coincés dans les cheveux pour les retenir. Aussi mignonne que l'agneau qui vient de naître, et aussi dangereuse que le loup qui va le bouffer, m'avait félicitée Lukas, satisfait, quand il avait vu le résultat final. J'avais souri sincèrement lorsqu'il m'avait dit ça, mais je n'avais pas encore porté ces satanées chaussures pendant des heures à ce moment-là. Mémo perso : ne plus jamais le remercier pour un de ses cadeaux. Jamais.

Il devait être 21 h 30, et nous étions arrivées un peu avant 18 heures, avec Tara et Brianne. Tara, en parfaite maîtresse de soirée, avait couru à droite et à gauche, pour que tout soit parfait, faire le point avec les organisateurs, s'assurer que tout était parfait, et bien sûr, vérifier encore une fois que tout était parfait. Évidemment, tout l'était. J'avais la désagréable impression d'être dans la salle de bal du *Titanic*, et j'attendais en vain que le bateau veuille bien couler.

La pièce dans laquelle nous nous trouvions était gigantesque, et très luxueuse. Le plafond était très haut, et les lustres – nombreux et tous plus énormes les uns que les autres – étaient en cristal, et l'illuminaient comme un désert blanc à midi. Tout était éblouissant. Le repas servi avait été des plus délicieux, et le dessert exquis. Après manger, il avait été temps de danser avec de riches hommes d'affaires et de leur faire la conversation pendant qu'ils me draguaient de manière outrageuse. J'avais souvent hésité entre rire et pleurer, et la seule chose qui m'apparaissait de façon claire dorénavant était que j'avais besoin de boire quelque chose. Et si possible quelque chose de corsé.

Après avoir échappé à un Écossais aussi charmant qu'aviné, je filai droit en direction du bar. Le jeune serveur, un étudiant qui suivait les mêmes cours que Tara, me demanda très poliment ce que je désirais.

— Le truc le plus fort que t'as, dis-je en le suppliant du regard.

Il me sourit et s'affaira derrière son comptoir. Je pensais bien qu'il n'aurait rien qui ressemblait aux Soleils, mais l'espoir était permis.

Il déposa devant moi un cocktail rosâtre. Définitivement pas ce que j'attendais, mais je devrais faire avec, faute de mieux. Ça, et une dizaine de ses petits frères.

Je bus le breuvage d'un trait, le tendis au barman, et lui en réclamai un autre. Il s'exécuta avec un grand sourire. Je n'ai toujours pas compris pourquoi, mais ça amuse les hommes de voir une femme descendre un verre et en demander un autre droit derrière. Si ça peut leur faire plaisir.

Je fis subir le même sort au deuxième et lui en recommandai un. Il sembla trouver ça un poil moins drôle lorsqu'il me servit le troisième. Par pure galanterie, je le bus normalement.

— Alors, tu survis ?

Je tournai la tête vers la personne qui venait de me parler. Elliot était d'une beauté à couper le souffle. Son smoking lui donnait un air totalement adulte. Adieu le jeune homme qui aimait les chemises à carreaux et les tee-shirts avec des inscriptions bizarres, et bonjour, M. Dunn. Ses cheveux étaient coiffés en arrière, il était rasé de près, et ses yeux avaient une petite lueur malicieuse qui le rendait franchement craquant. De plus, son nez était totalement guéri. Je ne savais pas ce que Walter lui avait fait au juste après qu'ils furent partis l'autre jour, mais ça avait été radical. Au milieu de la vraie salle de bal du *Titanic*, il aurait renvoyé Leonardo jouer à la poupée.

— À peine, soupirai-je alors que je finissais mon verre.

Je le rendis au barman et lui adressai un sourire. Il me regardait bizarrement, s'attendant sûrement à ce que j'en commande encore un. Mais non, ça suffirait pour l'instant.

—M'accorderiez-vous cette danse ? me demanda cérémonieusement Elliot en se penchant vers moi.

—Mais très volontiers, cher monsieur, répondis-je sur le même ton en saisissant la main qu'il me tendait.

Il m'entraîna au milieu de la piste et nous nous mîmes à nous déhancher en rythme. Je détestais ça, et particulièrement la valse – ce que l'orchestre jouait –, mais avec Elliot, au moins, cela avait un côté amusant. J'étais une très mauvaise partenaire, mais je faisais bien semblant, et heureusement, Elliot savait guider.

—C'est rafraîchissant de danser avec toi, lui dis-je au bout d'un moment. Tu ne sens pas le cigare, et tes mains ne tombent pas systématiquement sur mes fesses par accident.

Il rit. Son sourire le rendait encore plus séduisant, plissant ses yeux en amandes, et lui donnant un charme que je n'avais pas vu en lui depuis de nombreuses années. Elliot semblait vraiment heureux, et ça lui allait bien.

—C'est à ce point-là ? demanda-t-il sans perdre une once de charisme.

—Tu n'as pas idée !

—Ton grand-père a l'air de s'amuser, lui.

Sa voix riait autant que son visage. Il me fit pivoter pour que je me retrouve en face de la table où Walter était assis. Il s'était teint en brun pour l'occasion, et c'était étrange de le voir ainsi, coiffé si méticuleusement avec sa raie au centre et ses cheveux gominés. Je l'avais toujours connu avec une tignasse aussi blanche que touffue, et visiblement je n'étais pas la seule, d'où le semi-camouflage. Il ne faisait déjà pas son âge normalement, mais avec la coloration, on lui aurait facilement donné dans les cinquante ans. Bluffant.

Il semblait être au milieu d'une discussion prenante avec un riche homme d'affaires japonais. De temps à autre, il levait les yeux au ciel. Finalement, il existait des choses qui pouvaient exaspérer Walter. Je songeai un instant à aller parler à son interlocuteur. Il aurait sûrement des trucs à m'apprendre.

— Il faudra qu'on pense tous à remercier Tara, dis-je en rigolant.

Je me demandais encore comment j'avais pu avoir envie d'assister à ce gala de mon plein gré.

Elliot se rembrunit à la mention de Tara.

— Où est-elle, d'ailleurs ?

Je ne l'avais pas vue depuis un moment.

— Je n'en ai pas la moindre idée, répondit-il.

Je le regardai en fronçant les sourcils. Il y avait quelque chose dans son ton qui en disait plus que ce qu'il venait de formuler.

— Je l'ai quittée, m'annonça-t-il négligemment. J'en aime une autre.

Je manquai de m'étrangler.

— Elliot !

Je tentai de me dégager, mais il me retint. Bien sûr, j'aurais pu me libérer si je l'avais souhaité, mais je voulais pas faire une scène au milieu de la piste de danse pour éviter d'attirer l'attention. Surtout celle de Lukas, qui se cachait quelque part à l'abri des regards, habillé comme un des nombreux serveurs qui écumaient la salle. Je n'avais aucune envie qu'il vienne l'empaler en plein gala.

— Je ne t'aime pas, lui dis-je froidement.

Nous continuions à valser, et j'espérais de plus en plus que le morceau touche à sa fin pour que je puisse partir loin de cette comédie.

— C'est ce que tu penses, mais je sais que c'est faux. Je t'ai toujours aimée, et tu m'as toujours aimé. Tu es juste trop fière pour l'admettre. Mais je suis patient, dit-il de manière désinvolte. Et j'ai cru comprendre que maintenant j'ai toute l'éternité pour que tu t'en rendes compte.

Je le regardai durement. Lui aussi me reprochait ma fierté. Je n'avais pas l'impression de l'être à ce point-là, mais si telle était la vérité, ça semblait tout de même plaire énormément à ces messieurs.

— Tu ne vivras pas indéfiniment.

La musique s'arrêta enfin.

Elliot se pencha pour déposer un baiser sur ma joue, comme pour me remercier de la danse.

— Je trouverai un moyen, me chuchota-t-il à l'oreille.

Je partis sans attendre la suite. Je n'avais franchement pas envie d'en écouter plus, et j'espérais sincèrement que Lukas était passé à côté de la discussion. J'aurais nettement préféré me faire enlever, torturer, et mourir dans d'atroces souffrances plutôt que d'assister à la scène qui aurait lieu s'il avait entendu les propos d'Elliot.

Je fonçai droit sur Brianne, qui était appuyée dans une pose négligée contre le bar que je venais de quitter, attendant d'être servie, comme les autres personnes qui l'entouraient. La robe rouge que Tara lui avait choisie se mariait avec ses cheveux auburn d'une manière exquise. Tara avait vraiment du goût. Enfin, à part en matière de mecs.

— Tu sais où est Tara ? lui demandai-je sans préambule.

Elle tourna vers moi une moue sombre.

— Pourquoi, tu veux enfoncer le clou ?

Je ne compris pas tout de suite la raison de son ton cassant. Mais l'instant d'après, l'homme à son côté se retourna, et je reconnus Marc. Je pestai intérieurement alors qu'il me regardait avec un sourire triomphant.

— Mais c'est la donneuse de leçons, dit-il en guise de bonjour.

Je ne répondis rien. Ce n'était ni le moment, ni la soirée.

— Tu devrais te les appliquer à toi, tes conseils, continua-t-il en ricanant.

— Marc, s'il te plaît, commença Brianne.

— La ferme, lâcha-t-il sans perdre son rictus mauvais.

La sécheresse du ton la fit sursauter.

— Marc, tu lui parles mieux, grognai-je, sinon…

Il se mit à rire.

— Sinon rien, ricana-t-il. Brianne est avec moi, et tu n'y changeras rien. C'est compris ?

Même si ma langue me démangeait furieusement, je me tus. Vraiment pas la bonne soirée.

— Viens, me dit Brianne en m'attrapant par la main, je vais te montrer où elle est.

Marc posa une lourde patte sur son épaule.

— Où est-ce que tu crois que tu vas ? demanda-t-il sans sympathie.

Un petit sourire triste ne quittait pas le visage de Brianne.

— Je l'emmène voir Tara. Comme ça, elle nous fichera la paix, lui murmura-t-elle. J'arrive tout de suite.

La réponse sembla le satisfaire assez pour qu'il retire sa main et la laisse partir. Elle me conduisit jusque devant les toilettes.

— Je suis désolée, me dit-elle une fois devant la porte. Il n'est pas toujours comme ça.

Je fis la moue. Elle ne voulait vraiment pas voir, et ça me faisait énormément de peine.

— Si Brianne. Si, susurrai-je. Il est toujours comme ça. Et j'aimerais tellement, tellement que tu t'en rendes compte.

Ses grands yeux bruns s'étaient troublés. Elle les gardait baissés lorsqu'elle parla.

—Mais je l'aime.

Le petit cri de désespoir dans sa voix finit de me fendre le cœur. Je la saisis par les épaules et la regardai droit dans les yeux.

—Écoute-moi bien, Brianne. Tu mérites quelqu'un qui t'aime et te respecte. Tu vaux mieux que lui. Est-ce que tu as compris ?

Sans le vouloir, je l'avais un peu secouée. Elle me dévisageait avec de grands yeux inexpressifs.

—D'accord, répondit-elle simplement.

Sa réaction me surprit, mais ne m'étonna pas vraiment. Elle ne savait plus vraiment où elle en était. Je la serrai dans mes bras rapidement, mais fermement, et lui déposai un baiser sur la joue.

—Il faut que tu trouves la force de le quitter, dis-je une fois que je pus à nouveau la regarder bien en face. Je n'ai pas envie de te perdre encore une fois.

Elle me regardait toujours avec des yeux brumeux.

—D'accord, répéta-t-elle.

Elle semblait plus sûre d'elle. J'espérais de tout mon cœur qu'elle réussirait. Elle s'éloigna en direction du bar où elle avait laissé Marc, et je soupirai.

L'instant d'après, j'entrai dans les toilettes pour femmes. Elles étaient gigantesques, plus grandes que mon salon, et nettement plus luxueuses, tout en marbre blanc et céramique.

J'entendais de faibles sanglots, mais j'aurais été incapable de dire dans quel cabinet Tara se trouvait.

—Tara ? hasardai-je.

Une profonde inspiration, quelqu'un qui se mouche, et une toute petite voix.

—Va-t'en.

Je me baissai pour regarder sous les portes dans quelle toilette Tara se cachait. Et heureusement, personne n'entra pendant que j'étais cul en l'air en train d'inspecter.

Je me relevai et frappai doucement.

— Ouvre s'il te plaît, demandai-je, mal à l'aise.

Je n'obtins aucune autre réponse que des sanglots.

— Elliot est un imbécile fini, continuai-je. Il vient de me raconter ce qu'il a fait, et je...

Et je ne savais pas quoi dire, en fait. Se faire consoler par la personne pour qui votre copain vous a quittée n'est peut-être pas le rêve de tout le monde.

— Et je suis désolée, ajoutai-je.

Elle ne me répondit pas, mais je l'entendis bouger derrière la porte, et se moucher encore une fois. Finalement, elle ouvrit. Son mascara avait coulé sur ses joues et lui donnait un air assez grunge, malgré la robe dorée qu'elle portait. Elle n'avait plus rien du tableau parfait qu'elle affichait en permanence. Elle semblait humaine.

— Je ne t'en veux pas, me dit-elle d'une voix maîtrisée. J'ai toujours su qu'il était amoureux de toi. Tout le monde l'a toujours su, sauf vous deux.

En prononçant ces mots, elle se remit à pleurer de plus belle.

— Tara, je...

Et sans bien comprendre ce qui se passait, je la pris dans mes bras. Elle sanglota pendant de longues minutes durant lesquelles je me tus, ignorant ce que j'aurais pu ajouter sans aggraver la situation. Je n'arrivais plus à la détester, et j'étais vraiment peinée pour elle. Si j'avais pu, j'aurais roué Elliot de coups jusqu'à ce qu'il retrouve la raison. Mais je ne pouvais pas, pas en ce moment.

Brusquement, elle arrêta de pleurer, fit un pas en arrière et releva la tête dignement.

— Je dois retourner dans la salle, dit-elle. Mais je vais d'abord devoir me remaquiller et changer de robe.

Je la regardai avec un petit sourire gêné.

— La robe est parfaite, répondis-je.

— Plus maintenant, fit-elle en montrant de minuscules traces noires vers son décolleté.

Ses larmes avaient entraîné du mascara sur les paillettes, mais il aurait fallu un œil de faucon pour remarquer ça à plus de deux centimètres d'elle.

— La robe est parfaite, répétai-je, rassurante.

Mais je comprenais maintenant que la perfection était la manière qu'avait Tara de rester maîtresse de la situation.

Elle s'avança vers le miroir et se mit à frotter les traces sous ses yeux.

— Je me refais une beauté, et je vous rejoins dans la salle dans un petit moment, me promit-elle.

Je la regardais sans bouger.

— Vas-y, me pria-t-elle. Je suis sûre qu'il y a des dizaines de donateurs qui seraient ravis de danser avec toi, alors ne les fais pas attendre.

Eux et le diable, pensai-je.

— D'accord, lui dis-je doucement. Si tu as besoin de quoi que ce soit, je suis là.

Je sortis avec la boule au ventre. J'étais responsable de la tristesse de Tara, et le poids de la culpabilité était lourd à porter.

Je décidai de retourner au bar sans jeter de coups d'œil dans la salle. Je ne voulais pas savoir où étaient Elliot et Lukas, et surtout ne pas croiser le regard de Walter. Je sentais comme un poids dans l'air qui me rendait plus que nauséeuse. Mais je n'arrivai pas à faire plus de deux pas avant d'être violemment saisie au bras.

— Qu'est-ce que tu as fait, sorcière ?

Marc me poussa contre le mur sans ménagement. J'y rebondis avec un bruit sec.

Il me dévisageait avec des yeux hargneux. Je regardai autour de moi pour tenter de localiser Brianne, mais elle n'était nulle part.

— Rien, répondis-je excédée. Maintenant, laisse-moi passer.

— Elle m'a quitté! geignit-il.

Je ne pus réprimer un sourire.

— Qu'est-ce que tu lui as fait? répéta-t-il, encore moins sympathiquement, si c'était possible.

— Pourquoi est-ce que j'aurais quelque chose à voir là-dedans? C'est une grande fille, elle est intelligente, elle sait quel genre de vermine tu es.

Ses traits étaient déformés par la colère, et il semblait moins humain que jamais.

— Je sais que c'est toi, dit-il plus hargneusement encore. Je te jure que je vais te tuer.

Je m'apprêtais à répondre lorsqu'un bras retira Marc avec une facilité déconcertante.

— Excusez-moi, est-ce qu'il y a un problème?

Je reconnus les inflexions mielleuses de Lukas avant d'apercevoir son visage. Il regardait Marc droit dans les yeux.

— Tu vas rentrer chez toi, et les laisser tranquilles. Toutes les deux.

— D'accord, fit Marc d'une voix blanche.

Il s'en alla aussitôt, paisiblement, tandis qu'un sourire énorme se peignait progressivement sur mon visage.

— Ça va? me demanda Lukas une fois que l'autre imbécile fut parti.

Le sourire ne quittait pas mes lèvres. Je savais que j'avais déjà vu cette expression. C'était la même que Brianne avait eue quand elle m'avait répondu. C'était celle de

Mme Bartowski lorsque Lukas avait pris sa voiture, et c'était celle que Marc venait d'arborer à l'instant où il avait été chassé. J'avais utilisé la manipulation mentale pour la première fois de ma vie, et l'idée me ravissait. D'accord, ce n'était pas très joli d'avoir fait ça à une amie, mais je ne pouvais pas m'empêcher de ressentir une joie extrême.

— Oui, répondis-je simplement à Lukas en plaçant une main sur son bras.

Je ne voulais pas qu'il se mette à me poser de questions. Je lui souris franchement.

— Très bien, ajoutai-je. Je retourne jouer mon rôle, retourne à ton poste.

Et je m'éloignai aussi rapidement pour rejoindre le bar. Une fois là-bas, j'étais partagée entre la joie de me découvrir de nouvelles facultés et la discussion que je venais d'avoir avec Tara. L'attitude d'Elliot me mettait vraiment dans une position que je n'avais pas envie d'occuper, et je souhaitais partir de cet endroit au plus vite.

Je commandai au barman la même chose que tout à l'heure, mais n'éprouvai aucun plaisir à voir l'expression sur son visage. Toute cette soirée était une plaisanterie. Personne n'était venu me chercher, et personne ne viendrait. L'idée d'Elliot était peut-être bien trouvée, à la base, mais si moi j'avais été un vampire séculaire et psychotique, je ne m'y serais pas prise comme ça. Du tout.

J'avais donc fait le déplacement pour rien, mis à part me faire palper par de vieux dégueulasses qui se donnaient une bonne conscience avec leurs aumônes, briser le cœur de Tara, me voir menacée de mort par Marc et manipuler mentalement ma meilleure amie. Mon moral jouait les grands 8.

— Voulez-vous bien m'accorder cette danse ?

Il ne manquait plus que ça. Je n'étais vraiment plus d'humeur.

— Franchement pas, répondis-je sans ménagement.

Le barman fit de gros yeux en m'entendant prononcer ces mots. Je n'eus pas le plaisir de voir la réaction du vieux pervers qui me l'avait demandé, car je lui tournais le dos, et je n'avais aucunement l'intention de changer la donne. J'espérais juste qu'il avait tiré la même gueule que le petit jeune. J'étais bien décidée à finir le reste de la soirée un verre à la main avant de rentrer cuver. Je me poserais des questions sur ma vie plus tard.

— C'est fort dommage, continua le lourdingue derrière moi. Je dois avouer que vous êtes de loin la plus belle femme qui soit présente ce soir.

— Génial.

Je n'aurais pas pu plus insister sur le fait qu'il m'emmerdait. Pas en un seul mot. Je finis mon cocktail d'un trait et le tendis au barman accompagné d'un signe de tête qui lui annonçait que j'attendais la suite. Il s'exécuta avec un petit air paniqué. Lui au moins, il avait compris que je n'étais pas de bonne humeur. Pas comme le vieux crétin qui en remettait une couche.

— Je suis sérieux, continua-t-il.

Je pris le verre et me retournai, prête à l'incendier verbalement une bonne fois pour toutes. Et je m'arrêtai net. Mon cocktail m'échappa des mains et alla silencieusement se répandre sur la moquette, qui avait déjà absorbé le bruit.

L'homme me souriait.

— Il serait hypocrite de ma part de dire le contraire de quelqu'un qui me ressemble autant.

Je restai tétanisée, le bras en l'air et la mâchoire ouverte, bloquée avant le flot d'insultes que je pensais offrir à un vieux riche un peu trop insistant.

C'était lui. C'était l'homme du miroir. J'aurais dû reconnaître la voix avant. J'aurais dû reconnaître cette fichue voix avant. J'aurais dû, bon Dieu !

Il saisit le bras que j'avais toujours levé et me força à le suivre. Je fus vaguement consciente du cliquetis que produisirent mes talons lorsque nous arrivâmes sur la piste, mais c'était à peu près le seul son qui me parvenait. La musique de l'orchestre était étouffée, ainsi que le brouhaha des gens qui parlaient autour de nous. Mes oreilles bourdonnaient, et j'y entendais les battements de mon cœur ralentir progressivement. J'étais incapable de bouger.

Il me souriait encore lorsqu'il m'attira contre lui et se mit à mener la danse. Je suivis comme une poupée de chiffon.

—Tu es aussi belle que je me l'étais toujours imaginé, fit-il, rêveur.

Je ne répondis rien. Ma gorge était serrée. Je parvenais juste à penser que la cavalerie allait arriver. Elle devait arriver. Walter était assis à une table pas loin d'ici, Lukas devait se cacher quelque part dans la foule pas loin, et Elliot m'aurait sûrement à l'œil en permanence après ce qu'il m'avait avoué. Quant à Tinky Winky, il était dehors, mais il viendrait en renfort, j'en étais persuadée.

—Tu n'as pas l'air de te sentir très bien, remarqua-t-il avec un ton concerné.

—Ça…

Je me raclai la gorge. Ma voix travaillait contre moi.

—Ça va, tentai-je de répondre d'une manière assurée.

Il me fit un grand sourire. J'avais les mêmes fossettes quand je souriais. Mon cœur s'arrêta totalement de battre.

—Cela fait longtemps que je rêve de te rencontrer, continua-t-il. Depuis que je suis au courant de ton existence.

Son sourire était franc. Si je n'avais pas su qui c'était, je l'aurais trouvé charmant. Mais je savais.

Il n'y avait toujours aucun signe des renforts, mais je ne devais pas céder à la panique. J'étais armée. Deux dans les chaussures, un sous la robe, et deux dans les cheveux. Cela faisait cinq bonnes raisons de relever la tête.

——Tu as beaucoup de culot de te pointer ici, Victor. Tu ne pensais quand même pas qu'on n'avait pas prévu le coup ? Tu as fait exactement ce qu'on voulait que tu fasses, et tu es encerclé.

J'avais retrouvé mon assurance, ce qui m'aida à me détendre un peu. J'étais cependant légèrement déconcertée par le fait que, en face de moi, il n'avait pas perdu une once de la sienne. En fait, il se mit à rire. À gorge déployée. Mon sang se glaça.

——Victor ?

Il lâcha la main avec laquelle il conduisait pour caresser ma joue du bout des doigts. Puis il me regarda bien droit dans les yeux.

——Maeve, je ne suis pas ton père.

Chapitre 24

Le temps semblait s'être arrêté.
Et pourtant, les gens continuaient à danser autour de nous, à parler et à rire, même si je ne les entendais toujours pas vraiment. Je les voyais bouger de concert à côté de moi, portés par un rythme qui ne me parvenait pas, comme perdus dans l'immensité de la salle. Je me sentais terriblement petite, et cette sensation commençait à m'étouffer.

L'homme en face de moi enleva sa main de mon visage et reprit possession de mon bras pour poursuivre la danse. Je me laissai faire comme avant. Je n'avais pas réagi à ce qu'il m'avait annoncé, car, honnêtement, je ne savais pas quoi faire, ou dire. Des dizaines de pensées se bousculaient dans ma tête, et le résultat ressemblait plutôt à une marmelade qu'autre chose.

—Tu me sembles bien silencieuse, observa-t-il, brisant la confusion insonore qui bourdonnait à mes oreilles.

Je revins soudain à moi.

—Je suis en train de réfléchir à la meilleure manière de te tuer sans trop tacher ma robe, rétorquai-je avec un sourire charmant.

Il se mit à rire bruyamment.

—Qui es-tu? demandai-je.

Mais aussi étrange que cela puisse sembler, je pensais déjà le savoir. Et ça ne me paraissait pas si bizarre. Plus rien ne l'était dans ma vie, actuellement.

Il me sourit tendrement.

— Je suis Connor, voyons, me dit-il doucement.

— Pourquoi est-ce que tu es toujours vivant ?

J'aurais pu me demander comment cela se faisait, mais à vrai dire je m'en fichais. Le fait qu'il ne soit pas mort m'énervait plus que les raisons qui avaient rendu cela possible.

— Pour la même raison que toi, sœurette, répondit-il, tout sourires.

Il n'avait pas compris ma question. Passons.

— Et qu'est-ce que tu veux ? demandai-je fermement.

Son sourire s'élargit et devint carrément mauvais. Une lueur brillait dans ses yeux, plus effrayante que tout ce qu'il m'avait jamais été donné de voir.

— Tu vas venir avec moi, de ton plein gré, afin que nous rendions une petite visite à notre père.

Je rigolai doucement.

— Même si j'acceptais de t'accompagner, Lukas ne te laisserait jamais m'emmener, répondis-je sur un ton de défi.

Le regard qu'il me lança alors me fit trembler.

— Ma chérie, Lukas est déjà mort à l'heure qu'il est. Tout comme ce vieux fou d'Indien qui suit ton grand-père comme son ombre, et cet abruti qui t'ennuyait tout à l'heure. Considère ça comme une courtoisie familiale, dit-il avec un petit sourire satisfait.

— Et Walter ? demandai-je dans un souffle, sans même prêter attention au fait que Marc n'emmerderait certainement plus jamais personne.

Il eut l'air contrarié.

— Quoi ? Tu ne me remercies même pas de t'avoir débarrassée d'un imbécile qui menaçait de te tuer il y a quelques minutes à peine ?

Je le regardai en fronçant les sourcils.

— Tu veux quoi ? Que je te sois reconnaissante d'être un assassin ?

Il ne s'attendait tout de même pas réellement à ce que je lui dise merci, ou bien ? Il semblait tout à fait sérieux, pourtant. Il ne fallait pas être un génie pour se rendre compte que je détestais Marc, et j'avais bel et bien souhaité sa mort plus d'une fois. Mais il y avait quand même un énorme pas à franchir quant au fait de s'en réjouir.

Un air réjoui se répandit lentement sur son visage.

— Tu ne me demandes pas de l'épargner pour autant. Désirerais-tu que je le fasse ?

— Tu ne l'as pas encore tué ?

Il me regarda très sérieusement.

— Ce n'est pas la question que je t'ai posée, sœurette. Si tu pouvais le sauver, que ferais-tu ?

J'avais souhaité la mort de Marc tellement de fois que répondre spontanément que je voulais qu'il vive n'était pas dans mes cordes. Je pouvais tout de même mentir.

— Je le sauverais.

Connor lâcha un petit rire cristallin.

— Tu mens tellement mal ! Tu devrais travailler ton bluff, même s'il est trop tard pour la vie de cet humain à l'heure actuelle.

Je serrai les dents. Je me fichais de ce qui pouvait bien être arrivé à Marc. Je me faisais beaucoup plus de souci pour Lukas et mon grand-père. Connor me regardait avec un air attendri. Il ne clignait jamais des paupières, et cela me mettait mal à l'aise.

—Tu as des yeux magnifiques, me dit-il au moment exact où je pensais la même chose des siens.

Il me sourit franchement, sans rien de calculé.

—J'ai vu ce que tu peux faire avec, tout à l'heure, sur la petite rouquine, continua-t-il. Et je suis sûr que tu peux faire bien plus.

Je ne répondis rien. Je le laissai mener la danse, résignée. Comme il était hors de question que je tente quoi que ce soit tant qu'il y aurait autant de monde autour, il me faudrait prendre mon mal en patience.

—Elle est très appétissante d'ailleurs, ajouta-t-il.

J'enfonçai instinctivement mes ongles dans sa peau jusqu'à ce qu'ils la transpercent.

—Si tu la touches, tu regretteras d'avoir survécu, dis-je entre mes dents.

Connor tourna la tête et regarda nos mains jointes. Le sang avait perlé à la surface de ses doigts, se mariant parfaitement avec la couleur de mon vernis. Mais ses blessures s'étaient déjà refermées.

Il releva le menton, avec ce qui ressemblait presque à un air gêné.

—J'ai toujours su que tu me plairais. Dès la seconde où j'ai appris ton existence, j'ai compris qu'il y avait ce truc, entre toi et moi. Bien sûr, au départ, j'ignorais ce que tu étais. Je sentais juste ta présence, comme si tu étais un petit résidu d'électricité statique. Je n'ai pas prêté attention à ces sensations tout de suite. Ce n'est que plus tard que j'ai réalisé. J'éprouvais des sentiments qui n'étaient pas à moi. La joie de la découverte, le bonheur de faire souffrir, cet envoûtement devant le sang.

Il marqua une pause pour se composer un sourire aussi franc que satisfait.

—Tu sais depuis quand je n'avais plus ressenti ça ? Tellement longtemps ! s'exclama-t-il. C'était merveilleux, toute cette candeur. Ensuite, j'ai compris que je pouvais également utiliser ce lien qui nous unit pour te rendre de petites visites. Mais mes visions étaient terriblement décevantes. J'aimerais que tu m'expliques comment tu fais !

—Comment je fais quoi ?

—Eh bien pour rester aussi longtemps, répondit-il. Chaque fois que j'ai réussi à m'infiltrer dans ta tête, j'en ai été éjecté presque aussitôt. Quel sentiment frustrant ! Pourtant, il m'en fallait plus. Je devais me rapprocher, te saisir, t'aimer.

Je me rendis compte qu'il avait posé une main derrière mon oreille, comme s'il avait à peine remis une mèche en place.

—Tu semblais si malheureuse, si perdue. Nous sommes semblables, me dit-il en plongeant son regard si profondément dans le mien que je me sentis presque souillée. Nous sommes comme les deux moitiés d'un même tout.

Je le regardai d'un air dégoûté.

—Je ne suis en rien comme toi ! me défendis-je. Tu n'es qu'un monstre !

Il émit un petit rire, très net, et très court, durant lequel il laissa sa tête partir légèrement en arrière. Après quoi il planta un regard froid comme la mort dans mes yeux qui étaient incapables de lutter.

—Tu es exactement comme moi, dit-il durement. Toute cette envie, toutes ces pensées qui ont traversé ton esprit quand tu me suivais, c'était toi, pas moi. Le goût du sang venait de ta bouche lorsque je torturais et tuais. Tu peux te défendre autant que tu voudras, je sais ce que tu es.

—Je ne serai jamais comme toi !

J'avais mis un terme à notre danse et restai figée, le défiant. Nous n'avions rien de semblable.

Pourtant mon cœur s'était arrêté de battre. Et s'il avait raison ? Si j'étais mauvaise ? Que se passerait-il si j'étais le monstre que j'avais peur d'être ?

Mon attention fut déviée des doutes qui m'assaillaient quand je vis Connor faire la moue en face de moi, observant un point derrière mon épaule. Un sourire apparut ensuite sur son visage, pour se décomposer en rictus malsain. Son emprise sur ma main et dans mon dos se fit plus forte alors que son regard noircissait.

— J'espère que je n'arrive pas trop tard pour la réunion familiale, chantonna une voix derrière moi.

Je me détendis aussitôt après avoir entendu Walter parler.

Connor me lâcha et lui fit face.

— Je savais que tu nous poserais des problèmes, ricana-t-il de manière désinvolte.

— Ce n'est pas très gentil d'essayer de faire tuer ton grand-père, fit Walter d'un ton faussement réprobateur. Maintenant, si nous allions régler ça à l'abri des regards ?

Connor haussa les épaules, comme s'il tentait de dire que ce n'était pas sa faute. Puis il les baissa, lentement. Et avant que j'aie compris ce qu'il se passait, sa main était appuyée contre le cou de Walter, le rictus mauvais qu'il affichait toujours lui déformant tellement les traits qu'il avait l'air à peine humain.

— Comme je viens de le souligner, je savais que tu nous poserais des problèmes. Je t'ai donc concocté un petit cocktail spécial. Ça aura été un plaisir de faire ta connaissance, grand-père, dit-il en insistant mesquinement sur le dernier mot. Brièvement.

Il lâcha Walter, et celui-ci resta figé dans une expression de surprise. Il s'écrasa au sol quelques secondes après. Quelques têtes se tournèrent dans notre direction, laissant découvrir des visages médusés.

Je poussai un cri et me baissai vivement. Walter avait les yeux grands ouverts, son regard vide fixant le plafond. Il ne réagissait pas aux secousses que je lui imprimai, et une petite tache rouge bordait le col de sa chemise.

— Qu'est-ce que tu lui as fait ? hurlai-je en me retournant vers Connor.

Il semblait s'amuser comme un fou.

— Que quelqu'un appelle une ambulance ! Je crois que cet homme fait une crise cardiaque ! cria-t-il à l'assemblée.

Des murmures de panique commencèrent à s'élever un peu partout autour de nous alors qu'un attroupement se formait. Il y eut même un « Poussez-vous, je suis médecin ». Comme dans les films.

Connor me tira par le bras et m'attira violemment à lui.

— Allez, viens, on a assez traîné.

Et il m'emmena loin de la foule, loin de Walter, loin de tout espoir.

Nous sortîmes de la salle pour nous embarquer dans un large couloir qui, si l'on en croyait les panneaux indicateurs, menait au garage souterrain. Il se mit à me pousser sans ménagement pour que j'avance plus vite. Alors je fis la seule chose que pouvait faire une femme avec des talons vertigineux quand elle est bousculée sur une épaisse moquette bordeaux.

Je tombai au sol. Il me tira violemment par le bras pour me relever, en jurant. Et je lui plantai ma lame dans le flanc. Très pratiques, ces chaussures, en fin de compte.

Il gémit en se pliant en deux, et je n'attendis pas une seconde de plus. D'un coup de genou, je lui frappai la mâchoire aussi fort que je pus. Il gicla à terre et je lui décochai quelques coups de pied avant d'enfoncer un de mes talons dans sa cage thoracique. Malheureusement, il ne se passa pas beaucoup de temps jusqu'à ce qu'il reprenne assez ses esprits pour enlever la lame que je venais de lui planter et qu'il me la plonge dans le mollet. Bon Dieu, ça faisait un mal de chien. Mémo perso : ne plus jamais se plaindre de recevoir une pierre dans les fesses.

Il profita du fait que j'arrache le couteau pour tirer sur mes chevilles et provoquer ma chute. Il était déjà guéri, et je me rendis compte que mon frère n'avait pas les mêmes facultés que moi. Il semblait en avoir beaucoup plus.

Alors qu'il se relevait et s'apprêtait à m'attaquer, je levai les jambes pour l'expédier derrière moi. Il était nettement plus petit et plus léger que Lukas, et ce fut un jeu d'enfant.

Je bondis sur mes pieds et lui fis signe d'approcher, la lame dans la main, et un sourire mauvais sur les lèvres. Il venait de me foutre officiellement en colère. Et je détestais être en colère. Ça me mettait hors de moi.

Il avança lentement, baissé comme je l'étais, prêt à charger. Il cherchait une ouverture, mais il n'était pas près d'en trouver une. Il tenta alors de me désarçonner d'un coup de pied, mais je sautai vivement en l'air. Difficile de bien retomber sur ses pieds avec de tels talons. Je suis sûre que les créateurs de chaussures ne pensent jamais à ce genre de situation.

Je vis le sourire sur ses lèvres s'agrandir petit à petit. Il regardait quelque chose derrière moi. Mais je n'allais pas me laisser avoir. Je fis un pas en avant, poignard dressé, et je reçus un coup de couteau dans le bas du dos. La douleur fut fulgurante et des larmes vinrent aussitôt troubler mes yeux. C'est ce qui fera toujours de moi une mauvaise joueuse de poker. Je suis systématiquement persuadée que les gens bluffent.

Je me retournai pour découvrir un Roy narquois. Il ne m'avait pas manquée.

J'essayai d'enlever le poignard de mes reins, mais c'était difficile. Ce fut Connor qui l'ôta, avant de me saisir fermement et de pointer la lame sous ma gorge. L'odeur de mon propre sang me chatouilla les narines.

—Bien, maintenant, est-ce qu'on peut y aller ?

Je lui mis un coup de coude et tentai de bouger avant de me faire trancher la carotide. Beaucoup de personnes se seraient sûrement tenues tranquilles pour éviter d'être saignées à blanc. Pas moi. De un, je n'aimais pas faire comme tout le monde. Et de deux, je préférais nettement être tuée sur place que livrée à mon père.

Le couteau fit une large entaille sur le haut de mon épaule. Comme Roy fonçait sur moi, je passai la jambe derrière celle de Connor et tirai d'un coup sec pour qu'il perde l'équilibre. Et nous tombâmes tous les trois. Je me retrouvai en sandwich entre les deux. Pas une si bonne idée que ça, finalement. Il faudrait que je potasse encore un peu les stratégies de combat.

S'ensuivit une espèce de drôle de méli-mélo d'où j'essayais de me dégager pendant qu'ils cherchaient à me dégommer. Je parvins à atteindre le couteau qui était caché sous ma robe et à le planter très près du cœur de Roy. Mais pas assez pour le tuer. Il me toisa avec des yeux fous tandis que je roulais sur le côté. Il le retira de sa poitrine et me signifia du regard que je n'aurais plus jamais l'occasion de retenter l'expérience après ce qu'il allait me faire.

—Roy! entendis-je hurler au loin.

Lukas était vivant. Lukas était vivant !

Roy et Connor tournèrent simultanément la tête. Connor parut plutôt ennuyé et se releva prestement. Il m'adressa un petit sourire et fila au fond du couloir. Quelle mauviette !

Puis tout se passa très vite.

Roy me regarda à nouveau et lança le couteau avant que je ne parvienne à me redresser. Enfin, j'aurais sûrement eu le temps de le faire, si l'idée m'avait seulement traversé l'esprit, mais tout mon corps était figé. Je vis la fin arriver tranquillement, comme au ralenti. Il avait visé mon cœur, et j'étais consciente que le tir allait faire mouche. Je fermai les yeux. Je partirais au moins en sachant que je n'avais pas causé la mort de Lukas.

Un courant d'air m'effleura le visage. Et rien ne se produisit. J'ouvris les yeux à temps pour apercevoir Lukas saisir Roy à la gorge et le soulever du sol pour le plaquer contre le mur. Ses canines étaient sorties, et lui aussi semblait fou. Le couteau que Roy avait lancé était planté dans sa cuisse.

Roy regardait Lukas avec un sourire imperturbable.

— C'est fini pour toi, mon grand, lui dit Lukas.

Je me relevai et allai me poster à côté de lui. Roy tourna la tête et me fixa du regard.

— Non, ça ne fait que commencer, ricana-t-il.

Je n'aimais pas du tout l'allusion.

— Lâche-le, ordonnai-je à Lukas.

Ce dernier fit volte-face, un sourcil en l'air. Je lui fis signe d'obéir, et il reposa le vampire au sol. Roy ne bougea pas, et continua à braquer sur moi son grand sourire niais.

— Lorsqu'il aura mis la main sur toi…

Il ne termina pas sa phrase, me scrutant d'un regard fou.

—Je tuerai Connor, dis-je d'une voix assurée. Et s'il le faut, je tuerai également Victor. En fait, je pense que tu ne vas être que le premier d'une longue série.

Je l'observai avec des yeux vides. Je n'avais même pas tenté d'être menaçante. Il se mit à rire.

—Tu ne fuiras jamais assez loin, grogna-t-il lorsqu'il retrouva un semblant de calme. Et tu ne parviendras jamais jusqu'à Victor. Et même si tu y arrivais…

Encore une fois, il laissa sa phrase en suspens. Je le saisis par le col et me mis à le secouer.

—Quoi ? demandai-je, perdant un peu de mon assurance. Si j'arrive jusqu'à Victor, quoi ?

Je sentis la main de Lukas se poser sur mon épaule, et je la dégageai d'un coup vif. Roy recommença à ricaner, et je le secouai de plus belle.

—Tu ne peux pas te battre contre la prophétie. Si nous avons échoué, tu ne réussiras pas mieux.

Je me rembrunis à ces paroles et arrêtai aussitôt de le malmener. Il ne manqua pas une miette de l'effet que ses mots avaient produit sur moi. Pour la première fois, je me rendais compte que si la prophétie que Walter avait à peine mentionnée était vraie, de nombreuses personnes devaient souhaiter ma mort, moi comprise.

—Une prophétie ne veut rien dire ! me défendis-je. Je suis maître de mon destin !

Il continua à rire doucement.

—Soit, répondit-il. Mais si elle ne ment pas, Victor n'est que le cadet de tes soucis. Et toi…

Je l'avais saisi à la gorge avant même qu'il ne termine sa phrase. Je serrais si furieusement que le bout de mes doigts commençait à s'enfoncer légèrement dans les trous que mes ongles venaient d'ouvrir dans sa peau. Le visage de Roy se déforma sous la douleur, mais il continua à sourire.

— Moi quoi ? demandai-je froidement entre mes dents comprimées par la colère.

Il arrêta de rire. Ses yeux s'agrandirent et ses sourcils s'arquèrent.

— Tu ne seras pas plus forte que la prophétie, dit-il malgré la gorge que je lui broyais. Je vois la rage au fond de ton regard, toute la folie silencieuse que tu y caches. Même ton père n'a pas ces yeux-l…

Je n'avais jamais été aussi rapide de ma vie. Une seconde, le couteau était dans la jambe de Lukas, et celle d'après, il transperçait le cœur de Roy.

— Je suis maître de mon destin, lui dis-je alors que ses yeux s'opacifiaient et que son rictus s'effaçait petit à petit.

Je lâchai l'arme et laissai Roy s'écraser au sol. Et j'observai froidement. J'avais déjà vu un vampire mourir auparavant, mais je n'avais pas été aux premières loges, et j'étais fascinée. Il était en train de perdre sa couleur, progressivement. Il vira de l'anthracite au gris clair, jusqu'à ce qu'il le devienne tellement qu'il ressemble à une statue. Une statue de cendres.

Je me baissai et le touchai. Sa carcasse se brisa et tomba en masse informe sur le sol. Je crachai sur ses restes.

— Bon, je suppose qu'il est trop tard pour le faire passer à l'interrogatoire, lâcha Lukas sur un petit ton guilleret.

Mais ça ne m'amusait pas spécialement. Tinky Winky était certainement mort à cause de moi, Connor s'était échappé, et…

— Walter ! dis-je en me relevant précipitamment.

Nous sortîmes du bâtiment à la hâte après avoir demandé dans la salle où Walter avait été emmené.

Retrouver la voiture sur le parking quasiment désert fut un jeu d'enfant. Lukas mit le contact avant même que ses fesses ne touchent le siège conducteur. Il allait enlever le frein à main lorsque je réprimai un hurlement. Derrière lui, de l'autre côté de la vitre, se trouvait une tête sans corps. Au bout de la tête, un bras démesuré me rassura quant au sort qu'avait subi un vieil ami.

— Lala ! criai-je, soulagée.

Lukas déverrouilla la porte arrière, et l'Indien prit place. Je le regardai entrer dans la voiture. Il était sain et sauf.

Le voir ainsi, dans une si minuscule Volvo, aurait eu un côté pour le moins comique un jour ordinaire. Il tenait à peine sur la banquette, et le visage horrifié était posé bien sagement sur ses genoux, comme si ça avait été un petit chien.

— Pourquoi est-ce qu'elle ne se transforme pas en poussière elle aussi ? demandai-je, intriguée.

Je venais de regarder un vampire devenir cendres en moins de temps qu'il ne fallait pour le dire. Pourtant cette tête, bien que pâlotte, semblait on ne peut plus solide.

— Oh, ça va arriver, m'assura Lukas. Ça prend juste un peu plus longtemps que lorsque l'argent est planté directement dans le cœur. Mais d'ici à quelques minutes, ce trophée ne sera qu'un vague souvenir poussiéreux.

Je me contentai de cette réponse et me retournai pour porter mon attention sur la route. Nous serions bientôt à l'hôpital. J'espérais simplement qu'il ne serait pas trop tard.

Trente minutes plus tard, nous étions parvenus à destination. Lalawethika était indemne. Il nous avait raconté tant bien que mal ce qui lui était arrivé, tandis que Lukas faisait de même, et que je résumai du mieux que je pus ma réunion familiale et l'accident de Walter. Visiblement, les vampires que Connor avait envoyés étaient certes très méchants, mais pas très futés. Lukas avait eu du fil à retordre, mais il s'en était sorti sans problème. Quant à Lala, il avait dû s'amuser comme un petit fou à décapiter sans compter.

Lukas s'était montré rassurant, me répétant plusieurs fois que tout était terminé, mais il devait y croire encore moins que moi. Il voulait que je quitte le pays dès le lendemain. Pour ma sécurité, disait-il. Je n'étais pas sûre que ça aiderait vraiment. Autant affronter l'ennemi la tête haute, et en finir une bonne fois pour toutes. Fuir toute ma vie me semblait une option fort peu attirante. Mais je n'étais pas d'humeur à me disputer le soir même. J'avais donc pris sur moi et m'étais abstenue de tout commentaire.

Je regardai mon grand-père. Il était couché sur un lit austère d'hôpital, différents fils connectés à lui, et ses yeux étaient clos. Les médecins m'avaient assuré qu'il était stable. Ils avaient cependant confirmé qu'il n'avait pas fait de crise cardiaque, et avoué qu'ils ignoraient encore de quoi il souffrait. J'aurais été très surprise qu'ils trouvent une réponse avant quelques centaines d'années. Quoi qu'il en soit, même si Walter ne pouvait pas mourir, cela ne l'empêchait pas d'être dans un coma dont je doutais fort qu'il puisse sortir de sitôt.

Lukas s'approcha de moi et passa un bras autour de mes épaules.

— Tout va s'arranger, me promit-il.

Je gardai le silence. J'ai un père psychopathe, un frère qui suit le même chemin, tous les deux veulent me tuer, et mon grand-père est dans une sorte de léthargie inexplicable. Ah, et bien sûr, je suis un vampire croisé avec une drôle de race de mages dont je ne sais rien parce que la seule personne qui pourrait répondre à mes questions ne pourra sûrement plus jamais parler. Bien sûr que tout irait bien.

J'entendis quelque chose vibrer. Le bruit provenait de mon sac, qui était posé sur une table à côté de la porte de la chambre. Je me dégageai de l'étreinte de Lukas sans un mot et me dirigeai vers mon sac. En saisissant mon portable, je vis une photo d'Elliot s'afficher. On ne lui avait rien dit avant de partir, ne l'ayant pas croisé dans la salle. Il devait être mort d'inquiétude.

— C'est Elliot, je vais le prendre dans le couloir, annonçai-je à Lukas en faisant un signe en direction de mon téléphone.

Il hocha la tête, et je sortis de la chambre. L'atmosphère y était nettement moins pesante.

— Ne t'en fais pas, tout le monde se porte bien, anticipai-je en décrochant.

Mais la voix au bout de la ligne n'était pas celle que je m'étais attendue à entendre.

— Est-ce que tu es vraiment sûre d'avoir vérifié que tout le monde va bien, sœurette ?

Chapitre 25

Ça n'allait vraiment pas être de la tarte.
Je ra ccrochai et retournai dans la chambre de Walter. J'arborai un air fragile qui, je l'espérais, semblerait sincère aux yeux de Lukas. Je regardai Walter quelques secondes. J'ignorais ce que Connor lui avait fait au juste, mais je savais qu'il ne sortirait pas de son état léthargique. Je le sentais. Il n'émergerait plus. Même s'il respirait toujours, mon grand-père s'en était allé.

—J'aimerais rentrer, dis-je d'une petite voix. Walter ne va pas se réveiller, et j'ai besoin de me changer les idées.

Lukas acquiesça, l'air peiné. Ça m'aurait certainement touchée si les circonstances avaient été différentes.

—On doit sortir Walter de l'hôpital. Ça ne sert à rien qu'il reste là, à part soulever des questions délicates et le mettre en danger. Lalawethika, tu peux t'en occuper ?

Lalawethika. Lala-we-thika. Il fallait que je mémorise ça une bonne fois pour toutes.

Le grand Indien avait la mine sombre. S'il n'avait pas tellement ressemblé à une brute épaisse, j'aurais pu penser qu'il avait des sentiments et que ce qui arrivait à Walter le touchait réellement. Mais au fond, je savais que son apparence ne voulait rien dire. Ce n'était pas une brute épaisse, Walter avait un standing un peu plus élevé.

Je fus peinée de le voir s'approcher du lit et regarder fixement mon grand-père, les yeux vides. Il se tourna vers Lukas et hocha la tête.

— Viens, fit Lukas en prenant ma main. Ça a été une nuit éprouvante. Il est temps qu'elle touche à sa fin.

Si seulement, pensai-je en sortant de la chambre. *Si seulement*.

Nous descendîmes sans un mot les quelques étages qui nous séparaient du rez-de-chaussée avant de déboucher dans le parking. En approchant de la vieille Volvo rouge, je me demandai, avec un petit pincement au cœur, comment Mme Bartowski et sa sœur se portaient. Les choses paraissaient si faciles à l'époque, comparées à maintenant. Et c'était il y a si peu de temps… Mais une éternité semblait s'être écoulée entre les deux.

Je montai silencieusement dans la voiture et laissai Lukas prendre le volant. Il ne tarda pas à démarrer. Lala nous rejoindrait bientôt avec Walter. Je ne savais pas exactement comment il allait se débrouiller pour voler un patient, mais je lui faisais confiance. Même si ses abracadabras oculaires ne fonctionnaient pas sur tout le monde à la fois, personne n'essaierait de l'arrêter, y compris s'il était en train d'enlever un bébé. Ce n'était sûrement pas une brute sauvage, mais ça ne l'empêchait pas d'en avoir l'air.

— Tu as été très brave, dit Lukas, brisant le silence qui nous enveloppait.

Brave ? Je me serais certainement vexée en temps normal.

Je ne répondis rien, observant la route, jusqu'à ce que la voiture s'immobilise à un feu rouge.

— Je t'ai vue te battre, et j'ai failli ne pas intervenir tellement j'ai été impressionné.

— Je serais morte si tu n'avais rien fait, grognai-je, sombrement.

Il tourna la tête vers moi. Au-dessus du masque de ses traits tirés par la fatigue et l'inquiétude flottait un semblant de sourire tranquille.

— Je ne crois pas. Tu n'es pas ce qu'on peut appeler un vampire traditionnel, dit-il. Et honnêtement, je ne sais pas si ça t'aurait tuée.

Je ne réagis pas. J'étais peut-être la plus immortelle des immortelles, mais ça ne me faisait pas plus plaisir que de réussir à me lever un dimanche avant midi.

Le feu vira au vert, et la voiture redémarra. Les rues me semblaient étrangement calmes pour un vendredi soir, comme si j'avais été la seule à ne pas recevoir le message d'alerte qui ordonnait de rester cloîtré chez soi.

— Détends-toi, me dit-il gentiment au bout de quelques minutes lourdes de silence. Tout se passera bien maintenant. Demain, tu quittes le pays, et tu vas chez cet ami dont je t'ai parlé, en Grèce. Je t'y rejoindrai dans quelques jours, j'ai juste quelques affaires à régler.

Rien qu'à l'idée de danser le sirtaki en mangeant de la moussaka à l'ombre d'un olivier, mon cœur bondit de joie.

— Et ne t'en fais pas pour Walter. J'ai vu ce vieux fou survivre à des attaques bien pires que celle-ci. Il s'en sortira.

Une pointe de curiosité mourut dans l'œuf. Si mon grand-père ne s'en tirait pas, je pourrais au moins demander à Lukas de m'en apprendre plus sur lui. Je me forçai quand même à poser la question.

— Qu'est-ce qu'il a ?

Je le vis hésiter. Il garda les yeux fixés sur la route et mit un moment à répondre.

— Je ne peux pas être sûr, ma belle.

Il ne m'avait pas appelée comme ça depuis une éternité.

— Je sais juste qu'il y a deux moyens de tuer un immortel. Arracher le cœur et le brûler, ou un poison très spécial et très difficile à se procurer. Je ne peux pas affirmer que c'est ce que Connor a utilisé, ni, si tel est le cas, qu'il a utilisé le bon dosage.

Et il avait osé me dire que Walter allait s'en sortir. Un frisson me parcourut l'échine.

— Eh bien, ça en fait des moyens pour liquider un immortel, lâchai-je sur un ton cynique forcé.

Il ralentit la voiture et se gara en double file avant de se tourner vers moi.

— Ça n'en fait que deux comparés aux centaines qu'il existe pour tuer un être humain, répondit-il finalement alors que je gardais les yeux baissés sur mes genoux. Ton grand-père, c'est un dur, et il va s'en sortir, tu peux en être sûre.

Il se pencha vers moi, passa sa main derrière ma nuque et m'embrassa le front. Comme je ne réagis pas, il redémarra la voiture.

— Tout est fini maintenant, dit-il d'une voix rassurante.

Si seulement, pensai-je en tournant la tête pour éviter qu'il ne remarque sur mon visage un air plus préoccupé qu'il n'était en droit de l'être.

Nous arrivâmes à l'appartement dix minutes plus tard. Nous n'avions plus prononcé un mot, Lukas comprenant que je n'étais pas d'humeur.

Une fois rentrés, j'étais dans un état qu'il m'était difficile de décrire. Mon cœur s'était arrêté de battre sur le seuil de la porte, je supposais donc que j'étais terrorisée à l'idée de ce que je m'apprêtais à faire. Pourtant je ne ressentais pas cette peur. Je ne ressentais aucune émotion, et c'était peut-être mieux ainsi. J'avais besoin d'être fonctionnelle, pas humaine.

Lukas commença à défaire son nœud papillon. Tous les serveurs en portaient ce soir-là, mais aucun n'était aussi sexy que lui avec un truc aussi ridicule. Il se tourna vers moi alors qu'il détachait le bouton du col de sa chemise. Il était tellement grand, tellement beau, tellement attirant. Ses boucles châtaines étaient en pagaille, et lorsqu'ils se posèrent sur moi, ses yeux brillaient faiblement malgré la fatigue qui habitait ses traits. Il n'avait plus rien du prédateur. Il ressemblait juste à un homme. Un homme épuisé, éreinté par les événements de la soirée, à bout. Vrai.

—Tu veux boi…

Il ne termina jamais sa phrase.

J'avais franchi la distance qui nous séparait en une fraction de seconde et collé ma bouche à la sienne sans réfléchir. Et je l'embrassai, sauvagement. Il répondit aussitôt à mes avances en me saisissant par les hanches et en me soulevant. À nouveau, mes jambes trouvèrent naturellement place autour de sa taille, au plus près d'un désir qu'il aurait déjà eu de la peine à cacher.

Alors que ses doigts se faufilaient sous la robe et couraient le long de mon dos, il nous conduisit dans sa chambre. Il me posa sur le bord du lit et s'agenouilla devant moi pour couvrir mon cou de baisers. Je passai une main dans ses cheveux et tirai en arrière, pour remonter son visage et pouvoir l'embrasser encore plus voracement que tout à l'heure. Je sentis que l'excitation avait fait sortir ses crocs, et je me demandai soudainement si c'était une bonne chose.

Je me relevai, et il m'imita. J'étais toujours aussi impressionnée de voir à quel point il était plus grand que moi. Et ça m'excitait toujours autant.

Il se pencha vers mon oreille et me murmura tout ce qu'il comptait me faire si je continuais à le dévisager de cette manière. Pour toute réponse, je laissai mes doigts courir de sa nuque à son torse, où je saisis sa chemise sans ménagement, le retournai, et le lançai sur le lit. Il y rebondit avec une joie tout enfantine. Enfantine et perverse, pour être plus précise. Son regard me brûlait tellement que je ne savais pas si j'allais réussir à le supporter plus longtemps.

Je me baissai, posai les mains sur ses chevilles, et me mis à avancer à quatre pattes, minaudant comme une chatte en chaleur. J'arrivai vers sa tête et lui mordis la lèvre tandis que je m'asseyais sur son entrejambe.

— Tu me rends fou, feula-t-il en essayant d'atteindre ma bouche.

Je l'en empêchai d'un air strict.

— Attends encore un peu, et je vais te rendre plus que dingue, répondis-je langoureusement.

Puis je l'embrassai, et d'une main, je saisis la sienne pour la relever au-dessus de sa tête. Puis je fis pareil de l'autre côté. Je me redressai légèrement, et après lui avoir intimé du regard de ne pas bouger, je descendis lentement vers son pantalon après avoir ouvert sa chemise si vite que les boutons avaient sauté. Il semblait apprécier énormément ma prise de pouvoir. Tant mieux. Je comptais bien me démener.

Je défis sa ceinture et tirai dessus. Il souleva légèrement les hanches pour aider dans la tâche, et je le remerciai d'un grand sourire coquin. J'intimai deux coups secs à la ceinture en mordillant ma lèvre inférieure. Je vis ses yeux s'illuminer.

L'instant d'après, je redescendais pour l'embrasser. Il me rendit un baiser fiévreux et essaya de poser ses mains sur mon corps. Je fis claquer ma langue contre mon palais, comme il le faisait si souvent, deux fois, en signe de protestation. Tenant toujours la ceinture, je repris la main qui avait attrapé ma hanche pour la replacer vers la tête du lit. Je la maintins fermement, pendant que celle qui s'occupait du morceau de cuir se saisissait de la main qui tentait de m'attirer à lui par la nuque.

Je mis tout mon poids sur ses bras avec un des miens, et de l'autre, je dépliai la ceinture. Je l'enroulai ensuite autour de ses mains, puis autour d'un barreau du lit, et tirai sur le tout pour m'assurer de la solidité des liens. Puis je souris en me redressant.

Je laissai courir mes doigts sur son torse et se rapprocher dangereusement de sa braguette, et il sembla apprécier le traitement. Je reculai légèrement, de manière à être penchée vers l'arrière, lorsqu'il donna un grand coup de hanches qui me propulsa à nouveau sur lui.

Il fit semblant de mordre le bout de mon nez, comme pour jouer, et je posai ma bouche sur la sienne.

— Je crois que je t'aime, murmura-t-il dans notre baiser.

Mon cœur se brisa en entendant ces mots.

Je l'embrassai plus fiévreusement que jamais pour le faire taire et relevai les pieds jusqu'à ce que mes talons touchent le bas de mon dos, tout en continuant à l'embrasser passionnément. Puis je me redressai juste assez pour pouvoir contempler ses yeux.

— Qu'est-ce que tu crois que tu fais? me demanda-t-il d'un ton taquin.

— Sûrement pas ce à quoi tu t'attendais.

Je vis la surprise poindre dans son regard, mais trop tard. La lame était plantée en plein dans sa poitrine, pile à côté de son cœur.

Je me mis à reculer à quatre pattes, craignant que cela ne suffise pas. Lentement, comme un fauve pris au piège, guettant une attaque imminente.

— Pourquoi tu as fait ça? me demanda-t-il, choqué et souffrant.

Il y avait une tristesse dans ses yeux qu'il m'était impossible de supporter. Je baissai furtivement la tête avant de me recomposer et de soutenir son regard.

— Quelqu'un m'a appris que l'adversaire ne suit pas les règles du jeu, répondis-je en quittant le lit, toujours sur mes gardes.

Puis je courus jusqu'à la sortie. Sur le pas de la porte, je me retournai. La lame était tellement proche de son cœur que j'aurais pu le tuer. Son visage était déformé par la douleur. Mais c'était le but, l'affaiblir assez pour qu'il ne puisse pas me rattraper avant que je sois assez loin.

— Je suis désolée, dis-je doucement.

Puis je partis en courant sans me retourner. Je l'entendis hurler mon nom, enragé, et mon sang se glaça.

Je fis un crochet par le frigo pour en sortir une poche d'hémoglobine. Depuis que j'étais devenue une grande consommatrice, il ne les gardait plus dans celui qui se trouvait dans sa chambre. Heureusement, car je n'aurais pas pu y remettre les pieds. Si on se revoyait un jour, je craignais que cela se passe très, très mal.

Je quittai l'appartement sans demander mon reste, alors que, dans la pièce d'à côté, les hurlements allaient bon train. Je dévalai l'escalier aussi vite qu'il était possible de le faire avec des talons. Il fallait que je me dépêche. Connor m'avait donné une heure, et il ne restait plus énormément de temps.

Je déboulai dans l'entrepôt obscur et cavalai comme une forcenée jusqu'à ce que j'arrive à l'extérieur, et que je me retrouve nez à nez avec Lala, portant un Walter inconscient et en robe d'hôpital. Et merde.

Je manquai de lui rentrer dedans et m'arrêtai, essoufflée, face à lui. Je n'avais pas prévu ce cas de figure. Je le voyais mal jeter mon grand-père en l'air pour m'attraper, mais je savais qu'il lui suffirait de le poser pour me courir après par la suite, et là, je n'avais aucune chance.

Il leva un sourcil interrogateur. En d'autres circonstances, il aurait été amusant de constater que le reste de son visage demeurait toujours aussi inexpressif, alors que le geste était clair. Mais ce n'était vraiment pas le moment. Je sentais que la panique se mêlait au stress dans mon regard, mais je n'arrivais pas à le contrôler. Il devait me laisser passer.

— Je dois partir, dis-je, implorante. Il a Elliot et Brianne, et je dois m'y rendre seule, sinon il les tuera. Il faut vraiment, vraiment, vraiment que tu me laisses y aller. Je t'en supplie.

Son sourcil s'abaissa.

— Je ne peux pas sauver mon grand-père, je dois les sauver eux…

Je me mordis instinctivement la lèvre inférieure jusqu'au sang. J'étais au-delà du stress. Il devait me laisser partir de son plein gré. C'était mon unique chance. Jamais je ne ferais le poids contre lui.

— Je t'en supplie…

— Lukas ? demanda-t-il calmement.

— Il n'aurait jamais accepté que j'y aille, expliquai-je, toujours implorante. J'ai dû m'occuper de lui.

Il fronça les sourcils. Je ne l'avais décidément encore jamais vu aussi expressif.

— Il va bien, le rassurai-je. Il va me haïr, mais il va bien.

Ce qu'il m'avait dit juste avant que je le poignarde me claqua aux oreilles comme une baffe. Je l'avais trahi au pire moment, et je savais qu'il ne me le pardonnerait pas.

— Tu pourras le détacher dans pas longtemps. D'accord ? demandai-je après une courte pause.

Quelques secondes interminables se succédèrent, durant lesquelles mon cœur ne battit pas plus d'une fois, avant qu'il ne hoche finalement la tête. Je poussai un soupir de soulagement et me mis à courir avant qu'il ne change d'avis.

— Maeve, cria Lala presque aussitôt.

Je ralentis et me retournai, mais ne m'arrêtai pas.

— Où ? demanda-t-il simplement.

J'hésitai une seconde. S'il m'avait laissée passer, ce n'était sûrement pas pour m'empêcher de partir juste après. Et un renfort pourrait se révéler utile. Connor m'avait ordonné de venir seule. Il n'avait rien mentionné quant au fait d'être rejointe par la suite. Je réfléchis rapidement et pris ma décision.

— La patinoire de la marina ! criai-je en retour.

Il y avait déjà une bonne distance entre nous, mais il était tellement grand qu'il me semblait tout proche. Il hocha la tête une nouvelle fois.

— Prudente ! rugit-il.

Il n'avait vraiment rien d'une brute épaisse. J'hésitai un court instant avant de courir vers lui. J'embrassai mon grand-père sur le front.

— Promis ! lui dis-je. Et s'il te plaît, veille sur lui, Lalawethika.

Il me regardait gravement lorsqu'il hocha la tête une fois de plus. Je me mis sur la pointe des pieds et déposai un baiser sur sa joue, juste sur la cicatrice qui fendait son visage en deux.

— Merci, murmurai-je.

Je redescendis sur mes talons et commençai à battre en retraite, en le dévisageant toujours, craignant qu'il ne change d'avis. Comme il restait là sans bouger, je me tournai et repris ma course.

— Maeve ! hurla-t-il à nouveau.

Je fis volte-face et continuai à reculer tout en le regardant.

— Tue-le, dit-il sobrement.

Je ne décelai aucune trace d'accent dans sa voix, mais je n'avais pas le temps de relever. J'acquiesçai simplement et me retournai une dernière fois.

Puis je me mis à courir plus vite que je ne l'avais jamais fait, la pochette de sang fermement tenue dans une main. Si je l'avais bue avant de partir, j'aurais non seulement perdu de précieuses minutes durant lesquelles Lukas aurait pu se libérer, mais j'aurais eu envie de vomir pendant tout le trajet. Et j'avais déjà bien assez la nausée comme ça.

Le coup de téléphone avait été bref. Il avait Elliot et Brianne, et si je ne venais pas, dans une heure, il les tuerait. J'avais le choix d'échanger ma vie contre la leur, et même si je n'étais pas sûre qu'il les épargnerait pour autant si je me montrais, c'était une chance que je devais saisir, parce que c'était la seule. Lukas ne m'aurait jamais permis d'y aller, et j'étais désolée de ce que j'avais dû lui faire, mais c'était nécessaire. Il devait m'en vouloir à mort, mais ce n'était pas ma préoccupation principale en cet instant. Ce qui m'inquiétait le plus, alors que j'approchais du lieu de rendez-vous dans la nuit noire, c'était que je n'avais qu'une chance infime de le revoir un jour, car je n'avais pas franchement d'espoir de m'en tirer vivante. Connor ne me laisserait pas repartir avec eux, et il avait juré qu'il les tuerait s'il apercevait quiconque d'autre que moi.

Dire qu'il était peut-être le cadet de mes soucis… Une fois Connor éliminé, il restait Victor. Il souhaiterait ma mort de plus belle s'il venait à apprendre que j'avais liquidé son fils. Mes chances de le faire étaient minces. Et même si je réussissais l'impossible, les retombées n'étaient pas plus rassurantes. Dans le cas exceptionnel où je ressortirais vivante de mon rendez-vous, où je remonterais jusqu'à Victor et parviendrais, par un plus gros miracle encore, à le tuer lui aussi, que se passerait-il ? Je voulais croire que la prophétie avait tort, et qu'avec la mort des derniers membres de ma famille, je pourrais aspirer à une vie presque normale. Je voulais croire en ce que ma mère avait vu. Jamais je ne ressemblerais ni à mon père, ni à mon frère. Plutôt crever.

Et ça risquait bien d'être au programme de la soirée.

Je m'arrêtai à une cinquantaine de mètres du lieu de rendez-vous et ouvris la pochette. Je bus rapidement. Ce soir-là, le goût du sang me laissa une agréable fraîcheur sur le palais.

Je jetai la poche à terre et me mis à marcher. Je respirais profondément, appréciant chaque centimètre cube d'air que j'inspirais. J'allais entrer seule dans la bouche de l'enfer, sans arme. J'avais utilisé deux couteaux à l'hôtel, et le troisième reposait dans la poitrine de Lukas. Lukas qui devait me détester. Lukas que je ne reverrais jamais. Car quand il arriverait à la patinoire de la marina, il n'y trouverait que des joueurs de hockey. J'espérai que ce bluff-là était bien passé et que Lalawethika ne m'en voudrait pas. Mais je ne pouvais plus me permettre de mettre la vie de quiconque en danger. Je l'avais bien assez fait jusqu'à présent, et mes amis risquaient d'en payer le prix fort.

Jetant un dernier coup d'œil derrière moi à l'université à laquelle j'avais tant souhaité retourner, je pénétrai dans le stade de foot pour y retrouver mon frère. Et le tuer.

Chapitre 26

Une douzaine d'yeux luisaient dans la nuit.
Et tous étaient braqués sur moi. Je pris une profonde inspiration et avançai vers le groupe de vampires qui m'attendait sagement à l'entrée de l'immense terrain de foot. Marcher sur du gazon avec des talons était encore moins pratique que de courir avec. Ils s'enfonçaient régulièrement dans la terre. Je m'arrêtai pour m'en débarrasser et les jetai loin derrière moi. Puis je franchis la distance qui me séparait de mon rendez-vous.

Ils me regardaient tous avec un air réjoui, et intéressé. Comme si c'était le moment, les gars. Ils se tenaient droits et immobiles, et je fus presque amusée de voir à quel point ils se ressemblaient. Tous avaient les cheveux bruns et la même expression. Seules leurs tailles variaient. Pour un peu, on aurait pu les prendre pour les frères Dalton.

Je fis un pas vers Connor, qui se trouvait un peu en retrait.

— Je suis là, lui dis-je froidement, en guise de salutations.

Puis je jetai un regard circulaire. Aucune trace d'Elliot ni de Brianne. Il n'y avait que les six vampires devant lesquels je venais de passer, et Connor.

— Fouille-la, fit sèchement celui-ci au sbire le plus proche de moi.

Il s'exécuta avec un sourire gigantesque, prenant plus de temps que nécessaire pour être sûr que je n'étais pas armée. Il s'appliqua particulièrement à vérifier que je ne cachais rien dans mon décolleté. Je le laissai faire, me refusant à l'envie que j'avais de lui en coller une. Heureusement, il ne pensa pas que les pics que j'avais dans les cheveux pouvaient constituer un danger. Je n'allais pas le mettre sur la piste.

—Tu es seule ? me demanda Connor alors que son sbire me palpait toujours.

—J'ai ma fanfare qui attend dehors pour jouer la marche funèbre une fois que je me serai occupée de toi.

Je le vis tourner aussitôt la tête vers la porte du stade. Bravo Maeve, vraiment le bon moment pour faire ta maligne.

—Seule et sans arme, rectifiai-je en haussant les bras.

Connor se retourna vers deux autres vampires, les plus petits.

—Russ, Jack, vous allez faire un tour. Au moindre signe de vie, tes amis sont morts, ajouta-t-il en me regardant droit dans les yeux.

Ils partirent sans demander leur reste. Celui qui me fouillait décida finalement qu'il ne trouverait pas d'arme sur moi, et fit un pas en arrière.

—Clean, assura-t-il à Connor.

—Parfait.

Je baissai les bras pour poser les mains sur mes hanches.

—Où sont-ils ?

—Pas très loin.

—Alors relâche-les, dis-je fermement. Je suis là, j'ai respecté ma partie du contrat, tu peux les libérer.

—Pas si vite, fit-il avec un sourire qui ne laissait rien présager de bon. Tu as pris un de mes hommes, il ne serait que juste que je ne te rende qu'un des deux.

Je fis un pas en avant, poing serré, dans une attitude menaçante. Un vampire me barra le passage en levant une main devant moi. Connor lui fit signe de la baisser, et il obéit sur-le-champ.

— Du calme, du calme, continua-t-il. Je te laisserai choisir lequel. Mais pour le moment, parlons affaires.

Et sur ces mots, il s'approcha de moi et plaça un bras par-dessus mes épaules. Je réprimai la nausée qui s'était emparée de moi au contact de sa peau.

— Viens, dit-il.

J'eus la furieuse envie d'envoyer balader son bras et de lui arracher le cœur avec mes dents. Mais je n'en fis rien. Il y avait encore quatre vampires derrière moi, et même si j'arrivais à me débarrasser de Connor, je ne sortirais pas vivante de cet endroit.

Je le laissai m'entraîner vers le centre de la pelouse, et nous gardâmes tous les deux le silence pendant le temps que dura le trajet. Finalement, il me lâcha. Je remarquai que le ciel était dégagé et qu'on pouvait voir toutes les étoiles de là où nous nous trouvions. C'était une nuit magnifique.

Le stade n'était pas éclairé, et mes yeux s'habituaient progressivement à l'obscurité. Les cheveux noirs de Connor luisaient faiblement à la lumière de la lune, et je fus encore une fois frappée par notre ressemblance. Ses yeux étaient si semblables aux miens, jusqu'au vert si pâle qui les caractérisait. La forme était également identique, et si on lui avait passé un coup de maquillage, on aurait pu jurer que c'était moi. Sa mâchoire était carrée comme la mienne, et seul son nez, un peu plus gros, différait vraiment du mien. C'était vraiment un bel homme, et malgré sa petite taille, j'étais sûre qu'il avait un succès considérable auprès des femmes. Les pauvres.

— Jusqu'où serais-tu prête à aller pour rester en vie ? lança-t-il à brûle-pourpoint.

Il m'observait maintenant, et je voyais que son regard vert brillait toujours faiblement. Je réalisai alors qu'il y avait une énorme différence entre nos yeux. Jamais je ne pourrais sembler aussi mauvaise qu'il l'était en ce moment.

—Qu'est-ce que tu veux dire? demandai-je, suspicieuse.

Il sourit. Mon échine fut parcourue de frissons. C'était peut-être mon frère, mais jamais je ne pourrais me sentir proche d'un tel individu.

—Ce que je veux dire par là, sœurette, répondit-il en accentuant le dernier mot, c'est que beaucoup de possibilités s'offrent à nous, actuellement. Nous devrions les passer en revue avant de prendre une décision.

J'avais bien peur de ne pas trop comprendre où il voulait en venir. Je lui fis signe de continuer.

—Tu vois, quand nous sommes nés, et que père est venu pour tuer ce qui nous a brièvement servi de génitrice, il n'a trouvé qu'un bébé, moi, et pensé que j'étais celui dont la prophétie avait annoncé la naissance. Au lieu de m'éliminer, il a fait preuve de clémence et pris la décision de m'élever, ou plutôt de me faire élever, car la prophétie parlait également des pouvoirs énormes que j'aurais. Malheureusement, père n'a eu que des déceptions me concernant. À part une force surhumaine et un goût très prononcé pour le sang, je n'étais pas différent du premier bâtard qu'il aurait pu avoir avant de devenir vampire.

Je vis son visage se crisper à ces mots. Visiblement, quelqu'un avait des problèmes à régler avec papa.

—Maintenant que tu as refait surface, si je t'amène à lui, je pourrais enfin être la fierté paternelle. Ou sinon…

Il me regardait avec son petit rictus malsain, et j'avais de la peine à le supporter. J'y aurais volontiers enfoncé de la terre jusqu'à ce que le goût lui fasse passer l'envie de sourire.

—Sinon quoi? demandai-je, puisqu'il ne se décidait toujours pas à parler.

Il se pencha très près de mon visage, jusqu'à pouvoir chuchoter dans mon oreille. Sa présence, si proche, me retourna l'estomac.

— Ou sinon, nous pourrions aller tuer ce vieux crétin et régner sur son empire.

Je me mis à rire avant même de me rendre compte que je trouvais ça drôle. Le stress, la fatigue, et les plans diaboliques de mon frère. Mes nerfs étaient mis à rude épreuve.

Il fit un pas en arrière et je pus remarquer que, lui, avait perdu toute trace de sourire. Il semblait même très en colère.

— Qu'est-ce qui t'amuse ? hurla-t-il.

— Toi, répondis-je sèchement en arrêtant de rire sur-le-champ. C'est toi qui m'amuses. Tu crois vraiment que tu arriverais à le tuer ? Je ne l'ai jamais rencontré, mais sa réputation le précède, et ça m'étonnerait qu'un bébé vampire dans ton genre puisse faire quoi que ce soit contre lui.

Mon cou me fit soudainement un mal de chien. Il le serrait fermement. Ses yeux étaient froids et déments.

— C'est là que tu interviens, sœurette. Je n'ai aucun pouvoir autre que ceux des simples vampires, je ne suis pas l'enfant de la prophétie. Mais toi, tu l'es. Ensemble, nous pouvons nous débarrasser de lui et régner en maîtres absolus.

Mon sourire s'élargit davantage, et il me lâcha.

— Il y a juste un petit détail qui cloche dans ton plan, lui dis-je, la gorge encore douloureuse, mais amusée par la situation. Mis à part que je n'ai aucunement l'intention de t'aider, je n'ai aucun pouvoir non plus.

Ses yeux s'assombrirent aussitôt.

— Tu mens, grogna-t-il.

— J'aimerais, répondis-je avec un sourire qui ne diminuait pas. Mais c'est la vérité. Je n'ai même pas de crocs comme toi, et je suis plus humaine que tu l'as jamais été.

Il sembla réfléchir un moment.

—Ce n'est pas grave, dit-il finalement. Père l'ignore, nous aurons l'effet de surprise. On peut quand même l'avoir, tous les deux. Ensemble. Rien que le choc quand il te verra risque de le tuer.

Je fronçai les sourcils.

—Tu veux dire qu'il ne sait pas que je suis vivante ?

Il se mit à sourire à nouveau.

—Il n'en a pas la moindre idée. Tu es le secret le mieux gardé qui soit. Moi-même, je n'ai fait le rapprochement que lorsque j'ai commencé à faire ces rêves étranges. Alors quand Lukas a contacté Roy pour lui faire part d'une livraison de taille pour Victor, j'ai compris. J'ai empêché Roy d'en référer à Victor avant que nous en soyons sûrs. Mais tu ressembles tellement à notre mère qu'il va certainement faire une crise cardiaque à ta simple vue.

La pensée sembla l'amuser au plus haut point. Moi, ça ne me faisait pas rire du tout. Mon cerveau était en train de tourner à toute allure. Si Victor ne savait pas que j'existais, ça voulait dire que, Connor mort, je n'avais aucune crainte à avoir. Le problème, c'est que je n'avais aucune chance de tuer sept vampires à moi toute seule sans arme. Je parviendrais peut-être à gagner la confiance de Connor, pour l'éliminer ensuite. Mais je doutais que cela fonctionne. À peine l'aurais-je aidé qu'il me liquiderait. Régner à deux n'était très certainement pas dans son plan de carrière.

—Alors, me pressa-t-il. Que dirais-tu d'aller supprimer le vieux ce soir ?

Il me lança un sourire si charmant qu'il me fila la chair de poule.

—Non, répondis-je.

Son visage se crispa alors que ses traits étaient déformés par la colère.

— Non ? répéta-t-il.

Il me pointa du doigt, avec un air menaçant. On aurait dit un gosse capricieux qui était sur le point de faire sa crise.

— Tu rencontreras père ce soir de toute manière, tonna-t-il. Mais sache que si ce n'est pas pour m'aider à le tuer, tu seras morte quand il fera ta connaissance. Et que tu l'auras amèrement regretté.

Puis il me saisit violemment par le bras pour me retourner.

— Russ ! hurla-t-il. Lumière !

Je fus instantanément aveuglée. Mes yeux, qui s'étaient alors totalement habitués à l'obscurité, n'aimèrent que très peu la lumière vive des projecteurs. Et ils apprécièrent encore moins ce qu'ils virent lorsqu'ils se furent acclimatés à la nouvelle ambiance visuelle.

Au-dessus des places assises, sur le côté du terrain, se trouvait un grand auvent pour protéger les spectateurs de la pluie, assez plat pour qu'il ressemble à un énorme balcon. À la différence près qu'il n'y avait pas de barrière de sécurité, et qu'à chaque extrémité se tenait un des vampires qui avaient déserté le stade un peu plus tôt. L'un d'eux détenait un homme en smoking, et l'autre, une femme en robe rouge. Elliot et Brianne.

Je ne voyais pas leurs visages, chacun d'eux ayant une espèce de sac sur la tête, mais j'imaginais qu'ils devaient être paniqués. Mon cœur s'arrêta à nouveau.

— Serait-ce de la peur que je sens ? demanda Connor d'une voix qui laissait trahir une énorme satisfaction. J'adore cette odeur !

Puis il me jeta à terre en me poussant violemment par le bras. Je me retournai vers lui avec un regard suppliant. Il ressemblait à un petit gamin qui jubilait. Le spectacle était terrifiant. Cette grâce tout innocente, et ces yeux fous.

— S'il te plaît, ne leur fais pas de mal ! Ils n'ont rien à voir là-dedans !

Il se mit à rire.

— Non, assena-t-il sur le même ton que j'avais utilisé pour lui répondre quelques instants plus tôt. Allez, relève-toi. Tu as le temps d'en sauver un.

Il recommença à rire de plus belle tandis que je me redressais.

— Je t'en supplie, l'implorai-je à nouveau.
— Allons, allons, l'heure tourne. Qui vas-tu sauver ?
— S'il te plaît…
— Lâchez-les !

Tout sembla se passer comme au ralenti. Je me retournai pour découvrir que, de chaque côté de l'auvent, Elliot et Brianne étaient poussés dans le vide. La panique me gagna lorsque je me rendis compte que Connor avait raison, je ne pourrais pas les secourir tous les deux vu la distance qui les séparait, et encore moins si je ne me bougeais pas.

Sans réfléchir, je m'élançai d'un côté, alors que me parvenait le rire hystérique de Connor qui n'avait pas manqué de noter mon choix. Je courus à m'en brûler les poumons, sur un trajet qui me semblait interminable, les brins d'herbe chatouillant mes pieds nus, jusqu'à ce que j'arrive près du corps qui était sur le point de s'écraser. J'avais l'impression que j'allais étouffer. Jamais je ne serais assez rapide.

Je poussai le plus fort possible sur mes jambes pour sauter en avant à sa rencontre et le percutai de plein fouet, changeant l'axe de sa chute. Nous rebondîmes brutalement contre le mur de béton qui se trouvait derrière, moi la première, absorbant le gros des effets de la collision.

J'entendis Elliot gémir lors de l'impact. Mais je n'avais pas le temps de jouer les infirmières. Je me relevai à peine le choc encaissé pour me mettre à courir dans la direction opposée, sans ralentir quand je vis, impuissante, quelques mètres plus loin, le corps de Brianne s'écraser violemment au sol dans un bruit macabre de bris d'os.

— Brianne! hurlai-je à m'en déchirer les poumons alors que j'entendais Connor se moquer.

— Je t'avais dit que tu ne pourrais pas sauver les deux!

Et son rire sadique emplit le stade comme un tourbillon.

— Brianne!

Je m'élançai vers elle en me laissant tomber, me brûlant les genoux sur la pelouse alors qu'elle me freinait.

Son corps était disloqué dans la belle robe rouge, et reposait dans l'herbe verte comme un pantin désarticulé dont on aurait lâché les ficelles. La colère et la tristesse se mêlaient en moi dans un combat de titans, et je pleurai des larmes de rage alors que je la touchai, remarquant qu'elle ne respirait plus. Je l'avais tuée. Tout était de ma faute.

Les sanglots agitaient ma poitrine tandis que je lui prenais la main. Elle était encore si chaude. Et son corps était si parfaitement calme. Si parfaitement immobile. Je l'avais tuée, et je devrais vivre avec ça jusqu'à la fin de ma vie. Grâce à Connor, heureusement, elle risquait d'arriver plus tôt que prévu.

J'essuyai rapidement les larmes qui me brouillaient la vue, résolue à me relever et à aller arracher le cœur de mon frère à mains nues, et c'est là que je l'aperçus.

— Non, balbutiai-je sans y croire en regardant la mèche qui dépassait de la cagoule improvisée.

Elle était blonde. Et alors que je retirais le sac, des bribes de souvenirs de la soirée me revenaient en mémoire à grande vitesse. Brianne, dans la belle robe rouge qui mettait le feu de ses cheveux en valeur, et Tara dans sa robe dorée, tachée par son mascara. Quelque part entre le moment où j'étais sortie des toilettes et celui où Connor était venu les chercher, elles avaient dû échanger leurs robes. Parce que Tara était parfaitement morte, devant moi, me fixant de ses grands yeux vitreux. Quelque chose en moi se brisa.

—Je vais te tuer! hurlai-je de toutes mes forces en me relevant et en commençant à courir vers Connor.

Il rit de plus belle.

—Attrapez-la! ordonna-t-il.

Mais je n'en avais rien à faire. Jamais de ma vie je n'avais été autant en colère, aussi désespérée. Et jamais de ma vie je n'avais accordé si peu d'importance au fait de survivre ou non. J'allais les réduire en bouillie, tous autant qu'ils étaient, pour ce qu'ils venaient de faire, et tant pis si j'y laissais ma peau. Je voulais juste faire le plus de mal possible tant que c'était en mon pouvoir.

Deux vampires me sautèrent à la gorge avant que j'atteigne Connor. Ils tentèrent de me tenir, chacun par un bras, mais j'en avais décidé différemment. La rage et le désespoir décuplaient mes forces plus que des litres de sang, et j'étais résolue à leur faire payer leur acte.

J'en envoyai valser un aux pieds de Connor, tandis que je saisissais l'autre à la gorge. Les larmes et la colère m'aveuglaient alors que j'approchais rapidement ma bouche de son cou et que je mordais de toutes mes forces. Je sentis les chairs se déchirer sous mes dents, et le rouge jaillir à flots. Je lui avais broyé la jugulaire, et aux bruits qu'il faisait, ça ne devait pas être très agréable. Du sang giclait sur moi tandis que je parvenais à en boire une partie. J'étais délirante, fiévreuse. Je voulais tous les saigner à blanc. Tous autant qu'ils étaient.

Je fus violemment tirée en arrière alors que le deuxième revenait à la charge. Je voyais que les autres arrivaient sur moi également. Seul Connor restait en retrait, une expression indéchiffrable sur le visage. Avait-il peur de moi ? Je l'espérais, car il avait de quoi.

Le vampire m'avait attrapée par le chignon, et profita de l'élan pour s'emparer de mon bras, qu'il tordit dans mon dos. Celui que j'avais égorgé retomba sur le sol, silencieusement. Il n'était pas mort – ou il l'était déjà depuis longtemps –, mais il ne viendrait plus m'emmerder avant un moment.

De ma main libre, je saisis une des aiguilles en argent que j'avais dans les cheveux et donnai un coup en arrière, un peu à l'aveuglette. Je la sentis s'enfoncer sans trop de résistance. Le vampire commença à hurler et me lâcha. J'en profitai pour faire volte-face et récupérer mon arme. Je l'avais fichée dans son oreille. *Joli travail Regan*, pensai-je. Je retirai le pic et le plantai dans son cœur. Puis je me mis à le tourner et à le retourner pour être sûre de broyer l'organe autant qu'il était possible de le faire. J'entendais les gargouillis du sang qui ne savait plus où aller, et l'odeur commençait à remplir l'air, excitant mes narines.

— Bon voyage ducon, dis-je en lui assenant un coup de pied dans le ventre qui l'expédia à terre alors qu'il perdait déjà de ses couleurs.

Il se désintégra totalement au moment où il toucha le sol, ne laissant sur l'herbe que de vagues traces de cendres, blanchies par la lumière des spots.

Je me retournai juste à temps pour esquiver le coup que le premier des quatre vampires restants essaya de me porter. Ces chiens étaient armés.

J'attrapai vivement le second pic et évitai une attaque visant ma gorge. Pile à cet instant, je ramassai un coup de pied d'un autre vampire qui me fit tomber. Ils se jetèrent tous sur moi à la seconde. C'est alors que j'entendis un rire gras s'élever de quelque part derrière la quantité de bras qui me retenaient.

Une tête surgit au-dessus de la masse. Ce n'était pas possible, et pourtant. Les mêmes cheveux sombres, les mêmes yeux clairs, le même air bovin. Seule sa peau était différente, mais je n'aurais su dire en quoi. Elle était toujours basanée, mais elle semblait plus translucide.

— Tu es mort! hurlai-je.

En vérité, c'était plus un reproche qu'autre chose. Marc me lança le regard mauvais qu'il affectionnait tant.

— Si tu savais, ricana-t-il.

Connor gloussa un peu plus loin.

— Tu ne voulais pas que je le tue, mais tu ne voulais pas qu'il vive non plus. J'ai fait la part des choses. En plus, il pouvait se révéler utile. Tu sais ce qu'on dit, les ennemis de mes ennemis, etc. Tu connais la suite.

Marc me regardait avec un sourire entendu.

— On va enfin pouvoir s'amuser tous les deux! Lâchez-la, ordonna-t-il aux autres vampires.

Ils ne semblaient pas enchantés de recevoir des ordres de sa part, mais ils lui obéirent.

— Allez, relève-toi, traînée.

J'obtempérai, bien que ce ne soit pas par politesse. Je lui fis face, genoux légèrement pliés, prête à bondir à tout moment, que ce soit pour attaquer ou pour contrer. C'était le premier vampire que j'avais connu de son vivant. Et maintenant qu'il était mort, je n'aurais aucun scrupule à le tuer définitivement.

— J'ai toujours su que t'étais pas normale, me dit-il sur un ton dégoûté. Tu ne pouvais pas l'être. Il y avait ce qu...

Je lui lançai un air excédé et lui coupai la parole. Les tirades de méchants, ça allait dans les films. Là, j'avais d'autres chats à fouetter.

— Je suis pas venue ici pour discuter, lâchai-je. Alors garde tes discours et attaque.

Il n'apprécia pas mon intervention.

— À moins que tu n'aies toujours peur de moi, ma grande, ajoutai-je.

On ne change pas les bonnes vieilles habitudes, et je savais comment énerver ce crétin de son vivant. Mort, il ne devait pas être bien différent.

Il me chargea au moment même où j'entendais Connor se réjouir du fait qu'on allait bien s'amuser. J'esquivai son attaque en me glissant sur le côté. On ne change définitivement pas une équipe qui gagne.

— T'as vraiment rien appris, hein, le narguai-je. T'es aussi nul mort que vivant.

La rage avait pris possession de ses traits lorsqu'il se retourna. Quand son visage était déformé par la colère, il n'avait franchement plus rien de séduisant. J'aurais aimé que Brianne le voie comme ça dès le départ.

— Allez, viens mon gros, lui dis-je en tapotant mes genoux pour lui faire signe d'approcher.

Il chargea comme un taureau, et cette fois-ci, je n'avais aucunement l'intention de me tirer sur son passage. La collision fut brutale, autant pour lui que pour moi.

Si les lois de la physique s'étaient appliquées, j'aurais dû gicler comme un vulgaire ballon. Mais elles n'avaient aucun effet, pas quand les forces n'étaient pas naturelles. Campée sur ma position, le choc enfonça mes pieds dans la terre lorsque je refusai de bouger sous l'impact, lui assenant une droite au thorax tandis que je me protégeai le visage. Je passai ensuite sous ses jambes et me relevai au moment où il se retournait. Je lui mis un coup de coude aussi puissant que possible dans le mou du ventre. Malheureusement, on ne peut pas faire perdre sa respiration à quelqu'un qui n'a pas besoin d'air. J'avais appris ça avec Lukas. Si seulement j'avais eu des dagues, je lui aurais montré que j'avais raté ma vocation de boucher.

Il me saisit d'une main par le chignon, et, de l'autre, m'envoya un violent uppercut droit dans la mâchoire. J'entendis Connor jubiler.

— Ne l'amoche pas trop, hein, l'ami. Il faut qu'on puisse reconnaître son visage.

Celui-là, il ne perdait rien pour attendre non plus.

Marc ne m'avait pas lâché les cheveux, et mon rayon de mouvements s'en trouvait pour le moins réduit. Je lui fichai un coup dans les parties. Une autre chose que j'avais apprise avec Lukas était que, vivant ou mort, les bijoux de famille restent les bijoux de famille. Et si je n'y avais jamais mis toute ma force avec Lukas, je n'allais pas me priver pour Marc.

Il se tordit de douleur, assez pour avoir envie de me lâcher les cheveux. Mais il riposta presque instantanément, envoyant son gros poing en direction de ma tête. Je bloquai son bras en pleine course avec le mien tout en me décalant légèrement sur le côté pour éviter l'impact, et le frappai en retour. Je l'atteignis à mon tour à la mâchoire, et j'eus la satisfaction de l'entendre craquer. Elle se réparerait aussi vite, mais les petits plaisirs sont, paraît-il, les meilleurs.

Il me renvoya un coup, puis un autre, et je les encaissai en les rendant chaque fois. Il tenta de m'envoyer au sol en happant ma jambe, mais je tins bon pendant que je lacérais son visage de mes ongles. Il rugit et fit une chose à laquelle je ne m'attendais pas le moins du monde.

Il saisit mon sein et le comprima de toutes ses forces. La douleur fut si fulgurante que je manquai d'air. Je crus qu'il l'avait fait imploser tellement il avait serré fort, et des larmes me montèrent aux yeux instantanément. On dit que ce n'est pas comparable au coup dans les parties, mais la souffrance est tout de même foudroyante. Le sourire qu'il me lança montrait qu'il avait beaucoup apprécié.

La jambe qu'il essayait de me forcer lâcha sous le coup de la surprise et je tombai au sol, pour être aussitôt écrasée sous tout son poids. Il se mit à me serrer le cou, de plus en plus fort, et l'air commença à me manquer. Je savais que je n'en avais pas besoin, sinon mon cœur ne s'arrêterait pas à sa guise, mais dans la panique, cette pensée rationnelle ne m'était d'aucun secours. J'avais l'impression d'étouffer. Autour de nous, alors que les images se troublaient, j'entendais les vampires ricaner et faire des remarques salaces.

Réunissant ce qui me restait de forces, je montai les mains jusqu'à son cou, et essayai de serrer à mon tour. Mais c'était vain. À part le faire sourire de plus belle, cela n'eut aucun effet. Mon cœur avait cessé de battre, et je savais que je n'allais pas tarder à m'évanouir. Je luttais de toute mes tripes, consciente du fait que, si je perdais connaissance, je ne me réveillerais jamais.

Mon pouce trouva la jugulaire de Marc, et je saisis ma chance. Je mis tout ce qui me restait dans la pression que mon ongle exerça, et je sentis la peau craquer sous la pulpe de mon doigt. Je l'enfonçai autant que j'en étais capable, élargissant la cavité. Du sang m'éclaboussa le visage.

—Espèce... de... sale... petite... pute, dit-il à grand-peine, alors que son étreinte perdait de sa force.

Je n'en attendis pas plus pour l'envoyer le plus loin possible de moi, et à peine me fus-je relevée que je lui sautai à la gorge. Je me mis à marteler son torse de coups violents, comme si j'avais été en train de jouer du tam-tam, sentant les côtes se fêler sous mes assauts, qui étaient assez rapides pour les briser à nouveau avant qu'elles ne se réparent vraiment. Je n'avais qu'une idée en tête. J'allais lui broyer la poitrine, et lui extirper le cœur à mains nues. Je déchirai la chemise qu'il portait, jadis blanche, et attaquai la peau pour l'arracher. Il était sur le point de payer pour tout ce qu'il avait fait. Je griffais son torse comme un chien gratte le sol pour y enterrer un os. J'étais aveuglée par la colère, et plus rien n'existait autour.

—Tuez-la! s'époumona Connor, paniqué.

—T'as pas assez de couilles pour le faire toi-même! hurlai-je en retour alors que ses quatre sbires se précipitaient sur moi.

Et comme je vis qu'il restait en retrait, je jugeai que j'avais raison.

Je fus arrachée à Marc alors même que je venais d'apercevoir l'intérieur de son thorax. Ils me plaquèrent à terre. J'avais un vampire sur chaque membre, me retenant comme il pouvait. Je me débattais tellement qu'ils avaient de la peine à me tenir, moi, un petit sac de même pas cinquante kilos contre une demi-tonne de vampires sous testostérone. Je me sentais invincible.

Finalement, l'un d'eux s'arrangea pour maintenir mes deux jambes, non sans s'être pris quelques coups bien placés dans le visage et dans les parties, tandis qu'un autre leva son poignard au-dessus de moi. Il s'apprêtait à frapper, et il visait le cœur. Et je n'avais pas peur. J'étais bien trop enragée pour avoir peur. Je vis la lame s'élever dans les airs, brillant de mille feux à la lumière du stade. Ma colère ne faisait que grandir. Je n'avais jamais demandé à être ce que j'étais, ni à me retrouver dans cette position, et encore moins à ce que des gens que j'aime soient mis en danger. Ou tués. Il y avait tellement de haine en moi que j'avais l'impression d'être sur le point d'exploser.

Et alors que la lame fendait l'air en direction de mon cœur, je sentis ma fureur éclater. Mieux, je la vis rayonner, et mes attaquants être expulsés tandis que l'onde de choc se propageait.

Hurlant, hors de moi, je bondis sur mes pieds et allai récupérer le poignard des mains du vampire qui le tenait encore avant de le lui enfoncer dans le cœur d'un geste rapide. Je fis ensuite pareil au deuxième, qui me regarda avec des yeux remplis d'incompréhension au moment où je retirai ma lame de sa poitrine. Lorsque j'eus tué tous les acolytes de Connor, je me tournai pour m'occuper de Marc. Je regardai partout autour de moi, mais il n'était nulle part. J'étais seule, au milieu d'un cercle d'herbe brûlée. Je vis Connor courir vers l'autre bout du stade, et je m'élançai à sa poursuite.

—Viens ici! m'époumonai-je.

Il se retourna lorsqu'il fut acculé au mur. Son expression terrifiée se mua bientôt en un sourire sûr de lui qui collait mieux au personnage.

—Allons, tu ne voudrais quand même pas tuer ton frère, me dit-il.

Je rigolai grassement pour seule réponse, et je fonçai sur lui, lame en avant. Il esquiva le coup et se retrouva derrière moi.

—On se reverra, me promit-il.

—En enfer, répliquai-je froidement.

Et je chargeai. Mais lorsque j'atteignis l'endroit où il se tenait l'instant d'avant, il avait disparu. Je levai les yeux au ciel juste à temps pour apercevoir une ombre s'évanouir derrière le faisceau des spots du stade. Cet enfoiré pouvait voler. Ou sauter très, très haut. J'avais encore beaucoup à apprendre sur les vampires.

—Je te retrouverai! hurlai-je de toutes mes forces. Je te retrouverai et je te ferai la peau, sale crevure! Alors fuis aussi loin que tu peux, parce que la prochaine fois que je te verrai, tu regretteras amèrement d'avoir un jour croisé mon chemin!

ÉPILOGUE

La colère redescendait rapidement, me laissant progressivement avec des muscles douloureux.

La nuit était à nouveau silencieuse après que j'eus hurlé à m'en déchirer les poumons. Connor avait disparu, et j'étais seule au centre d'un stade désert. La partie était terminée, j'avais perdu. Même la lune, qui avait tant brillé auparavant, était allée se cacher derrière des nuages arrivés au pas de course, et l'atmosphère devenait lourde. Je levai les yeux au ciel, m'attendant presque à ce qu'il se mette à me pleuvoir dessus, comme si le climat était tellement bien assorti à mon état d'esprit qu'il avait compris qu'il était temps de pleurer. Mais rien d'autre ne vint qu'un léger courant d'air, frais dans la nuit étouffante.

Je regardai le couteau que je tenais toujours fermement dans la main. Il était couvert de sang, tout comme l'étaient mes bras, et sûrement le reste de mon corps. J'avais l'impression de revenir de la guerre, avec une douloureuse sensation d'inachèvement. Il me manquait les scalps de mes ennemis. Je pensai à Lalawethika et à Lukas, qui devaient me chercher à l'heure qu'il était. Mais il était trop tard. Pour tout.

Je me mis à marcher, lentement, en direction du cadavre de Tara. Je m'agenouillai à côté de lui et commençai à lui caresser les cheveux tendrement, comme si j'avais été en train de la bercer, mon corps se balançant d'avant en arrière, en demandant pardon pour tout le mal que je lui avais fait. La culpabilité que je ressentais en ce moment était au-delà des mots. Je m'en voulais de l'avoir toujours haïe, méprisée pour tout ce qu'elle était et que je ne serais jamais, de l'avoir jalousée, de l'avoir tuée. J'aurais dû mourir à sa place, j'en étais consciente, et j'étais persuadée que, maintenant, elle le savait aussi. Elle était morte après qu'Elliot l'eut quittée pour moi, et morte parce qu'elle avait eu le malheur de me connaître. Je savais qu'il n'y avait aucun moyen de vivre avec un tel poids, et qu'il était impossible que je puisse commettre une telle erreur à nouveau.

Son regard sans vie me scrutait toujours, figé à jamais dans un air de surprise mêlé de douleur, et les larmes coulaient de mes yeux sans que je réalise que j'étais en train de pleurer. Ils allaient me le payer, tôt ou tard, et l'addition serait aussi salée que ces larmes.

Un violent coup de tonnerre retentit, suivi d'un éclair qui déchira le ciel.

— Maeve ! entendis-je hurler depuis le côté opposé du stade.

J'avais oublié Elliot, qui était bel et bien vivant, lui. « Tu ne pourras pas sauver les deux, qui vas-tu choisir ? » Le rire de Connor bourdonnait encore à mes oreilles.

Je me penchai vers Tara, évitant de regarder ses yeux qui ne me criaient rien d'autre qu'une vérité trop dure à supporter. Que j'étais responsable de sa mort. Que tout avait toujours été de ma faute. Je la saisis et la soulevai, réprimant les haut-le-cœur que ses membres déformés me donnaient.

Les premières gouttes se mirent à tomber lorsque je me relevai. D'abord quelques-unes, puis un torrent s'abattit sur moi. Le ciel m'avait peut-être entendue, en fin de compte.

Au bout de quelques secondes, j'étais trempée, et le sang qui avait séché sur ma peau était à nouveau fluide, emporté par la pluie. Un instant, l'idée saugrenue qu'une puissance supérieure essayait de me laver de mes péchés me traversa l'esprit. Mais cette pensée fut chassée dès que j'aperçus Elliot. Il était toujours contre le mur de béton, mains attachées et tête sous un sac.

Je posai Tara au sol le plus délicatement possible, de peur de la casser plus qu'elle ne l'était déjà.

— Maeve, c'est toi ? demanda un Elliot peu rassuré.

— Oui, répondis-je d'une voix sans ton.

Je me rendis auprès de lui et tranchai ses liens à l'aide du couteau, avant de lui enlever la cagoule. Il braqua sur moi des yeux horrifiés.

— Mon Dieu, regarde-toi ! s'exclama-t-il en saisissant mon visage. Tu es couverte de sang !

Ce n'étaient plus des reproches. Il était effrayé à l'idée que ce puisse être le mien.

— Je n'ai rien, dis-je en le dégageant sans ménagement.

Je ne supportais pas de le voir, pas maintenant. S'il était vivant, c'était parce que je l'avais sauvé lui, plutôt que Tara, et la culpabilité me donnait envie de vomir. En ce moment, je le détestais parce qu'il respirait, parce qu'il parlait. Je le haïssais parce qu'il s'inquiétait pour moi. Et parce qu'il avait quitté Tara le soir même, et qu'elle avait tout perdu à cause de nous deux en l'espace de quelques heures.

Je vis les yeux d'Elliot se poser sur le corps sans vie la seconde suivante. Ils s'écarquillèrent et sa mâchoire tomba d'un cran. Mais il ne bougea pas, tétanisé.

— Ta-Tara ? bégaya-t-il, la voix étouffée autant par la pluie que par sa propre gorge.

Je ne répondis rien. C'était inutile. La culpabilité gagna son regard, et je ressentis un soulagement malsain en comprenant que je n'étais plus la seule à être rongée par les remords. Il l'avait fait souffrir, et il ne pourrait plus jamais s'excuser. Moi non plus.

Je me relevai.

— Tu as ton téléphone ? demandai-je.

Il acquiesça, sans dire un mot, blanc comme un fantôme, les yeux toujours fixés sur Tara.

— File, lui ordonnai-je froidement.

Elliot revint à lui et fouilla sa poche pour me tendre son portable. Il n'avait heureusement pas été trop abîmé pendant la chute et fonctionnait encore. Je composai le numéro de Lukas et collai l'appareil dans les doigts d'Elliot. Je me penchai ensuite pour poser les mains sur ses épaules. Il fallait que je me concentre.

Je le regardai droit dans les yeux et pris une profonde inspiration.

— Écoute-moi bien, commençai-je.

Mais c'était trop dur. Je fermai les paupières et réprimai les larmes qui voulaient se frayer un chemin. Lorsque je les ouvris à nouveau, Elliot n'avait pas bougé d'un iota. Ses grands yeux verts étaient plantés dans les miens et me posaient un millier de questions, toutes plus douloureuses les unes que les autres. Sa bouche était légèrement entrouverte, et son haleine avait un parfum particulier et totalement indescriptible. Je ne sus pas bien pourquoi, mais j'étais persuadée que c'était ce dont Connor avait parlé quand il m'avait dit qu'il adorait l'odeur de la peur. C'était enivrant.

— Écoute-moi bien, repris-je, sans ciller cette fois-ci. Tu as été enlevé, et je t'ai sauvé la vie lorsque tu as été précipité dans le vide. J'ai été incapable de secourir Tara. Ensuite, tu m'as vue être emmenée par les hommes de Connor, et me battre jusqu'à mon dernier souffle. Je me suis défendue vaillamment, mais après m'être débarrassée de trois vampires, j'ai été tuée par Connor d'un coup de poignard en pleine poitrine. Il a commencé à rire à s'en exploser les côtes, et tu n'as pas bougé parce que tu ne voulais pas mourir. Tu n'as rien dit pendant qu'il m'arrachait le cœur et qu'il me décapitait. Tu étais caché dans les gradins et tu as tout vu. Ils ont mis un moment avant de réussir à séparer ma tête de mon corps et ils ont dû s'acharner sur les restes de ma colonne vertébrale. Tu as ensuite vu Connor partir en tenant ma tête à la main, par les cheveux, avec un grand sourire, alors que le vampire qui le suivait portait mon corps sur son épaule. Tu n'oublieras jamais l'expression qui a figé mes traits, un mélange de souffrance et de terreur pure.

Je marquai une pause. C'était le regard que Tara avait quand j'avais découvert son visage. J'espérais que le mien s'imprimerait aussi bien dans la mémoire d'Elliot. Il m'était dur de continuer après lui avoir donné autant de détails morbides. Mais il fallait que ça sonne vrai.

— Tu m'as vue mourir, Elliot.

Je l'observais toujours, et je remarquais bien qu'il avait de la peine à faire le tri dans les informations que je lui transmettais.

— Mais tu es là ! geignit-il.

— Non, insistai-je en le regardant le plus intensément possible. Je suis morte il y a moins de cinq minutes. Sous tes yeux.

J'accentuai de mon mieux les derniers mots et il se mit à sangloter doucement.

— D'accord, me dit-il, la voix tremblante.

Je résistai à l'envie de lui passer une main sur la joue. Malgré tous les événements des jours précédents, le voir ainsi me brisait le cœur. Mais je ne devais plus pleurer. Je ne devais plus ressentir aucun sentiment. Je m'étais battue pour me raccrocher à une part d'humanité que je n'avais peut-être jamais eue, et c'était précisément ce que je devais me résoudre à abandonner dans ce stade avec Elliot.

— Tu vas appeler Lukas et lui dire où tu es. Tu lui raconteras tout ce qui s'est passé, dans les moindres détails, et tu lui demanderas de venir te chercher.

J'essayai de garder ma voix la plus neutre possible, mais ce n'était pas aisé.

— D'accord, répéta-t-il, les yeux vides.

Je me relevai, résolue et froide. Il pleurait à chaudes larmes maintenant, mais je savais que je n'avais pas le temps de le consoler pour le chagrin que ma mort lui causait. Je le regardai. Je n'allais plus jamais le revoir. Mon cœur se serra malgré moi. Je fis donc la seule chose que je pouvais faire pour essayer de faire taire la douleur sourde qui résonnait dans ma poitrine. Je me penchai vers lui, pris son visage entre mes mains et, doucement, comme si je pouvais le briser en l'effleurant, je posai délicatement ma bouche contre la sienne. Il ne réagit d'abord pas, mais un sursaut vint bientôt chatouiller mes lèvres, tandis que celles d'Elliot reprenaient vie. Il me rendit un baiser tendre et fragile alors que je sentais une larme s'enfuir sous mes paupières closes. Je me jurai que ce serait la dernière.

— Adieu, murmurai-je, le front appuyé contre le sien.

Je ne parvenais pas à me résoudre à ouvrir les yeux. Alors je me relevai et commençai à m'éloigner. Arrivée à la sortie du stade, je regardai une ultime fois en arrière. Elliot parlait au téléphone, et ses traits étaient déformés par la douleur. Il m'obéissait, et c'était l'essentiel. Il fallait que je me souvienne de ça.

Puis je me retournai et me mis à courir. Je l'entendis hurler mon nom d'une voix désespérée. Je ne répondis rien, je savais qu'il ne s'adressait pas à moi. Je partis le plus vite possible, alors que la chair de poule faisait se dresser chaque poil de mon corps.

Je courus, et courus encore, jusqu'à ce que mes pieds nus ne me portent plus. Arrivée loin des frontières de la ville, je ralentis le pas et me mis à marcher, inspirant profondément. Je ne reviendrais pas en arrière, ma décision était prise. Je ne pourrais rien faire en restant. Mon grand-père était dans le coma, et Lukas essaierait juste de me protéger. Je m'en voulais énormément de l'avoir laissé ainsi, lui qui avait eu tellement de mal à me faire confiance. Je l'avais trahi, mais je savais qu'il serait mieux sans moi. J'étais une bombe à retardement, et je ne pouvais pas tolérer de le mettre en danger lui aussi après tout ce qu'il avait fait, même si c'était ce qu'il recherchait. J'espérais sincèrement qu'il oublierait toute idée de vengeance pour les siècles à venir, et qu'il se déciderait à vivre une vie paisible. Laisser Elliot était également très douloureux, mais je ne pouvais pas me permettre d'avoir quiconque dans les pattes. Je ne pourrais pas aller de l'avant en m'autorisant le luxe de m'inquiéter pour qui que ce soit d'autre que moi.

Car je retrouverais Connor, et je le ferais seule. Je n'accepterais plus jamais que quelqu'un soit mis en danger par ma faute. J'étais une menace ambulante, autant pour mes ennemis que pour mes amis. S'ils me croyaient morte, ils ne me chercheraient pas.

Et après tout, ne dit-on pas que le linge sale se lave en famille ?

EN AVANT-PREMIÈRE

Découvrez un extrait de la suite des aventures de Maeve Regan :

Dent pour dent
(version non corrigée)

Chapitre premier

Finalement, les boîtes de nuit c'était pas si mal, comparé à ça.

Après avoir franchi la porte, je m'arrêtai un instant et pris une grande inspiration avant de me rendre jusqu'au bar. Mauvaise idée. Ça sentait le chacal en rut. Ou mort. Ou les deux. Une fois arrivée à destination, j'hésitai quelques secondes, mais finis par m'asseoir sur un des tabourets. La femme de ménage ne devait pas passer souvent, et ils semblaient tous étrangement gras. Mes jeans en avaient déjà vu des pires. J'évitai cependant de poser les mains sur le comptoir. Je n'avais pas envie d'y rester collée, surtout si je devais m'enfuir en courant.

— Qu'est-ce qu'elle prend la petite dame ?

Je détaillai le barman. Il n'était sûrement pas humain. Il avait l'air d'avoir dans les quarante ans, avait des cheveux d'un blond jaune terne qui devaient être aussi propres que le tabouret sur lequel j'étais assise, et il était tout de cuir vêtu. Pantalon en cuir, gilet en cuir, et rien d'autre. J'espérais de tout mon cœur qu'il portait des sous-vêtements.

— Tequila, répondis-je.

Il me lança un sourire franc et sympathique auquel je ne me fiai pas. Il n'était définitivement pas humain, comme en témoignaient les deux crocs qui pointaient entre ses lèvres.

Je me tournai pour jeter un regard circulaire à la salle en attendant mon verre. Glauque. C'était le seul mot qui convenait pour le lieu dans lequel je venais de mettre les pieds. On aurait dit la version underground d'un saloon, à cela près qu'au XXIe siècle, les vampires avaient remplacé les cow-boys. L'endroit était plutôt vaste et divisé en trois zones distinctes : le bar, la scène, et la piste de danse. Le coin du bar, là où j'avais pris place, occupait tout le mur du fond et était aussi long que la salle où le public affluait pour profiter de la scène, sur laquelle trois musiciens se produisaient. Leur mélopée ressemblait aux cris d'un animal à l'agonie. Pourtant, la piste était plutôt remplie, et bien que je n'aie aucun moyen concret de les reconnaître en dehors de leurs crocs, j'étais persuadée que la quasi-totalité de la foule suivait une diète à base de sang. Il y avait également les groupies, catégorie dans laquelle j'étais censée me trouver, comme le prouvaient les battements réguliers dans ma poitrine. Malgré cela, comme en attestait le nom de l'établissement, la majorité de la clientèle du *Baron Vampire* était plus morte que vivante.

Certains se contentaient d'écouter la musique en secouant légèrement la tête, d'autres étaient plus extravagants. Malheureusement, ce n'étaient pas ceux qui agitaient frénétiquement leurs corps au rythme des basses, mais les couples qui étaient en train de se grimper dessus – au sens propre – au milieu de la foule. Je me retournai vers le bar avec un haut-le-cœur après avoir repéré le genre de pieu dont je ne me servais plus assez ces derniers temps.

Ma tequila n'attendait plus que moi. Je la fis disparaître d'un trait et la reposai sur le comptoir avant de faire signe au barman que je reprendrais volontiers la même chose. On ne change pas les bonnes vieilles habitudes. Il se saisit de la bouteille qui patientait docilement derrière lui et remplit mon verre. Je portai la main dans sa direction lorsque quelque chose de froid m'effleura. Quelque chose de vert et froid.

—Nom de…

Je ne finis pas ma phrase. L'individu qui avait fait irruption à côté de moi pendant que je détaillais le club me regardait d'un air soupçonneux. Pas humain non plus. Imposant, des yeux de jade perçants sous des sourcils noirs en broussaille. Sa tête m'était vaguement familière, mais je ne me souvenais pas où j'aurais pu le rencontrer avant. Ce n'était sans doute qu'une impression. Dans le bar, ils se ressemblaient tous tellement que c'en était affolant. Des clichés ambulants.

Je tentai une ébauche de sourire pour détendre l'atmosphère. Il m'imita.

—C'est Rosita, me fit-il en indiquant le serpent qui était amoureusement enroulé sur son cou et qui venait de m'effleurer la main. Elle aime dire bonjour.

Je pouffai nerveusement malgré moi et me forçai à sourire. Il souriait aussi. Ou plutôt je décidai d'interpréter l'étirement de ses lèvres comme tel, car c'était plutôt effrayant. Son regard paraissait vide, et je n'étais pas sûre qu'il soit vraiment capable d'éprouver une émotion. Mais au moins, il avait déjà l'air plus commode quand son visage n'était pas fermé.

Il était très grand, tout aussi baraqué, et ses longs cheveux bruns bouclés couvraient la moitié de sa compagne reptile. C'était typiquement le genre de mec que je n'irais pas faire chier. Pas que je n'aime pas faire chier les vampires, au contraire, mais j'étais pétrifiée devant les serpents. Le seul truc qui aurait pu m'effrayer plus en ce moment, c'était de faire un esclandre et de me retrouver entourée de suceurs de sang résolus à me faire regretter de ne pas avoir été polie.

Aussi regardai-je le reptile avec un sourire que je voulus le plus sincère possible.

—Salut Rosita, lui dis-je simplement.

Et j'attendis. Le type ne bougeait pas, et mon malaise grandissait. Au bout d'un moment, le serpent se redressa et se planta devant mon visage. Il resta là à me fixer pendant quelques instants, durant lesquels mon cœur ne battit pas une seule fois. C'était mauvais. Passer pour une groupie de vampire est une bonne couverture, pour autant que son cœur batte.

Rosita me dévisageait, et je sentais son regard me transpercer, comme si ça n'avait pas été un simple animal, comme s'il y avait quelque chose de plus derrière ces iris si spéciaux, comme si elle essayait de me dire quelque chose. Finalement, elle émit un petit sifflement en sortant sa langue, dont les deux parties distinctes m'effleurèrent le nez, puis elle rebroussa chemin et alla se lover dans les cheveux de son maître. Ses yeux vides ne m'avaient pas quittée.

—Elle t'aime bien, annonça-t-il au bout de quelques secondes.

Et il tourna les talons presque aussitôt, me laissant pantelante sur mon tabouret. Mazeltov. Je revins à ma tequila et hésitai un moment avant de m'en saisir. Pour finir, lorsque j'entendis mon cœur redémarrer, j'engloutis le liquide en une gorgée. Je n'eus rien à dire pour que le barman le remplisse. Il avait compris tout seul.

Je levai la tête vers lui et notai son expression amusée. Il ne semblait pas être un mauvais bougre en fin de compte, et quelque chose chez lui m'inspirait confiance. Il est étonnant de constater que la présence d'un prédateur vous rend celle d'un autre prédateur nettement plus agréable.

—Cormack n'est pas méchant, me dit-il sans perdre son sourire. Il est juste un peu spécial. Mais il ne ferait pas de mal à une mouche.

Comme si c'était aux mouches que les suceurs de sang ont l'habitude de s'en prendre, pensai-je en faisant disparaître ma troisième tequila. De toute manière, ce n'était pas Cormack qui m'inquiétait le plus dans le duo que je venais de rencontrer.

Le barman était en train de me détailler à son tour.

—Tu t'es fait un ami, continua-t-il.

—Rosita ?

Il secoua la tête.

—Pour Rosita, je ne sais pas. Je parlais de Cormack. Si tu passes le test du serpent, tu es tolérée.

Super. Je me demandais bien ce qui arrivait aux gens qui n'avaient pas ma chance.

—Tu es nouvelle dans le milieu, observa-t-il.

Je haussai les épaules en reposant mon verre.

—Coupable.

Il m'adressa un sourire en coin.

—Comment t'as débarqué ici ?

Je résistai à l'envie de soupirer. Longue histoire mon grand, longue histoire.

—Comme tout le monde, je suppose.

J'espérais que c'était une réponse assez légère pour rester floue et assez assurée pour être convaincante. Les clubs vampires, je n'en avais pas fait beaucoup, et je détestais ça. Mon truc, c'était plutôt la chasse en solitaire, pas l'adoration du mort vivant. Cependant, j'étais à la recherche d'un vampire bien précis, et selon les infos que j'avais recueillies à coups de pieu, il possédait la boîte.

—Je cherche Barney. Tu sais où je peux le trouver ?

J'avais essayé de la jouer détachée, mais je n'avais visiblement pas réussi, vu l'expression suspicieuse qu'afficha le barman à la mention de ce nom. Si c'était lui, le fameux Barney, je venais de marquer un sacré mauvais point. Je sentis l'air bouger dans mon dos avant d'entendre une voix me répondre.

— Tout le monde cherche Barney, ma belle, mais personne ne le trouve.

Je fis volte-face. Le nouvel arrivant était appuyé nonchalamment sur le comptoir, comme s'il avait été là depuis des heures. Ses cheveux bruns étaient lisses et lui descendaient jusqu'aux épaules. Sa peau était claire, ses lèvres fines, mais bien dessinées. La supérieure remontait légèrement et donnait à sa bouche un côté enfantin qui était des plus charmant. Quant à ses yeux, ils étaient d'un bleu ciel hypnotisant. Je n'en avais jamais croisé d'aussi magnifiques. Il détonnait dans ce décor western, avec ses jeans délavés et troués, son simple tee-shirt blanc également déchiré en plusieurs endroits et ses paupières légèrement fardées de noir. Enfin, légèrement… Il portait plus de maquillage que moi, et ça n'aidait pas à rendre son regard moins percutant. Il était terriblement beau. Dommage que ce soit un vampire.

Ses lèvres s'étirèrent de manière féline.

— Tu as envie de moi, lança-t-il en guise de salutations.

Sympa comme entrée en matière, je note.

Je fronçai volontairement les sourcils en faisant la moue, ce qui sembla l'amuser.

— Te méprends pas, bébé, n'y vois rien de personnel. J'ai jamais dit que tu t'intéressais à moi, mais le désir sexuel a une odeur qu'il est très facile de reconnaître.

Si c'était le cas, j'étais pas dans la merde.

— D'ailleurs, on sent à trois kilomètres que t'as pas pris ton pied depuis un moment, ajouta-t-il sur le ton de la confidence. Tu vas tous les rendre fous dans le coin.

Il avait parlé de manière désinvolte, en jouant des sourcils, et j'étais à mi-chemin entre l'amusement et l'énervement. Je n'aimais pas du tout qu'on me fasse du rentre-dedans, d'aucune sorte, mais là, il avait un côté plaisant et pas lourd qui donnait au tout une note plutôt cocasse.

Je soutins son regard sans ciller. Il paraissait satisfait lorsqu'il se redressa.

— Si jamais tu veux de mes services, sache que je suis à ton entière disposition, dit-il en se saisissant de ma main pour y déposer un baiser. Mais en ce moment, le devoir m'appelle !

Il disparut en une fraction de seconde, sans attendre ma réaction. Il devait se douter qu'il n'y en aurait pas. Pourtant, il avait raison. Je n'avais pas pris mon pied depuis très – trop – longtemps, et ça commençait à frôler la limite du supportable. J'avais eu la tête à autre chose dernièrement. Depuis Lukas, j'avais été aussi sage qu'une nonne fraîchement ordonnée. Mon cœur se pinça à son souvenir, et je chassai vite cette pensée en me retournant vers le barman, qui n'avait pas manqué une miette de l'échange que j'avais eu avec le vampire inconnu.

— Vous pouvez vraiment flairer ce genre de trucs ? lui demandai-je alors.

Bien qu'étant une hybride, j'en ignorais encore beaucoup à leur sujet. Je continuais à combler mes lacunes, petit à petit, mais j'étais toujours surprise de découvrir toutes les choses qu'il leur était possible de faire et qui me passaient sous le nez, c'était le cas de le dire. Mon odorat était des plus banal, et ma vision nocturne pour le moins inexistante. N'étant qu'à moitié vampire, face à eux, j'avais parfois l'impression d'être à moitié engourdie des sens.

—Oh oui, me répondit-il avec une lueur malicieuse dans les yeux. Il a raison, tu vas faire fureur ici.

Il me sourit de manière entendue en essuyant un verre. Je n'étais pas sûre que l'idée me plaise franchement. Je devais puer le manque à plein nez. Ça faisait plus de huit mois maintenant. Huit putains de mois…

Achevé d'imprimer en avril 2012
Par CPI Brodard & Taupin - La Flèche (France)
N° d'impression : 68788
Dépôt légal : mai 2012
Imprimé en France
81120785-1